SEDUÇÃO MORTAL

A Lenda de Montpellier

SARI LUHTANEN & MIIKKO OIKKONEN

SEDUÇÃO MORTAL

A Lenda de Montpellier

TRADUÇÃO

PASI LOMAN & LILIA LOMAN

GUTENBERG

Título original: *Nymfit: Montpellierin legenda*

PUBLISHER
Alessandra J. Gelman Ruiz

EDITORA
Silvia Tocci Masini

ASSISTENTE EDITORIAL
Carol Christo
Felipe Castilho

ESTAGIÁRIA
Andresa Vidal Branco

PREPARAÇÃO
Geisa Oliveira

REVISÃO
Tiago Garcias
Lívia Martins

CAPA
Carol Oliveira
(sobre imagem de Conrado/Shutterstock)

DIAGRAMAÇÃO
Ricardo Furtado

Dados Internacionais de Catalogação na Publicação (CIP)
Câmara Brasileira do Livro, SP, Brasil

Luhtanen, Sari
Sedução Mortal: a Lenda de Montpellier / Sari Luhtanen e Miikko Oikkonen ; tradução Pasi & Lilia Loman. -- Belo Horizonte : Editora Gutenberg, 2015.

Título original: Nymfit : Montpellierin legenda

ISBN 978-85-8235-183-3

1. Ficção finlandesa I. Oikkonen, Miikko.II. Título.

14-09620 CDD-894.541

Índices para catálogo sistemático:
1. Ficção : Literatura finlandesa 894.541

A **GUTENBERG** É UMA EDITORA DO **GRUPO AUTÊNTICA**

São Paulo
Av. Paulista, 2.073, Conjunto Nacional, Horsa I,
23° andar, Conj. 2301
Cerqueira César . 01311-940
São Paulo . SP
Tel.: (55 11) 3034-4468

Televendas: 0800 283 13 22
www.editoragutenberg.com.br

Belo Horizonte
Rua Aimorés, 981, 8° andar
Funcionários . 30140-071
Belo Horizonte . MG
Tel.: (55 31) 3214-5700

Prólogo

Os últimos raios de sol atingiam o salão branco criando um brilho alaranjado. Em breve, a noite escureceria completamente aquele lugar ao sul, e tudo, até mesmo as plantas ao redor da casa, parecia esperar que o clima ficasse mais fresco. Didi olhou para si mesma e, por um instante, não entendeu como podia estar em dois lugares ao mesmo tempo. Então, aquele salão familiar lhe revelou a resposta: era sua a figura representada na estátua de mármore que estava ali no meio do aposento.

Deu um passo e, aproximando-se, pensou que aquela obra era tão precisa que era como se ela tivesse sido o molde. O artista foi capaz de recriar cada cacho de seus cabelos. E não apenas isso. Ele provavelmente a conhecia muito bem, pois a estátua estava completamente nua, e era idêntica a ela. Didi esticou a mão e sentiu sua superfície: fria e quente. A suavidade ao tato despertava em seu ventre a sensação que ela tanto ansiava quanto temia; era desejo, mas ela não sabia o que fazer com aquilo. A estátua, por sua vez, sorria, parecendo plena de sabedoria. Estava sobre um tapete de musgo, com as mãos pendendo para os lados, sem esconder nada, sem nenhuma vergonha de sua nudez.

Subitamente, Didi notou que não estava sozinha no salão. Ela se virou e viu, caminhando em sua direção, um homem de cabelos escuros e ombros largos, que vestia camisa branca e calças pretas. Gotas de suor se formavam na testa e entre os seios da moça, mas o calor da noite que acabara de cair não parecia incomodar o homem nem um pouco. Ele seguiu com os olhos uma das gotas que deslizava em seu corpo... Didi teve o impulso de secá-la, mas sentiu vergonha demais para fazê-lo.

Em seguida, viu surgir uma taça de vinho das mãos do homem, que a ofereceu para ela.

– Experimente – encorajou-a. – Este vinho é antigo, mas a estátua é ainda mais. Eu a encomendei faz alguns séculos. Ainda não a havia visto em carne e osso. Você é perfeita, Desirée Volanté.

Didi levou a taça aos lábios. O vinho estava fresco e tinha gosto de damasco com aroma almiscarado. O olhar do homem permanecia fixo sobre ela e aquela sensação em seu ventre crescia. Uma centelha surgiu nos olhos do homem e, logo, eles ardiam como brasa, queimando, algo que Didi sentia profundamente, mais que qualquer outra coisa que ela já havia experimentado até então. Parecia dor... mas não, não era dor... Didi quis gritar, mas não foi capaz de produzir um único som.

Ela acordou abruptamente com o coração disparado. Seu ventre parecia estar incendiando e seus braços e pernas estavam dolorosamente tensos. Tinha sido um sonho! Didi tentou respirar mais devagar enquanto se acalmava. Já deveria estar acostumada, pois havia tido o mesmo sonho algumas vezes antes, embora, daquela vez, de alguma maneira, tivesse sido mais real e vívido.

"Isso é energia sexual reprimida, óbvio", disse Laura, rindo, e Didi acusou a amiga de confiar demais no que ela lia nas revistas femininas. Só que Laura não sabia que, no sonho, Didi tinha medo de morrer, e que não queria sonhar com aquilo novamente.

Didi virou-se de lado e passou a mão em seu ventre. Se Laura estivesse certa, ela teria de fazer algo a respeito. Quem sabe assim o sonho perturbador não a perseguisse mais.

1

O espelho do banheiro refletia a mesma Didi dos dias anteriores. Ela havia terminado de se arrumar e parou diante dele para checar sua maquiagem pela última vez antes de sair para a escola. Então lembrou-se de olhar seu pescoço, debaixo da gola do blusão verde-escuro.

– Droga!

Com pressa, pegou um tubo de corretivo no armário do banheiro, apertou-o, e saiu mais produto do que deveria, o que a deixou irritada. Tentou espalhar de qualquer maneira para deixar a cor o mais homogênea possível sobre o hematoma e examinou. Provavelmente ninguém notaria. Desceu as escadas em tempo recorde e acelerou para a geladeira, passando por sua mãe. Tomaria um pouco de suco de laranja e sairia correndo, antes que uma briga começasse.

– Você está atrasada, vai chegar tarde na escola – bradou Elina, como Didi já havia imaginado.

– Não consegui dormir – Didi encheu um copo com suco.

– Provavelmente foi por causa da lua cheia. Ela também me deixou acordada. Acabei lendo um romance policial até quase de manhã.

– Então provavelmente foi por causa do romance policial.

– Você precisa correr – disse Elina, colocando a caixa de suco de volta na geladeira.

A garota bebeu um pouco, enquanto a mãe segurava uma caneca gigantesca de café. Ela olhou para a filha e a examinou atentamente, e antes que Didi tivesse tempo de se virar, Elina afastou os longos cabelos vermelhos de seu pescoço. Rapidamente, Didi empurrou a mão da mãe.

– Não é um chupão – disse.

– Não achei que fosse... – Elina não tinha a menor intenção de começar a manhã discutindo, mas conseguia esconder sua preocupação tão bem quanto a filha conseguia esconder as marcas na pele.

Didi nem precisava falar o que pensava em voz alta, pois seus olhos diziam tudo. Bateu o copo na pia e partiu.

***

Para Laura, Didi sempre podia falar o que pensava em alto e bom som.

– Será que minha mãe acha que eu ainda sou criança? – Didi falava enquanto entregava uma calcinha limpa extra para a amiga no vestiário da escola.

Algumas garotas passavam, já vestidas, diante delas, que aguardavam o momento de ficarem a sós para conversar. Didi havia despejado todo o conteúdo de sua mochila sobre o banco do vestiário para achar aquela calcinha para a amiga, e agora enfiava tudo de volta.

– Todas as mães devem ser assim mesmo – disse Laura, apertando um pouco mais a toalha em torno de seu corpo. A água ainda pingava em seus ombros, caindo de seus cabelos castanhos. – Pelo menos você não tem tanto do que reclamar como eu. Seria um alívio enorme se eu não tivesse minha menstruação para me atormentar.

– Acho que nem isso faria tudo ser um mar de rosas.

Didi fechou a porta de metal vermelho de seu armário e se sentou ao lado de Laura. Ela era mais baixa e encorpada, mas, de certa maneira, mais feminina, em sua opinião. Colocou a mochila junto dos pés e prestou atenção na amiga.

– Mas isso de não menstruar não é uma doença, né? – perguntou Laura. – Pense na liberdade que você tem de sair pulando por aí de shorts...

– Minha mãe tem um diagnóstico para isso, e para todos os problemas que eu tenho – respondeu Didi. – O nome, pelo menos, é sofisticado: amenorreia primária. A menstruação simplesmente não começa, é alguma coisa hormonal. Com 16 anos parece que ainda não preciso me preocupar.

– Claro que não – Laura pegou suas roupas e foi em direção ao banheiro. – É uma dádiva. Pense nisso. Sem cólica, sem um desejo enorme de comer chocolate, sem barriga inchada...

– Mas seria muito bom já ser uma mulher – lamentou-se Didi.

– É verdade, mas você já é uma mulher mesmo sem isso – Laura falou apontando para uma espinha vermelha no próprio queixo. – Tchau!

Didi fez um gesto com as mãos, como um sinal de que ela podia continuar a se vestir em paz. Fechou o zíper da mochila e saiu de lá, para procurar a bicicleta no pátio da escola. As coisas iam bem para Laura, pensou, enquanto chutava algumas pedrinhas com o tênis. Ela era divertida, popular, capaz de viver sem ser observada o tempo todo, namorava... Didi não confiava muito no namorado da amiga, embora Laura não desse ouvidos às críticas.

Abriu a trava da bicicleta, jogou a mochila nos ombros e começou a pedalar. Sua mãe, pelo menos, ainda não tinha voltado do trabalho. Ela teria um momento de paz, sem ninguém a interrogando. Feliz com isso, aumentou a velocidade, enquanto virava na rua em que morava. A conhecida casa de madeira, que havia sido pintada de branco e tinha um telhado com sótão, já estava quase diante dela quando, de algum lugar, uma abelha voou direto para seus cabelos. Ela se assustou e tentou espantá-la, mas a abelha pareceu se enroscar ainda mais entre os fios. Em pânico, desconcentrou-se das pedaladas e, naquele instante, a roda dianteira bateu na calçada.

– Droga...

Mal teve tempo de xingar, pois logo sentiu o asfalto arranhar dolorosamente seus joelhos. Aquilo fez seus olhos se encherem de lágrimas. A bicicleta caiu de lado e Didi ficou estatelada no chão, pensando se estava morta ou se ainda respirava. Então, alguém buzinou. Algum velho idiota com certeza estava rindo muito.

Didi se arrastou até o meio-fio e se sentou. Por sorte, a bicicleta caiu em cima dela. Ela examinou o ferimento e tentou esticar a perna. Então, ouviu passos. O tiozinho estava vindo falar para ela ter mais cuidado, pensou, com raiva.

– Você caiu? – perguntou a voz de um jovem.

Ela forçou a vista. Pouco a pouco, enxergou um garoto alto, que vestia bermuda cáqui e uma camiseta cinza surrada. O menino tinha cabelos castanhos e um nariz um pouco grande para seus traços.

– Puxa, que conclusão inteligente! – ela logo quis morder a língua. “O cara é bonito, Laura teria dado uma dica para eu me tocar e consertar a situação.”

Então o garoto se ajoelhou ao lado de Didi.

– Posso dar uma olhada? – sacando um lenço do bolso, pressionou-o contra o machucado. – Está bem limpo, viu?

Ela nem cogitou reagir ao toque inesperado, pois estava olhando fixamente para os olhos do garoto, e com muita intensidade.

– Ai! – disse com atraso de um segundo.

– Não está tão ruim. O que deu em você?

– Alguma abelha, que veio não sei de onde, me atacou – um risinho nervoso tentou emergir, mas ela conseguiu sufocá-lo.

– Mostre a culpada e eu vou matar a filha da mãe – ele respondeu.

Dessa vez, Didi ousou rir e estava prestes a falar quando Elina surgiu, naquele exato instante, na frente da casa. "Não era para minha mãe ter chegado ainda!", pensou.

– Didi! – a voz tinha um antecipado tom de reprovação. – Didi, entre!

O garoto se levantou e tentou acenar, mas Elina não devolveu o aceno. Ele se voltou para Didi, com um ar de dúvida.

– É minha mãe – disse ela.

– Bom, pelo menos você está perto de casa. Meu nome é Johannes.

– Didi. Preciso ir. Ela é médica, pode dar um jeito nesse joelho sem problemas.

Johannes levantou a bicicleta de Didi e a empurrou, seguindo a garota, que mancava, até o jardim diante da casa. Elina já havia entrado e olhava pela janela, atenta, gesticulando para a filha.

– Preciso mesmo ir – mancando de um modo um pouco dramático, ela subiu os poucos degraus da escada da frente. A abelha em seus cabelos e a dor já haviam sido esquecidas.

Dentro de casa, Didi caminhou sem dificuldade até o banheiro, entrou e em seguida trancou a porta. Ela ouviu a mãe esperando do lado de fora e aquilo só fez aumentar sua irritação.

– Você não pode me tratar como criança! – gritou, vasculhando as gavetas à procura de curativo e antisséptico.

– Mas você se comporta como uma! – respondeu Elina.

– Não se pode nem ir ao banheiro em paz aqui? Ou agora é proibido?

– Didi, para com isso – a mãe tentou acalmá-la –, eu só estou preocupada.

A garota se sentou na tampa do vaso sanitário. Elina sempre foi cheia de cuidados com ela, mas de uns tempos para cá, aquilo beirava à perseguição.

– Você acha que eu ia sair com aquele cara, engravidar e sair de casa?

– Você sabe por que me preocupo.

– Ah, tenha dó – ela lutava para tirar o protetor do curativo –, eu nem conheço o cara e não dei nenhuma falsa impressão. Nem todo homem tenta levar você para a cama, alguns até são bem gentis.

– Didi, garotos são gentis apenas por uma razão.

"Por que palavras tão erradas sempre saem da boca da minha mãe?" No fundo, Didi sabia que ela queria confortá-la ou cuidar dela. Ao contrário, porém, só conseguia ouvir acusações e gritos. Resolveu ficar quieta para que a mãe tivesse tempo de se acalmar. Em seguida, ouviu uma batida hesitante na porta.

– Deixe-me entrar e ver esse machucado.

Didi não tinha intenção nenhuma de ceder. Desde sua infância, sabia como a mãe sofria com cada pequeno ferimento seu, então resolveu deixá-la sofrer um pouco mais.

– Estou colocando antisséptico nele. Pode deixar.

Ela jogou o produto sobre o ferimento, e o ardor não foi nada, perto da lembrança dos olhos sorridentes de Johannes.

2

Didi estava em pé, no meio de seu quarto, olhando-se no espelho e refletindo sobre sua compra. Ao pegar o delicado conjunto de sutiã e calcinha, ela teve certeza de que a vendedora velhota, com olhar depreciativo, pensou que seu objetivo era se mostrar para alguém. Apesar da vergonha, sabendo bem o que queria, tentou agir com confiança. Agora, sentia-se impressionada por ter conseguido seu objetivo. No espelho, um ser estranho a fitava, de cima a baixo, uma mulher, embora certamente ainda não se sentisse como uma.

Mesmo assim, ela quis algo especial para aquela noite. Seu olhar pousou sobre o laço vermelho entre os seios. Havia ido algumas vezes ao cinema com Johannes, depois a cafés e, com o tempo, tinham começado a se ver sem motivo especial. Cada vez davam um passo adiante. Naquela noite, iriam à festa de Laura e, claro, aquele poderia ser um encontro totalmente comum. Porém, quando combinaram pelo telefone, Didi sentiu um desejo crescente e talvez algo na voz de Johannes a tenha feito se sentir assim.

Ser virgem hoje em dia não era mais um tipo de conquista especial que deveria ser protegida, pensava Didi. Laura já a havia encorajado muitas vezes a dar o passo decisivo. No entanto, era um pouco ridículo se preparar para isso comprando um conjunto novo de lingerie.

Didi se aproximou do espelho e, com experiência, procurou as pequenas manchas roxas que apareciam em sua pele havia mais tempo que sua memória alcançava. Com desenvoltura, cobriu-as com um corretivo claro. O produto estava prestes a acabar, logo teria de comprar mais.

Olhou, então, para a cama. O vestido florido de verão comprado na mesma ocasião em que a nova roupa de baixo repousava ali. Ela o vestiu e o tecido suave lhe trouxe uma sensação festiva. Virou-se para se ver no espelho: o sentimento de satisfação foi apenas momentâneo. Na loja,

Laura duvidou da sua escolha, dizendo que aquilo era coisa para sua tia, embora tivesse um bom decote e acentuasse sua cintura. Levou ao provador alguns outros vestidos só para experimentar. Eram muito mais sensuais e reveladores e, de fato, Didi se entusiasmou por instantes, até perceber que se sentia constrangida e desconfortável demais para usar a noite toda. Aquele que escolheu era bom, de tecido macio, mas não ideal. Talvez, se prendesse os cabelos ou fizesse um belo coque ou...

Sentiu seu nervosismo na pele. Ela se imaginou entrando na festa, bonita e despreocupada. Outros convidados a olhariam, mas só um importava para ela e ambos sabiam disso... Era o que sempre acontecia nos livros e nos filmes. Didi abriu o zíper com raiva e deixou o vestido cair, formando um amontoado no chão. Depois de refletir, retirou do guarda-roupa uma camiseta e uma saia, que meio minuto depois sofreram o mesmo fim. Em seguida, provou uma minissaia preta. Então pegou o celular.

– Laura... – Didi teve apenas tempo de dizer o nome da amiga.

– Um rabo de cavalo, maquiagem natural, talvez um pouco de gloss a mais e está pronta – disse Laura, em tom professoral.

– Eu realmente não tenho esperança?

– Sim, você tem – respondeu Laura. – E tem sorte de sua *personal stylist* estar a apenas um telefonema de você. Agora venha.

Decidida a não prosseguir com aquilo, recolocou o vestido novo. Logo, já estava descendo a escada, dois degraus por vez. Era melhor tentar passar despercebida pela mãe. Afinal, ela parecia estar com pressa.

– Onde você está indo a esta hora? – Elina tentava comer um sanduíche e vestir uma jaqueta, ao mesmo tempo.

– Prometi ir à festa da Laura.

Elina engoliu um pedaço do sanduíche e Didi notou que não ia escapar do olhar aguçado da mãe. Parada, pôs as mãos na cintura, pronta para ser criticada.

– É lua cheia – disse Elina. – Na lua cheia, você sempre...

– Eu sempre o quê?

– Você tem dificuldades de dormir – disse Elina.

– É verdade, é melhor eu ir a uma festa – disse Didi, em desafio.

– Vou ter plantão esta noite. Posso deixá-la na casa da Laura.

– Posso ir de bicicleta também.

Elina tentou acompanhar a filha enquanto saía, mas se lembrou de sua bolsa e teve de voltar. Didi chegou ao portão com a bicicleta e ouviu a janela abrir.

– Você não vai chegar tarde, certo? – gritou Elina.

– Não, mãe! – respondeu Didi, sem querer dizer aquilo. Acenando, logo estava fora do alcance do olhar de Elina.

***

Era um perfeito começo de noite de verão. Ainda estava quente e o perfume das flores que brotavam e das maçãs que amadureciam podia ser sentido sobre a pele, misturando-se aos cabelos. Sentada no colo de Johannes sob a luz da Lua, Didi já havia esquecido na varanda a discussão com sua mãe.

Olhando em volta, procurou por sua amiga. Laura, porém, estava concentrada em sorrir para o namorado. Alguns casais se misturavam a eles, acompanhados por uma música suave. Outros conversavam entusiasmadamente ou pegavam algo para comer, entre taças que tilintavam, enquanto Didi e Johannes pareciam sérios. Ela suspirou de modo involuntário. Nuvens pesadas se abriam no céu e a lua cheia brilhava como um disco fosco sobre ambos. Johannes a puxou para mais perto.

"E agora?", pensou ela.

Ela olhou na mesma direção que o namorado, para alguns rapazes que a encaravam sem qualquer pudor. Desde sua chegada, notou que atraía a atenção deles como um ímã. Isso a incomodou. Não era o que pretendia. Ao contrário, passou a achar que havia algo de errado com ela. Naquela noite, só queria se concentrar em Johannes.

Quando a música lenta terminou, começou uma mais animada e Didi aproveitou para dançar. Ela deixou os olhos passearem pelos demais convidados que levantavam taças e pelas garotas em vestidos de festa. O ambiente era efervescente e a música envolvia Didi sem qualquer esforço. Ela sorriu para Johannes e isso reforçou sua confiança. Era fácil se render ao ritmo e não dizer nada. Quando a música acabou, ela sentiu calor.

– Vamos sair? – perguntou Johannes, de repente.

Didi não teve tempo de responder: ele já a agarrava pela mão e caminhava com ela para o pátio, a certa distância dos outros. Sentaram-se em um banco e ele a envolveu com os braços. A festa, boa música, a proximidade com o garoto... Tudo corria conforme ela sonhara. Quando Didi levantou os olhos, eles se encontraram com os de Johannes. Ela aproximou mais o corpo. O garoto não precisava dizer mais nada, sabia que ela sentia exatamente o mesmo que ele.

– Quero que a gente fique juntos, de verdade – sussurrou Johannes em seu ouvido.

Ao tocar no pescoço dele com as pontas dos dedos, era como se faíscas voassem ao redor dos dois. Eles se olharam profundamente. "Uau!", vibrava Didi, em êxtase. Era esse o sentimento que ela tanto esperava. Seu ventre estava quente. A mão de Johannes alcançou sua coxa, deixando-a quase sem ar. Ela não podia estar mais pronta.

***

Os olhos de Laura seguiram Didi e Johannes, enquanto eles deixavam a festa sem alarde. Com a mão, ela sinalizou para que a amiga lhe contasse absolutamente tudo mais tarde, e Didi respondeu com um breve aceno.

Eles pedalavam suas bicicletas, o ar fresco acariciava o rosto da garota e aliviava seu calor, ao menos por um momento. As rodas giravam suavemente e os galhos das árvores sobre eles se tocavam. Didi esticou a mão para Johannes, que a segurou. Ela explodiu em um riso doce: a sensação era perfeita! Naquele exato instante, ela sentia que amava Johannes e que a longa espera seria recompensada. Continuaram o resto do caminho de mãos dadas e só as soltaram ao fazer a curva para o jardim da casa de Didi.

Caminharam pela casa escura e subiram para o quarto dela. A confiança que sentia até então parecia ter desaparecido. Ela pensava que sabia exatamente o que queria, mas as dicas práticas de Laura, as aulas de biologia, as broncas contínuas e os alertas de sua mãe giravam todos em sua cabeça. Furtiva, olhou para Johannes e foi se sentar junto à janela, para ganhar algum tempo.

O luar iluminou seu rosto e denunciou como estava tensa ao tirar a jaqueta. Respirou fundo. "Eu preciso disso, vai acontecer agora", pensou, quase em voz alta. Uma sensação quente percorreu seu corpo e logo se tornou uma grande onda. Um único toque de Johannes a faria transbordar. Ele sentou ao seu lado e lhe tocou o rosto, um pouco hesitante. Didi guiou sua mão para as alças do vestido e deixou que ele as abaixasse. A parte de cima caiu sobre sua cintura. Didi tremia.

– Não precisamos... – disse Johannes, mas a intenção de sua voz dizia outra coisa, enquanto puxava Didi para ele. – Não é possível voltar atrás.

– Não vou me arrepender– devolveu Didi.

Enquanto se deixava levar pelo sorriso convidativo do garoto, sentia o aroma de verão que entrava pela janela aberta se misturar ao fresco e masculino perfume de Johannes.

– Você tem um cheiro bom – sussurrou Didi, enquanto sua respiração acelerava. Ela sabia o que precisava fazer. Devagar, começou a desabotoar a camisa de Johannes, até ver seu forte peito nu. Levantou-se suavemente e Johannes não despregou os olhos dela, vendo-a ir para o meio do quarto e abaixar o vestido, por completo. Quando o tecido tocou o chão, ela se ofereceu como uma flor que desistiu das próprias pétalas.

Junto com o vestido, foi embora sua timidez. Ela apreciou o olhar de desejo de Johannes. Aproximando-se dela, tomou-a nos braços e ambos se beijaram, enquanto Didi abria os botões restantes de sua camisa e ele tirava o cinto. Seus movimentos pareciam ensaiados e seus corpos quentes pela excitação se misturaram. Ela já estava ofegante quando levou Johannes para se sentar junto à cama, jogando longe seus bichos de pelúcia.

Didi colocou os braços em torno do pescoço de Johannes. Embora seu desejo fosse imenso, queria conhecer a boca, o pescoço, o peito, os quadris do namorado. Queria fazer tudo para que eles nunca se esquecessem de um único segundo.

– Não vamos nos apressar, ok? – sussurrou Didi no ouvido de Johannes, notando ter feito suas costas se arrepiarem.

– Didi... – balbuciou Johannes, mas ela não estava interessada em conversar.

Ela se acomodou em seu colo e, sem pressa, desabotoou o sutiã. Levou as mãos de Johannes até seus seios e gemeu quando ele apertou os lábios em um de seus mamilos. Ela se sentia derretendo. Abaixou a cabeça e, com os lábios, procurou pela boca de Johannes. Suas línguas brincaram por um momento e, então, o beijo se aprofundou, ficando intenso.

Didi estava pronta. Estavam entrelaçados e ela se deitou na cama. Johannes foi delicado e intenso ao mesmo tempo. Didi não sabia que mordidas gentis em sua barriga e os lábios de outra pessoa no interior de suas coxas provocavam uma sensação tão boa. E não conhecia a sensação do corpo de um homem contra o seu. Todos os sentidos estavam tão receptivos que ela se imaginou drogada, com o resto do mundo desaparecendo à sua volta. Acima de tudo, ela sentia o cheiro de Johannes. Aquele odor era puramente masculino e entrava por suas narinas, indo para o fundo de seu peito. Didi puxou Johannes, colocou o rosto contra seu pescoço e o lambeu, tão ardente e intensa que ele gemeu alto.

Johannes se acomodou entre suas pernas e, com uma mão, acariciou suas nádegas antes de levantar seus quadris de leve.

– Vamos tomar cuidado – sussurrou, colocando um preservativo, com maestria.

– Chega de conversa – ordenou Didi.

***

O azulejo sob o rosto de Didi era frio e desolador. Sua pele não mais ardia de desejo e o único odor que sentia era o fraco cheiro de desinfetante. Ela se encolheu ainda mais no chão do banheiro. Estava com frio, mas era incapaz de se levantar. Só queria fechar os olhos e esperar até alguém vir tirá-la de lá e dizer algo que levasse embora seu horror.

Ela ouviu risos de um carro que passava. A noite era perfeita para uma diversão sem compromisso. Uma lágrima rolou pelo seu rosto. Ela não ousava se render às emoções, senão começaria um choro incontrolável e histérico, e acabaria enlouquecendo.

Então, sentiu a luz da Lua e abriu um pouco os olhos. Pela janela viu como o disco fosco se escondia por trás das nuvens, trazendo uma luz apagada para o recinto. A luz a chamou e ela se levantou, tremendo. Pegou um roupão de um dos ganchos e amarrou bem ao redor do corpo, mas sentiu que jamais se aqueceria de novo. Entrou devagar em seu quarto e olhou fixamente para o astro branco no céu, como se ele pudesse orientá-la, de alguma maneira. Sendo isso improvável, teve de se contentar com uma segunda alternativa. Tateou em volta, procurando o celular.

– Laura? – Didi respirou.

– E então, como foi? – Laura já estava rindo. – Conte-me tudo!

Didi ouviu pessoas conversando e copos tilintando. Há poucos instantes, ela estava lá, mas agora parecia outra realidade.

– Você se livrou da virgindade? Ao menos sua saída pareceu promissora! – brincou Laura.

Didi deixou escapar um gemido.

– O que aconteceu? – perguntou Laura, suspeitando que algo inesperado pudesse ter ocorrido. – Ele fez alguma coisa ruim com você? Espere, aqui está muito barulhento.

Didi olhou para a cama e mais uma vez o terror congelou seu corpo.

– Está tudo bem? – Laura logo perguntou, sem som ao fundo. – Didi?

– É Johannes... – Didi não sabia como prosseguir. Ela levantou os olhos e o viu sobre a cama, nu. Johannes sorria. Mas ele não estava mais respirando. – Acho que ele está morto!

Laura não respondeu.

De algum lugar, o zumbido de uma abelha voltou à consciência de Didi.

3

Didi entreabriu os olhos e viu um olhar doce, tão familiar quanto estranho. "Johannes não está morto", pensou e suspirou. O alívio foi enorme. Tudo talvez fosse apenas um pesadelo. Logo, Laura cairia na gargalhada com toda aquela pressão dela para a amiga perder a virgindade.

– Didi, é você? – perguntou uma voz, que, entretanto, não era a de Johannes. – A abelha picou você?

Aqueles também não eram os olhos de Johannes. Eram verdes-azulados e Didi já os tinha visto inúmeras vezes. Até a expressão era conhecida dela, mas de muito tempo atrás: quando pulou do píer pela primeira vez e se deu conta de que não sabia como voltar à superfície. A sensação era parecida e, como naquela ocasião, um par de olhos calmos, embora preocupados, pairava sobre ela.

– Samuel? – Didi estava atônita. – Onde eu estou?

– Em frente ao hospital – disse ele. – Pedi para sua amiga entrar e trazer água para você. Uma abelha estava zumbindo ao seu redor e, por algum motivo, você se assustou. Eu a trouxe para cá, na sombra. As abelhas gostam da luz do sol.

Didi olhou em volta. Viu um enorme prédio branco, pessoas entrando apressadas pelas largas portas automáticas, a grama verde e, pouco a pouco, compreendeu onde estava. Então, seus olhos se voltaram para Samuel, que não tirou a atenção dela todo o tempo. Ele vestia um jaleco branco. Seus cabelos eram castanhos e despenteados, exatamente como quando eram crianças. Samuel não era mais um garotinho, mas parecia poder a qualquer minuto pular do píer para a água, com uma cambalhota.

– Você já é médico? – conseguiu perguntar, à medida que fragmentos de memória começavam a se encaixar.

– Ainda não – disse Samuel, acomodando-se a seu lado, no banco. – Aceitei um trabalho temporário, de algumas semanas. Estou ficando com minha mãe no haras. Assim que acabar meu contrato para Helsinque.

De repente, Didi se lembrou da razão pela qual havia ido ao hospital. Johannes tinha sido levado para lá. Ela não sabia mais o que fazer, a não ser esperar por alguma informação. Não importava o motivo da morte de Johannes, sentia que a culpa era dela. Começou a tremer, de novo, e Samuel logo a envolveu em seus braços.

– Você está com frio? – perguntou o rapaz. – Quer voltar para o sol?

Ela conseguiu acenar com a cabeça. Não queria ir a lugar algum. Ao lado dele, sentia-se segura pela primeira vez, desde que... Nem queria pensar naquilo, apenas colocar a cabeça no peito de Samuel. Se pudesse ficar lá, nada de mal aconteceria.

– Você cresceu desde a última vez que nos encontramos – disse Samuel, em voz baixa.

– Não quero crescer – respondeu Didi, e ele a abraçou mais forte.

Didi se lembrou de como os cadarços de seu primeiro tênis sempre se desatavam, acabando debaixo das solas, e de quando, certa vez, ela tropeçou e machucou feio o joelho. Samuel, que era um pouco mais velho que ela, limpou o machucado e aplicou um curativo. Depois, ajoelhou-se diante dela e amarrou o tênis com um nó duplo. “Quando você crescer, também conseguirá fazer isso”, prometeu para Didi. “Bem, já que tenho você, não preciso aprender”, respondeu ela. Por muitos anos, ela acreditou que Samuel sempre estaria por perto caso precisasse de algo. Então, a diferença de idade se tornou mais evidente e eles se distanciaram. Naquele instante, porém, era tão fácil ficar ao lado dele...

– A propósito, por que você está aqui? – perguntou Samuel.

Didi foi forçada a voltar à realidade, não soube o que responder. Por sorte, Laura apareceu correndo, trazendo uma garrafa de água.

– Este é o Samuel – falou Didi, aliviada por não ter de explicar nada. – Ele era meu vizinho quando eu era pequena.

– Samuel Koski – ele se apresentou.

– Laura. Viemos ver um amigo nosso. É por isso que Didi está um pouco abatida – explicou Laura, com pressa.

– Estou bem – disse Didi, e teria continuado se o bipe dele não tocasse.

– Isso é bom – respondeu Samuel. – Preciso ir, foi muito bom revê-la.

Mas Samuel não partiu de imediato. Ficou olhando para Didi, esperando uma resposta que não veio, embora ela quisesse pedir que ele ficasse e que se encontrassem, mas as palavras ficaram entaladas em sua garganta.

– Até mais – disse Samuel e partiu.

As duas ficaram paradas, observando-o entrar apressado.

– Aquele cara era seu vizinho? – perguntou Laura. – Você poderia fazer a gentileza de me dar um soco no nariz para eu precisar de primeiros socorros urgentes?

Didi estava feliz por Laura tentar descontrair a situação, mas ela não respondeu.

O estômago de Didi doía, enquanto os eventos da noite anterior voltavam como flashes em sua mente. Ela se lembrou do quanto havia esperado por aquilo, do quanto estava feliz. Do quanto foi bom sentir Johannes. Ela se lembrou de ter gemido seu nome... E, depois, de vê-lo morto. Johannes morreu quando fizeram amor pela primeira vez.

– Johannes deve ter sido levado para a autópsia – disse Laura, depois de uma pausa.

O sol da manhã estava agradável e cobria agora todo o banco, mas Didi se sentiu culpada com esse pequeno prazer. Ela jamais havia visto alguém morto antes e, por um instante, teve de segurar um cadáver em seu colo.

– Que coisa sem sentido – disse Laura –, fui eu quem a pressionou para ficar com Johannes. Ele parecia tão saudável, mas com certeza devia ter alguma doença. Alguém tão novo não morre assim...

– É – sussurrou Didi.

Laura se calou e colocou os óculos escuros.

Nem sequer notaram uma mulher alta e atlética, de cabelos escuros, que diminuiu o passo ao se aproximar delas e entrou no hospital.

4

“Hospitais têm uma segurança frágil”, pensou Kate, e não era a primeira vez que aquilo passava por sua cabeça. Ninguém questionaria alguém que parecesse trabalhar ali. E ela sabia bem o que fazer para parecer uma médica, afinal, não era difícil arranjar um jaleco branco e equipamentos de médico. Disfarçada, sua movimentação ali dentro não teria quaisquer obstáculos.

Afastando a garota ruiva de seus pensamentos, ela se concentrou em sua tarefa principal. Era necessário obter a confirmação. Um segurança passou por ela em certo momento, e Kate lançou-lhe um sorriso sensual. O homem robusto ficou confuso, ela o agarrou pelo braço e, sem maiores delongas, empurrou-o para dentro de uma despensa. Então, surpreendeu-o pressionando o nervo exato que o fez perder os sentidos e cair no chão. Ela, em seguida, examinou os bolsos de seu paletó, depois suas calças, até encontrar o molho de chaves. Antes de rumar para a sala de necrópsia, deixou a porta entreaberta, certificando-se de que ninguém andava pelo corredor.

Logo, Kate estava fechando a outra porta atrás de si, antes de acender as luzes. Caminhou até uma mesa de metal, no centro da sala, e levantou o lençol verde. O corpo do jovem não lhe provocava qualquer sensação. Kate procurou por hematomas e marcas na pele já pálida do garoto. Havia um número maior delas do que o esperado. Os olhos dele estavam fechados, mas os lábios ainda carregavam um sorriso. Não havia mais dúvidas para ela.

Cobrindo-o novamente, tirou as luvas descartáveis das mãos e as jogou no cesto, no canto da sala. Depois, abriu um pouco a porta. Havia apenas algumas enfermeiras passando, e ela também saiu pelo corredor, tirando o jaleco, que jogou distraidamente em um armário aberto. Ao balançar um pouco os cabelos pretos, sentiu, de repente, o olhar de um homem.

Kate se virou rápido. Um senhor em um banco não conseguia disfarçar o olhar. Devia ter uns 70 anos, ela imaginou, e tinha um sorriso sarcástico. Não era surpreendente ela receber esse olhar. Ela era alta e tinha um belo corpo. Usava uma camiseta preta, sem mangas, que de vez em quando revelava seu umbigo, e calças de couro pretas, com botas de estilo motoqueiro. Para completar, vestia uma jaqueta de couro. Resoluta, caminhou em direção à sala de espera, onde se ouvia o som estremecido vindo de uma televisão. Era a voz de um homem.

– Cidades maiores já têm esses lugares – dizia um entrevistado na tela. – Acreditamos que haja demanda para um café 24 horas. As portas estão abertas e a internet é grátis para todos...

Ela já não ouvia mais nada, pois olhava fixamente para uma garota ruiva que acabava de se levantar para ir até a máquina de doces. A jovem estava totalmente absorta em seus pensamentos, já tinha as moedas nas mãos, mas ficou ali parada, olhando para a máquina.

– Não decidiu ainda? – perguntou Kate, ao lado dela, que se assustou.

– Vá em frente – Didi se afastou da máquina. – Não consigo escolher.

Kate fez um sinal com a cabeça, colocou uma moeda e selecionou uma barra de chocolate, que caiu na bandeja e ela a ofereceu para Didi.

– Você deveria comer isso – disse. – Ajuda. É provado cientificamente.

Confusa, Didi olhou para a desconhecida. Ela não soube recusar o doce, embora os alertas da mãe sobre aceitar presentes de estranhos tenham começado a rodar em sua cabeça.

– Obrigada – disse, com um súbito e louco desejo por chocolate, já desembalando a barra.

– Agora, vá ver sua mãe – disse Kate. – Ela está em seu consultório, esperando por você.

– Como você sabe que minha mãe trabalha aqui? – perguntou Didi.

– Se alguém perguntar algo sobre Johannes ou sobre o que aconteceu, não responda. Nem à polícia. Elina saberá aconselhá-la sobre o que fazer.

Kate partiu antes que Didi tivesse tempo de fazer mais perguntas, deixando a garota com seu chocolate.

***

Didi sentia o pesadelo continuar. O chocolate, no entanto, amenizava um pouco o tormento. Ela o comeu e até lambeu os dedos. A mãe era a última pessoa com quem desejava falar sobre perder a virgindade e matar um garoto, pensou. Por outro lado, Didi não sabia mais o que fazer. Ela se preparou para ser recebida aos gritos.

Entrou em um corredor conhecido e caminhou até o consultório de sua mãe, batendo à porta gentilmente. Elina abriu no mesmo instante, tomando a filha nos braços. Toda a tensão foi liberada e Didi explodiu em lágrimas.

– Eu não fiz nada – conseguiu gaguejar.

– Claro que não, querida.

– Você não está brava? Não vai me dizer que é isso o que acontece quando você vai para cama com qualquer um? – Didi já tinha antecipado parte da bronca em sua cabeça.

– Sente-se. Deixe-me examinar para ver se você está bem – a mãe se afastou da filha, passando ao papel de médica.

Didi não teve forças para discutir e obedeceu, deixando Elina amarrar seu braço para fazer a coleta de sangue e, depois, colocar um pequeno curativo. A mãe trabalhava com habilidade e eficiência.

Ela a observava vestida, quase sempre, em tons terrosos e tecidos naturais. Didi sempre caçoava de suas roupas, dizendo que eram tediosas, mas naquele instante a familiaridade era agradável. Olhou com mais atenção para a mãe e notou como ela estava envelhecendo, os fios brancos entre os cabelos escuros e os óculos que usava. Seu rosto demonstrava muito cansaço.

– Como está se sentindo? – perguntou Elina.

– Bem – respondeu Didi. – Estava muito assustada, então uma mulher apareceu e me ofereceu um chocolate. Isso ajudou. Acho que meu açúcar estava baixo.

– Ela era morena e alta? Bonita? Eu chamei Kate aqui, assim que fiquei sabendo sobre o Johannes.

– Pode ser algo contagioso? – perguntou Didi. Ela nem sabia com o que devia se preocupar. Nenhuma das amigas tinha tirado a vida do namorado ao ir para a cama com ele.

– Claro que não! – disse Elina. – Seja o que for que Kate tenha dito, você deve acreditar. Espere aqui, vou examinar a amostra. Depois, vamos para casa.

– Mãe? – Didi fez Elina parar. – Hoje não tenho nada no corpo. Nem um único hematoma.

O sorriso de Elina era de alívio e forçado ao mesmo tempo.

– Isso é bom, não?

– Mas Johannes ficou com hematomas quando nós...

– Não pense nisso agora – disse Elina. – Espere só um minuto.

Elina entrou em uma sala ao lado e respirou fundo. Colocou a amostra em um centrifugador e esperou até a separação plasmática ficar pronta. Apertou um botão e pegou a impressão que a máquina emitiu. Olhou-a rapidamente e verificou os níveis de albumina... Tudo estava como devia ou, de fato, como ela temia. Levou o papel à fragmentadora e jogou a amostra no lixo, voltando para Didi.

– Você está bem. Vamos para casa.

5

"Nada está bem!", Didi gritava dentro de si, enquanto olhava fixamente para as chamas, sem acreditar. Seu rosto se dobrava em velhas fotos, seus anos de infância queimavam ano por ano, à medida que o fogo os consumia, de seus velhos certificados escolares sobraram somente fragmentos cobertos de fuligem. Não que houvesse muito o que salvar das suas notas da escola. A ideia a agradou por um momento. O calor se tornou insuportável e Didi deu alguns passos para trás, afastando-se da fogueira. O fogo agarrava os arquivos de sua mãe, papéis, álbuns de fotografia, atravessava pastas e derretia um computador. A noite estava sendo decorada com faíscas vermelhas brilhantes, que lembravam borboletas subindo no ar e logo se extinguindo em pleno voo.

Didi teria fugido se Kate não estivesse bem ao lado. A mulher olhou para ela e sorriu, depois fechou o isqueiro e o enfiou no bolso da calça de couro preta de caimento invejavelmente perfeito. Em seguida, empurrou um frasco de gasolina para o lado, com os pés, como se incêndios fossem uma tarefa corriqueira, e voltou para dentro com passos determinados. Outra mulher desconhecida, cujo comportamento tinha ao menos alguma compaixão, deu de ombros, como sinal de impotência.

Didi olhou para elas, analisando-as. Enquanto Kate era fria e impassível, a outra, que se apresentara como Nádia, transmitia uma impressão calorosa. Sua voz era suave e ela usava um vestido branco de seda, leve como uma pena. Os ondulados cabelos castanhos escuros destacavam seu rosto oval e enfatizavam seus grandes olhos castanhos. Quando elas se conheceram, Didi quis se afastar e fugir, mas Nádia a pegou com seus belos dedos longos e o aperto de suas mãos, gentil e firme, estranhamente a acalmou. Pelo menos por um momento.

Naquele instante, porém, os olhos de Didi se voltaram para a mãe, que estava em pé, ao seu lado, pálida como a morte. Nenhuma das duas conseguia pronunciar uma única palavra. A partir do momento em que a estranha dupla passou pela porta, Elina se transformou em uma pessoa totalmente sem poder. Por que sua mãe não tentou impedir tanto horror? Didi olhava fixamente para ela, até Elina conseguir tirar os olhos das chamas enraivecidas. Seus olhos se encontraram e, em seguida, Elina voltou a observar a dança das labaredas, balançando a cabeça como se quisesse negar tudo o que estava acontecendo.

– Didi? Elina? – Kate fez um sinal para que entrassem na casa.

Didi estava prestes a protestar, mas Elina agarrou sua mão e a levou para dentro, até a sala de estar. Ela se perguntou como sua tão decidida mãe foi facilmente controlada por completas estranhas.

Kate fez um sinal com a cabeça para Elina e se sentou no sofá, batendo em uma almofada, como se pedisse para Didi se sentar ao seu lado. Então, Elina enterrou a cabeça nas mãos.

– Kate e Nádia vieram nos ajudar – disse, com uma voz quase inaudível.

– Por quê? – Didi não entendia como aquela atitude de queimar tudo de que gostavam podia ser uma ajuda.

Nádia colocou uma caixa retangular em cima da mesa de centro e dela tirou uma seringa.

– Você ainda não entende isso – disse Nádia –, mas estamos aqui para ajudá-la. Eu e Kate. E sua mãe também.

Didi olhou para a mãe. Entendia cada vez menos as coisas e esperava que Elina dissesse algo, mas ela continuava sentada, apertando um pingente nas mãos. Didi começou a ficar aterrorizada.

Kate não parava quieta. Carregava mais coisas para serem queimadas, de diferentes cômodos e das prateleiras da sala de estar, parecendo se divertir com a tarefa.

– Essas são nossas coisas! – Didi começou a gritar. – Você não pode levá-las! O que você está fazendo? Droga!

– Elina, fale para Didi que não é preciso se preocupar com isso – disse Nádia, tocando o braço Elina com delicadeza.

Kate olhou para elas e parou de carregar as coisas por um momento.

– Tudo aconteceu de um modo muito rápido. Só que você sabia que já devia esperar por isso – disse Kate para Elina. – E que era inevitável.

Então, a atenção de Kate se voltou para alguns desenhos de fadas, feitos por Didi aos 5 anos, que sua mãe havia colocado em um quadro.

Por toda a adolescência, ela sofreu por causa daquilo e esperava que sua mãe os destruísse. Mas não esperava que fosse daquela maneira.

– Mãe, diga alguma coisa – disse Didi. – Diga que eles são meus.

No entanto, Elina só fez um sinal com a cabeça para Kate, abriu as mãos e olhou para o pingente que carregava. Era pesado e prateado, e tinha três folhas de carvalho. Ela segurou o cordão de couro desgastado, pôs em seu pescoço e o apertou contra o peito. Em seguida, pegou as mãos de Didi.

– Didi... – ela parou por um instante, como se não conseguisse respirar. – Minha filha, desde que você chegou, sempre soube que um dia teria de entregar você. Agora, é hora de você deixar tudo para trás, sua casa e seus amigos. E a mim também. Kate e Nádia vieram buscá-la e você terá de ir com elas.

O tom de voz categórico da mãe cortou Didi como uma navalha. Sem conseguir se controlar mais, enfim ela gritou.

– Que se dane tudo! Eu não vou a lugar nenhum. Eu não...

Nádia, que estava preparando a seringa, aproximou-se e, sem cerimônia nenhuma, aplicou-a no braço de Didi. A agulha sibilou enquanto era esvaziada. Didi olhou para ela sem acreditar, enquanto sua consciência se esvaía.

– Mãe? – foi só o que Didi conseguiu murmurar. Em pânico, voltou os olhos para Nádia e Kate.

– Lembre-se que eu te amo – disse sua mãe, e Didi teve a sensação de que a voz vinha do fundo de uma floresta. – Você não pode se esquecer disso nunca!

Seus olhos se fecharam e ela não notou que Elina a segurava e acariciava seus cabelos vermelhos.

6

Dois homens subiram as escadas da delegacia, o mais velho e gordo tinha a respiração pesada e um brilho de entusiasmo nos olhos. O casaco puído do superintendente Harju era tão familiar ao outro homem, que ele não deu muita atenção. Harju, por sua vez, também não demonstrava interesse pelo policial mais jovem, sempre com uma lata de Coca-Cola na mão, estilo que o oficial não achava apropriado para um agente da lei. Os cabelos de comprimento médio de Hannula, seus jeans, cinto com fivela grande e jaqueta de couro cairiam melhor para um astro de rock, ou talvez para um *roadie*. Ele, já um avô, e no aguardo da aposentadoria, também não se entusiasmava com as sobrancelhas escuras e o nariz reto de Hannula, assim como alguns oficiais mais jovens. Seguido por Hannula, Harju entrou ruidosamente em sua sala e, em segundos, espalhou ainda mais papéis em sua mesa já repleta de documentos.

– Faz uns 30 anos que vi a foto pela primeira vez – Harju fez um sinal para que Hannula se aproximasse. – Este homem morreu na Bulgária, nos anos 1970. Outro, em Portugal, nos anos 1990, e mais um, agora, há oito dias. Embora o cara fosse jovem, o caso parece pertencer mais à ciência médica do que à polícia. Mas as aparências podem enganar.

Harju explodia de entusiasmo, mal conseguindo se manter calado, e a indiferença de Hannula só atiçava a fogueira. O novo caso o havia atingido como um choque de alta voltagem e ele se movia incessantemente tamborilando os dedos sobre a foto mais antiga, tentava chamar a atenção de Hannula.

– Isso foi usado como exemplo em meus tempos de estudante. Eu era jovem, mas o assunto ficou por aqui – o dedo indicador de Harju se moveu para uma das têmporas, que já estavam ficando brancas. – Todos terão seu caso inesquecível. Para mim, foi esse. Um caso não resolvido, investigado até pela polícia internacional. Alguns oficiais como você foram mortos durante os trabalhos. Uma mulher foi detida, mas desapareceu sem deixar vestígios.

O oficial pôs a lata de refrigerante sobre a mesa, levantou a foto e olhou com mais cuidado, sem perguntar nada, pois Harju continuava a tagarelar.

– Europol, outro caso em aberto. Um jornalista local foi morto durante a investigação. E o último aconteceu aqui há uma semana. Causa da morte desconhecida. Para mim, o caso não é médico. – Harju manteve silêncio para enfatizar sua ideia, e o dedo voltou a apontar para a têmpora. – É a continuação do caso que espera uma solução há trinta anos.

Hannula trouxe a foto mais recente para mais perto dele: era um jovem e parecia estar com surpreendente bom humor para um cadáver. Ele não sabia ao certo como lidar com o entusiasmo de Harju. Por outro lado, o velho raramente errava.

– Então, devemos tirar o caso da polícia local? – perguntou Hannula.

– A polícia local não investigará isso – rosnou Harju, empurrando o arquivo completo para o colega mais jovem. – Heikki, meu velho, estamos pegando um caso que não existe.

Hannula analisou outra foto de Johannes Metso, uma de quando ele ainda estava entre os vivos e se divertia na companhia da namorada, Didi Tiensuu. Ele achou a garota bonita, ruiva, parecia atrevida, com seu jeito inocente de vestir uma camiseta um pouco curta demais, revelando uma tatuagem abaixo do umbigo: um nó. "Cacete", pensou Hannula, tentando manter a expressão inabalada.

Seus pensamentos já voavam longe, mas ele fez algumas perguntas de rotina para Harju, mostrando que estava de alguma maneira interessado, e depois o deixou refletindo no sofá, no mínimo tão antigo quanto o próprio superintendente.

Após beber o resto do refrigerante com displicência, jogou a lata no lixo e foi para o corredor. Lá, apoiou-se na parede. A garota tinha uma tatuagem que ele desejava nunca ter visto. Apanhou o celular, mas não discou um número de imediato. Era preciso considerar a situação por um momento, embora soubesse que estava apenas postergando o inevitável. Talvez fosse mais sensato ligar de um lugar um pouco mais discreto.

***

Michel apreciou a vista do centro de Londres através de sua janela. O Big Ben parecia estar tão próximo que poderia tocá-lo. Notou as mulheres em seus vestidos de noite, os homens com ternos que custavam o equivalente ao salário mensal de um trabalhador médio, e garçons carregando champanhe e canapés. Era quase possível sentir o cheiro do dinheiro.

Vestia um terno justo azul-escuro, que combinava muito bem com aquele cenário, apesar de geralmente evitar roupas mais formais. Nas ruas, alguém podia confundi-lo com uma estrela do britpop muito sofisticado. Ele era um dândi, e admitia isso. Olhou para seu reflexo na janela. Estava pronto para voltar para a festa quando sentiu o celular vibrando no bolso. Olhou para a tela brevemente e atendeu.

– Saltmann & Saltmann, Michel Brannegan.

Levou um tempo até a outra pessoa falar. Então, ouviu a voz nervosa de um homem.

– Boa noite. Sou Heikki Hannula, da polícia finlandesa.

Michel forçou a vista e levantou o dedo como sinal para Lucas, que o aguardava nas proximidades. Em seguida, o outro homem já estava ao seu lado, com a mão em seu ombro e seguindo suas expressões faciais com interesse.

– Você me conhece? – perguntou Hannula.

– Você disse que era da polícia.

– Um de vocês me ajudou um dia.

Outra vez houve silêncio ao telefone, mas Michel tinha tempo de sobra.

– Me disseram para ligar neste número – continuou Hannula. – Ou melhor, mandaram, caso descobrisse uma coisa. Um jovem morreu aqui... E o modo como ele morreu é algo que interessa a vocês.

A curiosidade de Michel foi despertada, e Lucas, loiro e bonito como um modelo, aproximou-se ainda mais para poder ouvir do que se tratava.

– A pessoa em questão, por acaso, morreu enquanto fazia sexo? – disse Michel.

Lucas começou a sorrir, enquanto alisava a barba por fazer, muito bem aparada.

– É provável – foi a resposta. – Tenho uma foto da namorada.

– Bom, pode enviar para nós?

Michel desligou o telefone e aceitou um gole do champanhe oferecido por Lucas, tentando apreciar cada gole, embora cada segundo de espera parecesse durar uma eternidade. O celular vibrou, e uma rápida olhada na foto foi o suficiente para ele ter certeza.

– Lucas, consiga um avião. Temos de ir à França.

Enquanto isso, Heikki Hannula sentou no chão gelado da delegacia e enxugou o suor da testa. Sabia que o momento da vingança um dia chegaria, mas preferia não se consumir com o assunto. O irreversível, porém, havia sido feito.

Hannula ouviu alguns policiais voltando da patrulha e percebeu que não podia ficar ali pensando no que tinha feito. Levantou-se e caminhou devagar para a sala de Harju, que estava deitado com os olhos fechados: por experiência, sabia que ele não estava dormindo. Os pensamentos se moviam sem pressa na cabeça de Harju, eliminando possibilidades e pesando probabilidades. Por vezes, o velho era de fato irritante, ainda que fosse o policial com o pensamento mais lógico que Hannula já tinha visto.

– Vamos tomar uma cerveja? – perguntou Harju, sem abrir os olhos.

– Ia sugerir o mesmo – respondeu o jovem oficial.

7

O arrulho das pombas fez com que Didi abrisse um pouco os olhos. Em algum lugar nas proximidades, ouviu o bater de asas. De onde vinha o som? Didi percebeu que estava deitada em posição fetal e, por um instante, não ousou se mexer. Não sabia onde estava ou se havia outra pessoa com ela, muito menos como havia chegado ali.

Deixou os olhos vagarem pelo lugar, que lhe pareceu um sótão. Viu antigas vigas grossas de madeira e uma parede de tijolos. O som das pombas vinha de fora. Aos poucos, ergueu-se para poder sentar e percebeu que não vestia suas próprias roupas. Alguém havia colocado um vestido branco, um pouco antiquado, e um xale para cobrir nos seus ombros. Ela viu a marca vermelha da injeção em seu braço, e lembrou que a seringa sibilou ao esvaziar e levar embora suas forças para lutar.

– Olá – chamou Didi, enquanto olhava em volta. Por entre os espaços das tábuas que cobriam a claraboia, podia ver que o sol já estava se pondo. Havia móveis antigos espalhados pelo ambiente, caixas de papelão empoeiradas e outros objetos esquecidos há tempos. Sons da cidade, o zumbido e o guincho dos carros e bondes podiam ser ouvidos ao longe. "Pelo menos, não estou em algum lugar na floresta", pensou ela.

Os olhos se fixaram na porta e ela se levantou da cama de molas. Chegou até ela, com alguns passos, e tentou usar a maçaneta, o que foi inútil, pois estava trancada. Empurrou a porta com um dos ombros, mas ela nem se moveu. "Devia ter frequentado a academia com a gente", imaginou que Laura diria sorrindo.

Subitamente, foi acometida por um pânico violento. Estava trancada em um lugar desconhecido e vestida com roupas estranhas. Primeiro, Johannes tinha morrido, depois, aquelas mulheres tinham aparecido... Elas voltaram à mente de Didi, invadindo sua casa e reduzindo a mãe, tão forte, a uma criança. O que fizeram com ela? O que pretendiam fazer com ela? Didi empurrou a porta com toda a sua força.

– Abram essa porta! Abram! – gritou. – Droga!

Chutou as tábuas, mas não cederam. Ela não estava lutando só contra a porta e a parede, mas contra tudo o que tinha acontecido. Qualquer vislumbre de uma lembrança de Johannes ou de sua mãe fazia a mágoa e a dor voltarem como um grande nó em sua garganta. Golpeou e empurrou com fúria, e chutou outra vez, sem o menor resultado. Por fim, despencou no chão com os cabelos ruivos desgrenhados e chorou até sua energia esvair-se por completo. Uma vez que as lágrimas cessaram, sua cabeça doeu como se tivesse tomado sorvete rápido demais... Foi só quando percebeu que sentia muita fome e notou uma toalha cobrindo algo sobre a mesa. Arrastou-se de quatro e retirou a toalha. Sob ela havia grandes jarras de água, potes de azeitonas e abacaxis e pato em conserva enlatado. Ao lado deles, alguém teve a consideração de deixar um abridor de lata e um garfo. E também um bilhete, que agarrou com os dedos trêmulos e leu em voz alta: “Não há com o que se preocupar”.

– Ah, puxa, é mesmo? – riu nervosa.

Por um tempo, parou para pensar como poderia escapar usando o abridor de lata e o garfo. Concluiu que talvez fosse melhor comer antes. Levou uma das jarras à boca e bebeu com tanta avidez que derramou um pouco em si. Abriu a lata de pato e um pote de abacaxi e começou a devorá-los com o garfo.

– Ah, dane-se! – disse, abandonando o talher e passando a usar os dedos.

***

Didi perdeu a noção de tempo. Podia perceber as mudanças do dia e da noite através dos espaços entre as tábuas, mas não sabia mais durante quanto tempo estava naquele sótão. Teve tempo para examinar sua prisão com cuidado, encontrando um assento sanitário. Vasculhou os objetos antigos, buscou uma forma de escapar, comeu e bebeu. Apenas as latas e potes vazios indicavam a passagem do tempo e, logo, não teria mais água. O que faria, então?

O único verdadeiro achado foi um cano de metal de cerca de um metro de comprimento, que encontrou debaixo da cama. Didi o agarrou e começou a bater na tubulação de ventilação. Alguém teria de ouvir.

– Tem alguém aí? – gritou o mais alto que pôde. – Socorro! Fui sequestrada! Alguém me solte, por favor!

Didi conseguiu manter o barulho por apenas alguns minutos, antes de desanimar. Soltou o cano de metal, que caiu no chão com um estrondo. Sentou-se na cama e mordiscou algumas azeitonas da última lata. Depois, agarrou a jarra d'água e bebeu o que restava. Então, era aquilo. Jogou a jarra contra a parede e se deitou na cama. Por um momento, observou uma abelha voando sobre um pote vazio de abacaxi. Seu zumbido a deixou sonolenta...

Viu-se em seu quarto. Estava escuro, mas ela conseguia enxergar o papel de parede de pássaros que sua mãe tinha escolhido certa vez: adorável, quando criança, abominável, quando adolescente. Não estava sozinha, e sim no colo de Johannes, nua. Ele estava tão quente e molhado pelo suor, e a olhava nos olhos como se ela fosse o bem mais valioso do mundo. Didi sabia exatamente como se mexer e encontrar a posição certa, devagar, deleitando-se. A respiração de Johannes ficou mais pesada e previu que estava perto de conseguir o que tanto queria. Uma energia passava de Johannes para ela, que sentia a pele brilhar na noite, pronta para se render à sensação do prazer máximo. Naquele exato momento, a cabeça de Johannes se apoiou, lenta e pesada, sobre seu peito. Ela não parou de se mover e tentou beijar Johannes, mas ele apenas sorria, com os olhos abertos, que já não viam mais nada. Então, ela viu os hematomas familiares, não na própria pele, mas na de Johannes...

Didi saltou do sono e se sentiu totalmente acordada. A noite já tinha caído. Ouviu sons vindos da porta. A trava se abriu, aos poucos, com suas dobradiças rangendo. Levantando-se agilmente, ela agarrou o cano de metal ao lado da cama e foi até a porta. Quem quer que passasse pelo batente teria uma bela surpresa. Conseguiu distinguir duas formas humanas, uma iluminava o sótão com uma lanterna. Assim que a luz a atingiu, ela atacou, batendo o cano com toda a força no estômago da pessoa. A figura cambaleou, e Didi a empurrou, fazendo com que caísse sobre as caixas velhas de papelão. A lanterna rolou pelo chão e, ao longo de um facho de luz, pôde vislumbrar as duas mulheres, aquelas que haviam estado na casa de sua mãe. Aquilo foi o suficiente e ela começou a correr.

– Didi, pare! – Nádia gritou, mas nada conseguia parar a garota.

– Espere aqui que vou buscá-la – Didi ouviu Kate dizer atrás dela. O tom de voz revelava, de forma nefasta, que a mulher morena parecia surpresa e satisfeita por ter a chance de persegui-la.

Didi correu em direção à escada, o mais rápido que as pernas permitiam. Sabia que Kate estava logo atrás dela. Prosseguiu, torcendo para chegar antes à rua. A mulher, certamente, não a machucaria na frente de outras pessoas. Estava ofegante, enquanto Kate se movia com suavidade e sem esforço. No andar de baixo, Didi avistou a porta e alcançou a maçaneta. Em um instante, estava do lado de fora da velha casa de pedra.

Olhou em volta. Pelo portão, poderia chegar a uma rua estreita e, com sorte, ser salva. Ouviu passos atrás dela e olhou sobre o ombro, apertando o passo apesar de as pedras do caminho serem irregulares. Quando viu o sorriso confiante de Kate, tropeçou. Torceu o tornozelo e, gritando de dor, caiu perto de uma parede. Em seguida, Kate estava sobre ela.

– Não entre em pânico – disse a mulher, olhando para os lados, para se assegurar de que não haviam sido vistas. – É inútil tentar fugir. Fique calma.

Encolhendo as pernas para se proteger, Didi segurou o tornozelo. Olhou perplexa para sua algoz. Enquanto ela estava ofegante e suada, Kate parecia inabalável.

Quando a mulher abriu um canivete, Didi assustou-se e tentou se afastar um pouco mais. Os olhos da mulher eram como aço. Com um movimento rápido, ela cortou um pedaço de sua camiseta e enfaixou o tornozelo da jovem com mãos determinadas.

– Dói?

Didi não conseguia pronunciar uma única palavra, mas se deixou ser cuidada, imóvel. Além do mais, não conseguiria mesmo fugir com o pé machucado.

– Você já notou como os homens olham para você? – Kate amarrou bem a bandagem em torno do tornozelo da jovem e, em seguida, deu um nó na parte de cima. – E como uma vez por mês você se sente estranha, aqui e aqui?

Ela apoiou as mãos contra o peito e o abdômen de Didi, que não reagiu. O tom das palavras de Kate era tão confiável que fez com que ela a ouvisse, contra a própria vontade.

– Você já deve ter notado que não é como as outras meninas, não é?

– O que há de errado comigo? – perguntou Didi, que, na verdade, sempre havia se sentido assim.

– Não precisa ter medo de nós – disse Kate, ajudando-a a se levantar. – Passamos exatamente pela mesma situação. Portanto, você tem de vir conosco e deixar que a ajudemos.

– Mas eu não conheço vocês! – protestou Didi.

Pela primeira vez, a expressão de Kate mostrou alguma compaixão.

– Somos como você.

– E o que eu sou, afinal?

– Você é uma ninfa, Didi.

8

De cabelos escuros, bem-vestido e com pressa, Eric Mann encerrou a palestra e foi para seu luxuoso apartamento, no campus da Universidade de Montpellier. Ele dava suas aulas de maneira habitual, sem prestar atenção à admiração dos alunos, fossem homens ou mulheres. Para quem reparasse, tudo relacionado a ele parecia estar sob controle: a barba e os cabelos eram aparados milímetro a milímetro, o casaco de lã de caça ajustado à perfeição, e até o andar era calculado. Ele escondia um entusiasmo que apenas havia crescido após a foto enviada por Michel ter chegado em seu celular, na noite anterior. Ansioso, aguardava a chegada dele e de Lucas, para que contassem mais sobre a situação.

Eric Mann caminhou até seu escritório, sentou-se à mesa e estalou os dedos. De qualquer forma, ele precisaria ser paciente; então, fez um sinal para Nicoletta, que aguardava à porta, e logo encaminhou um casal nu para o escritório. Eric pegou um caderno de rascunhos da gaveta de sua velha escrivaninha barroca. O casal se acomodou em uma *chaise-longue* à frente e começou a fazer amor. Ele os observou e se concentrou em desenhar seus corpos entrelaçados, pensando na pintura que habitava sua cabeça havia algum tempo, em sua composição e cores. Queria se acalmar, mas dentro dele tudo fervia.

Aparentemente, Albena, que estava atrás de Eric, vestindo uma leve roupa branca, notou sua agitação, e trouxe uma taça de vinho vermelho como rubi, afastando-se em seguida. Eric sentiu o aroma do Mourvèdre encorpado e o provou, o que não foi suficiente para aplacar seus sentidos. Ele soltou o caderno, e o casal parou, como se esperasse possíveis instruções. Ao erguer um pouco a mão, porém, indicou para que prosseguissem.

Eric tirou o telefone do bolso e procurou a foto enviada por Michel. Uma ruiva, de pele branca... Tudo era como deveria ser. Seu sangue corria mais rápido, até o amargor do vinho estava mais acentuado. Nicoletta e Albena perceberam a mudança em seu humor, talvez pelo brilho de seus olhos, embora ele continuasse tentando manter o autocontrole e elas, por receio, tivessem recuado alguns passos.

Quando Eric entendeu que sua única válvula de escape seria deixar extravasar a sua ansiedade, alguém bateu à porta e logo Michel entrou, seguido de perto por Lucas. De seu comportamento orgulhoso, era fácil concluir que acreditava ter realizado a tarefa com excelência. Eric mostrou a foto do celular para Michel.

– Onde você conseguiu isso? – perguntou o professor.

– Na Finlândia. Não é o que você tem procurado? – a voz de Michel soou triunfante e Lucas se voltou para ele com admiração.

– Lucas... – Eric apontou para o casal, que arfava sobre o divã. Seu exercício artístico estava concluído.

O homem deu alguns passos. Os jovens estavam um sobre o outro, próximos do clímax. Lucas encostou a palma da mão no peito nu do rapaz, que passou a se debater com violência, soltando um grito agonizante. Em seguida, flácido, tombou soltando fumaça de seu peito, que saía de uma marca em forma de mão. A garota, muda de terror, tentou fugir, mas teve igual destino.

Era fácil acabar com a vida humana, pensou Eric, embora aquilo não lhe trouxesse paz como antes. Levantando-se da cadeira, foi até a janela. Seus olhos ardiam, vermelhos.

9

Nádia e Kate colocaram Didi em um carro, e da casa foram para um apartamento, em um prédio alto. Ela não sabia o que fazer para resistir, e nem poderia, por causa da dor. Kate a ergueu com facilidade do banco traseiro e a carregou até um sofá no apartamento. Seu tornozelo dolorido descansava no colo de Nádia e, apesar do toque delicado, mantinha-se em alerta. Kate estava sentada no braço do sofá.

Didi olhou em volta e, por um momento, esqueceu-se de seu plano de fuga. Em um prédio antigo, o apartamento era magnífico. O pé-direito era alto, as janelas tinham belíssimos vitrais e havia um lindo piso de madeira. Como o espaço estava apenas meio mobiliado, havia muito eco. O toque de Nádia trouxe-a de volta à realidade.

– Sinto muito! – disse Nádia, procurando aliviar a pequena contusão na perna de Didi. – Não temos como lhe dar tempo para se acostumar com a ideia. Estamos correndo contra o relógio.

– Correndo por quê? – Didi perguntou. – Vocês me mantiveram no sótão sabe-se lá por quanto tempo...

– Tínhamos coisas para preparar – comentou Kate. – Conseguir este lugar, por exemplo.

– Por que eu iria acreditar em vocês? – perguntou Didi, movendo a perna e reagindo com uma careta de dor. – Vocês me raptaram de minha mãe. Até onde sei, vocês duas são loucas.

– Ainda dói? – perguntou Nádia.

– O que você acha? – respondeu Didi. A essa altura, Nádia se curvou e, de leve, pressionou os lábios contra seu tornozelo.

"Era só o que me faltava, ser capturada por algum tipo de culto de lésbicas", foi o que primeiro lhe veio à mente. Então, olhou para o tornozelo e se espantou. A contusão havia desaparecido, e junto com ela a dor.

– Não pode ser verdade! – gaguejou Didi, para logo em seguida lembrar-se de todo o resto. – Vocês me drogaram! O que havia naquela seringa?

– Só um anestésico – disse Kate. – Você está bem, tudo está bem. Levante-se.

Didi obedeceu e, certa de que não poderia colocar o peso do corpo sobre seu pé, viu que não havia mais nada de errado com ele. Era até possível fugir. Mas ela teria de aguardar uma oportunidade. A velocidade de Kate ainda estava fresca em sua memória. Além disso, queria conseguir mais informações sobre aquelas mulheres e sobre ela mesma. Quanto mais pensava nas palavras de Kate, mais ridículo tudo lhe parecia. Uma ninfa! Elas não são aquelas fadas que correm pelos campos com guirlandas de flores na cabeça? Nádia até que podia fazer um tipo meio hippie, mas Kate estava bem distante de parecer uma fantástica criatura alada.

Embora tivesse dúvidas sobre as mulheres, Didi sentia, também, uma estranha atração por elas. De alguma forma, a companhia de Nádia e Kate lhe trazia conforto, e estar perto delas, no sofá, era agradável. "Apesar de eu não ser lésbica e, com certeza, nenhuma droga de fada", pensou.

– Você precisa tomar um banho e colocar roupas limpas – falou Nádia.

No chuveiro, Didi não se apressou. Lavou todo o pó e o suor de seu corpo, e deixou a água escorrer sobre a pele para amenizar seu cansaço. Além disso, a ideia de que as mulheres teriam de esperá-la não a incomodava. Quando finalmente se sentiu limpa, enrolou-se em uma toalha felpuda e voltou para onde elas estavam. Não havia alternativa. Nádia lhe deu roupas, mas Didi preferia poder vestir as suas mesmo. Ela colocou a calcinha por baixo da toalha e olhou para um vestido de seda de tom terracota, que devia ter custado tanto quanto todos os seus trapos de lojas de departamento juntos. Pensou que, até poucos dias atrás, jamais escolheria aquela cor, mas ela combinava perfeitamente com seus cabelos vermelhos. Quando viu que não poderia mais se vestir embaixo da toalha, deixou-a cair no chão. Ao pegar o vestido, não viu que tanto Nádia quanto Kate notaram a tatuagem de um nó em sua barriga e se entreolharam.

– Kate vai ajudá-la a comprar roupas novas – disse Nádia. – Até lá, pode pegar essas emprestadas de mim.

– Ah, vocês pensaram em me raptar, mas não em trazer minhas roupas, muito inteligente – disse Didi, com sarcasmo, vestindo a suave peça de seda.

– Suas roupas não existem mais – disse Kate. – Nada que era seu existe mais. Vamos até a cozinha, comer algo.

– Por que não? – perguntou Didi, seguindo-a.

Kate foi até o balcão da cozinha, no qual havia uma tábua de cortar repleta de ervas e nozes. Ela começou a picá-las com grande habilidade, mas a campainha tocou e ela foi até a porta, limpando as mãos nas calças pretas. Nádia e Didi foram para a sala e se acomodaram no sofá. A mulher tinha uma porção de nozes, e ofereceu-as para Didi, que pegou uma delas, com cuidado. Pouco depois, dois homens de macacão seguiam Kate, carregando uma grande cama.

– Nádia lhes mostrará onde colocar. Não sou responsável pela decoração.

De fato, ela não lembrava uma dona de casa com suas roupas pretas e a grande faca ainda em sua mão.

A cama era pesada, e os homens ficaram olhando as três belas mulheres por um bom período. Nádia os mediu com os olhos semicerrados.

– Levem para aquele quarto no canto – disse, após uma pausa, virando-se para Didi. Seus olhos seguiam aqueles belos exemplares masculinos. – Aquele quarto é seu. Há ainda alguns móveis do antigo proprietário, mas compraremos novos assim que você souber do que precisa.

As palavras de Kate, entretanto, perturbaram Didi – Por que destruir tudo que é meu? – perguntou com a voz quase inaudível.

***

Ficou claro para Didi que ela estava sob vigilância. Ela passava a maior parte do tempo em seu quarto, sem se intrometer em nada, pensando em tudo o que tinha ouvido. Mais de uma vez, perguntou às mulheres, ou ninfas, como deveria chamá-las, qual a razão de tudo aquilo. Não conseguia compreender o motivo de não poder continuar sua vida anterior. Johannes estava morto, mas aquilo não podia ser culpa sua, de modo nenhum. Ela não sentia que era algum tipo de criatura mítica, com poderes mágicos.

– Posso voltar para casa, sem problemas – Didi falou. – Não vou revelar nada sobre vocês. Vou viver uma vida perfeitamente normal.

– Você não pode mais voltar – Nádia respondeu. – Agora você está em perigo.

– Perigo? Quem iria querer me machucar?

Nádia estava prestes a dizer algo, mas Kate interveio na discussão. – As pessoas. Alguém logo notaria que você não é como eles. E o que as pessoas fazem com quem é diferente do "normal"?

– Além disso, você não sabe de tudo. E não está pronta para saber – Nádia emendou. – Você precisa acreditar no que estamos dizendo. Sua mãe confiou na gente para protegê-la.

Didi refletiu sobre aquelas palavras por um tempo e sentiu que precisava de um pouco de ar fresco, indo para a varanda do apartamento. O local era aconchegante, com seus móveis claros e luminárias sob o suave sol do final de tarde. A vista dava para um quintal gramado. Didi não estava com frio, mas se enrolou em um grande cardigã encontrado no guarda-roupa e olhava para a Lua, que se mostrava em sua forma crescente. Ao ouvir passos leves, porém, não se virou. Nádia era quem caminhava descalça, já que Kate parecia dormir com suas botas.

A mulher havia lhe trazido uma xícara de chá quente e ambas se encostaram na grade da varanda.

– Devo avisar minha mãe onde estou? – perguntou Didi. – Dizer a ela que estou bem?

– Elina sabe disso – respondeu Nádia. – E não podemos manter contato. Isso também seria perigoso demais.

– Por que minha mãe não pode ajudar se ela sabe que sou como vocês? – Didi misturou o chá com a colher, sem conseguir beber, apesar de o aroma suave da infusão e do mel serem tentadores.

– Porque Elina não é sua mãe – interrompeu Kate atrás delas. Ela veio se unir às duas junto à grade e não se importou com o olhar de reprovação que recebeu da parceira.

– Como assim Elina não é minha mãe?! – perguntou Didi, perplexa.

– Kate está certa – disse Nádia, após uma pausa. – Você é uma ninfa, seus pais não poderiam ser humanos.

– Temos planos para você – disse Kate. – É essencial que você seja paciente e que façamos as coisas passo a passo.

– Você tem três semanas para aprender quem é e o que isso significa. – Nádia levou a mão ao ombro da menina, e a partir dela uma onda de calor se espalhou por Didi, acalmando-a.

– O que acontece daqui a três semanas? – perguntou Didi.

– Teremos outra lua cheia – respondeu Nádia. – Você precisa aprender a enfrentar o que isso provoca em você. Embora esteja em perigo, você também é um perigo para as pessoas. Ensinaremos você a se ocultar e a praticar seu poder de ninfa. Temos nossas próprias regras. Precisamos de um tipo específico de alimentação. Cada uma de nós tem um talento especial. Assim que você descobrir qual é o seu, você terá de aprender a utilizá-lo. E, acima de tudo, a cada lua cheia, terá de...

– Nádia, vamos entrar – disse Kate em tom de alerta para, em seguida, virar-se para Didi. – Você precisa descansar o máximo que conseguir. Amanhã será um novo dia e poderá nos perguntar tudo o que pretender saber.

Didi ficou sozinha. Olhou para as silhuetas escuras das casas e para o céu que se abria diante dela. A luz da lua crescente era pálida. Começou a sentir frio de verdade, mas o chá havia esfriado e tinha um gosto amargo apesar do mel. Talvez Nádia preparasse um pouco mais, caso pedisse. De meias, caminhou em silêncio até a cozinha, e os sons que vinham de lá eram da arrumação de taças e garrafas de vinho sobre a mesa. As mulheres conversavam e ela parou para ouvir.

– Talvez devêssemos contar logo à Didi o que está acontecendo com ela – disse Nádia.

– Ainda não – falou Kate, com determinação.

– Ela deve estar com medo.

– Sim, mas mesmo assim, ainda não. A menina não entenderia nada.

– Por quê? – perguntou Nádia.

– Primeiro, vem o choque; depois, a agressão, e só então a fase da rejeição. Em seguida, viria a tristeza e, por fim, a aceitação. O choque e a agressão já se passaram.

– Ah, você estudou psicologia, é? – riu Nádia. – Como essa rejeição se manifesta?

– Você logo verá como – respondeu Kate, e tomou um longo gole de sua taça.

Didi começou a se sentir incomodada de fato. Estava cheia de tudo. Mais uma vez, era tratada como uma criancinha que não podia entender as coisas e que tinha de ser vigiada o tempo todo.

– Vá colocar a trava de segurança – ouviu Kate dizer de novo. – Vamos ter certeza de que não será fácil para ela escapar daqui.

"Isso é o que você acha", pensou Didi. Ela voltou para a varanda e olhou para a sala, através da janela, para se assegurar de que Kate e Nádia não a vissem. "Que bebam seu vinho na cozinha", pensou. Ela tinha outros planos.

Didi já havia reparado na presença da escada de emergência no canto da varanda, e depois do que tinha ouvido, ia arriscar fugir por ali. Certa vez, tinha fugido da mãe pela janela. Por que não daria certo outra vez?

Em um piscar de olhos, estava no nível da rua, olhando para os lados com muito cuidado. Foi quando sentiu algumas gotas caindo em sua pele, ela espalmou as mãos para senti-las. A chuva fria refrescou sua testa. Ela olhou ao redor e viu um portão. Por sorte, estava aberto.

10

Didi correu descalça pela rua molhada, sem saber que rumo tomar. Depois de alguns quarteirões, começou a se desesperar. Não havia ninguém nas ruas e já era tarde. Então, viu luzes de um café que estava aberto a pouca distância. O alívio durou o instante de perceber que não tinha dinheiro e nem um plano.

No café, havia um grupo de homens bebendo cervejas e uma garçonete limpando mesas vazias. As pessoas olharam discretamente para seus pés descalços e o vestido apertado, e ninguém disse nada. Havia todo tipo de pessoas na cidade.

Didi logo viu um computador em um dos cantos do ambiente. Ela se sentou em frente à tela, sem ao menos saber o que fazer. Sentia frio e tinha medo do momento em que teria de voltar para a rua. Precisava de ajuda, mas não conhecia ninguém... Samuel dissera que vivia em Helsinque. Com os dedos gelados, escreveu "Samuel Koski" no site de busca. Em um piscar de olhos, conseguiu um endereço: Katajanokaniaturi, 4. "Muito estranho", pensou, ao olhar o mapa. Porém, nada a deteria. A ideia de ter Kate em seu encalço a fez sair do café rapidamente.

Uma ou outra gota de chuva caía do céu quando Didi encontrou o endereço que procurava e viu que se tratava de um velho barco. Uma luz brilhava na cabine e ela caminhou lentamente em sua direção. Foi então que lhe veio à mente que encontrou Samuel pela primeira vez, em anos, e não sabia qual era sua situação atual. E se ele estivesse passando a noite com uma namorada, por exemplo? A ideia lhe trouxe uma dor incômoda no peito. E por que iria ajudá-la, de repente? Por outro lado, não se lembrava de nenhuma ocasião em que Samuel não estivesse pronto para isso. Quando, na escola, alguém ria de sua cabeça de cenoura, Samuel sempre intervinha.

Na lateral do barco estava pintado o nome "Robur", que logo a fez se lembrar da mãe. Didi sabia que a palavra significava "carvalho", e Elina adorava essa árvore. Ela se perguntava por que nunca tinha visto a mãe com aquele pingente. De repente, notou que havia movimento no barco. Aproximando-se da janela, viu Samuel. Lembrou-se de como, quando pequena, aninhava-se ao lado dele, ouvindo-o ler lenta e compassadamente a história dos três mosqueteiros, enquanto brincava com suas tranças ruivas.

Lembrou-se também das mães deles sentadas na cozinha da casa de Samuel, bebendo café, com expressão séria. A mãe de Samuel quase sempre estava vestida com roupas de fazenda. Era de se questionar se tinha outras roupas. A conversa, porém, ficou gravada em sua memória, pois não era para ser ouvida por outras pessoas.

– Nossos filhos estão crescendo – Elina disse.

– Não devemos ficar tristes com isso, de modo algum – respondeu Paulina. – Eles gostam da companhia um do outro, mas logo será hora de separá-los.

Sem saber do que se tratava, algo começou a incomodá-la depois disso, e ela passou a brigar com Samuel, às vezes de verdade, outras vezes de brincadeira.

Didi afastou a lembrança e espiou a cabine pela janela. Samuel mexia em um computador e se assustou ao ouvir alguém bater à janela. Didi acenou e Samuel sorriu ao reconhecê-la.

– Didi! – Samuel logo abriu a porta da cabine para ela e o calor que vinha de dentro envolveu a garota. – O que está fazendo aqui?

– Posso entrar? – perguntou Didi, sem saber por qual parte da história começaria.

Em seguida, ela estava sentada na cabine, com uma toalha sobre os ombros. Samuel pareceu entender a expressão de seu rosto e ela não precisou explicar nada. Ela pediu um telefone emprestado. O resultado da ligação, entretanto, não foi o que ela esperava.

– O número discado está fora de área... – repetiu uma gravação.

Didi trocou o telefone pela xícara de chá que Samuel ofereceu.

– Não entendo por que minha mãe não atende. Posso tentar de novo, por favor?

– Claro – o rapaz disse de forma educada.

Ela discou um novo número e logo ouviu uma voz.

– Alô?

– Laura? Não te acordei, não é? – perguntou Didi.

– Claro que não... – respondeu Laura. – Onde você está?

– Não estou conseguindo falar com minha mãe, o celular dela parece estar desligado – respondeu Didi, tentando evitar o assunto.

– Também não há ninguém na sua casa. Bati na porta várias vezes.

O coração de Didi ficou gelado. Sua mãe não podia desaparecer assim e deixá-la na mão. Ela não tinha sido uma filha tão ruim para ela sumir desse jeito.

– Alguma coisa foi resolvida? – perguntou Didi, com a voz baixa, para que Samuel não ouvisse todas as palavras. – Sobre Johannes?

– Pelo que disseram, foi algo com a circulação sanguínea, mas eu não sei exatamente o quê – disse Laura. – O funeral será amanhã. Você virá, não? Afinal, onde você está?

– Preciso desligar. – Ela não queria mentir para Laura, então era melhor terminar a conversa logo. – Conto tudo pra você outra hora. Talvez a veja amanhã.

Didi desligou o telefone e colocou bastante mel em seu chá.

– E agora? – perguntou Samuel, sem querer perguntar mais do que ela estava preparada para responder.

– Tenho de pensar um pouco – disse Didi. – Posso dormir um pouco por aqui?

– Não prometi para você, quando era pequena, que a salvaria toda vez que estivesse com problemas?

– Sim, prometeu, e depois caçoou de mim, dizendo que eu era feia – disse Didi, rindo de verdade.

– Só que depois disso você me acertou um soco no nariz – disse Samuel, tornando-se sério em seguida. – Como posso ajudar você?

– Pode me levar para casa, amanhã de manhã, por favor?

11

A vizinhança ainda estava adormecida. Didi pensou em todas as pessoas, famílias com crianças e animais de estimação que ela cumprimentava quase todos os dias. Era estranho pensar que tudo continuava normal desde que ela partiu. Logo, eles acordariam, tomariam café da manhã e fariam suas tarefas diárias. Não era o caso da família da casa com o telhado com sótão, em cujo pátio Samuel entrou com o carro. Didi demorou para sair, embora estivesse ansiosa por aquele momento. Ela se imaginou subindo as escadas, correndo, e entrando onde tudo lhe era familiar e seguro. No entanto, a casa lhe parecia estranha e sem espírito. Didi se virou e olhou para Samuel.

– Quando eu tinha 10 anos, pensava que você era o melhor menino do mundo. Mas você me considerava apenas a menina boba do vizinho.

– Você era a menina boba do vizinho – respondeu Samuel.

– Algum dia achou que havia algo de errado comigo? – perguntou Didi.

– Não, nunca! Tudo, em todos os aspectos, está certo em você.

– Por que aceitou me ajudar de novo?

– Por que você pediu – disse Samuel, como se fosse óbvio.

Didi teve vontade de se aproximar dele, o que lhe pareceu proibido. Samuel também olhou para a frente.

Ela foi até ali procurar alguma pista, algum sinal de sua mãe. Pressentindo que não encontraria nada naquela casa, ainda assim, algo precisava ser obtido por lá. Saiu do carro, seguindo Samuel, e bateu à porta. Foi inútil, como havia imaginado. Então partiu para o plano B: agarrou a primeira pedra que lhe pareceu adequada e marchou com ela para a janela do andar de baixo.

– Você não vai quebrá-la, vai? – perguntou Samuel, com o vidro já se estilhaçando diante dele.

– Esta é minha casa – disse Didi. – Então, isso não é uma invasão!

Samuel olhou ao redor, verificando se alguém tinha ouvido o barulho. Após pular a janela, Didi, seguida pelo amigo, abriu a porta e foi para a sala.

A luz da manhã que entrava pelo vidro quebrado fez Didi sentir que outra coisa havia se partido também. A casa de madeira era apenas uma concha protetora para a vida que ela e Elina dividiram por anos, mas agora estava vazia. Porém, ainda havia algo familiar, como as manchas no papel de parede, em que estavam penduradas fotos e pinturas. Restavam alguns móveis, com panos de proteção colocados sobre eles. Ninguém mais vivia naquela casa.

– Onde está sua mãe? – perguntou Samuel, quando Didi já estava no andar superior.

As escadas rangiam como antes, mas na casa abandonada o som estava nitidamente diferente. Didi chegou à porta de seu quarto. Queria encontrar algo, não importava se fosse algo pequeno. Acima de tudo, desejava achar seu diário, aquele em que havia registrado sonhos e pensamentos. Não queria que ninguém o lesse.

Por precaução, ela sempre o escondeu, com cuidado, atrás da última gaveta da escrivaninha, convenientemente emperrada. Abaixou-se e a puxou com força, mas ela nem se mexeu. Tentou mais vezes, mas sem sucesso. Estava a ponto de desistir, quando resolveu fazer uma última tentativa, desta vez usando toda a sua força.

– Eu ajudo – disse Samuel, correndo em seu auxílio.

– Não precisa... – disse Didi para detê-lo, mal conseguindo falar enquanto se esforçava, mas Samuel já segurava o puxador da gaveta.

Naquele instante, Didi se desequilibrou e acertou o cotovelo bem no queixo dele.

– Aaaaaai! – gritou Samuel.

– Me desculpe! Doeu?!

– Muito! – resmungou.

Didi se inclinou para verificar o estrago feito. Havia um corte no lábio inferior de Samuel, de onde algumas gotas de sangue escorriam para seu queixo. Não era um grande ferimento. "Os homens reclamam das menores coisas", pensou Didi, sorrindo enquanto imaginava outra coisa também.

– O que é tão engraçado? – perguntou ele, irritado.

– Nada. Você tinha de vir e se intrometer?

– Bem, tentei ajudar, mas fui espancado! – respondeu.

Ela levou a mão ao lábio de Samuel e seus olhos se encontraram. Didi refletiu por um momento sobre aquele olhar. Pela manhã, eles tinham um pouco de luz azul, calmos... E agora pareciam elétricos. Como podiam ser sinceros em um momento como aquele? Centímetros a separavam de Samuel, então era possível ver cada costura de sua camisa e como o tecido se acomodava em seu peito. O pensamento anterior retornou. Se ela era uma ninfa e Nádia conseguiu curar seu tornozelo quase fraturado com o breve toque dos lábios...

Engolindo em seco, desvencilhou-se de Samuel.

– Só trago problemas para os outros.

– Foi só um acidente – disse ele, segurando a mão da garota.

O gesto foi tão reconfortante que Didi nem quis se mover mais. O tipo de calor que ela precisava naquele momento vinha de Samuel.

– Posso tentar uma coisa? – perguntou Didi.

Já que Samuel não a proibiu, ela se inclinou em sua direção e lhe deu um beijo suave no corte do lábio inferior. Samuel ficou surpreso. Didi olhou para ele e esperou.

– E agora? – perguntou Samuel.

Didi olhou para o ferimento. Ele continuava no mesmo lugar. Toda aquela baboseira sobre ninfas era um completo absurdo, como imaginava.

– Não conclua nada a partir disso – Didi se apressou em dizer. – Eu não quis...

A ninfa não teve tempo para continuar. Samuel se curvou em sua direção e ela levantou a cabeça, esperando ansiosamente por outro beijo. Porém, ele a olhou com os olhos vidrados. Então despencou no chão.

– Samuel? – sussurrou Didi. Seu coração batia muito rápido e ela suava frio. Atirou-se ao chão para tentar ajudar, mas, hesitante, não ousou tocá-lo. Em pânico, se afastou arrastando-se, sem saber o que fazer. A respiração de Samuel parecia comprometida, seu peito mal se mexia sob a roupa.

– Samuel! – gritou Didi, o mais alto que pôde, quando ouviu um carro.

Ouviu passos nas escadas e, em seguida, viu Kate e Nádia junto à porta.

– Matei o Samuel? – perguntou Didi, com as primeiras lágrimas já caindo. – Meu cotovelo acertou sua boca por acidente, achei que poderia curá-lo.

– Eu não falei? – Kate disse a Nádia, sem dar atenção a Didi. Olhou para a sala para se certificar de que não havia mais ninguém e depois se sentou em uma cômoda para esperar. – Criancinhas sempre fogem de casa!

Enquanto Nádia se inclinava sobre Samuel, Didi, aterrorizada, não saiu do caminho. Ele estava inconsciente: e se o toque de outra ninfa o matasse?

– Não toque nele! – gritou Didi, surpreendendo-se com o ciúme que sua voz expressou. Ela se levantou e tentava tirar Nádia do local quando, subitamente, usando uma força surpreendente, a ninfa a prensou contra a parede. Em seguida, tocou delicadamente seu rosto, com dedos delicadíssimos que funcionaram como anteparo.

– Didi, não vou machucá-lo, mas *você* pode matá-lo. – Nádia olhou em seus olhos, aguardando o ímpeto de luta da garota se dissipar. Tudo o que ela podia fazer era olhar fixo para Nádia, cuja voz suave era hipnotizante.

– Ouça, Didi – disse Nádia. – Eu nasci em Nápoles, em 1756. Quando fiz 11 anos, começaram a me dar aulas de *come essere una ninfa*, é assim que vive nossa espécie.

– O que você quer dizer? – perguntou Didi, respirando com dificuldade.

– Tive de aprender a me esconder das pessoas que nos queimavam como bruxas durante séculos. Ou nos matavam por divertimento, ou por medo. Você, agora, tem pouco mais de duas semanas para aprender todas as habilidades de que irá precisar. Se eu fosse você, iria querer aprender. Olhe para seu amigo. Não é o que você quer, é?

Didi balançou a cabeça e Kate fez um sinal afirmativo, indicando que era a hora de continuar.

– Ainda posso ajudá-lo – disse Nádia. – Você, sozinha, não poderia.

– Ele pode acabar morrendo! Somente eu e Nádia somos capazes de ajudá-lo a sobreviver – disse Kate. – Você terá de confiar em nós.

Nádia voltou a se inclinar sobre Samuel e apertou seus lábios contra os do jovem. Nada aconteceu. Didi olhava para ele, em desespero, balançando a cabeça. Não podia estar acontecendo de novo...

Então, Samuel reabriu os olhos, e se maravilhou com Nádia, depois com Didi e, finalmente, com Kate. Quando ele se sentou, Didi também voltou a respirar.

– Você está bem – disse Nádia para Samuel –, foi só um desmaio. O cotovelo de Didi o acertou com muita força.

– Imagino que sim – disse Samuel. Kate o ajudou a se levantar com facilidade, como se ele fosse uma criança.

– Eu o acompanho até o carro – disse Didi, embora as ninfas tenham tentado lhe dizer que não era uma boa ideia.

Lá fora, Samuel parou Didi.

– Quem são aquelas mulheres? – perguntou.

– Amigas de minha mãe – explicou Didi. – Elas prometeram ajudar... Tenho quase certeza de que Elina não é a minha mãe biológica... Tudo o que aconteceu ainda não está claro para mim. Há algumas questões familiares, mas não posso falar sobre elas.

– Ouvi você falando sobre um funeral – disse Samuel. – Você vai?

Didi balançou a cabeça. Depois, abraçou-o.

– Obrigada!

– Se precisar de ajuda, me procure – disse Samuel. Ele esperou um pouco, mas, como previa, Didi não reagiu. Então entrou no carro.

Nádia e Kate chegaram ao pátio quando Samuel virava para a rua.

– Vamos Didi! – ordenou Kate.

***

Havia cerca de vinte pessoas vestidas de preto em volta de uma vala aberta. Do banco de trás do carro de Kate, Didi viu muitas pessoas chorarem. Era tudo sua culpa. Lágrimas inundaram seus olhos.

– Não havia nada que você pudesse ter feito – disse Kate. – Você não sabia de nada sobre sua história. Não podia saber que o garoto ia morrer.

Didi enxugou o rosto. Sua vida após a morte de Johannes ficou tão inacreditável que mais parecia um sonho. Além de tudo, estava só. E tinha de confiar em duas mulheres completamente estranhas.

12

Kate sentiu um arrepio. Olhou para fora e viu que a noite caía. Acabou adormecendo e, nesse breve cochilo, sonhou que ouvia o som de cascos de cavalos tão próximos que podia sentir o cheiro deles. Durante a perseguição, seu cabelo longo e molhado balançava ao vento e voltava contra seu rosto... Acordou irritada com o retorno daquele sonho antigo que tanto a assombrava.

Esticando as longas pernas, ouviu a conversa que vinha da cozinha. Ela precisava de nozes e abacate, o tipo certo de comida e de bebida.

Foi até lá, encheu uma taça com vinho branco gelado e pegou um punhado de nozes. Didi estava à mesa, acompanhada por Nádia, que arranhava levemente a pele da jovem ninfa com uma pequena faca, coletando amostras e colocando em um saco de plástico. Didi olhava com estranheza.

– Temos uma relação de amor e ódio com a Lua. – Nádia passou a mão no braço de Didi, indicando que havia terminado, e olhou para Kate. Era a hora de contar.

– O que isso significa? – perguntou Didi.

– A Lua tem o hábito de nos provocar.

– Você transou com aquele Johannes, certo? – começou Kate. Didi pareceu não entender a razão de ela tocar no assunto. Seria melhor que contassem de uma vez. Kate voltou a encher a taça, sentando-se no balcão da cozinha, com a postura ereta. – É por isso que você terá de se preparar melhor para a próxima lua cheia.

– Antes, você ficava com hematomas – explicou Nádia, com mais delicadeza. – Agora, sua pele começará a perecer. Sua visão vai piorar, seus cabelos se tornarão quebradiços, suas juntas endurecerão. Até seus seios irão atrofiar.

– Você não sabe contar as coisas sem piorá-las? – provocou Didi.

– Tudo isso pode ser evitado – rebateu Nádia. – Pense na dor que você sentiu antes, a pequena dor penetrante em seu ventre, que causou cãibras. Ela vai se multiplicar se você não agir direito.

– O que preciso fazer?

– Ficar com um homem – disse Kate.

– E se eu não quiser? – perguntou Didi. A coisa toda parecia ridícula.

– A cada lua cheia, uma ninfa precisa ficar com um homem – disse Kate. – Considere como cuidar de si com regularidade, algo como depilar a virilha sem dor.

Didi sempre ouvia outras garotas conversarem sobre sexo de um jeito descontraído, mas aquilo era totalmente sem sentido para ela, quase impossível de acreditar. Além disso, sua mãe sempre alertou sobre os rapazes que se aproveitavam das meninas, e ela acabara de ouvir que deveria fazer exatamente o oposto.

– Vocês fazem isso? – perguntou Didi.

– Claro – respondeu Kate.

– É impossível negociar com a Lua. – Nádia colocava uma marca no saco plástico com a amostra, enquanto olhava para Kate, alertando-a de algo. – Feromônios atraem os homens. Estudei isso. Vamos investigar o que você exala.

– O pó de sua pele atrai homens como o pólen atrai as abelhas – falou Kate.

– O que acontece com os homens, então? – quis saber Didi, sem ouvir resposta. – O mesmo que com o Johannes, certo? Matarei cada homem que me mantiver viva?

Kate desceu do balcão. – Acho que é muito para uma noite. Vou dormir.

Ela sentiu que os olhos de Nádia a seguiram e que a companheira queria ter abordado o assunto aos poucos, mas Kate não estava com muito ânimo para isso. A jovem ninfa teria que receber tudo de uma vez. As duas tinham feito todo o trabalho. Primeiro, Didi seria disfarçada de estudante. Já haviam obtido novos documentos e apartamento, sem falar no perigo por que tiveram de passar. Porém, ainda precisavam ensiná-la a sobreviver. Didi não fazia ideia disso. Sempre morou com a mãe e, até então, tinha tido uma vida fácil.

Qual tinha sido a última vez em que sua vida foi fácil era o que pensava Kate pouco antes de deitar a cabeça no travesseiro frio.

***

Kate agarrou com mais força a crina do cavalo. Uma capa grossa e um colete de couro a protegiam dos galhos das árvores desfolhadas, mas ainda assim eles arranhavam seu rosto e se enroscavam em seu cabelo. Isso não a incomodava, pois estava fugindo. Ela percebeu os sátiros se aproximarem ao ouvir o resfolegar de seus cavalos. Procurava por um local adequado para se esconder ou lutar, pois sua montaria ficava cada vez mais lenta. O cavalo não conseguiria correr por muito mais tempo respirando aquele ar frio.

Uma lança cortou o ar. Quando Kate tentava descobrir quem a havia atirado, ouviu o gemido de um sátiro, atingido por outra lança. Ele despencou da sela e a ninfa parou. Outro sátiro pulou de seu cavalo e correu em sua direção, empunhando uma espada.

"Acho que fiz a coisa certa", pensou Kate. Com um salto e grande maestria, desmontou-se do animal com a espada já desembainhada. Jamais fugira de uma luta. O sátiro estava à distância de um golpe. Rapidamente as lâminas se encontraram e Kate conseguiu fitar os olhos vermelhos e ardentes do sátiro. Ela precisava ser rápida, pois os chifres de seu inimigo começaram a surgir, o que significava que ele estava ficando mais poderoso. Golpeou-o com toda a sua ira, mas o sátiro nem se moveu. Recuperou a sua posição, sentindo-se pronta para desferir outro golpe. Mas ele estava parado, com um sorriso maligno e seguro de sua vitória. Começou a ir lentamente em direção a Kate, mas, de repente, o sátiro sucumbiu diante dela, com uma flecha nas costas. Ela olhou em volta. Quem o havia atacado?

Então, viu um homem robusto sair detrás das árvores, caminhando com determinação até o sátiro, cuja morte decretou com uma adaga grossa, feita de osso. O homem tinha cabelos castanhos um pouco longos, uma grande fita de couro no pulso e usava uma pele de raposa para aquecer os ombros.

– Você está bem? – perguntou para Kate.

– Acredito que você não saiba no que se envolveu – ela respondeu.

– Nós e os sátiros também somos inimigos. – Enquanto limpava a arma, o homem sorria para Kate.

– Vocês quem?

O homem não respondeu. Começou a colher lenha, resoluto.

– O fogo é o melhor modo de se livrar de algo que pode ser nocivo.

Kate ajudou a conseguir madeira para fazer uma grande fogueira. Juntos, carregaram o corpo do sátiro e, usando algumas pedras, o homem acendeu o fogo. Enrolada em sua capa protetora, ela se virou, pensativa.

Não podia confiar em ninguém, portanto era melhor tomar controle da situação à maneira das ninfas. Estava muito confiante, pois já havia lidado com situações como aquela antes. O homem parecia forte como um carvalho e ainda não era lua cheia. Talvez ela pudesse ficar um pouco por lá, os sátiros demorariam a aparecer novamente.

Ela caminhou em direção ao misterioso homem e pôs o braço em volta de seu pescoço, pronta para lhe dar um longo beijo. Ele a empurrou com força, desvencilhando-se.

– Não sou um tolo para dar minha boca para uma ninfa – disse.

Foi difícil para Kate se livrar de sua mão. Seu charme raramente falhava.

– Poderia ter me virado sozinha também... Não pense que lhe devo qualquer coisa por isso.

Em segundos, montava em seu cavalo, recusando-se a olhar para o homem, que sabia estar sorrindo soberbamente. Kate desapareceu na escuridão da floresta, sem se esquecer dos olhos azuis de Janos...

***

Ao acordar pela manhã, ficou alerta, pois ouviu passos estranhos. Pronta para se defender, suspirou de alívio. Era Didi, claro. Ela ainda não se acostumara com a presença da garota nem sabia ao certo o quanto poderia confiar nela.

Kate desceu da cama e foi até a porta na ponta dos pés. Didi saiu do banheiro em direção à sala, que estava inundada pela luz do sol, e olhou pela janela. Quando voltava para o quarto, notou um notebook esquecido debaixo de uma almofada. Sem pensar duas vezes, partiu rápido para um lugar mais seguro com o produto de seu pequeno furto.

A ninfa teve paciência de esperar, para depois caminhar silenciosamente até a porta do quarto da menina. Pela fresta, viu Didi sentada na cama, de costas para ela, e o rosto animado de sua amiga, Laura, brilhando na tela. Kate recuou e se acomodou para ouvir. Como imaginou, Didi parecia já ter contado um pouco sobre sua nova vida.

– Ei, era eu que devia ir para a universidade e ter um apartamento legal! – disse Laura, fingindo-se incomodada. – Amigas não devem roubar as melhores ideias das outras.

– Eu só tinha de sair da vizinhança – respondeu Didi. – E isso não é tão divertido quanto você pensa. Às vezes, nem sei quem eu sou. Se você soubesse de tudo...

Kate estava pronta para intervir, mas Laura foi mais rápida.

– Pelo menos, você tem problemas novos. É tudo tão chato e deprimente por aqui – reclamou Laura. – Quer saber? Que se dane, vou arrumar minhas coisas e ir embora. E falar para Lasse que estou partindo para procurar alguém melhor.

– Duvido que seja a solução – disse Didi, sem verbalizar o quanto temia o que aconteceria com Laura.

– Eu quero viver coisas novas – disse Laura. – Você até acertou aquele tal de Samuel.

– Um acidente.

– Fazer alguém desmaiar com um soco é melhor do que o estilo antigo. – Laura ficou quieta e fingiu estar olhando para a tela, para ver se tinha algo grudado entre seus dentes. – Você tem algum plano com o cara?

– Sim – respondeu Didi.

Nisso, Kate passou a ouvir com mais atenção. Aquilo não estava indo como planejado. Ela imaginava que Didi poderia ser descuidada.

– Ficar o mais distante possível dele. Quanto mais longe, melhor.

"Muito bom", pensou Kate. Talvez desse certo, afinal. Quando Didi foi para a cozinha, para o café da manhã, ela já estava lá, fazendo coisas com sua faca.

***

Depois de muito procurar, Kate acabou encontrando o lugar perfeito para sua pequena oficina de costura. Ficava próximo ao apartamento e lhe dava liberdade de ser sua própria chefe. Já era quase meio-dia quando ela chegou para abrir a loja, pois podia chegar na hora que bem entendesse. Provavelmente não duraria muito tempo trabalhando para outra pessoa! Ela se impressionava como Nádia se adaptava a novos papéis com tanta facilidade, como na atual clínica de fertilidade.

Durante a semana, a loja era convenientemente calma. Alguns clientes, um pouco de costura... Ao longo dos séculos, ela aprendeu a consertar selas e roupas, por isso aquele trabalho era perfeito para ela. Planejando uma tarde tranquila, sentou-se em uma poltrona, no fundo do estabelecimento, colocou os pés sobre um banquinho e abriu uma revista feminina.

Folheou as páginas com preguiça. Sorriu ao ver as fotos de mulheres pouco vestidas. Não se venderiam mais revistas se alguém dissesse que a sedução não depende de roupas íntimas, mas apenas de um olhar e um sorriso. Além do mais, Kate não conseguia se interessar por roupas. Ela encontrava seu próprio estilo em cada época sem muito esforço.

O celular tocou e o rosto de Didi surgiu na tela. Era melhor atender logo, embora a ansiedade adolescente não fosse algo que se inflamasse àquela hora.

– Como foi seu dia na universidade? – perguntou Kate.

– Tudo bem, imagino, embora seja muito estranho – respondeu Didi. – Eu disse que me mudei para cá e que meu nome foi acidentalmente omitido da lista. E se alguém me perguntar quantos anos tenho ou quem eu sou?

– Que nome você deu?

– Desirée Tasson.

– Bom. Seria muito fácil encontrá-la se você usasse o nome antigo – disse Kate. – Não fique emburrada. Continue com a história e tudo ficará bem.

– Por que você me deu um nome tão difícil de pronunciar?

– Se alguém procurá-la, isso poderá proteger você.

– Quem está me procurando, para começar? – perguntou Didi.

– Não importa – respondeu Kate. – É melhor você não descobrir ainda.

13

Os alunos no campus de Montpellier estavam acostumados ao estilo de vida luxuoso do professor Mann e de seus estranhos convidados ocasionais. Aquele, no entanto, fez com que os estudantes saíssem de seu caminho assim que o viram. Era difícil dizer se tratava-se de um punk ou de um soldado. A grande parca verde não conseguia esconder sua estrutura musculosa. Tinha os cabelos loiros espetados e um olhar duro e penetrante. Levava, com facilidade, uma enorme mochila nos ombros, enquanto subia com passos largos as escadas de acesso ao apartamento do professor.

O convidado foi levado à sala de estar para que aguardasse. Seu comportamento relaxado contrastava com as paredes cobertas de carvalho e as pesadas cortinas de veludo. Ele sondou o ambiente, mexendo nos livros e nas antiguidades sobre a mesa, parecendo se divertir.

Eric o observou da porta por um instante. Um longo tempo havia passado desde o último encontro, e ele não estava certo da atitude do hóspede diante do convite. Jesper continuava como antes, um sátiro loiro e de movimentos suaves. Sua boca estava quase pronta para um sorriso, que podia ser tão brincalhão quanto rude, e seu olhar, afiado e curioso.

Eric entrou na sala, e Michel e Lucas, seguidos por uma ninfa vestida com um traje fino, cumprimentaram o convidado com cerimônia.

– Sente-se, por favor – Eric apontou a cadeira e depois para a morena Albena, ordenando-lhe que servisse um pouco de vinho. – Faz um bom tempo desde que nos vimos pela última vez.

– Só vim por educação – disse Jesper, recusando o vinho. – Eu não obedeço a ninguém, mas o respeito, então você tem uma única chance para falar o que quer de mim.

Eric refletiu um pouco. Albena aguardava ao seu lado, tensa. A ninfa já o havia agradado muito, mas ele agora estava entediado. Talvez fosse hora de se divertir um pouco. Com Jesper, entretanto, era melhor ir direto aos negócios.

– Você pode trabalhar para mim – disse Eric. – Eu pedi pelo melhor e Gabriel Korda me recomendou você.

– Um trabalho? – perguntou Jesper. Para mostrar que ninguém lhe dizia o que devia fazer, ele pôs os pés sobre uma pequena mesa em frente do sofá.

– As fugitivas foram encontradas – disse Eric. – Em alguma pequena cidade do norte.

– Para este trabalho é necessário alguém como você – disse Jesper, colocando os pés de volta no chão. – Um caçador. Mas, se os rumores forem reais, esse caçador está enterrado há muito tempo.

Eric deu uma larga risada. Ao menos, atiçara a curiosidade de Jesper. Com isso, teria algum espaço para trabalhar.

– Não se deve dar ouvidos a rumores. – Eric abriu a gaveta de sua escrivaninha, retirando uma grande chave. – Então, é verdade que ele está enterrado. Vamos?

Jesper, Michel e Lucas seguiram Eric até o andar inferior. O anfitrião parou diante de uma pesada porta de madeira, reforçada com metal, e deu a chave a Michel, para que fizesse o trabalho pesado. Rangendo, ela se abriu.

Atrás da porta, havia um corredor escuro que parecia dar em um calabouço. Lucas acendeu uma lanterna forte para iluminar o caminho. Os olhos de Jesper acompanharam a luz até ela parar sobre uma mulher loira, que estava algemada. Seu corpo era como o de uma menina, os cabelos eram quebradiços e sem vida, e a pele, um pergaminho fino e enrugado. Sem conseguir mais ficar em pé, sustentava-se pendurada por correntes. Suas íris haviam perdido a cor e se tornado leitosas. Ainda assim, ardiam desafiadoras.

– Assim ficou essa ninfa que escapou há dezessete anos – disse Eric, como se exibisse alguma amostra para estudantes de ciência natural.

Nesse instante, a ninfa mergulhou para a frente, com suas últimas forças. Porém, todo tipo de resistência foi inútil. Eric sorriu com frieza e se voltou para Jesper.

– Michel e Lucas, com seus amigos, cuidaram de suas visitas mensais, para que nossa pequena Frida permanecesse viva. Algumas semanas atrás, contudo, decidi que há um limite para tudo e que era hora de a tortura acabar; mas essa ninfa é de uma persistência particular, ela simplesmente não morre.

Lucas jogou o facho de luz no rosto de Frida. Seus olhos estavam repletos de ódio. Eric levantou um pouco seu queixo.

– Meu amigo Jesper Janssen veio de sua floresta isolada para se juntar a nós e quer lhe fazer algumas perguntas – disse, inclinando-se para mais perto do ouvido de Frida. – Ecaterina e suas amigas fugitivas foram encontradas... assim como a razão para sua fuga.

Frida não respondeu. Eric pegou o celular e, na tela, logo surgiu o rosto de uma garota ruiva. Naquele instante, Frida cuspiu no rosto de Eric, que apenas sorriu, enxugando-se com um lenço.

– Você precisará de mim se quiser encontrá-las – a voz de Frida era rouca e pouco mais audível que um sussurro.

Eric olhou para os companheiros como se estivesse orgulhoso de Frida ainda o desafiar com tanto ódio.

– Primeiro, você tirará as algemas – continuou Frida – Depois, trará água e comida.

– Por que raios faria isso? – perguntou Eric, para em seguida receber a resposta que queria da ninfa.

– Porque sou a única que pode lhe trazer a cabeça de Kate.

14

No início, Didi descia de dois em dois os degraus das escadas da universidade, mas, com o tempo, começou a fazer seu percurso mais devagar. Já havia dias que tentava se misturar ao grupo. Ela seguia o fluxo de estudantes e os olhava conversarem, trocando livros, anotações ou rindo. Tudo lhe parecia estranho. Não conhecia ninguém e era mais nova que os outros, mas se sentia pressionada em se parecer com eles. Ela fingia se concentrar no conteúdo de sua bolsa ou em manusear o celular, enquanto observava o comportamento dos alunos.

Assim que entrou naquele lugar, lembrou-se de que já havia estado lá em uma noite chuvosa, procurando o endereço de Samuel. Sem querer mais pensar nele, virou-se para ir embora, esbarrando em um garçom e derrubando tudo o que ele carregava. Os copos se espatifaram no chão, fazendo-a ficar roxa de vergonha.

– Desculpe-me, não vi você! – disse, abaixando-se para catar os cacos.

– Não tem problema – disse o homem de estatura média, que vestia uma camiseta polo preta e um avental escuro. – Eu limpo isso.

– Bem, fui eu que fiz essa bagunça – disse Didi.

O homem já estava agachado e seus olhares se cruzaram: ele tinha meia-idade e parecia possuir certa experiência de vida, cabelos curtos escuros e olhos castanhos compreensivos. Didi se aprumou e pôs alguns dos cacos no balcão.

– Eu... posso pagar...

O homem a observou um pouco e ela temeu o valor total do estrago.

– Sou Valtteri Vaara – disse ele. – Proprietário, garçom, motorista, padeiro...

– Desirée – respondeu ela, ainda se acostumando com o nome. – Mas todos me chamam de Didi.

– Você por acaso está sem emprego? – perguntou Valtteri. – Não repare, é que estou precisando muito de uma assistente, alguém que se dê bem com as pessoas. Você parece ser assim e eu geralmente confio em minha intuição.

– Eu não sei bem – ela começou a falar, pensando que essa seria a chance de viver sua nova vida com nome falso e tudo mais. – Mas... por que não?

– Assim é que se fala! Gosto de pessoas que agarram as oportunidades – riu o homem.

Didi pegou o pano das mãos de Valtteri.

– Quando posso começar?

Após uma breve negociação, ela concordou sobre a jornada de trabalho e o salário e foi para seu apartamento, mas não antes de apreciar o *cappuccino* que Valtteri fez questão de oferecer. Didi sorria. Kate pensava que ela era uma criança mimada, incapaz de cuidar de suas próprias coisas e, no entanto, já tinha conseguido seu primeiro emprego. Mal podia esperar para contar a ela.

Estava tão feliz com sua conquista que, no caminho para casa, passou na loja de doces. Que alegria seria pular na cama e comer tudo. Chegando ao apartamento, primeiro deu uma olhada na cozinha e não viu Kate por lá, com sua grande faca. Só Nádia, com uma sacola cheia de frutas sobre a mesa. Ela teria de se vangloriar e comer doces mais tarde.

– Quer alguma coisa? – perguntou a ninfa, cortando uma laranja na metade. Em seguida, elevou-a e espremeu seu suco amarelo-dourado nos lábios.

– Por que não? – disse Didi, um pouco hesitante. O aroma cítrico penetrou em suas narinas. Ela pegou a outra metade e tentou imitar o gesto, mas a maior parte do suco escorreu em seu pescoço. Nádia o limpou.

– Você precisa aprender a desfrutar a vida – aconselhou Nádia.

Didi se lembrou de sua mãe austera, cheia de críticas. Elina nunca teria permitido que ela brincasse com comida, muito menos a encorajado a se divertir de alguma forma. O saco de doces que comprou teria sido posto no lixo.

– Sabe como é a vida das ninfas? Você será jovem para sempre – segredou Nádia, preparando outras frutas para comer. – Nunca engordará um só grama, não importa o quanto coma. Todos os sentidos irão se aguçar. Você sentirá cheiros e gostos com muito mais precisão.

Didi aceitou um pedaço de manga que Nádia lhe ofereceu e quase chupou a casca, de tão boa que estava a fruta. Até então, ser uma ninfa não parecia nem um pouco ruim. "Talvez eu coma os doces e um litro de sorvete depois", ela pensou.

– Não há razão para temer a lua cheia – disse Nádia. – Ela vai despertar suas sensações e fazer você querer ser tocada.

Didi mal se afastou e Nádia já limpava suas bochechas com as mãos. Aquelas mãos transmitiam algo tranquilo mas ao mesmo tempo excitante.

– Você vai querer tocar a pele das pessoas – disse Nádia. – Seus desejos serão estimulados. Se você se deixar desfrutar, saberá o que é ser uma ninfa.

Mesmo assim, Didi se lembrou de suas experiências anteriores, que não tinham sido só diversão. Ao querer se apaixonar e fazer amor, como tudo terminou? Agora ela precisaria ficar com homens para sobreviver, tirando a vida deles com isso?

– Não quero ficar com um estranho qualquer – disse Didi.

– É assim que você se sente agora – respondeu Nádia. – Mas deve pensar nisso de outra forma. Um completo estranho vai querer estar com você, pode ter certeza. Vá se despir, há um novo roupão em sua cama.

Nádia foi em direção ao seu quarto e Didi ficou na cozinha, completamente confusa. Não fazia ideia do que a mulher tinha em mente. Nádia não era das mais comportadas, mas também não era tão desinibida quanto Laura. Não havia motivo para suspeitar de que a ninfa quisesse machucá-la. Queria desobedecer, porém sentia que Nádia poderia lhe ensinar algo excitante, empolgante, como se fosse ser aceita em uma sociedade secreta e se familiarizar com cerimônias que outras mulheres já conheciam.

Didi foi para o quarto e viu o roupão de linho macio dobrado sobre sua cama. Hesitou um pouco, mas a curiosidade venceu. Queria ousar. Assim, despiu-se e vestiu o belo roupão cor-de-rosa.

A água enchia a banheira. No ambiente, de cores pálidas, havia pequenas bolas de sais de banho azuis-turquesa, candelabros em forma de flor e pétalas de rosa. A iluminação era fraca, a luz das velas revelava o mosaico de azulejos.

Nádia usava um vestido de algodão. Não disse nada. Aproximou-se de Didi para que pudesse tirar seu roupão. Todo movimento de Nádia parecia simples e era como se a nudez fosse a coisa mais natural do mundo. Ela estendeu a mão e Didi a segurou, apoiando-se para entrar na água quente. Nádia a esperou se acomodar e, então, sentou-se na beirada. Em seguida, esfregou algo nas mãos, com movimentos calmos.

– Esta é uma essência de rosas marroquinas – disse ela, quase sussurrando, enquanto o óleo floral começou a perfumar o ar. – Só tenho um pouco, então uso somente em momentos especiais.

Nádia pressionou a mão macia sobre o pescoço e os ombros de Didi. Ela aqueceu e massageou a garota com toques serenos. Didi estava tensa, mas relaxou após alguns minutos. Seus sentidos descansaram e a água acolheu tal sensação, fazendo-a crer que boiava, livre de tudo o que lhe ocorrera. Com uma pequena tigela em forma de concha, Nádia derramou água quente na pele e nos lisos cabelos vermelhos da jovem ninfa, fazendo-os sobressair em meio às outras cores.

– A água cuida das ninfas – disse Nádia. – A limpeza traz uma sensação de leveza e segurança. Como você se sente?

– Muito bem. – Didi estava com os olhos fechados. Sentia-se em outro mundo, como se Nádia estivesse lhe contando um conto de fadas.

– Sou uma ninfa da água – disse Nádia. – Há ninfas da água, ninfas da montanha e ninfas da natureza. Kate é das montanhas, dos Cárpatos. Talvez você também seja uma ninfa da água caso sinta uma conexão com ela. Nesse caso, poderá se tornar uma curadora.

– Eu tentei curar Samuel – disse Didi, com pouca energia. – E tive medo de que ele estivesse morrendo. Não acho que eu seja capaz disso.

15

Harju caminhou com seu casaco esvoaçante pelo corredor do hospital. Ele seguia uma médica morena, gorducha, tentando não correr, apesar de seu entusiasmo. Sempre ficava ansioso quando uma evidência parecia confirmar sua intuição. Uma mulher de óculos, cujo bronzeado devia vir do campo de golfe, olhava com desaprovação para sua aparência desleixada.

– Você disse que era da polícia central?

– Isso, superintendente Harju – respondeu, enfiando as mãos nos bolsos. – Estou há mais de duas semanas procurando os patologistas que conduziram a autópsia de Johannes Metso.

– Esta é uma cidade pequena – a médica riu. – Não podemos contratar médicos especializados em autópsias. Aliás, não fazemos muitas por aqui.

– Mas, nesse caso, tenho certeza de que foi feita... – devolveu Harju. – Metso era um jovem e a causa de sua morte não foi clara.

– Sim, foi. – Ela foi até o arquivo e, depois de uma rápida olhada, pegou a pasta de um paciente e a deu para Harju. – A que isso está relacionado?

Por um instante, Harju se concentrou na informação. Ele parecia ruminar, enquanto tentava decifrar da melhor maneira possível tudo o que lia, pois o arquivo era composto de uma única página.

– Foi você quem fez a autópsia?

– Havia todo tipo de coisa acontecendo – respondeu a médica. – Uma colega me ajudou.

– Quero falar com ela. – Harju afastou o arquivo que não o ajudava em nada. – Ela está trabalhando agora?

– Na verdade, ela se demitiu logo após a morte de Metso.

Harju pegou o arquivo para um novo exame. Sua intuição tinha de estar certa. Não podia, de forma alguma, ser uma coincidência a médica ter feito a autópsia e desaparecer logo em seguida. Coçou o queixo.

– Onde posso encontrar essa ginecologista, Elina Tiensuu?

– Vamos pegar o endereço e o telefone com a secretária – suspirou a médica, pensando, na verdade, em jogar golfe.

***

Harju conseguiu a informação e partiu para o endereço obtido. Antes mesmo de bater à porta, sabia que a casa estava deserta. Investigara residências o suficiente para saber quando um local estava abandonado. Bem preparado que era para a profissão, abriu a tranca com facilidade.

– Tem alguém aqui? – gritou, por precaução.

Acendeu uma lanterna e caminhou pelos cômodos do primeiro andar. Os móveis haviam sido cobertos com lençóis e nada de interessante lhe chamou a atenção. Foi então para o andar de cima. Ao abrir a primeira porta, com um rápido olhar, deduziu que o quarto pertencera a uma garota. Isso fez com que ficasse ali um pouco. Há tempos já não sabia como era um quarto de menina. Restavam alguns pôsteres nas paredes, um cartão postal engraçado e um ramalhete de rosas secas. O coração de Harju pesou, fazendo-o suspirar. Exceto por sua presença, a casa estava vazia. Não sabia por onde começar.

Quando estava prestes a ir embora e fechar a porta, sua lanterna iluminou algo no chão. Havia alguma coisa ali. Harju se abaixou e olhou com mais cuidado: dezenas de abelhas mortas, já secas. Havia dezenas e dezenas delas. Aquilo valia a pena ser analisado com cuidado. Seu celular tocou o tema da série policial Hill Street Blues e ele atendeu.

– Encontrou alguma coisa? – perguntou Hannula.

– Na verdade, não – respondeu Harju, sentindo que sua análise ainda estava incompleta. – Ou você se lembra de algum caso em que não tivesse absolutamente nenhuma pista?

– Sendo assim, não há caso – disse Hannula. – Boa noite.

Harju se ajoelhou no chão. Tirou um pequeno recipiente do bolso e colocou algumas abelhas mortas dentro dele, sem pressa.

16

Nádia olhou mais uma vez para a foto de um jovem colocada em sua mesa metálica no laboratório. Kate lhe disse que a primeira experiência de Didi tinha de ser boa, e por isso a escolha delas recaiu sobre Jean Malasma, convidado para a clínica de fertilidade pela enfermeira especial Nádia Rapaccini. Ao menos na foto, Jean parecia bonito e simpático. Ao vivo, iriam testar sua resistência. Nádia checou se tinha todo o equipamento pronto: uma esteira, eletrodos, máscara respiratória... Com eles, checaria se Jean poderia ser útil.

Na sala de espera, Kate reconheceu o homem com facilidade. Na vida real, era adequadamente atlético, um verdadeiro modelo de saúde; possuía estatura média, cabelos castanhos, olhos escuros sedutores e uma barba curta. Para ela, foi fácil notar que se tratava de um homem decente e inteligente, que também tinha um lado paquerador, o que era bom. Kate fingiu estar lendo uma revista toda dobrada, e algo dentro dela fez com que o homem se sentasse bem ao seu lado. "Eles não conseguem resistir", pensou Kate e bocejou, fingindo tédio.

– Com licença – disse Kate para Jean –, você não acha que eles só têm revistas antigas aqui? Percebi que já li todas elas e me senti velhíssima com isso!

– Você não é velha – disse Jean.

– Como você pode saber isso? – perguntou Kate, com voz suave.

– Bem, posso *ver* isso. – Jean parecia se divertir. O flerte era tão óbvio!

– Obrigada. Todas as clínicas de fertilidade deveriam ter um homem bonito para ficar elogiando as mulheres. Nossa autoconfiança cresceria muito. Prazer, meu nome é Kate.

– Prazer, Jean – disse, estendendo a mão.

Kate se recolheu por um instante, fingindo estar perdida em seus pensamentos, dando a Jean a chance de dar uma boa olhada nela. Sua blusa sem mangas revelava seus braços fortes. Kate havia se sentado de forma que o sol revelasse seus músculos firmes. Os cabelos pretos da ninfa brilhavam e ela sabia que seus lábios sensuais atraíam os homens. Lentamente, esticou o pescoço para o lado do rapaz.

– Que problema trouxe você aqui? – perguntou Kate.

– Nada – respondeu prontamente. – Fui convidado para um teste de resistência. Mas desisti.

– Você não parece alguém que desiste.

– Quis dizer que vou doar minhas células-tronco. Isso não significa...

– Você não precisa explicar – Kate riu um pouco.

– E o que você está fazendo aqui? – devolveu Jean. – Desculpe-me, isso foi indiscreto...

– Tudo bem – Kate sorriu. – Também não sou paciente daqui. Estou esperando uma amiga que é médica terminar seu trabalho.

Jean olhou para Kate e já estava prestes a dizer algo quando a porta se abriu e Nádia apareceu com seu jaleco branco.

– Jean Malasma?

– Sou eu. – Jean se levantou e foi em sua direção.

– Não se canse! – gritou Kate para ele.

– Claro que não. Eu perderia minha boa imagem, não é? – Jean acenou sorrindo para Kate, todo seguro de si.

Kate ficou sentada no sofá. O candidato escolhido para Didi estava nas mãos hábeis de Nádia. Era apenas preciso esperar e ver se ele passaria no teste. Didi ainda era uma desconhecida para as duas, e a garota tinha características que elas ainda não conseguiam calcular. Kate tinha de admitir que Didi a surpreendia, porém, o mais importante era ajudá-la a começar, para que sobrevivesse à próxima lua cheia, pois os sátiros logo estariam atrás delas. No entanto, não era hora de contar a verdade. Era melhor dar um passo de cada vez.

Kate voltou a olhar para o relógio de ponteiros enormes que havia na parede da sala de espera. Logo, meia hora se passou. As revistas eram mesmo bem antigas e ficar sentada sem fazer nada não era seu estilo. Com alívio, ouviu sons vindo da sala de exames, revelando que Jean estava prestes a voltar.

– Você ainda está aqui! – disse ele, sentando-se de volta ao seu lado, refrescado pelo banho recém-tomado. – Eu estava torcendo pra isso acontecer. Sua amiga ainda está vindo ou posso convidá-la para ir a algum lugar?

– Obrigada, mas ficarei por aqui ainda – disse Kate, sorrindo. – Amanhã, pode ser que eu tenha tempo para um café. Dê-me seu número e quem sabe eu lhe mande uma mensagem.

Jean não titubeou.

– Vejo você amanhã.

Kate notou que a amiga saiu da sala de exames e fez um gesto com a cabeça. Aparentemente, tudo correu bem. Assim que Jean saiu, Nádia veio até ela.

– Tudo certo – disse Nádia. – Ele é um homem jovem e saudável.

– Por enquanto – completou Kate.

17

Kate não tinha muita certeza, mas sentiu que a conversa com Jean a havia deixado cansada. Talvez algo familiar em seu olhar penetrante tivesse despertado velhas lembranças. A ninfa preferia cavalgar contra o vento, mas agora seus cabelos estavam curtos e, por lei, ela era obrigada a usar capacete. Enquanto pilotava sua moto pelas ruas da cidade, começou a se recordar de quando cavalgava pela floresta indo para a sua cabana na montanha. As imagens vinham nítidas em sua mente, e ela se viu saltando da sela do animal, já quase o amarrando em frente à casa, quando Janos surgiu diante da porta. Como um raio, Kate correu para seus braços. Já havia se passado mais de dez anos desde seu primeiro encontro, e Janos já era um homem na flor da idade.

– Katya! – gritou ele.

– Cada viagem parece ainda mais longa – sussurrou Kate com os lábios quase tocando o pescoço do homem. – Acenda o fogo, por favor?

– Logo você vai poder voltar para esta região – disse Janos. – Há novas gerações que estão morando no vilarejo próximo.

– Seria mais fácil se vivêssemos juntos na cidade. – Kate deixou escapar seu desejo em voz alta, embora já soubesse a resposta.

– Lá não seríamos livres. O medo estaria sempre presente. Pertencemos a este lugar.

– Eu pertenço a você – disse Kate. Ela segurou a mão de Janos e o levou para dentro da cabana, perto da luz das velas.

Kate se lembrava de cada detalhe do interior da casa: o lugar em que Janos guardava mel, água e farinha; o canto em que deixava a adaga feita de osso; cada pedra da lareira; e também se lembrava de como era se deitar nua sob o cobertor de pele, e de como Janos carregava lenha seca para a cabana para aquecê-los...

A lenha na lareira crepitava e Kate se deleitou enquanto se espreguiçava diante do calor do fogo. Enquanto Janos empilhava a madeira no chão, as chamas criavam um jogo de sombras em seu rosto. Nessa lembrança, Janos já era mais velho. Suas têmporas haviam se tornado brancas e rugas torneavam seus olhos, mas Kate não conseguia pensar em nenhum outro homem com o qual preferisse estar.

– O que você está olhando? – perguntou ele.

– Quero que você venha para a cama – respondeu Kate.

Janos se ergueu sem pressa e olhou para a ninfa.

– Ano após ano tenho podido lhe oferecer cada vez menos, Katya – disse ele. – Mal consigo fazer o que os outros homens fazem. Isso não é justo com você.

– Não estou pedindo para você dormir comigo – disse Kate. Ela sentia a melancolia de Janos e queria tranquilizá-lo.

Ele se sentou ao seu lado e ela o envolveu com o braço nu, sentindo em seu peito forte o pingente de carvalho que sempre andava com ele. Kate se recusava a aceitar que os homens envelheciam.

– Posso estar velho, mas não cansado – rugiu Janos, deitando-se de lado.

– Eu amo você, Janos... – Kate ficou impressionada com a facilidade com que a frase saiu de sua boca. – Cada ruga em torno de seus olhos, cada problema que você tem em suas juntas só fortalecem meu amor.

– Quando a hora chegar, quero morrer em seus braços – disse Janos.

O momento ficou registrado em cada célula de Kate. Depois da curva seguinte, parou sua motocicleta. "E as pessoas acham que têm dificuldades. Elas reclamam dos problemas de relacionamento e das coisas mais triviais", pensou Kate. Tudo o que ela desejava era ir o mais longe possível e deixar tudo para trás mais uma vez. Apesar disso, precisava voltar. Nádia e ela tinham uma missão. Elas a haviam aceitado e não tinham qualquer intenção de desistir. Portanto, era melhor que procurasse Didi. Na mensagem de texto recebida, a garota se vangloriava de um emprego que tinha conseguido em um café e, embora Kate a princípio fosse contra, via ali uma boa oportunidade.

Em meia hora, estava de volta à cidade. Estacionou sua moto e estava tirando o capacete, quando viu um jovem pelo retrovisor, que vestia uma calça jeans com ótimo caimento e uma camisa elegante. Era Samuel. Kate não se moveu, preferindo observar de perto a forma como ele se acomodava no café. Então, viu Didi ir até ele com passos leves. Kate se aproximou do muro para se esconder e escutá-los.

– Peça alguma coisa – disse Didi para Samuel. – Estou trabalhando.

– Faça uma pausa – um homem mais velho falou para ela. – Você também pode descansar um pouco.

Didi sorriu agradecida, sentou-se ao lado de Samuel e serviu água.

– Nunca pensei que você se tornaria uma garçonete – disse Samuel. – Nem que se mudaria para Helsinque. Você mudou, de certa maneira.

– A vida ficou um pouco complicada. – Ela logo mudou de assunto, ao ver os livros que Samuel havia colocado sobre a mesa. – Quando você decidiu começar a estudar medicina?

– Talvez quisesse desde a morte de meu pai. – Samuel olhou para outro lado por um momento. – Na época, ninguém pôde dizer ao certo o que causou a morte dele, então...

Kate queria intervir e tirar Didi de lá. É claro que eles já tinham conversado bastante antes. Será que não haviam insistido o suficiente com a jovem ninfa sobre a necessidade de ter cuidado? Mas Kate se controlou, afinal, era uma boa oportunidade para obter algumas informações.

– Como você decidiu fazer História da Arte? – perguntou Samuel. – De fato, você sempre foi muito precoce.

– Talvez os três mosqueteiros tenham algo a ver com isso – disse Didi. – Ou a pintura do cardeal Richelieu tenha despertado a minha curiosidade...

Kate continuou ouvindo, enquanto Didi e Samuel conversavam sobre assuntos variados, ficando evidente que haviam tido um convívio intenso no passado. O olhar fixo de Samuel em Didi fazia as bochechas da garota corarem. Riam de algo que era só deles e se aproximavam sem nem perceber.

Depois da conversa agradável, Samuel pegou os livros e saiu do estabelecimento, continuando seu caminho, e Didi amarrou o avental na cintura novamente, voltando a trabalhar. Ela lidava com os pedidos de forma simpática e eficiente, e parecia ganhar uma boa quantidade de gorjetas. "O que é bom dura pouco", pensou Kate, à espera da garota no fim do expediente.

Didi respirou fundo e saiu pela porta do café, não fazendo ideia do olhar triste que Kate lhe dirigia. Para a sua felicidade e surpresa, sentia-se madura! Estava estudando, tinha um emprego, havia reencontrado Samuel... Naquele encontro, eles haviam recordado coisas da infância, mas Didi tinha plena consciência de que Samuel havia crescido e de que ele era o homem com quem ela mais se sentia à vontade. De alguma maneira, ele lhe inspirava confiança (e outros sentimentos também). Algo parecido acontecia em suas briguinhas de criança, nos pequenos momentos em que ficavam muito próximos ou quando quase perdiam o fôlego em suas brincadeiras inocentes.

Enquanto Didi ainda estava perdida em seus pensamentos, uma mão forte vestida com uma luva preta agarrou a garota pelo braço e a puxou para o outro lado da rua, longe de olhares curiosos. Didi estava pronta para gritar de pânico, quando percebeu que aqueles olhos aterradores eram os de Kate.

– Ninguém pode saber nada sobre nós – disse Kate secamente.

Didi ficou sem voz com o susto. Na mesma hora percebeu que Kate havia acompanhado seu encontro com Samuel.

– Você está me seguindo? – Seus sentimentos vieram à tona e ela experimentou uma espécie de opressão, parecida com a que a sua mãe a fazia sofrer. – Com "ninguém" você quer dizer Samuel? Nós nos conhecemos desde quando éramos crianças!

– Certo, como aquela Laura, com quem você falou no Skype hoje de manhã?

Kate caminhou em direção à motocicleta e pegou dois capacetes.

– Ninfas não podem confiar em pessoas, principalmente nos homens.

– Como você sabia que tinha de vir aqui?

– Temos de ficar de olho porque você não entende a situação. Você foge, arranja um emprego, não se entende conosco. Tente colocar uma coisa simples na sua cabecinha: você não pode se apegar a nenhum ser humano.

– Por que não? – Didi estava colocando seu capacete quando recebeu uma resposta.

– Porque um de vocês sempre vai morrer! – Kate, de forma impiedosa, virou-se antes de ver Didi com os olhos cheios d'água. – Apenas tragédias têm acontecido nos relacionamentos entre nós e os mortais. Prometa-me que nunca vai se apaixonar por um humano.

– Não tenho a menor intenção de me apaixonar – disse Didi, sentando-se na garupa de Kate. – Você vai ou não vai me levar para casa?

"Como é chato ser babá", pensou Kate, pouco antes de dar a partida. Por sorte, Nádia teve o bom senso de abastecer bem a geladeira com vinho branco, já que o treinamento de Didi tinha que continuar.

***

Aparentemente, Nádia era capaz de ler mentes, pois havia taças, frutas e nozes dispostas sobre a mesa. Kate entrou e logo encheu uma taça, pegando algumas frutas secas.

– Vocês esperam que eu vá passar as noites em casa com as duas? – desafiou Didi, olhando para a mesa com desprezo. – Vocês nem me conhecem e acham que vão conseguir que eu me junte a vocês e às suas maluquices... Eu não preciso ser espionada!

Didi entrou no quarto e bateu a porta. Nádia olhou para Kate, que não tinha intenção alguma de ir falar com ela.

– Didi aprenderá a se cuidar desde que a ajudemos no começo – ouviu de Kate. – Ela é forte e inteligente. Aprenderá os truques. Logo, tudo irá funcionar sem muito esforço.

– E você, está bem? – Nádia se serviu com vinho para acompanhar Kate. Trabalhavam juntas havia tanto tempo que ela aprendeu a ser observadora e, naquele momento, viu que Kate não estava normal. "Cada uma de nós tem seu próprio passado", pensou Nádia.

– Aquele garoto precisa ficar longe dela – falou Kate.

– Samuel?

– Samuel... – Kate pronunciou o nome como um palavrão e desapareceu na escuridão da varanda. – Exato.

Nádia refletiu um pouco e, tentando amenizar a situação, pegou umas revistas femininas e foi até o quarto de Didi, que, bem naquela hora, escovava seus cabelos vermelhos furiosamente.

– Deixe-me fazer isso – disse Nádia, tomando a escova de suas mãos.

Didi não planejava se render, mas era difícil lutar contra o toque de Nádia. Sem perceber como aconteceu, logo estavam deitadas na cama lendo revistas femininas e rindo daquelas dicas para conquistar os homens.

– Olhe nos olhos – leu Didi. – Você tem de olhar por pelo menos sete segundos. Os homens têm dificuldade em perceber detalhes; se não fizer desse jeito, você não será notada.

– Essa é uma grande verdade – disse Nádia.

– Não vá para cama com ele de imediato. A regra dos três encontros é dos anos 1980, cinco é o jeito moderno.

Quando olhou para Nádia, viu que ela não ria mais.

– Não falta muito tempo para a lua cheia – disse Nádia, descansando a mão sobre o joelho nu da garota. – Se você for cuidadosa, os homens que você seduzir terão alguma chance de sobreviver.

– Como?

– Em primeiro lugar, você pensa de um modo complicado demais sobre tudo. Não precisa pensar em como seduzir alguém. Você é uma ninfa!

Ela olhou para Didi, que enrubesceu, parecendo entender o que Nádia estava falando.

– Você está com medo – prosseguiu Nádia. – Sei como é esse estágio. Já teve tempo de sentir como o desejo cresce: ele a leva junto e você o quer de novo.

Nádia viu que acertou no alvo e pôs a mão de Didi em cima de seu próprio coração.

– Pode sentir? – perguntou Nádia. – A força vem daqui. A lua cheia assume o controle e você se rende a ela. É o suficiente.

– Eu não compreendo – lamentou Didi. – O que devo fazer, na verdade?

– Absolutamente nada! – disse Nádia. Ela sentiu que era melhor deixar o clima um pouco mais leve. Levantou-se da cama e foi com Didi até a sala. Uma música começou a tocar. Nádia, fazendo o papel de um noivo vaidoso e galante, segurou Didi e começou a conduzir a dança. – Os homens falam coisas grandiosas, mas, ao ficarmos a sós, nossa conquista se dá somente olhando em seus olhos.

– Não sei como fazer essas coisas. – Didi sentia calor tanto pela proximidade de Nádia, quanto pela ideia de estar nos braços de um homem.

– Os homens travaram guerras por nossa causa. – Nádia deu mais alguns passos de dança, inclinou Didi para trás e fingiu que estava séria. – Homens! Eles construíram cidades e impérios para nós. Foram mestres e reis. Porém, você conseguirá tudo o que quiser apenas soltando seus cabelos ruivos e olhando nos olhos deles!

Didi se rendeu ao jogo e elas começaram a dançar animadas pela sala, até ficarem exaustas e caírem no sofá. A garota estava ofegante e uma pergunta lhe veio aos lábios, sem inibição:

– Como foi sua primeira vez?

– Eu tinha 16 anos – disse Nádia. – Fui treinada desde os 11 anos. Porém, estava morrendo de medo daquela noite. Eu fiz amor com um homem, mas não o matei.

Nádia olhou para Didi e viu uma faísca de esperança em seus olhos. Ela não contou que, na manhã seguinte, os sátiros mataram o homem.

– Espere aí. – Nádia foi até a cozinha e voltou com um copo d'água e um comprimido efervescente.

– Isso vai ajudá-la a dormir – disse para Didi. – Você precisa de forças para o fim da semana.

Didi se sentou. Pegou o copo e bebeu tudo. Se esperava por uma noite calma, não foi o que o comprimido proporcionou.

18

"Ame, sofra e vingue-se", pensou Frida, enquanto deixava seus dedos sentirem o veludo luxuoso da poltrona em que se sentava. A porta do salão fora deixada entreaberta e Albena estava lá, com seu vestido de seda claro e uma flor atrás da orelha, fazendo a barba de Jesper. Era quase uma escrava. Apesar de ter uma lâmina em suas mãos naquele momento, ela seguia ordens, obediente. Àquela altura, Frida aguardava a próxima ordem de Eric.

Ninguém poderia adivinhar que aquela era a mesma ninfa que, até poucos dias atrás, definhava como morta-viva no calabouço. Seus cabelos loiros trançados irradiavam sua própria luz, sua pele estava impecável e translúcida, e seu corpo estava perfeito. Usava calças de lã marrom e um colete justo, do mesmo tecido. Para completar, camisa branca, gravata e robustas botas de cano médio com cadarços. Parecia tranquila, mas seu olhar era penetrante. Encostava e deslizava os dedos em um arco, que estava ao lado da poltrona, como se quisesse confirmar que retornara à vida mais uma vez. Aquele objeto sempre foi parte dela.

– Frida escapou com as outras – disse Jesper, no salão. – Por que iria trair sua irmã e nos ajudar?

– Há duas boas razões para levar Frida conosco – Eric respondeu. – Em primeiro lugar, ela é capaz de superar Ecaterina. Frida encontrará um jeito. E, depois, capturar uma fugitiva serve de recado às outras ninfas.

– Acho arriscado demais – disse Jesper.

Eric olhou para Albena, que terminava de fazer a barba de Jesper, limpando seu queixo, e gesticulou suavemente, convidando-a a se aproximar.

– Vou te dar uma ajuda – disse Eric para a ninfa, cujos olhos se arregalaram de terror quando a mensagem foi compreendida. – E você poderá viver se conseguir sair de Montpellier.

Albena ficou paralisada.

– Vá! – gritou Eric com aspereza, fazendo a ninfa correr para fora da sala. – Você queria saber se podemos confiar em Frida, Jesper? Logo veremos isso, mas vamos comer primeiro.

Os sátiros deixaram o salão e Frida permaneceu na sala ao lado. Ela foi até a janela e a abriu para sentir o vento. Ainda conseguiu ver como Albena corria em zigue-zague entre as pessoas, enrolada em seu casaco. A ninfa tentava chegar a uma viela estreita, vez ou outra prestando atenção para saber se era seguida. Frida tinha tempo. Sabia que encontraria Albena com facilidade. Pegou um protetor de pulso de couro e o amarrou com cuidado. Examinou brevemente o mapa da cidade, apanhou suas coisas e partiu.

A tarefa era quase infantil. Frida sabia que Eric pretendia que a cena fosse presenciada pelas outras ninfas, para mostrar a elas o que poderia acontecer a quem tentasse ser livre. Por isso, teve tempo de andar pelas ruas da velha cidade. Em meio a tantos sofrimentos, ela ansiou por liberdade, mas aquilo em nada se parecia com o que ela havia sonhado. Em vez disso, sua dor piorou e sua sede de vingança só aumentou. Precisou padecer tudo aquilo, os desejos causados pela lua cheia, os múltiplos estupros dos sátiros e, depois, se ver presa novamente com as mesmas algemas, sendo aterrorizada por lembranças terríveis. Porém, logo teria a oportunidade de dar um fim a seu tormento. Talvez, quem sabe, até conseguisse apagar a imagem do rosto de seu amante no minuto anterior ao último suspiro. Dos olhos que brilharam com felicidade e ousadia até o derradeiro instante.

Ao cair da noite, aproximou-se da estação de ônibus de Montpellier. Havia muitas pessoas transitando, tanto habitantes locais quanto turistas. Frida estudou um lugar adequado para ela em uma casa, junto à praça. Entrou com facilidade por uma janela em uma pequena varanda e se acomodou em um canto, escondida do olhar de todos, mas com vista privilegiada para a estação. A espera não foi longa. Albena, cansada e com o casaco já sujo, caminhava devagar. Um ônibus recebia novos passageiros e ela parecia nem estar mais com medo, acreditando que entraria nele junto com os humanos. Frida pôs uma flecha no arco. Não sentia nenhuma compaixão por sua companheira ninfa. Albena não era nada comparada ao que ela almejava.

A flecha foi atirada e, subitamente, uma jovem de casaco claro que esperava pelo ônibus despencou no chão, com as mãos ao peito. Levou um tempo até as pessoas entenderem o ocorrido e dispararem aterrorizadas em todas as direções. Frida desceu da varanda. A mensagem que Eric desejava enviar para as fugitivas havia sido entregue. Ela tinha mostrado a Eric o quanto era profunda sua sede de vingança e que merecia um lugar no grupo de caça.

Havia chegado a hora de partir para Helsinque.

19

Didi serviu um *macchiato* para Nádia e outro para Kate, no café onde trabalhava. Estava surpresa e feliz com o fato de as ninfas mais velhas terem ido conhecer seu primeiro emprego. Nádia havia escolhido para Didi um vestido solto, verde-oliva, com um decote redondo que favorecia seus seios. Colocado por cima, o avental revelava sua cintura.

– Você se tornará uma barista até que bem decente – zombou Nádia, deliciando-se com o aroma intenso do café.

Didi deixou a bandeja e se sentou à mesa que haviam escolhido, convenientemente mais afastada.

– E aí, o que vocês acharam? – perguntou Didi.

– É um lugar legal – disse Nádia, sorrindo.

Ela esperava uma resposta de Kate também, mas os olhos dela sondavam o estabelecimento.

– Querem mais alguma coisa? – perguntou Didi. – Os brioches acabaram de chegar...

Ela não teve tempo de continuar, pois Kate se ergueu de repente, acenando para alguém. Havia um homem de aparência curiosa junto à porta, que a cumprimentou com um aceno e veio em sua direção. Ao se aproximar, percebeu que Kate não estava sozinha.

– Olá, Jean – disse Kate, com delicadeza. – Estas são minhas amigas Nádia e Didi.

– Olá – respondeu Jean com educação, embora Didi pudesse sentir certo desapontamento da parte dele. Teria Kate programado um encontro no café? Didi olhou para a ninfa morena, que sorria com doçura para o homem.

– Sente-se – disse ela, fazendo com que Didi se posicionasse em frente a Jean. – Conheci Jean na clínica enquanto esperava Nádia no fim do trabalho.

Nádia disse algumas palavras para mostrar que se lembrava de Jean, e Kate falou qualquer coisa. Didi ficou confusa. Kate não parecia normal. Poucos minutos depois, Kate recebeu uma mensagem de texto.

– Droga! Preciso resolver um problema justo agora... – lamentou.

– Não reparem, preciso voltar ao trabalho – disse Nádia, conferindo as horas no celular.

– Desculpe-me Jean! – fingiu Kate. – Vamos nos encontrar de novo outro dia, o que acha?

Então, as duas saíram, deixando Jean e Didi sozinhos à mesa. Didi se sentiu desconfortável. Nunca teve habilidade para começar uma conversa. Jean, ao perceber isso, resolveu quebrar o gelo indo direto ao assunto.

– Não está parecendo que isso aqui foi combinado? – perguntou.

Didi caiu na gargalhada, aliviada.

– É, um pouco. Posso lhe oferecer um café e um brioche como compensação?

Minutos depois, já estavam conversando relaxados. Jean falou sobre seu trabalho, e Didi, sobre seus estudos. Discutiram filmes que haviam visto e ele demonstrou ser um completo fanático por cinema. Conversaram por quase uma hora, até Valtteri aparecer e chamar a garota de volta para o trabalho.

– Foi muito bom te conhecer – disse Jean. – Posso te ligar?

Didi hesitou um pouco, mas acabou dando seu número. Despediu-se educadamente para, em seguida, voltar a servir os clientes. Até pensou em dizer às ninfas que elas tinham jogado sujo, mas, no fundo, tinha gostado de conhecer Jean.

***

No fim da tarde, Didi voltou para o apartamento. Deitou-se no sofá para relaxar, pois o longo dia no trabalho a havia deixado exausta. Talvez sua mãe estivesse certa ao ter dito que valia a pena estudar. A jovem ninfa, em um passado não tão distante, havia desejado trabalhar como vendedora em uma loja de roupas. Achava que aulas de História da Arte e de Literatura jamais despertariam seu interesse. Agora, porém, aguardava ansiosa por elas, na esperança de ter algo de interessante para conversar com Jean.

Didi se assustou ao ouvir a campainha tocar. As ninfas geralmente não recebiam visitas. Aguardou um pouco, esperando não ter de se levantar do sofá, mas não ouviu som algum. Foi na ponta dos pés verificar quem era, esperando que fosse alguma vizinha pregando mensagens religiosas, mas era Samuel. A garota, entretanto, mal teve tempo de ficar feliz, pois se lembrou imediatamente da bronca de Kate.

– O que você está fazendo aqui? – perguntou ao abrir a porta. – Como conseguiu me encontrar?

– Eu disse para seu chefe, no café, que você tinha esquecido sua bolsa em minha casa – disse o rapaz, com ar malicioso.

– E Valtteri acreditou em você? – perguntou Didi.

– Acho que eu passo a impressão de ser honesto.

"Você é honesto. Você é confiável. Eu queria me sentar em seu colo e lhe contar tudo. Mas aí você estaria em perigo", pensou Didi.

– Você não pode vir aqui – disse Didi, sabendo que estava sendo ridícula ao dizer aquilo. Tentou fechar a porta para evitar explicações, mas Samuel a deteve.

– Quando você era criança eu sempre sabia quando havia algo de errado, lembra-se disso? – perguntou Samuel.

Didi largou a maçaneta. As palavras dele haviam tocado seu coração. Não estava tendo tempo de ser normal ou feliz com tantas coisas novas e estranhas perturbando sua mente. Ela mal entendia o que significava ser uma ninfa, mas a ideia da lua cheia já a aterrorizava. Ela olhou para Samuel, como se suplicasse. Seu olhar expressava o desejo de que ele fosse embora e, ao mesmo tempo, a súplica de que ele nunca a deixasse. Didi, então, recobrou a razão. Ela havia desejado Johannes mais que tudo, mas aquilo acabou terminando tragicamente. Então, se ela realmente se importava com Samuel, era melhor que ficasse o mais distante possível dele.

– Tudo está perfeitamente bem – mentiu. – Vá embora.

– Não é verdade! – insistiu Samuel. – Mesmo achando que eu não tenho nada a ver com essa história, não pude deixar de vir. Não quero me arrepender depois, pensando que poderia ter feito alguma coisa para te ajudar e não fiz.

– Didi? Quem está aí? – a voz de Kate podia ser ouvida da sala de estar.

– Você precisa ir – disse Didi, aflita.

– Você mora com alguém? – perguntou Samuel.

Naquele instante, Kate surgiu, parecendo ter se deslocado para lá na velocidade da luz.

– Kate, este é Samuel... – Didi tentou apresentá-los, mas Kate a agarrou pelos ombros e se pôs entre ela e Samuel.

– Tenho certeza de que Didi já deixou claro que é melhor você ir embora – disse a mulher, fechando a porta com um gesto brusco e fitando a garota com um olhar fulminante.

– Eu não o convidei... – balbuciou Didi.

Kate se afastou dali furiosa e deixou Didi na sala. A jovem ninfa encostou a mão na porta, jurando poder sentir o calor da mão de Samuel do outro lado.

20

As chamas quase tocavam a capa de lã de Kate, que não conseguia se afastar da fogueira. Ela a havia construído com as próprias mãos e lá depositou o homem humano que amou por décadas. Com os anos, viu Janos envelhecer; para ela, porém, ele ainda era aquele jovem que se colocou entre ela e um sátiro para salvá-la, e que não se deixou enganar por seu beijo. Na verdade, um beijo não seria o suficiente, pois Janos arrebatara seu coração.

O fogo se extinguiu e Kate se agachou. Esperou até amanhecer e, então, coletou as cinzas em um baú que Janos havia lhe indicado, no qual originalmente havia um pergaminho.

– Minhas cinzas pertencem a esse lugar – ele havia dito, mostrando-lhe uma ilha chamada Velanidia em um mapa.

– Não fale assim.

– Katya, deixe-me ir... – Sua respiração já estava comprometida.

Então Kate realizou o último desejo de seu amado. Com todo o seu amor, tomou-o nos braços e sentiu nos lábios como a vida de seu homem se esvaía. Somente então Kate permitiu-se chorar. Após reunir seus poucos pertences, jogou a sela sobre seu cavalo. A viagem seria longa, mas isso já não importava mais. O melhor a se fazer era ir para o mais longe que ela conseguisse, pois não planejava voltar para a floresta nunca mais.

Quando estava se aproximando de seu destino, percebeu que havia chegado tarde. Um velho templo estava diante dela, em ruínas, e coberto por fumaça. Kate, quase desfalecendo, começou a descer o vale em direção à construção. Havia muitos corpos de monges na rua estreita, facilmente reconhecidos pela túnica marrom que usavam. Ela, porém, seguiu direto para o templo, pois sabia que era para lá que Janos queria ir. Ao descer do cavalo, ia tirar o pequeno baú da sela, mas um movimento a deixou alerta.

Preparou-se para se defender, porém logo percebeu que aquele humano não representaria qualquer perigo para ela. O homem, de idade avançada, estava deitado em uma poça de sangue e levantou o braço em sua direção, com grande dificuldade.

– Uma ninfa?

– Desculpe-me, não sou curadora – disse Kate.

– Algum renegado nos traiu e revelou a localização do templo. Eles vieram pela manhã.

– Sátiros?

– Eles nos destruíram. Estavam procurando por isto – disse o ancião, ofegante, tentando alcançar um bolso secreto da túnica. Estava tão debilitado que Kate precisou ajudá-lo. Encontrou, então, um pequeno saco de pano, no qual se via, habilmente bordada, a imagem de um nó. – Este é nosso segredo. Esconda-o, até que o momento chegue!

Kate despejou o conteúdo misterioso na palma da mão. Sementes.

– O que é isso? – perguntou Kate, curvando-se para ouvir as últimas palavras do homem.

Depois disso, ele fechou os olhos e morreu. Kate ficou sentada ao seu lado por minutos, levantando-se depois com determinação.

Kate devolveu as sementes ao saquinho. Foi até seu cavalo, pegou o baú e o levou para um largo altar feito de pedras. Parecia que aquele lugar existia há muito tempo e que tinha sido muito bem cuidado. Em seu íntimo, teve a certeza de que aquele era o verdadeiro lar de Janos e que estava completando sua missão. Ela repousou a mão sobre a superfície fria do altar e disse um adeus silencioso.

Foi o momento mais difícil da longa história de vida de Kate.

***

Muito tempo havia passado desde a morte de Janos. Kate estava agora diante do barco de Samuel, o *Robur*, nome cujo significado a remetia diretamente para seu grande amor. Pensando em Janos e no risco de um relacionamento entre ninfas e humanos, teve ainda mais certeza de que era necessário cortar o contato entre Didi e Samuel pela raiz o mais rápido possível. Como ninfa, Didi era apenas um bebê. Estava confusa com tantas novidades e não entendia os perigos. Kate sabia que o melhor seria assumir o controle da situação. E já estava fazendo isso ao escolher Jean para a moça. Uma vez que os sentidos mais profundos de Didi fossem despertados, seu interesse por Samuel desapareceria.

É claro que Kate entendia o que havia de tão atraente nele. Afinal, era um jovem bonito, com olhos que transpareciam inteligência, e um corpo atlético. Didi desejava se apegar a algo, mas não podia ter a chance de se prender a nada àquela altura. Talvez fosse mais fácil tirar Samuel de cena. Se ela conseguisse dar um bom susto nele, não precisaria machucá-lo. Ao ouvir passos, Kate tirou uma faca do bolso. Sua experiência dizia que usar uma arma era a forma mais eficiente de se passar uma mensagem.

– É minha vez de lhe fazer uma visita – disse, colocando-se diante de Samuel, que passava por um lugar com pouca iluminação.

Ele se assustou, dando alguns passos para trás, mas Kate não o deixou fugir.

– Eu só queria ver se Didi estava bem – defendeu-se Samuel.

– Se você realmente é amigo dela, deixe-a em paz – disse Kate, com o tom de voz de quem comenta sobre o tempo ou algo trivial.

– Amigos não cuidam uns dos outros? – perguntou Samuel, prestes a entrar em seu barco, antes dela.

Kate, com força e rapidez impressionantes, jogou Samuel contra a lateral do *Robur*. Arremeteu contra ele, agarrando-o pelo braço, o que deixou seu membro dormente e enfraquecido. Manteve Samuel imobilizado e o ameaçou, apertando a faca contra seu pescoço.

– Fui ou não fui clara?

Samuel, intimidado, apenas balançou a cabeça afirmativamente.

– Bom, então você não vai querer que eu o visite de novo. Na próxima vez eu não seria tão generosa.

A ninfa guardou a faca e desapareceu na escuridão.

21

Didi observava seu reflexo no espelho do banheiro de um restaurante, perdida em seus pensamentos. Sem entender como havia deixado a situação chegar até ali, quis fugir, mas, se Nádia e Kate estivessem certas, essa escolha significaria sua própria morte. Por outro lado, Jean parecia muito interessante. Depois da conversa no café, sua impressão sobre ele era das melhores.

– É lua cheia – Nádia havia dito a ela, sorrindo.

– Temos nossos próprios planos – apoiou Kate.

Lua cheia. Como isso a afetava? Era sua imaginação ou sua pele estava radiante e seus lábios, mais macios e vermelhos? Talvez pudesse, de fato, ser uma grande sedutora... "Não, não mesmo", pensou. Pôs a tiara novamente e saiu do banheiro.

A camisa clara caía muito bem em Jean. Ele era atlético, Laura com certeza iria aprová-lo. Aquilo acalmou um pouco a mente da garota.

– Você quer pedir uma sobremesa? – perguntou Jean.

– Não, obrigada. – Sem querer encará-lo, ela olhava para outras pessoas.

– Há um problema neste encontro – disse Jean, com franqueza, enquanto fechava o cardápio. – Não era para eu me interessar por você, mas agora vejo que estou encrencado.

– Não, não está. – Didi não entendeu ao certo o que Jean quis dizer.

– Sim, estou. Totalmente encrencado. Nunca senti nada assim.

– Talvez não seja por minha causa – disse Didi, repetindo o que as ninfas lhe haviam dito. Ela estava quase se aborrecendo. Jean não estava interessado por ela, mas somente sentia o chamado dos feromônios. – Eu tenho de ir.

Didi se levantou da mesa e deixou Jean atônito em sua cadeira. Reagindo com rapidez, ele correu atrás dela.

– Não vou deixar você ir desse jeito – disse ele, decidido, dando-lhe um beijo nos lábios. – Você é como alguém de uma pintura.

A respiração de Didi se acelerou e seu coração disparou. Em pânico, ela se desvencilhou do rapaz.

– Eu errei? – Jean perguntou e a viu se aproximar. Ela sentia um odor masculino irresistível. – Não vamos terminar a noite assim. Por que não vamos, por exemplo, para minha casa tomar mais uma taça de vinho?

Aquilo foi demais. Didi levou os braços ao pescoço de Jean e o beijou, sem se importar com os clientes do restaurante que se viravam para olhar.

– Então vamos logo... – disse Didi, e o tom de sua voz foi uma confissão.

No caminho, ela sentiu que a lua cheia a fez caminhar mais rápido e, em poucos minutos, chegaram à casa de Jean. Ele se deixou guiar, e quando Didi começou a abrir os botões de sua camisa, caíram na cama. Ela mal teve tempo de notar que o apartamento era pequeno, mas arrumado. Havia pôsteres de filmes nas paredes e halteres em um dos cantos da sala. De modo geral, Jean era um homem interessante. Didi devia apenas deixar a Lua fazer seu trabalho, como Nádia tinha aconselhado.

O mais estranho era que todas as inibições de Didi pareciam não existir mais. Ela chegou a temer o constrangedor momento de ficar nua, mas perdeu facilmente o receio quando ficaram um perto do outro, entre carícias e leves mordidas. Os braços de Jean eram fortes e sua pele era quente. Didi quase sentiu dor, mas havia algo de doce naquilo. Ela queria Jean dentro dela. Em alguns instantes... Seus olhos se voltaram para a janela e para a Lua.

– Olhe para nós... – censurou Jean, com carinho.

Ele começou um pouco hesitante, mas logo se animou quando Didi subiu em cima dele e o fez escorregar para dentro dela facilmente. Ela gemeu. Era como deveria ser. Apertou o peito nu de Jean e sentiu o batimento acelerado de seu coração. Eles se moviam em um só ritmo e, sob a luz da Lua, a pele de Didi praticamente brilhava. Os olhos de Jean estavam entreabertos e sua respiração intermitente ficou tensa. Aquela era a experiência pela qual havia ansiado muito e que, com Johannes, tinha chegado tão perto. Sua pele estava quase elétrica e, então, um forte poder foi liberado de dentro de seu corpo. Ela gritou alto. Nada podia ser maior que aquilo. Ela se espremeu contra Jean e inalou profundamente seu cheiro.

***

Kate estava relaxada sobre os lençóis pretos de um hotel de luxo. O homem junto dela estava inconsciente, mas sorrindo. Kate bateu em suas coxas algumas vezes, mas não houve qualquer reação. Logo seria hora de se vestir e partir, sem muito alarde. Uma ligação fez com que o fizesse mais cedo.

– Didi? – perguntou Kate.

– Deu errado... – disse a garota, sussurrando.

22

Jesper não gostava de vestir camisas e gravatas. No entanto, às vezes ele tinha de se adequar para cumprir seu papel. Saiu de uma SUV preta, no estacionamento de um hospital, e olhou ao seu redor. Michel lhe enviou uma foto de Hannula. Ele reconheceu o policial com facilidade e começou a andar em sua direção. O oficial estava prestes a abrir uma lata de Coca-Cola, quando Jesper o alcançou e o fitou, deixando os olhos reluzirem uma breve luz vermelha. Hannula se assustou um pouco, mas lhe deu seu distintivo e ele seguiu adiante.

Graças a um largo sorriso e ao brasão policial, ele conseguiu a informação sobre o local em que jazia o corpo de Jean Malasma. Uma patologista ditava os resultados do *post-mortem*.

– Há contrações capilares. Isto está sendo tratado como um distúrbio de hormônio peptídeo – falou a mulher, olhando para Jesper, inquisidora. – O que você está fazendo aqui? É uma área de acesso restrito.

– Polícia – respondeu Jesper, retirando o lençol do corpo.

Os patologistas estavam acostumados a cooperar com a polícia. A sala de necrópsia não era, de modo algum, seu local preferido para flertes, mas a proximidade daquele policial loiro e seu olhar curioso a deixaram embaraçada. Por um instante, arrependeu-se de ter trocado os sapatos altos, novos, pelos de trabalho, tão gastos.

– Foi uma morte natural? – perguntou Jesper, como se desconfiasse que houvesse sido por causa de seu trabalho, apesar de já ter visto antes corpos de aparência feliz e cobertos de hematomas.

– Nunca vi nada assim – disse a patologista, tentando se concentrar no sorriso do defunto. – Talvez a parceira do homem possa esclarecer os eventos.

– Como assim?

– O homem tinha uma ereção bastante incomum – respondeu a patologista. – Seu pênis estava coberto de hematomas.

Jesper puxou mais a coberta e checou a situação. – Quem era ela?

– Eu examino apenas os fatos médicos – disse a mulher. – Você deveria perguntar à polícia.

– Você disse algo sobre hormônios – disse Jesper, relaxado, apoiando-se na mesa.

– Vamos àquele lado do laboratório, pode haver informações mais específicas.

A patologista abriu a porta que dava acesso a outra sala para Jesper.

– Esta é Nádia Rapaccini. Ela é estagiária aqui, no departamento de genética e está estudando para ser uma enfermeira especializada. Nádia?

A mulher diante do microscópio se virou ao ouvir seu nome. Por alguns segundos, Jesper não respirou.

– Nádia, este é o policial... Perdão, esqueci seu nome.

– Ninette – disse Jesper, em voz baixa.

– Vocês se conhecem? – perguntou a patologista.

– Já faz tempo. – Nádia respondeu a verdade, considerando-se que haviam se encontrado pela última vez no Lago Garda, em 1806.

– Acredito que não precisem mais de mim – disse a patologista.

– Não, não precisamos – respondeu Jesper.

A porta se fechou com um ruído e Jesper sentiu uma dor aguda em sua virilha. Ele gritou e olhou para Nádia desorientado.

– Algumas bolhas de ar desta seringa e você pode esquecer a ideia de ter filhos – disse Nádia, com a mão próxima de sua perna.

– Se me lembro bem, deveríamos ter filhos juntos – respondeu Jesper.

– Você deveria estar morto.

– Ninette! – ele fechou os olhos. Estava em choque e ao mesmo tempo acometido por uma alegria indescritível. – Eu nunca a machucaria. Estou tão surpreso quanto você.

Nádia refletiu por um instante. Sentiu a floresta, a solidão de Jesper... Retirou a seringa do sátiro e se pôs do outro lado da bancada, mantendo uma distância segura. Só aí o encarou e seus olhos se encontraram.

***

Trocaram olhares quando estavam sentados à farta mesa do barão Savichny. O vinho era servido em cálices e, para comer, traziam grandes travessas com enguias, pombas cobertas de ervas, azeitonas, polentas, salada de berinjela e pães crocantes. As tangerinas trazidas de Canton confirmavam a riqueza do barão e Nádia sentia que seu desejo de comê-las jamais seria saciado. Ela ergueu o copo para Jesper como se dissesse: estamos longe, mas logo nossa missão estará completa.

O barão era uma companhia divertida, mas seus homens haviam saqueado uma fragata que, segundo Michel, levava uma pequena arca de madeira exótica insubstituível. Michel enviara Nádia e Jesper para trazê-la de volta a qualquer custo. Eles haviam conseguido abordar o barão e recebido um convite para jantar.

– Então, vocês se prometeram um ao outro? – O homem perguntou, devorando Nádia com os olhos, com mais fome do que quando dizimou o prato colocado diante dele pela lacaia. – Uma bela união entre Holanda e Itália. Seus descendentes serão algo intermediário. Franceses, é provável.

O sátiro riu de modo educado e deu um grande gole no vinho tinto encorpado.

– Graças a Napoleão, pode ser que a mãe e o pai deles logo também sejam franceses – completou o anfitrião.

– Ah, não! – rebateu Nádia. – Meu sangue é quente, vermelho e italiano. O sangue de meu noivo é tão azul quanto o do barão. E, já que vamos ter crianças brancas, que elas vivam em liberdade, igualdade e fraternidade.

– Um belo pensamento – disse o barão que, no entanto, pensava em algo bastante diferente. Ele entendia o valor da estética e Nádia aguçava sua sede de possessão.

Jesper também se via assim e, tão logo estavam recolhidos no aposento a eles destinado no castelo, fechou a pesada porta e se jogou contra Nádia, com sofreguidão. Foi só ela roçar sua pele enquanto tirava a echarpe, uma invenção croata, para que ele ficasse completamente rijo. Jesper levantou sua saia, composta de diversas camadas, e, tirando-as do caminho, esperou Nádia levantar uma de suas pernas em torno dele e a penetrou.

– Meu amor... – suspirou Nádia.

– Quando o próximo eclipse lunar ocorrer, nosso filho será gerado – prometeu Jesper.

***

Nádia nunca mais quis ter um filho com outro sátiro. Com um humano seria, de qualquer maneira, impossível. Ela ainda estava olhando pela janela da cozinha do apartamento, com a mão sobre a barriga, quando Kate chegou.

– Então, o que é? – Kate sentiu que algo havia acontecido.

– Alguns policiais visitaram a clínica hoje – disse Nádia, virando-se. – Pediram-me para examinar os níveis de hormônio de Jean Malasma.

– Isso é bom. Você tem uma excelente oportunidade de ocultá-los.

– Sim – disse Nádia.

– Então, com o que está preocupada? – perguntou Kate.

– O que vai acontecer se Didi provocar algo sem sentido, que faça a polícia nos procurar?

Kate cortou um abacate ao meio e, com a faca, retirou a semente. Após desfazê-la de sua casca, comeu-as em pequenos pedaços. – Ok, lidarei com isso.

Em dúvida se não deveria ter dito tudo, Nádia preferiu ficar quieta. Olhou para fora e soube que, em algum lugar, Jesper pensava como ela.

***

Ele jogou a camisa e a jaqueta no chão da suíte do hotel, sabendo que na manhã seguinte estariam impecáveis em seu armário. Quando viajava com Eric, era fácil ficar preguiçoso, pois com dinheiro era possível ter todo tipo de luxo. Jesper se espreguiçou. O terno para ele era como uma armadura. Pegou a garrafa de vinho tinto que estava aberta havia algumas horas sobre o criado-mudo, tirou a rolha com os dentes e tomou um longo gole. Por que não? Eric pagava por bebidas de qualidade... Em seguida, desmaiou no sofá.

Pressentindo que Frida voltaria até a porta de seu apartamento, ele só teve de aguardar para, logo, tê-la em seus braços. De fato, eles eram de times diferentes, mas aquela proximidade era natural, como a que sátiros e ninfas tiveram por tantos séculos. Prestes a erguer a garrafa outra vez, Frida se moveu, com ansiedade. Os olhos da ninfa vagaram até se fixarem nele.

– Qual é o problema, Frida? – Ela levou o nariz para tão perto de seu peito nu que quase o tocou.

– Eu sinto o cheiro... – disse Frida, sem conseguir terminar a frase.

Eric Mann entrou no quarto, com passos calculados. Dele emanava uma energia excitada, embora o comportamento fosse de uma calma planejada. Jesper não tinha medo de Eric, mas podia sentir sua fúria.

– O que você está fazendo aqui? – disse Eric, pronunciando cada palavra articuladamente. – Você já deveria estar na rua!

– Eu voltei – disse Jesper, displicente.

– Você encontrou a garota?

– Ainda não.

Eric olhou para os dois com uma fúria dissimulada. Depois, foi para seu próprio apartamento. Uma pequena batida de porta mostrou toda sua insatisfação. Jesper fez um gesto com a cabeça para Frida e eles voltaram para suas posições originais no sofá.

– Havia algo de estranho naquele corpo, no departamento de patologia – disse Jesper, absorto em seus pensamentos. – A história da ninfa ruiva pode mesmo ser verdadeira?

– Isso o assusta? – perguntou Frida.

– Há algo que preste na televisão? – disse Jesper, voltando a se concentrar apenas em beber seu vinho.

Em seu quarto, Eric andava de um lado para outro, em fúria, como um leão enjaulado. Sentia que estava próximo de seu alvo, e cada momento de espera era um tormento. Porém, precisava se acalmar. Um ritmo abafado vinha de um canal musical, e Jesper e Frida podiam ser ouvidos dançando no apartamento ao lado. De certa forma, tudo estava como deveria, havia séculos. Um sátiro e uma ninfa, música e vinho. No entanto, aquilo não era mais suficiente para Eric. O ápice de seu grande plano se aproximava.

Eric abriu um arquivo e, dele, retirou uma foto. A inocente ruiva Didi Tiensuu vestida com um top, visível para o mundo. E um namorado ao seu lado, sem qualquer ideia de sua história. Os olhos de Eric se fixaram em Johannes, e a ideia de um moleque com seu tesouro foi demais para ele. Rasgou a foto pela metade. A parte com Johannes voou para o chão. Dali em diante, Didi olharia somente para Eric.

23

A noite de Didi foi inquieta. O olhar vermelho e vibrante na escuridão a assombrava. Ela procurava por segurança nos braços de Johannes e fechava os olhos para beijá-lo. De repente, ele ficava gelado e apenas sorria para ela com os olhos vidrados. Didi corria para a casa de Jean, que a pegava nos braços, carregava-a para a cama e a colocava em cima dele, até que pequenos hematomas surgiam em sua pele... Ela ficou grata com os sons vindos da cozinha que a despertaram. Além disso, sentia fome.

Martirizou-se de culpa. Como podia pensar em comida depois de tudo? Duas pessoas haviam morrido por causa dela. Com Johannes, ela não sabia, mas com Jean, o risco era conhecido.

O pânico crescente e o cheiro de omelete fizeram com que se levantasse da cama. Aquela sensação em sua barriga, bem embaixo da tatuagem de nó, quando ficava com um homem... Ela levantou a curta camisola de algodão e olhou fixamente para a tatuagem. Precisava descobrir mais sobre isso.

Kate estava à mesa, pronta para começar a comer, quando Didi marchou até ela e levantou a camisola de novo. Contra suas expectativas, Kate não congelou, concentrando-se na comida.

– Por que tenho isso? – perguntou Didi. – Significa alguma coisa?

– Não. – Kate esticou o braço para pegar uma fatia de pão.

– Não significa que sou uma assassina e não uma curadora?

– Você não é uma assassina. Só teve azar.

Ela deixou a camisola cair e se sentou ao lado de Kate. Com a ninfa mais velha concentrada em sua comida, tinha uma excelente oportunidade para fazer perguntas que a incomodavam.

– Você conheceu minha mãe? De onde eu vim?

– Ninguém sabe isso – disse Kate, enquanto limpava a boca.

– Como você me encontrou? – continuou Didi.

– Não me faça perguntas inúteis.

– Então, que pergunta seria útil? – perguntou Didi, com sarcasmo. Talvez Kate falasse, se ela a perturbasse o suficiente.

– Como, por exemplo, vamos conseguir dinheiro para o aluguel? – disse Kate, abanando algumas contas no nariz de Didi.

– Eu matei uma pessoa! – Didi deu um soco na mesa e levou um susto. Depois de dizer em voz alta, aquilo se tornou mais real que antes.

– Somos ninfas, só vivemos com a ajuda dos homens. Pare de se culpar.

– Eu culpo vocês, que escolheram Jean. Vocês sabiam como terminaria.

– Nós o examinamos. Não era para ter acontecido. E não é nossa culpa sermos ninfas.

Didi estava prestes a se levantar e sair, em fúria, quando Kate a agarrou com uma força terrível e a olhou profundamente nos olhos.

– Você terá de aceitar esses fatos logo. Tudo isso pertence à sua vida.

– Estou atrasada para minha aula – exclamou Didi.

***

Didi deu uma justificativa e faltou à aula para ficar na biblioteca da universidade. De certo modo, aquilo era estudar. Com a ajuda do bibliotecário, anotou diversas obras sobre ninfas, Grécia Antiga, símbolos e heráldica. Para o funcionário de sorriso largo, ela disse algo sobre estar fazendo uma pesquisa sobre a família. Porém, nenhuma das obras a levaram a lugar algum. Após algumas horas, diferentes rabiscos e letras estranhas estavam confundindo sua cabeça, e os livros empoeirados já davam coceira em seu nariz. Precisava de ar fresco.

Ventava de maneira agradável e Didi começou a andar em direção à costa, sentindo o cheiro do sal à distância. Era possível que ela sentisse os odores tão bem? Talvez não. As pequenas sementes pretas do sorvete, comprado na barraca também não tinham um gosto tão acentuado de baunilha. No passado, ela os comia tão rápido, com a casquinha... Com as papilas gustativas mais acuradas, dedicaria mais tempo para apreciá-los. Havia coisas na vida de uma ninfa que podiam ser apreciadas.

Didi parou na frente de uma floricultura e olhou pela vitrine. Vasos grandes comportavam ramalhetes chamativos e, por um momento, ela se arrependeu de não ter se dado ao trabalho de ouvir com cuidado as palavras de Elina. Por isso, era capaz de reconhecer apenas tulipas e cravos, nada mais. Sentiu uma vontade incrível de sentir o perfume das flores.

Se comprasse um ramalhete, embora Kate não desse a mínima, Nádia certamente ficaria feliz.

Ela entrou na loja e teve de fechar os olhos. Podia sentir os perfumes doces e os odores fortes das folhas verdes. Só após um instante, pôde olhar em torno sem uma sobrecarga de sentidos, e apenas decidir se levaria o ramalhete claro ou o escuro, o grande ou o pequeno... Seus olhos se voltaram para a vendedora, que trabalhava em um balcão alto, fazendo arranjos de rosas maravilhosos. Naquele momento, os perfumes e as cores das flores desapareceram da mente de Didi. Sua audição se aguçou. Ela ouviu o som das tesouras e um estalo, quando a vendedora cortou o caule duro de uma rosa. O estalo foi disparado como um tiro em seus ouvidos. Havia outra coisa associada àquele estalo. Um choro. A mulher cortou outra rosa. Didi estremeceu. As lâminas cortaram uma linha dentro dela, a lâmina abriu algo, um gosto metálico lhe subiu à boca. A mulher passou para uma terceira rosa e ela não aguentou mais. Correu para fora e se curvou ao virar uma esquina. Vários minutos se passaram até que sua respiração voltasse ao normal.

Preferia a ideia de voltar se arrastando para casa, mas seu celular a lembrou do horário de trabalho. Ela considerou faltar, porém, por algum motivo, mentir para Valtteri lhe pareceu pior do que para Kate. Didi se arrependeu da decisão de ir ao trabalho assim que atravessou a porta, pois Samuel estava em pé no meio do café, e era evidente que a procurava.

– Vim lhe oferecer um almoço – disse Samuel.

– Meu turno começa agora. – Didi argumentou e tentou passar por ele para pegar o avental, mas Samuel a parou.

– Espere um pouco. Tivemos algo parecido com um beijo, você me fez desmaiar com um soco, sua amiga me ameaçou com uma faca... Não está na hora de nos sentarmos para conversar?

Didi notou que muitas mulheres no café o olhavam com desejo e até ela começava a sorrir. Samuel entendeu aquilo como um sim, pois pegou algumas flores de um vaso no balcão e as deu para Didi.

– Que tal um encontro? – perguntou.

– Mas isso é roubo – respondeu ela.

– Claro, por você.

– Talvez eu tenha algum tempo – cedeu Didi. – Sente-se naquela mesa que trarei algo para comer. Depois, compenso o horário.

Logo, estavam sentados à mesa. Didi trouxe uma torta de presunto para ele e uma salada leve.

– Por que as mulheres sempre escolhem salada? – caçoou Samuel.

– Por causa dos homens, claro! – brincou Didi. – Somos tão vaidosas...

– Por minha causa, não tem de se preocupar mais – disse Samuel.

Um silêncio desconfortável se seguiu. Nenhum deles sabia em que direção deviam conduzir a conversa.

– Você sabe como procurar pelos pais de alguém? – Didi perguntou, depois de uma breve pausa. Era provável que não conseguisse respostas com Kate e Nádia. Assim, tinha de agir sozinha. Samuel era mais velho e talvez soubesse um caminho.

– Então, você quer saber quem eram seus pais biológicos? – questionou Samuel. – É bem compreensível.

– Depois disso, poderá se tornar mais fácil aceitar certas coisas – disse Didi. – E, quem sabe, fazer planos para o futuro.

Ela não planejou expor suas emoções daquela forma, mas Samuel lhe deu a mão e ela a segurou com gratidão.

– Posso ajudar a encontrar uma informação – disse Samuel, querendo tornar a situação e o humor de Didi mais leves. – Desde que você prometa que não vou acabar dando de cara com aquela amazona. Ela é jogo duro.

Didi riu alto e soltou sua mão. Mais uma vez, ele estava pronto para ajudar, com sua enorme boa vontade. Mas será que faria o mesmo se soubesse dos corpos que ela havia deixado para trás? A lembrança lhe trouxe um peso na consciência. Para esconder os sentimentos, levou as flores ao nariz e as cheirou, mas, ao contrário de um bom perfume, aspirou algo muito diferente. Havia um cheiro nauseante insuportável. Jogou as flores na mesa e as olhou como se fossem atacá-la. Só depois percebeu que Samuel olhava para ela sem entender a situação, parecendo magoado.

– Acho que tinha um espinho – disfarçou Didi.

24

Nádia teve apenas tempo de colocar a ampola e a seringa em sua bolsa, quando alguém bateu à porta do laboratório e entrou, deixando-a alerta. Havia dois homens parados. Ela se lembrou de ter visto o mais jovem perambulando pelo estacionamento do hospital. O mais velho se aproximou. Nádia só tinha certeza de que não eram sátiros.

– Boa tarde, somos da polícia – disse um dos homens. – Sou o superintendente Harju e este é meu jovem colega, Heikki Hannula. Seu nome é?

– Rapaccini – pronunciou.

– Um jovem chamado Jean Malasma foi trazido para esta clínica – continuou Harju, andando pela sala despreocupado. – Parece que teve uma consulta com você. E foi testado para ser doador de células-tronco.

Nádia não disse nada. Não lhe agradava o modo como Harju invadia seu território. Além disso, queria esperar para ter uma ideia melhor do que os homens já sabiam. A experiência lhe dizia que as pessoas sempre tinham a necessidade de preencher o silêncio.

– Malasma veio aqui? – perguntou Harju, sem revelar nada mais.

– Sou apenas uma enfermeira – respondeu Nádia. – Se me recordo bem, fiz apenas alguns testes básicos nele.

– Estranho, nenhum médico solicitou exames.

– Não sei dizer – disse Nádia. – Só que estava agendado em minha lista de atendimentos.

Ela se sentou, virando-se para a mesa para mostrar que tinha outras coisas para fazer, mas Harju não desistiu e virou sua cadeira para que ficasse de frente para ele, de novo.

– Jean Malasma morreu – disse Harju. – Assim como outro garoto, há pouco mais de um mês. Heikki?

– Johannes Metso – disse Hannula.

– Nas mesmas circunstâncias e características – continuou Harju. – Metso passou a noite com a namorada e foi encontrado morto.

– Não o conhecia, assim como Malasma, na realidade – disse Nádia.

– Uma coisa me intriga... – Harju se abaixou, aproximando-se de Nádia para observá-la. – Poderia ter alguma relação com abelhas?

Nádia ficou surpresa. Olhou para os dois homens alternadamente.

– Talvez, se a pessoa for muito alérgica. Mas eu não saberia dizer, sou apenas uma enfermeira.

– É só isso – disse Harju, desenterrando um cartão um pouco amassado do bolso. – Heikki, dê seu cartão também, caso a senhorita se lembre de algo.

Hannula fez o que lhe foi mandado. Os policiais chegaram à porta e Harju parou, voltando-se para ela.

– Ah, sim, os jovens garotões gostavam de ruivas – disse, observando a reação de Nádia. – A namorada de Metso era Didi Tiensuu, cuja mãe fez a autópsia. Ambas desapareceram. E cabelos ruivos foram encontrados na casa de Malasma. Eu me pergunto onde poderia estar a garota. É claro que você não tem nenhuma informação sobre isso, não é?

Tudo o que Nádia pôde fazer foi balançar a cabeça. Assim que a porta fechou, ela ligou para Kate.

– Dois policiais vieram aqui – disse, colocando os cartões diante dela. – Superintendente Harju e sargento Heikki Hannula. Estavam procurando por Didi.

Ela ouviu a respiração de Kate, enquanto sua mente também tentava começar a trabalhar. – Ok, venha para cá, daí pensaremos em algo.

– Não posso ainda – disse Nádia. – Tenho muito a fazer.

– Ofício humano – resmungou Kate, batendo o telefone.

Nádia pôs a cabeça entre as mãos. Os fatos haviam tomado uma dimensão totalmente diferente, depois que Elina as abordara. Tantas coisas antigas, as quais preferia ter esquecido, haviam sido trazidas de volta dos mortos. Literalmente.

***

Com uma tocha, Jesper iluminou o caminho para o porão úmido e escuro do barão.

– Como é o baú? – perguntou Nádia. Ela não se sentia à vontade em lugares como aquele. Ao contrário, queria sair de lá o mais rápido possível, e fechou ainda mais sua capa.

– Você o sentirá quando for encontrado – prometeu Jesper.

Chegaram a uma porta pesada e a abriram com cuidado. Jesper entrou primeiro e iluminou o espaço. Nádia gritou de terror. Diante deles havia dois dos soldados do barão, com armas na posição de ataque. Em um piscar de olhos, foram rendidos. Em seguida, arrastados para uma cela dentro do quarto.

– Não – a voz de Savichny ecoou à distância. – A mulher será levada.

Os homens começaram a erguer Nádia do chão, mas ela se libertou e se ajoelhou ao lado de Jesper.

– Eu contarei a verdade ao barão – sussurrou. – E nos libertarei.

Ela sentiu Jesper colocando algo em sua mão. Era um anel.

– No eclipse lunar, pertenceremos um ao outro – respondeu Jesper. – A não ser que, contra todas as regras, você revele quem realmente é, e sátiros não permitem isso. Seria o mesmo que suicídio. Você precisa fugir.

– Não deixarei você aqui – foi tudo o que Nádia teve tempo de dizer, antes de ser arrastada para longe. E foi a última vez em que viu Jesper vivo.

Logo, Nádia estava deitada no chão do quarto luxuoso do barão. Sem se levantar, apenas olhou em volta. Talvez houvesse uma arma adequada em algum lugar. Não hesitaria em matar Savichny. Ouvindo o barulho das finas botas de couro vindo em sua direção, aguardou receber o golpe.

– Preciso de sua ajuda – disse o barão. – Siga-me.

Nádia se levantou confusa e com dificuldade. Savichny parou à porta do quarto ao lado, aguardando que ela chegasse até ele. O quarto estava pouco iluminado e, sobre a cama, estava seu filho e herdeiro de 12 anos. Toda fúria de Nádia se dissipou e ela sentiu o sofrimento do barão e o medo do garoto. Ao lado da cama, inclinou-se sobre o menino. Sentiu seus braços e deixou que seu calor corresse sobre aquele corpo.

– Não sei o que você é – disse o barão –, mas sinto que pode ajudar.

– Você caiu de um cavalo e machucou o pescoço? – perguntou ela ao garoto.

– Ele não teve cuidado. Tentou pular sobre uma árvore caída. – Savichny falou quase com raiva, sentando-se em uma cadeira com o corpo tenso.

Nádia chamou uma serviçal assustada e lhe pediu que trouxesse muitas orquídeas e cravos. Depois de recebê-las, cobriu o corpo do menino com as pétalas e as apertou com as mãos. Procurou pelo local em que o corpo e a alma do garoto estavam desconectados.

O barão começou a andar de um lado para o outro do quarto, impaciente.

– Isso é magia ou alguma coisa inútil? – perguntou à Nádia – Eu não acredito nesse tipo de coisa.

– Você não perde nada com isso – Nádia o fez se sentar novamente, agachando-se diante dele. – Deixe-me fazer o que sei. Depois, ficarei à disposição. Assim tem sido o costume, há centenas de anos. Muitas famílias poderosas quiseram ter suas próprias ninfas, justamente por causa de suas habilidades. Eu cuidarei de você e de sua família, desde que liberte meu noivo. Savichny olhou para ela e, pela primeira vez, deixou que seus sentimentos ficassem visíveis. – Se você curar meu filho, realizarei seu desejo – respondeu, com os olhos se enchendo de lágrimas.

– Espere até de manhã – disse Nádia.

Ela se sentou ao lado do garoto e segurou suas mãos sobre o corpo a noite toda. De quando em quando, o menino acordava, voltando a dormir assim que Nádia o acalmava. Ao nascer do dia, ela se levantou. Sob os olhos fixos do barão, lavou seu filho com água fresca, prensou os lábios em sua testa e depois em seu peito, acima do coração.

– Tente se levantar – falou a ninfa. – Não se apresse.

Ela examinou as costas do garoto, enquanto ele se levantava.

– Isso é impossível! – O barão quase gemeu.

– Fiz o que lhe prometi – disse Nádia –, agora é sua vez.

Por longos minutos, Savichny abraçou o filho, que fez um gesto com a cabeça para Nádia. Em seguida, deixou o quarto, trancando a porta. Ela correu e deu socos na madeira, mas foi inútil.

– Não importa o que seja essa criatura, amanhã ela deve ser executada. – Nádia ouviu a voz do barão, e um grito de pânico quase saiu de sua boca. – Depois, livre-se do corpo. – completou.

Ela tentou olhar para o menino que sorria com timidez, ainda deitado, e não quis assustar seu frágil paciente. Sabia que seria inútil lutar contra a porta e suas travas. Portanto, tinha de manter a calma.

À noite, levou o barão para sua cama e, pela manhã, fechou os olhos do defunto, antes de procurar pelo baú de madeira exótica em seu quarto. Ao nascer do sol, fugiu do castelo, em prantos, e seguiu para o local de encontro combinado com Michel, em Nápoles. Ao chegar, estava exausta e faminta.

Michel colocou uma taça de vinho e um prato de comida diante dela, que começou a comer imediatamente. O baú estava entre eles, sobre a mesa. Michel o encarou por algum tempo. Após isso, agarrou-o e o jogou no fogo.

– O que você fez? – Nádia mal teve forças para pronunciar as palavras. Jesper arriscou a própria vida pelo baú, para que ele se transformasse em cinzas, diante de seus olhos?

– Os nós podem nos destruir – retrucou Michel, olhando para as chamas. – A todos. Ninette, você quebrou as regras mais fundamentais ao se revelar para um humano, e sabe que haverá uma punição. Porém, posso intervir para salvar sua vida, pois você nos trouxe o baú.

– Obrigada – suspirou Nádia.

Os olhos de Michel se voltaram para ela. – Dê-me o anel.

– Você sabe o que aconteceu com Jesper?

– Os soldados do barão lhe tiraram a vida – disse, sem piedade. – Matamos os soldados e destruímos seus vestígios, mas você não pode continuar carregando o anel de um sátiro.

Arrasada, Nádia retirou do dedo a única lembrança que restava de seu amado e a entregou para Michel. Não importava. Ela estava inerte. De fato, ela também estava morta.

25

Jesper jogou a toalha de sua cintura para o lado e foi até o guarda-roupas de seu quarto. Eric estava no restaurante do hotel, entretendo Gyllen, seu parceiro de negócios, com longas histórias e bastante vinho e conhaque. Jesper aproveitou a chance para visitar a academia, treinando forte para mulheres que o admiravam e homens que o invejavam. Aquele exercício era uma necessidade. Já tinha passado por tantas experiências em sua longa vida de sátiro que achava que nada mais podia chocá-lo. Bastou a mulher de jaleco branco no laboratório se virar e os belos olhos de Ninette o fitarem outra vez, para ele saber que estava errado. Não compreendia como, após séculos, um sentimento assim voltava a emanar dele, por mais irrelevante que isso pudesse parecer. O que contava era que *ambos* estavam vivos.

Ele desenterrou sua mochila surrada do fundo do armário e a abriu, encontrando uma pequena caixa e, dentro dela, um anel com uma granada. Estava fresca em sua memória a lembrança de estar na cozinha de uma estalagem italiana, cuidando de um ferimento profundo no abdome, quando Kate lhe deu o anel, dizendo que Nádia havia morrido na lua cheia. Recordava-se bem de como o ferimento latejava, e de como a dor nada significava, comparada à tristeza que o dilacerou, como um lobo a devorá-lo aos poucos, até nada restar.

O quanto temeu por Nádia, quando a espada de um dos soldados do barão o perfurou sem piedade. Mal sabia o infeliz que um golpe do tipo era apenas um incômodo para um sátiro, preliminares antes de uma batalha de verdade. Os olhos de Jesper se tornaram vermelhos e, logo, a dor e a fúria o fizeram rugir. Chifres surgiram em sua testa e ele soube fazer bom uso do aumento de sua força, não deixando o soldado viver por muito mais tempo.

Jesper ouviu os movimentos de Frida no quarto ao lado e colocou o anel de volta na mochila. Em seguida, foi para junto dela, sem se incomodar em se enrolar na toalha. Frida estava na frente do espelho, com um vestido justíssimo, arrumando os cabelos volumosos.

– Vamos continuar a busca – disse Frida. – Visitarei alguns restaurantes perto da universidade. Elas devem estar caçando homens por lá.

– Bom, vamos. – Jesper se apoiou contra a parede, sem se mover.

Frida olhou para a longa cicatriz de Jesper. Depois se aproximou para ver seus olhos. – Posso notar quando alguém mente.

– Não é mentir deixar de dizer certas coisas – disse Jesper, sorrindo com frieza. – Certa vez, contei tudo para uma ninfa e aprendi minha lição.

Naquele instante, Frida dobrou o braço de Jesper e o travou atrás das costas, prensando-o contra a parede.

– Você se esqueceu de que estamos do mesmo lado? – disse Jesper.

– Eu me debati contra correntes por dezessete anos – retrucou Frida, no ouvido de Jesper –, não esqueço o fato de que não se pode confiar em ninguém.

Frida torceu ainda mais o braço de Jesper e ele gemeu. Então, soltou-o e continuou a ajeitar o penteado.

– Checarei lugares que podem ser adequados para quem foge. – Jesper sabia que Ninette o estaria esperando onde se encontraram pela última vez.

Vestiu uma calça jeans e uma jaqueta e se dirigiu ao restaurante do hotel. De longe, era possível ouvir a risada de Roland Gyllen. Eric sabia como entreter o sócio ou seus convidados. E já havia encantado a garçonete que flertava com eles. Havia uma cara garrafa de conhaque sobre a mesa e Eric se divertia como se fosse o dono do lugar. Porém, ao ver Jesper, sua expressão mudou.

– Minha intuição diz algo sobre a ruiva – disse-lhe Jesper, com discrição.

– O que eu faço com uma intuição? – respondeu Eric, com um sorriso largo para o convidado.

– Eu conseguirei a garota para você, mas, antes disso, preciso que Frida largue do meu pé – disse Jesper, levantando um copo de conhaque para Gyllen.

– Você pode fazer o que quiser com a ninfa. Está liberado.

Jesper caminhou silenciosamente pelos corredores do hospital e, com facilidade, encontrou a porta certa. Bateu de leve e entrou. Nádia estava sentada em uma mesa de exames e Jesper, ao vê-la, sentiu que poderia se perder no olhar da ninfa.

– Vim alertá-la – falou ele, ainda na porta. – Não posso ocultar informações de Eric.

– Não pode? – perguntou Nádia.

– Você quebrou a regra mais fundamental. Você fugiu, traiu seu bando. Traiu sua espécie.

Ela abaixou a cabeça, sem dizer uma palavra. Jesper se aproximou.

– Eu sei que você acredita naquele conto de fadas sobre o Nó, mas eu não – disse Jesper. – Nenhum ser racional acredita.

– Pois sou irracional. E livre para acreditar no que quiser.

– Fuja! – disse Jesper, agarrando a mão de Nádia, que não a afastou. – A ninfa ruiva não escapará, mas, por nossa história, não quero tirar sua vida.

O olhar de Nádia se tornou sereno e, por um momento, Jesper pensou que ela iria ceder. A ponta afiada de uma seringa em seu antebraço o fez acordar.

– Desta vez, a seringa tem uma substância que porá um fim à nossa história – disse Nádia. – Exceto se tiver certeza de que você não nos revelará.

– Qual é seu plano? – perguntou Jesper.

– Consegui ser livre por dezessete anos – respondeu Nádia. – Não trairei Kate. Encontramos Desirée Volanté Tasson e não a deixarei à mercê dos sátiros. A premonição será realizada. Desirée pode mudar vidas.

– Eric está lhe procurando – insistiu Jesper.

– Você me deve isso – disse Nádia.

Jesper desviou o olhar. A proximidade com ela era insuportável, sem mencionar o olhar determinado, mas também suplicante, no rosto da ninfa.

– Você está pedindo demais para um sátiro – disse Jesper, por fim. – Mas eu prometo.

– Obrigada – disse Nádia.

26

Kate seguiu Hannula o tempo necessário para decidir qual seria a melhor abordagem. Ele havia voltado para a delegacia e ela decidiu dar o próximo passo. Vestia calças pretas justas, uma camisa branca e um colete preto, masculino. Mordeu os lábios para deixá-los ainda mais vermelhos.

Ao entrar, viu Hannula ao longe em sua sala. Caminhou em sua direção com passos calculados. O homem a notou com sua visão periférica e se virou para olhar. E o fez por um bom tempo. Outra lata de Coca-Cola foi lançada em um cesto. Kate se divertia com a situação sem deixar transparecer.

– Fui roubada – disse ela, sem que parecesse uma vítima.

– Verdade? – perguntou interessado Hannula.

– Minha bicicleta foi roubada – acrescentou Kate, inclinando o tronco para a frente, para desconcertá-lo ainda mais. – Pode parecer uma tolice, mas ela era muito importante para mim.

– Roubos devem ser registrados na recepção – disse Hannula, sem nenhum movimento para se afastar. Kate viu que já o havia fisgado.

– Mas os papéis acabam se perdendo e, com eles, minha bicicleta – disse Kate. – Você não pode me ajudar?

– Bem, vamos lá – disse Hannula, procurando seu bloco de anotações.

Kate reparou na mesa do oficial. Havia uma pasta que trazia o nome Johannes Metso e, na parede, havia fotos de Jean e de alguns outros homens. Ela precisaria apenas de uma pequena distração para descobrir a que ponto da investigação a polícia havia chegado.

– Então, descreva como ela era – disse ele.

Kate começou a falar sobre a bicicleta roubada e Hannula anotou tudo.

– O que eu faço? – disse Kate, com uma pausa. – Preciso tê-la de volta.

– Espere aqui que eu vou ver em nosso depósito, apesar de isso não ser trabalho desse departamento.

Assim que ele saiu, Kate se viu entre os papéis sobre Johannes. Ela os leu rapidamente e depois passou para as fotos, ficando com uma boa ideia sobre a investigação. Era uma pena que em uma das fotos Johannes sorrisse com Didi.

– Venha ver! – A voz de Hannula soou a uma curta distância.

Kate foi para o corredor. Hannula estava em pé e tinha uma expressão de contentamento, segurando uma bicicleta vermelha. Ela olhou para o veículo com espanto e ele estranhou a reação da mulher.

– Muito bom, hein? – disse Hannula. – A polícia resolveu mais um crime. O farol está quebrado, exatamente como você disse.

– Só há um problema – respondeu Kate. – Eu não tenho bicicleta.

– Você inventou tudo? Mas por quê?

Ela se mostrou envergonhada.

– É que eu o vi na rua e... Nunca fiz nada desse jeito, mas como queria conhecer você, não consegui pensar em nada diferente, a não ser o roubo de uma bicicleta. Sinto muito.

Hannula riu.

– Para dizer a verdade, tínhamos uma bicicleta que servia e eu coloquei nela um farol – disse Hannula.

– Podemos tomar um café? – disse Kate. "Entre, falou a aranha", ela pensou.

***

Kate chegou tarde, com a ideia de ter uma conversa a sós com Nádia, mas a amiga já estava sentada na varanda com Didi sob as luzes da rua.

– Qual é o problema? – perguntou Kate. – Temos pelo menos um pouco de vinho branco, não temos?

– Didi teve uma reação – explicou Nádia. – Na floricultura.

Ela ouviu sem dizer nada, enquanto Didi contava sua experiência.

– Você reagiu ao corte das flores como um reflexo ou sentiu dor de verdade? – perguntou Kate.

– Um pouco dos dois – disse Didi, estremecendo. A menina ainda se lembrava da sensação.

Enquanto Kate pensava na história, Nádia estava sentada, parada, olhando para as chamas que queimavam dentro de uma lamparina.

– Não é uma boa notícia? – perguntou Kate para Nádia.

– É.

– Como pode? – perguntou Didi. Ela não entendia como aquela dor podia ser uma coisa boa.

– Você não é uma ninfa d'água e nem da montanha – disse Nádia, distraída. – Você sentiu o que aquelas flores viviam. Isso significa que você é uma ninfa da natureza.

– O que há de errado com você? – Kate se virou para Nádia. Uma informação assim era crucial, mas ela não demonstrava qualquer emoção.

– Nada – Nádia acordou, para responder. – É só minha cabeça confusa.

– Por causa da polícia? – perguntou Kate.

– Sim – disse Nádia.

– A polícia? – perguntou Didi.

– Não se preocupe. – Kate foi para a cozinha, em direção à geladeira. Precisava de vinho branco e de algum queijo bem gorduroso. – Já cuidei do assunto.

27

Didi olhou para um livro diante dela e soprou a capa. Partículas de pó festejaram no ar e Samuel espirrou.

– Ah, obrigado! – falou para ela, que ria.

– O prazer foi meu! – Didi teve vontade de limpar o nariz de Samuel.

Ela havia perguntado em que biblioteca poderia encontrar livros de história ou antigos. Samuel a aconselhou, prometendo ir junto. Um local como aquele lhe parecia seguro para estar com ele.

Uma bibliotecária idosa e paciente trouxe diversos livros, e eles os estudaram um por um com as cabeças apoiadas uma na outra. Viram muitas coisas interessantes e riram de expressões antiquadas, mas Didi não se sentiu nem um pouco mais próxima de suas raízes.

– O que é isso? – perguntou para Samuel, que demonstrava cansaço. Eles haviam aproveitado a companhia mútua. Até a disposição dele para ajudar, porém, deveria ter um limite.

– Uma lista de aquisições da mansão Tammisaari, dos anos 1940. – Samuel leu e, por um momento, não entendeu por que o livro foi trazido para eles. Então, passou a mão pela capa. – Ei, olhe, é igual ao nó que você tem tatuado em sua barriga!

– Você ainda se lembra dele? – Duplamente surpresa, ela agarrou o livro com entusiasmo renovado.

– Bem, eu sempre pensava nisso quando a via na praia. Você disse que sua mãe quis fazer de você alguém especial.

– É o que Elina falava toda vez que eu perguntava – disse Didi. – É um antigo Nó da Mesopotâmia. Eu o encontrei no livro de símbolos.

Eles se voltaram para a publicação e passaram a estudar suas páginas, preenchidas por uma caligrafia ornamentada.

– "Que raios são *sementes da rainha da noite*?" – pensou ela em voz alta.

– Sendo uma mansão sofisticada, talvez tivesse estufas – disse Samuel, abrindo o notebook. – Vamos ver se está na internet... Achei! É uma mansão familiar, cujo proprietário atual é Matias van der Haas.

Didi olhou fixo para a tela e, na hora, soube o que queria.

– Preciso ir até lá.

– Por que não fazemos uma viagem de fim de semana? – sugeriu ele.

– Agora! – disse Didi.

– Talvez seja melhor planejar um pouco. Não sei se podemos ir lá assim, sem mais nem menos – disse Samuel.

– Posso ir sozinha também – Didi já estava em pé, fechando sua bolsa.

– Eu a levo – Samuel suspirou. – Não se pode deixar a menininha do vizinho sair para uma aventura sem companhia.

A viagem foi tranquila e, em meia hora, eles estavam em frente à mansão. A noite começava a cair, e Samuel, a se preocupar.

– Acho que vamos descobrir algumas coisas, Didi – disse. – Mas não é melhor pensar um pouco? Talvez você não goste do que vai saber.

– Eu *preciso* saber – disse a garota, saindo do carro.

Eles deixaram o carro próximo ao portão da mansão e olharam para a grande construção, que ficava no final de uma alameda ladeada de carvalhos. Didi começou a caminhar com passos determinados e sua avidez o contagiou.

Ela terminou de subir a escada de pedra antes de Samuel e espiou o interior da casa, só conseguindo avistar alguns móveis cobertos por lençóis. Foi uma enorme decepção, porque parecia deserta. Desta vez, ela não podia invadi-la, como fez com sua própria casa; o latido de um cachorro quebrava o silêncio.

Circundando a casa para entender melhor a situação, viram uma luz entre as árvores, nas proximidades da floresta. Eles aguardaram e, em poucos minutos, uma senhora veio em até eles, com dois cães pastores, segurando uma lanterna em uma das mãos.

– Boa noite. – Era impossível estimar sua idade. Tinha uma boa postura e os cabelos brancos estavam presos em um coque. – Vocês têm algum motivo para estar aqui?

– Estamos procurando por Matias van der Haas, mas a casa parece vazia – disse Didi.

– É isso mesmo, e a família não virá este ano. Por que estão aqui?

– Sou Desirée Tasson – disse Didi, fazendo com que Samuel arqueasse as sobrancelhas. Ela decidiu usar o nome dado pelas ninfas para ver se causaria alguma reação na mulher. – Eu esperava que o proprietário da casa, Matias van der Haas, soubesse algo sobre meus pais.

– Não faço ideia de onde ele e sua família estão – respondeu a senhora.

Didi tirou um pedaço de papel do bolso e mostrou o símbolo do Nó, observando as expressões no rosto da mulher.

– A senhora saberia o que isso significa? Há uma relação entre eu e esta mansão também.

Apesar de o tom da voz de Didi ser quase de súplica, não causou qualquer reação na mulher, que se virou.

– Não sei – disse ela, de costas. – Vocês têm de partir. Esta é uma propriedade privada e aqui os vizinhos cuidam uns dos outros.

– Não queríamos perturbar! – Samuel teve tempo de dizer, antes que a escuridão engolisse a senhora.

Seguindo Samuel, Didi voltou para o carro, contrariada. Sentia que a casa continha algum segredo relacionado a ela. Chegou ali com entusiasmo e cheia de expectativas, certa de que encontraria alguma coisa. Mas, ao contrário do que gostaria, deu com os burros n'água. Queria respostas! Alguém no mundo deveria saber quem ela era. A frustração fez seu humor mudar de direção, como uma corrente de ar.

– Estou cansada demais disso – Didi voltou a falar, após um longo período calada.

– Vamos continuar a busca – disse Samuel, para animá-la. – Vamos descobrir onde esse tal Matias está.

– Eu não quero isso! – gritou Didi. – Que droga, eu não quero isso. Pare! Agora!

Samuel notou tamanho desespero em sua voz que não perguntou mais nada, estacionando o carro. Didi desceu e saiu em disparada para a floresta.

– Didi! Aonde você está indo? – gritou Samuel.

Ela também não sabia. Algo a forçava a correr, embora seu peito doesse bastante. Lembrava do sonho com a estátua que parecia saber muito mais do que ela, do homem cujos olhos vermelhos brilhavam, excitantes e assustadores. Queria correr de tudo aquilo. Seu coração palpitava. Ao ver algo cintilando diante dela, subitamente parou.

O pequeno lago era calmo, e sobre a água havia nenúfares e outras plantas aquáticas do gênero das ninfeias. Didi sentiu o ar fresco no rosto. Sua respiração começou a se acalmar. Ouviu os passos de Samuel e, logo, estavam juntos. Ela se agachou perto do lago, lavou o rosto com a água fresca e levou um pouco até a boca.

– O que você está fazendo aqui? – disse Samuel, ofegante. – Por que você disse que se chama Desirée?

Ela se levantou e o olhou. De repente, alguns fatos ficaram claros.

– Não devemos ficar juntos. Nossas mães sabiam disso e nos separaram.

– O que você quer dizer com isso? – perguntou Samuel.

Lágrimas quentes começaram a cair dos olhos de Didi, e Samuel não a questionou de novo. Tentou colocar os braços em volta da jovem e abraçá-la, mas ela logo se afastou. Didi começou a andar em volta do lago e Samuel a seguiu.

– Você não mudou desde aqueles tempos – disse Samuel. – Sempre foi cheia de paixão e muito bonita... Quando criança, você me levava para todo tipo de maluquice. Eu ficava sob o seu encanto. Quando a vi, de repente, no hospital, estava ainda mais linda e, mais uma vez, fiquei louco por você.

Didi parou. Temia não conseguir se controlar se olhasse novamente para Samuel. Embora ele tivesse sumido de sua vida por anos, sua confiança nele não diminuíra. Sentia a compaixão e a força que vinha dele inalteradas. Samuel era bom, mas ela não oferecia nada de positivo em troca.

Ao olhar para seus pés, notou que se encontrava sobre um monte de musgo, como a estátua de seu sonho. A estátua atraía o toque humano, como se pudesse ser animada por ele. Didi esperava, mas, ao mesmo tempo temia que Samuel a tocasse. Precisaria controlar os sentimentos, e o desejo era um deles. Se cedesse por um único instante, ela o levaria consigo. Teria de admitir aquilo a si própria, lá, em meio à floresta escura e ao cheiro de musgo. Didi sentia que a estátua de fato era ela, quente e fria ao mesmo tempo. E sabia que Samuel ansiava por uma resposta.

Virou-se aos poucos e ousou encarar Samuel nos olhos, e viu o quanto ele estava preocupado. E sentiu que ele a queria. Uma frase lhe chegou aos lábios, e ela não sabia como dizê-la em voz alta. O ar tremia entre eles, e Didi não tinha coragem de aproximar seu rosto do dele. Ela colocou a mão no peito de Samuel, para garantir que manteriam uma distância segura.

– Não temos pressa, Didi – Samuel, com delicadeza, pôs as mãos sobre as dela, sentindo seu coração acelerado.

Então, o sorriso de Samuel desapareceu. Primeiro, ele caiu de joelhos, para depois despencar no chão sem conseguir respirar.

– O que você está fazendo? – sussurrou.

– Samuel? – perguntou Didi, mas ele já estava totalmente inconsciente. Didi olhou à sua volta, em pânico. – Socorro!

28

Ela olhou de novo para Samuel, no quarto do hospital em que ele estava sendo examinado. Preferia ficar ali para ouvir os resultados e se esconder de Kate, que estava sentada na sala de espera com suas roupas de couro pretas. No lago, no entanto, em meio ao maior dos pânicos, não soube mais para quem ligar. Não tinha ideia de onde estava, porém, podia confiar no instinto de caçadora de Kate. Em menos de uma hora, estava com eles – em um carro roubado, que desde então escondia em um arbusto – levando-os para um hospital, em Helsinque. Até então, não haviam trocado uma única palavra, mas já era hora de terem uma conversa.

– O que aconteceu lá na floresta? – Kate tirou os pés da mesa da sala de espera e olhou para Didi com severidade.

– Eu só coloquei minha mão no peito de Samuel.

– E não fez mais nada? – perguntou Kate. – Você não deu ao hospital nenhum de seus dados pessoais, deu?

– Claro que não – respondeu Didi. – Não sou uma completa idiota.

– Você vai ficar aqui? – perguntou Kate, lendo seus pensamentos.

Didi mexeu a cabeça de modo afirmativo. – Samuel será deixado sob observação durante a noite e é minha a culpa de ele ter vindo para cá.

– Cuidado com o que diz – disse Kate, e se levantou sem nem olhar para ela ao sair.

Após um período, o médico voltou do quarto de Samuel e Didi entrou. Seu coração pulava de alegria e de ansiedade. O rapaz estava muito pálido. Ela se sentou ao lado da cama. Sem ousar tocá-lo por cima do cobertor, apenas apoiou a testa na cabeceira e fechou os olhos. A noite tirou todas as suas forças.

– Eu estou vivo.

Didi despertou com aquela voz. Havia adormecido e o sol já iluminava o quarto.

– Como você está? – perguntou Didi. – Devo chamar o médico?

– Não há necessidade. *Eu* sou médico.

– Ainda não – disse Didi. Ela tinha vontade de abraçar Samuel, mas depois da noite anterior, não o faria de modo algum. – Eles disseram o que há de errado com você?

– Eu contei que desmaiei por duas vezes recentemente. Pelo menos meu coração e minha pressão arterial estão bem. Samuel se sentou na cama. – Eles suspeitam que possa ser uma grave reação alérgica. Choque anafilático. Talvez eu tenha sido picado por uma abelha.

– Uma abelha? – perguntou Didi. – Na floresta?

– Sim. A propósito, por que estávamos lá?

– Você não se lembra?

– Eu me lembro de estar chateado por não ter encontrado nada na mansão – respondeu Samuel. – Depois, do nada, você quis ir à floresta.

– Eu achei que a floresta ia me acalmar – disse Didi, que só então percebeu o fato. – Vamos falar sobre isso outra hora.

– Já disse que estou apaixonado por você? – perguntou Samuel. – E que você parece estar tirando o chão dos meus pés?

– Você falou algo assim...

– Talvez eu sempre a tenha amado, Didi – disse Samuel. – Não sei tudo o que aconteceu durante esse tempo, mas não me importa nem um pouco. Só quero estar com você e, se você quiser também, o resto vai se arranjar.

Ela ouviu as palavras de Samuel em completo encantamento. Nunca desejou nada quanto aquilo, cada célula de seu corpo queria o conforto e a certeza que a voz dele transmitia. Então, percebeu que a mão de Samuel procurava pela sua, o que a fez recuar de medo.

– Não posso, Samuel. Toda a minha vida se tornou um completo nó.

“E esse nó está em meu ventre”, pensou Didi, tentando olhar para Samuel, esperando que ele entendesse seus sentimentos, mas ele havia virado o rosto para o lado oposto.

– Eu gostaria de ajudar, mas...

Palavras por dizer encheram o quarto. Didi sentiu uma vontade terrível de contar tudo, desde o começo, para que ele soubesse que um mero toque traria consequências imprevisíveis. Ela se aproximou mais, porém, ele fechou os olhos.

– Então é isso – disse Samuel, sem forças.

– Vou ficar com você até a alta e, depois, iremos para a sua casa – disse ela.

– Não, por favor. Pode ir embora – disse Samuel, virando-se de costas. – Estou muito cansado.

Sem alternativas, Didi se levantou para sair. Ao chegar à porta, virou-se para lhe dar uma chance de dizer algo, mas ele fingiu dormir.

Todas as doces emoções haviam sofrido uma reviravolta em um piscar de olhos. Se Samuel tivesse aceitado o que ela tinha a oferecer, talvez...

Didi bateu a porta ao sair. "Durma, então! Primeiro, expressa seu amor, depois, finge." Ela encontrou um lugar na sombra de uma árvore para se sentar e se acalmar. A casca grossa do tronco esquentava suas costas, enquanto pensava sobre tudo o que havia se passado naquelas 24 horas. Na mansão de van der Haas, sentiu que estava perto, certa de que ia encontrar algo crucial. Enxergando sabedoria nos olhos daquela senhora, esperou por uma resposta, palavras que falassem de onde ela vinha, a razão pela qual ela era daquele jeito...

Acordou de seus pensamentos quando seu ombro descoberto começou a coçar. Ela olhou e viu que era uma abelha. O inseto examinava sua pele, mas Didi não sentiu necessidade de se livrar dela.

***

Nádia colocava flores em um vaso quando ouviu Didi chegar em casa. A garota tirou os tênis, chutando-os no hall de entrada, e olhou para ela, em desafio, antes de se arrastar para o próprio quarto. Prestes a reclamar da bagunça, ao ver a garota tão infeliz, ela voltou para as flores, embora estivesse ansiosa para perguntar sobre os eventos da noite anterior. Seria melhor esperar um momento mais adequado, em que Didi estivesse pronta para falar. Além disso, naquele instante, ela era a última pessoa a poder proibir qualquer um de manter segredos.

A ninfa trouxe a centáurea-maior azul-clara para perto do rosto. Era da força de vontade que a flor emanava que ela precisava. Havia coisas que ela tinha de esconder bem, em especial de Kate. Antes, algo assim a perturbaria, mas o retorno de Jesper dos mortos fez com que soubesse que, em Garda, Kate sabia mais do que havia revelado e que Kate, de fato, havia colaborado para separá-la de Jesper.

"Devia ter trazido algumas madressilvas", pensou. "Isso tiraria coisas do passado de minha cabeça e eu poderia me concentrar melhor na missão". Com isso em mente, começou a preparar uma refeição para a noite. Ela ouviu Didi ir para a cama e, julgando pelo rosto de Kate, a noite anterior devia ter sido pesada. Nádia conhecia um bom remédio para aquilo. Misturou azeite de oliva e mostarda para fazer uma emulsão grossa, cortou algumas castanhas de caju grandes e despejou tudo em uma salada de abacate, e, em seguida, levou uma garrafa de vinho branco à geladeira. Depositou os queijos certos em um prato branco, *pecorino sardo* esmigalhado e *caciocavallo* suave para balancear. Isso acalmaria a mente e ela conseguiria fazer Didi ouvi-la.

Nádia se lavou e passou óleo sobre a pele, sem pressa. Escolheu sua túnica creme favorita para se vestir e escovou os cabelos escuros volumosos, antes de prendê-los e jogá-los em volta do pescoço. Retirou da prateleira um velho livro sobre plantas, que sempre gostava de ler e se sentou na poltrona. Só precisava esperar.

Quando o fim de tarde se transformou em noite, Nádia ouviu Didi se mover em seu quarto para tomar banho, então colocou a comida na mesa de centro. Acendeu as velas e, quando Didi apareceu, encheu seu copo com vinho branco levemente espumante.

Didi levantou as sobrancelhas como se perguntasse o que estava havendo.

– Senti falta de uma noite calma – disse Nádia, como se Didi houvesse feito um favor para ela. – Nada impede que ninfas curadoras se enganem também.

Nádia gostou de ver como o apetite da menina havia acordado e suas reservas, desaparecido. Conversaram sobre vários assuntos, estudos, roupas, queijos, até ela sentir que Didi estava suficientemente relaxada.

– Parece que você e Samuel estiveram na floresta e você o tocou no peito – disse Nádia. – E ele desmaiou.

Didi fez um gesto afirmativo e tomou um grande gole de vinho.

– Você está apaixonada por Samuel? – perguntou Nádia.

– Claro que não. Nós só... – Didi deu de ombros.

– Olhe para isso... – disse Nádia, sorrindo. Ela pegou um convite da mesa. – Isso chegou como se tivéssemos encomendado. Estão organizando um baile de máscaras veneziano na universidade. Ninfas sempre amaram essas festas ao longo dos séculos.

Didi pegou o cartão e o leu, confusa.

– Como uma festa pode me ajudar?

– Em doze dias você estará à mercê da Lua de novo – disse Nádia. – Temos de encontrar alguém que não desmaie com um beijo.

– Não posso mais! – Para Didi, a comida deixou de ter um gosto bom. – Para vocês, pode ser um modo normal de se comportar, mas não para mim.

– Você teve azar – disse Nádia. – Não vai matar sempre. Eu não mato ninguém há décadas.

– Não posso.

– Didi, você tem de acreditar em nós – disse Nádia para a garota, que se levantou. – Vamos escolher melhor desta vez. O baile de máscaras é uma oportunidade perfeita. Você não sabe como é murchar, Didi. Você morre.

– Tenho um exame se aproximando. Preciso estudar – respondeu Didi, deixando Nádia sozinha.

A mulher alongou as costas e o pescoço e soltou os cabelos. Escolheu algumas nozes do prato e as mastigou, enquanto pensava. Não tinha nenhuma intenção de pressionar Didi. Pelo menos, não de uma maneira que ela notasse. Nádia voltou os olhos para o corredor escuro.

– Você estava nos ouvindo? – perguntou para Kate, que achou que tinha chegado em silêncio. – É difícil não ser notada quando se cheira a curtume.

Kate deu alguns passos para dentro da sala e deitou no sofá, com todas as suas roupas de couro.

– Sabia que Didi iria pôr tudo em risco por causa daquele rapaz – disse. – Temos de dar um fim nisso. Você concorda, é claro.

– Didi nunca vai nos perdoar se machucarmos Samuel – disse Nádia.

– É por isso que a própria Didi pode fazer isso.

– Vamos nos assegurar de que o jovem casal se encontre durante a próxima lua cheia – disse Kate. – Uma ninfa não pode resistir à própria natureza.

29

Kate tinha um milhão de coisas para fazer na noite anterior, quando Didi lhe telefonou em completo pânico, de algum lugar no meio do nada. Ela não teve tempo de pensar em seu próximo passo, apenas roubou o primeiro carro que encontrou e saiu correndo para Tammisaari, até avistar o veículo de Samuel no acostamento. Uma vez lá, seguiu os passos até o lago, local da grande cena de amor juvenil, levantou Samuel em seus braços, carregou-o até o carro e repetiu a manobra em Helsinque, no acesso ao hospital.

Não foi difícil Kate notar a linguagem corporal de Didi perto de Samuel. A garota podia negar o que sentia o quanto quisesse, mas Kate sabia o que era amor. Sua mente começava a elaborar um plano, quando, infelizmente, uma ligação de Hannula a interrompeu. O flerte com o policial estava progredindo, parecia que ele ia morder a isca.

– Sentiu minha falta? – perguntou Kate, com falsa alegria.

– De certa forma sim – respondeu Hannula. – Meu chefe viu sua imagem na câmera de segurança e se interessou. Você poderia vir à delegacia?

– Um convite como esse é difícil de ser recusado – disse Kate. – Estarei aí em quinze minutos.

Hannula estava na porta da delegacia, quando ela parou a motocicleta.

– Você encontrou outra bicicleta para mim? – perguntou. Hannula não respondeu, só a levou para um escritório pequeno.

– Superintendente Harju. – O velho olhara tanto para a imagem da câmera que seus olhos doíam. Ia pedir à Kate que se sentasse, mas ela já tinha se acomodado em uma poltrona melhor. – Estava olhando as fotos da câmera de segurança da clínica de fertilidade. Você passou pelos corredores com Jean Malasma. Heikki a reconheceu.

– Conheci Heikki há pouco tempo – Kate tirou a jaqueta de couro. Por baixo dela, havia uma camisa preta sem mangas. Harju pareceu não se abalar.

– O nome Johannes Metso significa alguma coisa para você? – perguntou Harju, dando-lhe uma foto.

– Belo garoto – disse Kate.

– Um garoto morto.

Kate não teve nenhuma reação, apenas devolveu a foto para Harju. Ele a trocou pela imagem na qual Kate estava no corredor da clínica, com Jean.

– O que você estava fazendo com Jean Malasma?

– O que se faz com homens bonitos? – Kate olhou para Hannula, piscando seus cílios longos, deixando-o constrangido.

– Vocês tiveram um relacionamento? – perguntou Harju, sem desistir.

– Você quer saber se eu trepava com o cara? Infelizmente, não.

– Onde você estava quando Malasma morreu?

– E quando Malasma morreu? – Kate notou uma armadilha.

– Na noite entre 14 e 15 de junho – disse Hannula. – A noite estava clara. Era lua cheia.

Kate deu um doce sorriso para Hannula e depois para Harju. Em seguida, tirou uma carteira do bolso de sua jaqueta e, dela, um cartão, dando-o para Harju, que pegava os óculos de leitura.

– O que é isso? – perguntou Harju.

– Lembro-me daquela noite muito bem – disse Kate. – Como também deve lembrar a pessoa que me deu esse cartão, embora sexo selvagem possa causar brancos na memória.

– Então, você tem um álibi? – Foi a vez de Hannula perguntar.

– Pode ser que esse desgraçado admita à polícia o que não admitiria à esposa – disse Kate, fingindo incômodo. – Suponho que tenha sido minha própria culpa ter me envolvido com um homem casado. Isso é tudo?

– Talvez entremos em contato de novo – disse Harju.

Ela jogou a jaqueta de couro sobre o ombro e saiu sem demonstrar pressa. Uma vez fora, porém, teve de parar para pensar. A ideia de alguém a seguindo não lhe agradou. Harju parecia um pouco gasto, mas Kate notou sua experiência. Elas precisariam ter muito cuidado, pois se a polícia estava atrás delas, era muito provável que Eric tivesse uma pista de onde estavam. Os sátiros agiam em todos os níveis da sociedade.

O outro problema era Didi. A garota colocava a si mesma e aos outros em perigo, negando o que era. Seria necessário arranjar uma oportunidade para ela se expressar. Antes disso, ela tinha de liberar alguma tensão, embora não fosse lua cheia. Até uma ninfa podia se divertir sem motivo.

***

Algumas horas mais tarde, Kate apreciava a paisagem de Helsinque, vista das janelas de uma cobertura luxuosa. Ela se agachou para ouvir se o homem alto e bonito, de cabelos castanhos, estava respirando e, então, encheu o copo com um pouco mais de conhaque. Tinha de decidir como solucionar a situação. Se fosse qualquer outra ninfazinha, Kate não daria a mínima para a fedelha, mas Didi... Os pensamentos de Kate voltaram quase vinte anos, em Londres. O abraço na irmã lhe trouxe muita felicidade junto à sombra da ponte de Westminster, embora o sentimento de alívio tenha sido curto.

– Preciso de sua ajuda – sussurrou Rose, enquanto se abraçavam.

Seus cabelos vermelhos quase brilhavam na escuridão da noite.

– Todos estão preocupados com você – disse Kate. – Eric também. Muitos a estão procurando.

– Escute, irmã...

– Já estou aqui e vou protegê-la. – O coração de Kate estava acelerado. – Eu a levarei em segurança para casa.

– Não vou voltar – disse Rose. – Encontrei alguém.

– Um humano? – Kate olhou para Rose, sem acreditar no que ouvia. – Isso não é bom. Eu a levarei de volta e resolverei tudo. Eric está nos esperando, em Nessebar. Nada acontecerá com você.

Um casal em seu passeio noturno passou por elas, que ficaram quietas por um momento, sem que Rose deixasse de sorrir para Kate.

– Você não entendeu... – disse Rose, de novo a sós. Ela pegou a mão de Kate e a pôs em sua barriga. – Eu não posso voltar. E nem quero.

Levou um tempo até Kate entender a mensagem.

– Você não pode estar grávida – disse Kate, horrorizada, tirando a mão e se virando para olhar o rio. – Eu falei para Eric que você conseguiu se infiltrar na corporação bancária, como ele ordenou, que os humanos haviam descoberto que você era uma ninfa e que eles...

– Não há meio pelo qual ele possa adivinhar algo assim – disse Rose. – É impossível que eu fique grávida de um humano. Ainda assim, estou esperando um bebê.

– Rose, juro por minha própria vida – disse Kate, tocando os cachos ruivos que cobriam o rosto da irmã –, se Eric tiver só um pressentimento...

pense ao menos na criança que vai nascer, se não for pensar em você ou no pai.

As irmãs se entreolharam por um momento e Kate viu muito bem que jamais faria Rose voltar para Eric. Não em definitivo. Portanto, elas tinham de ganhar tempo para pensar em um jeito de enganá-lo, para que Rose pudesse desaparecer. Para sempre, talvez.

– Em primeiro lugar, você irá voltar sem dúvida – disse Kate. – Quando a gravidez vai ficar mais evidente?

– Em dois ou três meses – respondeu Rose.

– Temos esse tempo para pensar em como manter você e a criança vivas – disse Kate. – Querida irmã, que bom que você me pediu ajuda.

Depois disso, para mostrar sua lealdade, Kate ligou para Eric para falar que estavam a caminho de Nessebar. Ela precisaria de alguns dias para os preparativos de viagem e para colocar Rose em forma. Relutante, ele concordou.

Kate conseguiu prolongar para uma semana. Foi o tempo que precisou para pensar em um plano, fazer algumas compras e preparar Rose para a situação. A irmã ficaria calada sobre o pai da criança, mas, à exceção disso, deixaria Kate tomar a liderança. Ela sabia que para sua fuga final precisavam de um plano perfeito.

Voaram para a Bulgária e os sátiros de Eric as pegaram no aeroporto. Até lá, tudo ocorrera bem, porém, na mansão de Nessebar a situação foi bastante diferente. Eric esperou por Rose, mas não que ela apenas concordasse em dormir a seu lado.

– Do outro lado da porta, há uma fila de ninfas prontas para fazer qualquer coisa para tomar seu lugar nessa cama – gritou Eric para Rose, pronto para a ação e com os olhos vermelhos.

– Pegue uma delas, pegue algumas delas – disse Rose em voz baixa, virando-se de costas.

– Você é minha – respondeu Eric, sabendo que apenas por Rose poderia controlar Kate. – Sua tarefa é me manter satisfeito.

– Você sabe o que aconteceu comigo, em Londres, quando obedeci suas ordens – respondeu Rose, como Kate pediu.

– Ecaterina matou aqueles homens. – Eric acariciava o pescoço e os cabelos de Rose, porém qualquer tipo de ternura inexistia em seu toque. Ele queria mostrar de todas as formas que Rose era sua propriedade. – E isso é pouco comparado ao que farei com você, se a situação não mudar.

– Eu tentarei – disse Rose.

– Tente mais – disse Eric. – Vá. Amanhã, não tolerarei mais isso.

Rose saiu da cama e se enrolou em um *peignoir* por cima de sua camisola fina de seda. No corredor, olhou para trás para se certificar que ninguém a seguia e correu para a biblioteca, com passos silenciosos, para poder ficar em paz. Sempre gostou de ficar ali. As velhas obras emanavam tranquilidade e as grandes janelas davam para um belo jardim. Sobre a mesa, havia alguns papéis antigos e amarelados, nos quais alguém havia escrito algo com uma pena, em uma língua desconhecida. A capa grossa do livro era feita à mão e tinha um símbolo peculiar de um nó. Rose passou os dedos sobre ele e suspirou. A gravidez a cansava e ela estava pronta para passar a noite em uma poltrona reclinável. Desejava que até a manhã sua irmã tivesse um plano pronto para ela.

Naquele momento, alguém acendeu a luminária e Rose estremeceu. Kate se aproximou e ela suspirou de alívio.

– Você pensou em algo, certo? – perguntou Rose. – Não conseguirei mais manter Eric longe.

– Não o faça – disse Kate, lacônica, olhando os dedos pretos de tinta.

– Eric é um sátiro, a criança é de um humano. Temo que quando ele entre em mim, algo aconteça com ela.

– Temos um grande desafio – disse Kate. – Você terá de ceder, desde que sua barriga não levante dúvidas. Tenho um plano, mas preciso de tempo.

– É algo relacionado com isso? – perguntou Rose e mostrou a obra, sobre a mesa.

– Explicarei mais tarde – respondeu Kate, fazendo cócegas na garganta de Rose com uma pena.

***

Kate pensava em Rose, sua irmã teimosa, e na tarefa que lhe foi atribuída. Por isso, só lhe restava agir. Ela bebeu todo o conteúdo de seu copo de conhaque e, por um instante, olhou para as nádegas do homem de ombros bastante largos. Até que havia tentado prosseguir. Porém, nem sempre podia ganhar. Ela se levantou, vestiu-se, pôs a garrafa de conhaque debaixo do braço e partiu.

Chegou à marina quase em um piscar de olhos. O barco de Samuel estava diante dela, um alvo fácil. Segura, caminhou em sua direção e olhou dentro da cabine. Seus olhos passearam sobre as antigas fotos nas paredes. Nelas havia um Samuel muito mais jovem, em algum lugar das ilhas gregas, com os pais. Ela procurava por algo que pudesse lhe dizer quem era ele, suas forças e fraquezas, embora, de certa forma, o velho barco parecesse uma relíquia. Samuel podia viver lá, mas se tratava mais de um museu, quase um monumento.

"Está certo", pensou Kate, "há tempo para tudo". Abriu a garrafa de conhaque e despejou quase tudo sobre a cama, na qual jogou jornais e livros velhos. Tirou seu velho isqueiro do bolso e, em minutos, a cama estava em chamas. Kate ficou olhando para o fogo por um tempo. Havia deixado um gole na garrafa, que derramou em sua boca, antes de subir ao píer. Não olhou mais para trás, apesar das chamas que iluminavam a noite. Aquela parte do plano estava resolvida.

Uma vez de volta em casa, Kate só queria tirar as botas e se jogar na cama, mas ouviu Nádia e Didi conversando. Sabia o quanto persuasiva a colega podia ser e, em circunstâncias diferentes, poderia ter tido a paciência de esperar que chegasse a seu objetivo. No entanto, para ela, o tempo estava se esgotando. Assim, tudo correria com mais facilidade se Didi e Samuel ficassem juntos.

– Esse é seu plano? – perguntou Nádia.

– Qual é a dúvida? – devolveu Kate.

– Quero tirar amostras do feromônio *copulin* de Didi – disse Nádia. – Pensei sobre o caso de Jean por todos os ângulos. Ele devia ter sobrevivido.

– As ninfas não são mais fortes no início? – disse Kate. – Além disso, Didi pode transar com a próxima vítima até a morte, de qualquer forma.

Nádia, por vezes, se chocava com a ausência de arrependimento de Kate. Se não tivesse colocado a missão acima de todo o resto, faria um discurso a favor da humanidade e da liberdade. Contudo, ao olhar para Kate, viu em seu rosto que ela já fazia planos.

– O que você fez? – perguntou Nádia.

– O que foi necessário – disse Kate. – Samuel não tem mais onde morar.

30

Perdida em pensamentos, Didi limpou uma das mesas do estabelecimento. Um grupo de três jovens garotas estudantes entrou pela porta. Pediram cafés e *panini* e depois escolheram uma mesa. Ela invejou toda aquela liberdade de vidas tão despreocupadas. Podiam ir e vir, estudar, encontrar amigos, e fazer sexo ou não. Didi pensou nas palavras de Nádia a respeito da próxima lua cheia. Não! Não era razoável pensar que sua vida dependia daquilo. É verdade que na escola, às vezes, ela ficava maluca por um ou outro garoto. Isso, porém, era muito diferente de aceitar que, de fato, se não transasse, poderia morrer. Ninguém morre por não ir para a cama com alguém!

"Por que a vida não pode ser simples?", pensou Didi, "como a daquelas garotas, que conversavam alto sobre exames e roupas?". Afinal, é possível, sim, apaixonar-se e namorar. De início, ela teve até um pouco de inveja de Laura, quando sua melhor amiga conheceu Lasse. Depois, vieram alguns hematomas nos braços, lábios cortados... Aquilo não era amor nem liberdade. Didi não entendia como uma pessoa tão determinada como Laura se deixava ser tratada tão mal. Enquanto carregava pratos para a cozinha, ela se alegrou com a convicção de que Samuel nunca faria nada assim com ela.

Estava para levar o lixo para fora quando seus olhos se depararam com o rapaz. A primeira coisa em que Didi conseguiu pensar foi em como se sentiu expulsa por Samuel, mas logo notou a expressão perdida do rosto dele. Fez uma xícara de chá de camomila e a levou para ele.

Ele a olhou sem conseguir dizer uma única palavra. Os olhos estavam vermelhos e, na cadeira ao lado, um saco de papel descansava, repleto de objetos cobertos de fuligem.

– O que aconteceu?

– Alguém queimou o *Robur* ontem à noite – disse Samuel com um tom sem emoção. – A polícia está investigando como incêndio criminoso.

– Quer algo para comer? – perguntou Didi.

– Não, obrigado – respondeu Samuel. – Só preciso de outro lar. Ou, pelo menos, de um lugar para passar a noite.

Didi reparou em um porta-retratos com uma foto parcialmente queimada da mãe do amigo.

– Foi tudo o que restou – disse Samuel. – É um sentimento meio estranho não possuir nada de uma hora para outra.

Esperando que ele desabasse, surpreendeu-se com um esboço de sorriso.

– O que está acontecendo? – perguntou Samuel.

– O que você vai fazer? – respondeu Didi, com outra pergunta.

– Na verdade, não sei. – Ao se virar para olhar pela janela, pareceu nada ver. – Roupas e outras coisas são só bens materiais. Quando meu pai morreu, deixou o barco para mim. *Robur* era meu, mas cuidava dele como se ainda fosse do meu pai.

Ela se moveu para sentar ao seu lado. Tomou-o pela mão e quis mantê-la na sua, estremecendo a seguir, e mudando de ideia.

– E agora? – perguntou Samuel.

– Você está machucado – disse Didi. – Muito machucado. A lembrança do barco causa dor física.

– É claro – disse Samuel. – Era tudo o que restava de meu pai.

Como a mão que o havia tocado ardia cada vez mais, viu-se sem saber como proceder para consolá-lo e tentou sorrir com empatia.

– Vou lhe trazer um pouco de sopa – foi tudo o que pôde dizer.

– Não se incomode – Samuel pegou seus poucos objetos e partiu.

***

À noite, Didi se arrastou para casa muito cansada. Não estava tão desgastada do trabalho ou dos estudos, e sim de tanto pensar. Não importava o quanto refletisse sobre os acontecimentos, nada fazia sentido. Tudo era cada vez mais confuso. Embora desejasse que Nádia tivesse preparado o jantar e uma noite agradável, passou direto por ela, nas escadas.

– Oi! – disse Nádia. – Estou saindo para o trabalho, mas Kate está em casa. Acho que só nos veremos pela manhã.

Na realidade, o apartamento estava vazio, ninguém respondia a seus chamados. Foi à varanda e olhou para a noite que caía. Depois, subiu as escadas que davam acesso ao telhado.

Kate estava ali, fundindo-se na escuridão com suas roupas escuras. – Como você sabia que eu estaria aqui?

– Uma ninfa da montanha e um telhado, muito fácil – disse Didi.

– Apenas um estereótipo; porém, verdadeiro.

Didi se sentou com Kate. O ar fresco em seus ombros já fazia se sentir melhor, mas a lua crescente no céu a lembrava do que estava por vir.

– Que tipo de ninfa eu sou? – perguntou Didi.

– Você teve necessidade de fugir do carro de Samuel e correr para dentro da floresta.

– Dríade.

– Ah, você tem lido! – sorriu Kate, como quem pensa em outra coisa.

– Você me mandou para a universidade, não? – Didi ainda pensava em sua mão e na dor de Samuel que havia sido transmitida a ela. – Ninfa da natureza, "como o tempo que muda, como as estações que se sucedem". Livros sobre mitologia são como horóscopos.

– Eles podem conter um pouco de verdade – observou Kate.

– "A verdade nua e crua" – continuou Didi. – Mais um belo clichê.

– Didi, não importa que tipo de ninfa se é, sua personalidade é única.

– Nádia sabe curar. O que uma ninfa da montanha faz? – a pergunta continha um claro desafio.

– Um dia talvez você descubra – respondeu Kate.

– O barco de Samuel se incendiou – disse Didi, após uma pausa.

– Mentira?! – Kate fingiu uma adequada surpresa. – Talvez você devesse convidar o garoto para viver conosco.

A garota se voltou para Kate, incrédula.

– Está brincando?!

– Andei pensando um pouco sobre as coisas, e acho que você está certa – disse Kate. – Está na hora de começar a confiar em seus instintos. Nossa vida é uma sucessão de novidades, então talvez seja bom você ter algum humano de seu antigo mundo por perto. Samuel pode lhe oferecer algo que, por enquanto, ainda não temos como lhe dar.

– E Samuel nunca... – Didi teve pressa de apresentar novos argumentos para Kate, aproveitando-se de seu inesperado bom humor com o assunto.

– Claro que não. Aprendi a confiar em você – disse Kate. – Além disso, o rapaz deve estar precisando de ajuda.

– Vou ligar para ele, agora! – Sem se conter, ela correu para a escada.

– Cuidado – lembrou Kate –, com tudo!

– Sim, sim! – disse Didi, no caminho.

Logo, ela contou a proposta para Samuel, que se posicionou contrário.

– Eu, mudar para a sua casa? – perguntou Samuel. – Isso não causaria ainda mais confusão em nossa situação?

– Somos amigos desde criança – disse Didi, tentando parecer tranquila –, por que não iria dar certo dessa vez?

– Acho que não é uma boa ideia – concluiu Samuel. – Agradeço muito, de qualquer maneira.

O telefone silenciou. Como a vida podia ter tantos altos e baixos? Há menos de um minuto, estava felicíssima. Pouco depois, um balde de água fria caía sobre ela. Na sequência, discou o número de Laura que, mal atendeu, ouviu uma série de verdades sobre os homens, ditas em tom de desabafo.

***

Nádia encarou os olhos verdes vibrantes de Jesper, da cor de uma fonte na floresta, com vergonha por quase ter corrido nos últimos degraus da clínica, sabendo que ele a aguardava. Demonstrando confiança, o sátiro estava sentado na cama de exames. Ela, por sua vez, com evidente sensação de incômodo, logo fechou a cortina de proteção.

– É aqui que nos encontramos às escondidas? – ironizou Jesper.

– Não quero nem que meus colegas nos vejam – disse Nádia.

– Você fala dos humanos como se fossem amigos – notou Jesper. – Dezessete anos entre eles fizeram maravilhas.

– O que você decidiu? – Nádia não tinha intenção de se aproximar nem mais um milímetro de Jesper.

– Frida talvez saiba sobre nós.

– Como assim?

– Ela sentiu seu cheiro em mim – disse Jesper e a rudez de sua voz acariciou a pele de Nádia. – Posso perder minha cabeça por sua causa. Você é perigosa para mim.

– Você também é – respondeu Nádia, sentindo que aquilo era verdade, de muitas maneiras.

Jesper desceu da maca e observou as expressões de Nádia, inclinando-se um pouco para que seus olhos ficassem na mesma altura. – Mais cedo ou mais tarde terei de falar a verdade para Eric.

Nádia pôs sua mão no peito de Jesper, sentindo sua respiração pesada. Este se inclinou ainda mais, seus lábios a apenas alguns milímetros dos dela. Ela reagiu, de modo súbito, afastando-se.

– Isso é errado – disse. – Tenho de falar para Kate.

– Bom – disse Jesper, com um largo sorriso. – Falamos para Eric e Kate.

– Certo – disse Nádia e nenhum deles fez um só movimento. – Quando você vai fazer isso?

– Por enquanto, não vou... – disse Jesper e a puxou para seus braços.

31

Eric dirigia sua SUV pelas ruas da cidade com segurança. Tinha pedido a Jesper e Frida que se sentassem no banco de trás, para que pudesse ficar mais à vontade ao volante. Ele sempre gostou de dirigir e ainda se lembrava de seu primeiro carro de motor à combustão, adquirido do próprio Karl F. Benz. Mesmo após tantos anos, aquele veículo cor grafite ainda era um de seus favoritos. Ao contrário do que sempre acontecia, dirigir não o acalmou. Cometeu o erro de não pegar a estrada, onde poderia acelerar à vontade, tendo que ficar parado no trânsito da cidade. Aquela ninfa ruiva o incomodava e a ideia de que a garota estava por perto fazia seu sangue ferver. Vendo que o sinal ficaria vermelho, desacelerou, embora preferisse o contrário. Ele não deveria chamar atenção.

De repente, o carro foi impulsionado violentamente para frente, e Eric ouviu seus faróis traseiros se quebrarem em pedaços. Outro carro havia batido no seu. Eric saiu possesso, sem dar tempo de Jesper interferir, e, com um movimento rápido, arrancou o motorista de seu assento, no meio do trânsito.

– Parece que você não tem o tipo certo de pneus para pista molhada! – gritou Eric para o jovem. – Posso lhe ensinar um truque...

Eric agarrou o rapaz, levantando-o pelo pescoço até ficarem cara a cara e deu uma joelhada em seu estômago. Teria continuado, se Jesper não corresse a tempo. As pessoas pegaram seus celulares para registrar a cena. Eric arrumou a jaqueta e deixou que Frida o levasse de volta ao carro, para a privacidade que vidros escuros proporcionavam.

Jesper pôs um bolo de dinheiro no bolso do jovem.

– Isso cobre os problemas, certo?

– Vou até a polícia! Quem é esse doido? – gemeu. – Eu anotei a placa! Jesper pegou o celular do homem e o esmigalhou no chão. Depois, como um assaltante experiente, alcançou os documentos do homem no bolso interno do paletó e pegou sua carteira de motorista. Comparou o homem com a foto.

– Agora eu o conheço também – disse Jesper. – Se ouvir falar de você de novo, vou te encontrar e arrebentar a sua cara.

Em seguida, voltou para o carro com passos largos, e prosseguiram viagem. Eric se recompôs em poucos minutos, voltando à imagem de executivo respeitável. Nem um único fio de cabelo fora do lugar.

– Minha paciência com este fim de mundo está acabando – disse Eric.

– Jesper encontrará as fugitivas – disse Frida do banco traseiro, pressionando uma das mãos contra o peito do sátiro. – Não é verdade?

Frida o encarou, inquisidora, antes que ele respondesse.

– Claro – disse Jesper. – Já havia prometido isso.

– E eu o ajudarei a relaxar no hotel – disse Frida, passando as mãos nos ombros de Eric, de maneira provocante. – Manterei sua fúria adormecida, afinal, você não quer pôr em risco sua própria operação, não é?

Na suíte, Eric deixou Frida fazer todo o trabalho, pois ele era seu homem e amo, e ela só estava viva por conta de sua conveniente clemência. No entanto, ambos sabiam que isso se tratava apenas de uma distração temporária, enquanto aguardavam pelo que ele realmente desejava. Quando ela se sentou sobre ele, passeando seus longos cabelos loiros em seu corpo, Eric pensou nos cachos vermelhos e volumosos de Rose, em como se espalhavam sobre o travesseiro como pétalas brilhantes, e no corpo da ninfa se arqueando antes de gozar.

Enquanto ela rebolava em cima dele, Eric voltou os olhos para uma foto na parede. Forçando um pouco a vista, conseguiu distinguir Rose e uma jovem ninfa, e Frida sentiu, após alguns segundos, a plenitude do prazer do sátiro, aproveitando-se daquilo ao máximo.

Quando notou que o sátiro estava satisfeito, descansou por um instante sobre ele, começando a se preparar para ir para o próprio apartamento.

– Peça-me algo para comer e beber – ele ordenou, enquanto se alongava antes de entrar no chuveiro. Ela tinha feito seus músculos tensos relaxarem.

Depois do banho, ele vestiu o roupão preto e grosso do hotel e voltou para o quarto. Havia uma garçonete, pela qual havia se sentido atraído no restaurante, servindo-lhe a comida e o vinho tinto que Frida havia pedido. Eric estava pronto para dar uma gorjeta generosa, porém, havia algo de delicioso na garota que o cheiro da comida ajudou a despertar em seus sentidos. Ele pegou o controle remoto e, em instantes, o ritmo de uma música latina se espalhou pelo quarto.

– Anna – disse, olhando para o crachá no peito da mulher –, vamos?

– Infelizmente, não é permitido – disse a garota loira, sem, entretanto, incomodar-se com o convite.

– Há uma regra sobre empregados do hotel não poderem se divertir? – Eric agarrou Anna pela mão e seu charme fez com que ela se juntasse a ele na dança.

Depois de alguns giros, ela começou a relaxar em suas mãos, porém, na última volta, os olhos do sátiro tornaram a ver a garota ruiva no retrato e ele atirou Anna na cama. Com o gesto, ela percebeu que aquilo não era mais uma brincadeira. Havia algo de estranhamente ameaçador naquele moreno atraente. Um grito de horror que saía de sua boca ficou entalado ao ver aqueles olhos vermelhos e os chifres que brotavam na testa de Eric.

– Desculpe-me – disse Eric, impassível –, não era para você ter visto isso.

32

Harju estava deitado no sofá de seu escritório, com os olhos fechados e o casaco como cobertor. Deveria estar pensando sobre o caso, mas, na realidade, refletia sobre a vida de jovens garotas. Elas brilhavam, no limiar de seus futuros, ávidas, felizes... E isso também se aplicava aos jovens garotos que descansavam no necrotério. Harju percebeu que se perdia em um caminho errado e se forçou a levantar. Deu alguns passos e olhou para as fotos e para as informações espalhadas na parede. Tudo ia se juntando aos poucos e ele tinha de seguir em frente.

– Heikki, venha aqui! – gritou, no corredor.

Hannula cambaleou, com sua inseparável Coca-Cola nas mãos, e sua atenção se fixou nas fotos da parede. Harju começou a sorrir ao ver a surpresa do colega, e apontou para as fotos de Nádia, no passaporte, e de Kate, no corredor do hospital.

– Essas duas mulheres estão ligadas por duas coisas – disse Harju. – As duas encontraram Jean Malasma e ambas moram no mesmo endereço. Elas moram juntas.

– Essa é a nossa nova linha de investigação? – perguntou Hannula.

– Não exatamente. – Harju retirou uma foto da impressora, enviada pela universidade e a colocou na parede, ao lado das outras. – Segundo os registros, uma terceira garota também mora na casa. Uma garota ruiva.

Havia agora uma linha de três mulheres de aparências bem diferentes em destaque. Harju se afastou um pouco, para que pudesse ver o quadro completo.

– Desirée Volanté Tasson se parece muito com Didi Tiensuu daquela cidadezinha, não? – perguntou Harju. – Eis nossa nova linha de investigação.

– Então, o que devemos fazer? – perguntou Hannula, tentando esconder o nervosismo com goles ruidosos em sua lata. A mudança de eventos não era nem um pouco de seu gosto. As coisas ficariam mais difíceis agora.

– Descubra, discretamente, o que essas mulheres fazem – disse Harju.

– Qual é sua suspeita?

– A mãe de Tiensuu era médica, Rappacini está trabalhando em uma clínica de fertilidade. – Harju não percebeu qualquer sinal de entendimento. – Preciso explicar em detalhes? Vamos, comece, por exemplo, investigando sobre a venda ilegal e o abuso de medicamentos. Algo deve sair disso.

Harju olhou para Hannula e voltou para seu sofá, acomodando-se. – Vá trabalhar. Tenho coisas para pensar.

33

Sorrindo, Kate observava Didi e Nádia, que se divertiam com as compras que tinham feito. Dentro das sacolas havia máscaras venezianas em cores escuras, ornamentadas com penas, joias e enfeites para cabeça. Ela havia adquirido quase tudo o que achou adequado para a ocasião. Inclinando um pouco a cabeça, deparou-se com o reflexo das três na janela. Didi, Nádia e ela pareciam uma família feliz que havia se reunido na sala de estar. "Será que aquela vida seria possível?", refletiu Kate.

As outras duas experimentavam diferentes combinações de trajes e, uma após a outra, iam para a frente do espelho. Kate estava se divertindo com elas, mas, de vez em quando, prestava atenção na porta. Não sabia se Samuel tinha mordido a isca quando ela o visitou no trabalho, convidando-o para morar com elas, dizendo que pensava somente no bem de Didi.

– Você não tem coragem de morar debaixo do mesmo teto que eu? – perguntou Kate, sorrindo.

– Não se trata de você. – Samuel tentou se afastar, mas ela o deteve com determinação.

– Eu sei, mas vim por Didi – disse Kate e aquilo o fez ouvi-la. – A vida dela virou de cabeça para baixo. Você a conhece desde a infância, você é seu único elo com o passado. É possível que sua presença possa ajudá-la.

– Talvez Didi não me queira perto dela.

– As pessoas vivem vidas curtas demais – falou Kate –, você deve pensar em usar esse tempo da melhor maneira possível.

Kate imaginou que aquilo seria o suficiente. Tinha um pressentimento de que alguém como ele jamais faria alguma coisa se fosse pressionado, mas arriscou provocá-lo um pouco mais. Ela precisava tirar vantagem da situação e esclarecer Didi sobre suas raízes.

– As ninfas participam de bailes de máscaras sempre que possível – disse Kate para Didi.

– O fim do século XVII, em Veneza, foi uma era de ouro para nós. – Nádia olhou para Kate, indicando que o assunto era comum para elas. – Na época, era permitido usar máscaras de novembro a junho. Era fácil nos escondermos com máscaras, chapéus grandes e uma capa.

– Depois, começaram a limitar o período em que as máscaras podiam ser usadas – disse Kate. – Muitos jovens mortos começaram a aparecer.

O sorriso de Didi desapareceu. Ela abaixou a máscara vermelha decorada com lantejoulas. A história das ninfas tanto a fascinava quanto assustava. Mal tinha coragem de perguntar. – Vocês também matavam homens?

– Alguns. Havia muitas ninfas – respondeu Nádia, de forma honesta.

– Muitas? – perguntou Didi.

– Talvez vinte.

– Quantas existem agora? – continuou Didi.

– Nem tantas – disse Nádia.

Kate sentiu a conversa caminhar para uma direção séria. Era melhor manter o clima descontraído.

– Festas modernas não são em nada comparadas às de Veneza. Lá, sempre... – Kate não teve tempo de continuar, pois a campainha tocou.

– Vou abrir – disse Didi, levantando-se, sem ver que as duas ninfas haviam se aproximado, e que Kate segurava uma faca. Elas não tinham absoluta certeza de quem estava do outro lado da porta, mas ficaram aliviadas ao ouvir a voz de Samuel e, em seguida, o sorriso alegre da garota.

– Há algum problema se Samuel morar por aqui até conseguir acertar a vida dele? – perguntou Didi um tanto hesitante.

– Bem-vindo! – Kate lançou a Samuel um olhar agradecido, abrindo espaço para ele no sofá, que, entretanto, preferiu ficar perto de Didi.

– Precisamos comemorar! – disse Nádia, correndo para a cozinha. O gelo seria quebrado o mais rápido possível.

Antes que se pudesse imaginar, o apartamento estava repleto de música *soul*. Nádia trouxe antepasto e ravióli fresco para a mesa. O cheiro de manjericão, limão e bacon ficou impregnado no ambiente. Após algumas taças de champanhe, convenceram Samuel a dançar na sala. Didi trajava um vestido terracota de alças finas, que destacava a brancura de sua pele. Todas as preocupações haviam desaparecido.

Kate, por sua vez, assegurava-se de que nenhum copo ficasse vazio por muito tempo. Tinha de admitir que ela também estava se divertindo naquela noite relaxante. Sem chamar a atenção, foi se sentar no parapeito da janela, cruzando o olhar com Nádia. "Somos irresistíveis", disseram aqueles olhos, e Nádia só concordou com um gesto. E apontou para a janela: uma lua quase cheia brilhava. A outra entendeu o sinal e também foi para a janela para observar como Didi e Samuel se divertiam sem suspeitar que nada de ruim estivesse para acontecer.

"O amor provoca muitas coisas; a maioria delas, problemas", pensou Kate, cuja memória retornou à cena noturna na mansão de Nessebar.

***

Kate estava na biblioteca, cansada de tanto ler. Preferia muito mais um trabalho manual de verdade àquele tipo de enrolação, mas empenhava-se em ajudar a irmã da maneira que fosse possível. Rose olhou para um velho livro aberto ao seu lado sobre a mesa.

– Quando a Lua escurecer sobre as montanhas claras, uma linda criança ninfa nascerá no meio da floresta. – Rose leu em voz alta e depois manchou as mãos com tinta, que ainda não havia secado. – O que é tudo isso?

– Um plano B – disse Kate, afastando a pena – Logo, fugiremos.

– Por que voltamos, se vamos fugir? – perguntou Rose.

– Temos de escapar de uma vez – respondeu Kate. – Desapareceremos para sempre da face da Terra.

– Como pode dar certo?

– Graças a isto – Kate apontou para o livro. – Se não der certo, Eric matará cada uma de nós. Você também e...

Kate quase ficou com raiva dela mesma pelas palavras descuidadas, ao ver como Rose se assustou com apenas a ideia de perder sua criança. Ela não se importava muito com a própria vida. O amor causa todo tipo de problema, os pequenos e os grandes.

– Este conto de fadas é nosso seguro de vida – Kate acalmou a irmã. – Com sua ajuda, a criança permanecerá viva. Sente-se, para poder me ajudar.

Kate tornou a pegar a pena e a mergulhou no pote de tinta. Rose olhou para ela com confiança.

***

Kate e Nádia foram até a varanda escura. A música suave podia ser ouvida e elas pararam um minuto em silêncio, olhando para a Lua.

– O que faremos, agora? – perguntou Nádia.

– Deixaremos tudo correr com naturalidade – respondeu Kate.

34

Nádia teve apenas de se aproximar do bar, quando um jovem atendente correu para anotar seu pedido. Ela chamou a atenção de outros homens também, apesar de estarem acompanhados. A combinação dos cabelos escuros de Nádia com seu vestido claro era marcante, embora muitas mulheres ali achassem que algo mais brilhasse em seu corpo.

Diante de um Pinot Grigio geladíssimo, ouviu seu celular tocar.

– Onde você está? – perguntou Kate. – Não devíamos ter saído juntas?

– Consegui começar um negócio – disse Nádia, distorcendo a verdade.

– Você não está falando de algum loiro bonito, está? – perguntou Kate. – Alguém, por acaso, parecido com Jesper?

– Muito parecido – respondeu Nádia.

– Você faria bem se se livrasse dessa obsessão – disse Kate em tom de bronca. – Por que não experimenta um moreno ou um mestiço, para variar?

– Talvez da próxima vez. – Nádia desligou ao ver Jesper se aproximar. Não havia necessidade de palavras, eles se beijaram e começaram a se tocar.

Jesper olhou em volta. Eles atraíam os olhares de todos, embora isso não o incomodasse. Ele bebeu um pouco de vinho do copo de Nádia e colocou o braço em volta de sua cintura.

– Vale a pena viver sob as regras dos mortais?

– É a melhor coisa que já me aconteceu – sussurrou Nádia em seu ouvido.

Ele acariciou o pescoço de Nádia e pensou nos anos que haviam passado e em tudo que tinha perdido.

– Parti como uma eremita – disse para Nádia, como se fosse uma confissão. – Atendi a qualquer convite, quando recebi algum, mas não fui capaz de voltar a viver em um grupo de sátiros.

Nádia o encarou, franzindo as sobrancelhas de surpresa. Não conhecia outro sátiro que fizesse algo assim.

– Você deseja liberdade – continuou Jesper. – E poderia ter comigo.

– O que isso significa?

– Que tudo deverá terminar mal – disse Jesper. – Estou pensando em como poderei impedir isso.

Um calor percorreu o corpo de Nádia. Seus olhos encontraram os de Jesper e a liberdade se tornou sua última preocupação.

– Vamos – disse Nádia –, reservei um quarto neste hotel.

***

Kate desligou o telefone e se concentrou na maquiagem dos olhos. Ela havia participado de muitos bailes de máscaras e, embora a festa de estudantes fosse muito menos luxuosa que as aristocráticas festas venezianas, planejava se divertir. As pessoas se fantasiavam e se sentiam mais livres, ficando mais ousadas. Isso lhe agradava.

Checou seu visual no espelho. Era do que vinha sentindo falta, na realidade: uma mudança, um jogo. Queria ser misteriosa, exageradamente sexy. Meia-calça arrastão preta, microcalcinha, um espartilho, e para completar, uma capa que quase tocava o chão e uma máscara decorada com pérolas e penas. "Isso vai funcionar", pensou, enquanto se preparava para desaparecer de cena. Nisso, Didi surgiu em seu quarto.

– Você está saindo? – perguntou Didi. – Ainda estou com minhas roupas normais. Não íamos à festa juntas?

– Vou só dar uma saída para cuidar de uma coisa – respondeu Kate, cujo plano estava indo bem. – Pegarei você às 11 da noite. Divirta-se com Samuel.

– Ele está estudando para uma prova – disse Didi, chateada, mas Kate já tinha escapado pela porta.

Didi ficou perambulando pela casa. Não queria acreditar no que as ninfas haviam dito sobre os efeitos da Lua, porém achou prudente fechar as cortinas. Depois, foi para o quarto que dividia com Nádia desde que Samuel tinha se mudado, sem ter paciência de ficar lá. Andou até a cozinha para beber um copo d'água, o que não aliviou sua impaciência. Sentou-se no sofá e pensou em ver o que passava na televisão, mas isso não a atraiu também. Seus olhos sempre se voltavam para a porta de Samuel, que estava entreaberta. Talvez ela pudesse dar uma espiada para ver se ele ainda estava estudando ou fingir que procurava um de seus livros ou, quem sabe, um pequeno sutiã de renda na gaveta de cima...

Ela foi em silêncio até a porta e olhou para dentro. Samuel estava deitado na cama, com a respiração pesada. Uma das mãos estava em cima do livro que estudava para a prova. Didi bateu na porta, um pouco forte demais, e o rapaz deu um salto, despertando.

– Por um momento, pensei que ainda estava no hospital – disse Samuel, ainda um pouco confuso. – Às vezes, quando se acorda em um lugar estranho, não se sabe onde está.

– Acordo com essa sensação quase toda manhã – disse Didi, sentando-se ao lado de Samuel. – Tento confiar que tudo se encaixará em seu devido lugar e que tudo o que é novo será melhor do que o que era velho.

– E é? – Samuel segurou a mão de Didi, que a tirou, rapidamente.

– Sou má companhia. Trago problemas para todos. – Ela deixou de dizer que era quase sempre uma companhia fatal.

Samuel se aproximou. A proximidade foi tão concreta que ela precisou lutar contra a enorme vontade de contar tudo o que estava acontecendo com ela.

– Lá na floresta... – começou Samuel. – Lá na floresta, senti pela primeira vez em minha vida o que é estar apaixonado.

Os olhos de Didi permaneceram fixos em Samuel, o que ele interpretou como um convite. Ele colocou os braços em volta do pescoço da garota e a puxou para mais perto. Seus lábios estavam a um milímetro de distância e Didi subitamente se sentiu tão quente que teve de se afastar, aos trancos, quase em pânico. Ela se lembrava daquela sensação e de suas consequências. Levantou-se correndo e deixou Samuel sentado, sozinho e confuso, em seu quarto.

Didi não via a Lua, mas a sentia. Estava se contorcendo de dor ao chegar ao sofá, procurando o celular. Primeiro, ligou para Nádia, sem saber que ela estava ofegante no pescoço de Jesper. A segunda alternativa era Kate, que não desconfiava ter planejado a situação para que ficasse sozinha com Samuel. Soltou alguns palavrões. Primeiro, espiavam-na como falcões. Agora que precisava de ajuda, ninguém estava por perto. Sua testa brilhava com o suor causado pela dor e ela tentou ir à varanda tomar um pouco de ar fresco. Puxou a cortina para fora e, prestes a sair, foi atingida pelo luar, que a envolveu por inteiro, com um calor elétrico cintilante. Sua pele tremia e ela podia jurar que brilhava na escuridão. De início, a sensação foi como uma onda de carícias. Depois, no entanto, o fluxo de calor a fez se contorcer tanto que ela não conseguiu respirar. Ela cerrou os punhos e suas íris se tornaram brancas como leite.

– Didi? – Samuel perguntou, atrás dela.

Ela esticou um pouco o pescoço, sentindo que voltava a recuperar o equilíbrio. Virou-se para ele e se aproximou, apertando-se contra seu corpo e percebendo o quanto o desejava.

– Você está absolutamente certo... – sussurrou Didi com a voz rouca. – Eu sinto o mesmo que você. Não vamos lutar contra isso.

Didi levou uma das mãos às nádegas de Samuel e outra à sua virilha, sem qualquer cerimônia. Ele tentou se soltar. Sim, seu desejo era aquele, mas não reconhecia aquela garota.

– O que há com você? – perguntou.

– Bem, isso é o que você queria – disse Didi, empurrando sua boca para os lábios de Samuel. Já sentia sua respiração acelerando e estava certa da vitória.

Ele não poderia lutar mais. Ela o pegou pela mão, levando-o para o quarto e pulou de costas na cama, deixando-o tirar suas calças. Abriu os botões da própria blusa e viu os hematomas que haviam aparecido em seu corpo. Porém, nenhuma força no mundo iria detê-la. Primeiro, puxou-o para cima dela, depois, rolou por cima dele, apenas de calcinha e sutiã. Logo, ele seria todo dela... Viu um reflexo nos olhos de Samuel que não era o dela, e sim de uma estranha. Nem mulher nem animal, algo intermediário. Uma criatura impiedosa que não se importava com nada ou ninguém.

Didi estremeceu, como se acordasse de um transe. Por um momento, nem percebeu que estava em cima de Samuel. Em seguida, deu um salto para escapar.

– Não, isso não pode acontecer – disse. – Seu corpo todo tremia. Após tanto desejo, foi tomada por puro terror com o poder que havia se apossado dela. Ela tinha se tornado má, uma caçadora impiedosa, e não conseguia se reconhecer.

– Está tudo bem... – Samuel tentou convencê-la, mas Didi ouvia a voz do garoto e nem ele a considerava normal.

Ela pegou as roupas do chão e correu para seu quarto.

– Aonde você vai? – gritou Samuel.

– Deixe-me em paz! – berrou Didi, com o máximo de raiva que pôde, para que Samuel ficasse o mais longe possível.

Estava febril quando puxou o vestido azul-petróleo escolhido para usar no baile à fantasia. Colocou sapatos *peep toes* e saiu correndo. Teve tempo de perceber que Samuel a olhava, desorientado.

Saiu para o ar grudento da noite e parou por um momento, sob um poste de luz. Tinha uma ideia vaga de qual direção tomar e uma pressa agonizante que a empurrava para a frente. Sua força se apagava a cada passo e, quando finalmente alcançou o lugar da festa, arfava. Pessoas vestidas com roupas antigas e máscaras saíam e a empurravam. Algumas olhavam para ela impressionadas, outras a admiravam.

– Lentes de contato bacanas – disse um homem com chifres e Didi gritou de pânico.

Ela cambaleou para dentro. Precisava encontrar Kate em algum lugar ou morreria. Sentia que estava no meio de um mar de homens, com todos os sentidos sobrecarregados. Odores masculinos emanavam à sua volta como a névoa em que caminhava. Então, reconheceu Kate, que ria com as histórias que alguns homens contavam, e se arrastou em sua direção. A música soava irreconhecível em seus ouvidos.

– Kate... – murmurou, quase despencando em seus braços.

– Você não faz nada como deve – disse Kate, segurando-a.

– Você me deixou sozinha com Samuel de propósito – disse Didi, ao perceber a questão em seu cérebro confuso. – Você queimou o barco dele.

Kate a arrastou para dentro e a fez se sentar. Agarrou uma máscara esquecida sobre uma mesa e a pôs no rosto de Didi.

– Aguente um pouco mais. – Os olhos de Kate já haviam encontrado dois jovens encostados no bar. – Você precisa de energia.

35

A ninfa fechou a porta, depois de espiar o quarto escuro. Didi estava deitada, quieta, debaixo de seu cobertor florido. Pelo menos estava viva, o único ponto positivo de toda a situação. Ao se juntar à Kate, na varanda, Nádia a encontrou encostada no gradil, tão relaxada que até parecia em uma pose teatral.

– Era preciso matar o outro garoto? – perguntou.

– Foi só uma questão prática ou poderíamos ser descobertas.

Com a impressão de que o momento era inútil para conversar, Kate se voltou para ir à cozinha, onde prepararia uma refeição nutritiva que faria Didi se sentir melhor.

– Se tiver uma ideia para lidar melhor com isso, fale – disse ela.

Virando-se para olhar a amiga, Nádia tentou interpretar em seus olhos misteriosos como sempre o que estava se passando.

– O mais importante para mim sempre foi sermos honestas uma com a outra – disse Nádia. – Sabíamos que a liberdade teria um preço e nesses anos todos tive medo apenas dos sátiros. Vou precisar ter de você também?

– Vá fazer sua sopa – disse Kate. – Sou eu que acabo resolvendo os maiores problemas mesmo...

Engolindo aquelas palavras amargas, sabendo que não lhe fariam nenhum bem, escolheu um punhado de ervas, além das nozes que já havia cortado, e as picou com uma faca, obtendo algum conforto dos aromas que delas emanavam. A chaleira estava apitando e ela encheu uma xícara de água quente, acrescentando algumas gotas do extrato que havia deixado em infusão.

– O que há nesse chá? – perguntou Samuel.

– Eu o chamo de "gotas para uma mente limpa" – respondeu Nádia. – É do que ela precisa agora.

– Na universidade todos estão falando do que aconteceu no baile – disse Samuel. – Um faxineiro encontrou dois caras mortos no porão. Didi deve ter ficado muito abalada, como todo mundo.

– Talvez não devêssemos mais falar nisso – disse Nádia, passando-lhe uma caneca. – Você poderia levar para Didi?

Samuel queria saber se Didi, ou algum de seus colegas, conhecia um dos garotos, mas Nádia não estava de bom humor para conversar. Ele levou a caneca até a porta do quarto, batendo de leve. Sem resposta, entrou em silêncio. Sentou-se ao lado da cama e depositou a caneca no criado-mudo.

– Nádia fez uma bebida para você – disse. – Aparentemente, traz alívio.

Didi olhou para ele, de debaixo das cobertas, puxando o travesseiro para cima de sua cabeça. – Não quero nenhum alívio.

– É claro que saber o que aconteceu traz ansiedade – disse Samuel, alisando o ombro de Didi, para acalmá-la.

"Eu sei exatamente o que aconteceu. Foi só sorrir para o cara de cabelos claros me seguir. Ele não teve qualquer chance. Quando pus o braço em volta de seu pescoço e cruzei a perna por trás dele, já estava quase morto, embora ainda não soubesse. E eu aproveitei cada momento", recordou.

No domingo, a euforia ainda corria por suas veias. Só se levantou à noite, admirando no espelho a pele brilhante e os lábios vermelhos transbordantes de paixão. Seus cabelos brilhavam e ela sentia que podia conquistar o mundo. Esperou ansiosa pelas aulas de segunda-feira, mas saiu correndo quando a primeira manchete a alcançou: ASSASSINATO BRUTAL DE ESTUDANTES! Foi fácil para ela reconhecer um dos jovens da foto. Na festa, tomada pelo desejo, nem havia se interessado em saber seu nome. Conseguiu contornar as bancas de revistas pelo caminho, mas no campus a situação se tornou muito pior. Alguns choravam, outros fofocavam. Com a atmosfera tensa e pesada, Didi ficou nas aulas por pouco tempo, resolvendo voltar para casa.

Sentindo o cheiro das ervas, sentou-se devagar. A bebida feita por Nádia havia esfriado um pouco, mas ela a bebeu com os olhos fechados. Talvez estivesse um pouco confusa, embora de uma coisa tivesse certeza: aquilo não aconteceria de novo. Ela teria de controlar os sentimentos de ninfa ou se livrar deles, de uma vez por todas.

Nas aulas, Didi não conseguia fazer amizades com ninguém, pois tinha medo de ser descoberta. Por outro lado, invejava os problemas dos outros, tão mundanos. Sua mãe havia desaparecido ou morrido, ela própria a tinha matado e, àquela altura, vivia com duas personagens de contos de fada... Após devolver a caneca ao criado-mudo, trouxe o notebook até o colo. Precisava muito de alguém para conversar e animá-la.

Em poucos segundos, fez contato com Laura, cujo sorriso tão familiar ajudou mais do que a bebida de Nádia. Por outro lado, a garota não parecia feliz. "Aquele desgraçado do Lasse...", pensou Didi.

– Perdoe-me por ter sido uma amiga tão ruim – disse Didi. – Eu descarrego um monte de problemas em cima de você e nem a escuto.

– É gostoso ouvir como você estuda e faz tanta coisa emocionante – respondeu Laura. – Para quem contaria tudo senão para uma amiga? Afinal, nós nunca tivemos segredos.

– Não, nunca – repetiu Didi, embora a mentira lhe estivesse entalada.

– Eu não tenho nada de muito especial para contar – disse Laura. – As coisas estão legais com o Lasse, pelo menos 85% do tempo.

– E nos outros 15% é um inferno total – disse Didi, que também sabia que a amiga estava mentindo e escondendo coisas.

– Se você tem problemas, não significa que a vida dos outros também seja uma droga. – Laura se pôs na defensiva. – Se você se sente mal, faça algo a respeito.

– É isso aí! – Didi respondeu como se uma ideia tivesse brotado. Talvez o elixir de Nádia funcionasse. – Eu não gosto de ser assim. Isso precisa acabar.

36

Era fácil faltar às aulas sem se sentir culpada, mas não ao trabalho. Em primeiro lugar, Didi não queria causar problemas a Valtteri e, em segundo, no café ela tinha outras coisas para pensar. Era bom estar com outras pessoas, fingindo ser uma delas. Até segurar um pano de prato era agradável. Um novo cliente de meia-idade com aparência de urso e olhar penetrante sentou-se por alguns minutos antes de Didi se aproximar.

– Gostaria de fazer o pedido? – perguntou, com um belo sorriso.

– Café – disse o homem, abrindo o jornal, cuja primeira página citava a busca pelo assassino. Didi estremeceu com a lembrança.

O homem notou sua reação.

– Um caso muito triste. Apesar de, hoje em dia, se ver de tudo, como adoração ao diabo e outros rituais assustadores. Aliás, acho que era lua cheia.

– Era? – Didi conseguiu falar. – Mais alguma coisa, além do café?

– Desirée – disse o homem, olhando para ela de modo analítico –, Meu nome é Harju, sou policial. Por que você não se senta um pouco?

Ela o fez, lentamente, ficando de frente para o homem. O medo de ser pega era paralisante. Dessa vez, desejava que Kate estivesse por ali.

– Talvez possa ajudá-la a começar – disse o investigador, após esperar para ver se Didi respondia algo. – Você era uma garota normal em uma cidadezinha. Tudo estava indo bem, tinha amigos e vivia com sua mãe, que é médica. E médicos receitam remédios.

Didi levantou os olhos para Harju. Sem entender o rumo daquela história, tentava ser precisa, para que pudesse encontrar alguma explicação.

– Você tinha um namorado, Johannes – disse Harju.

– Johannes morreu.

– Então, você se mudou de cidade, trocou o sobrenome para Tasson, falsificou documentos e começou a estudar História da Arte, na universidade.

O abalo de Didi foi enorme. Como aquele homem desconhecido podia saber tanto sobre ela? Nádia e Kate a haviam convencido que suas histórias eram impenetráveis e que ninguém poderia encontrá-las.

– Devo prosseguir? – perguntou Harju, e Didi fez um gesto com a cabeça, concordando. – Depois disso, sua mãe fez as malas e partiu para o Equador, sem mais nem menos.

Para dar fundamento às suas palavras, Harju procurou uma cópia das passagens aéreas em seu bolso raso. Didi a tomou nas mãos e tentou entender as notícias que acabava de receber. Não conseguia disfarçar o choque. O velho policial a tinha deixado em um estado de total desequilíbrio.

– Pelo visto, você não sabia – disse Harju. – Para completar, uma foto sua aparece na investigação do assassinato de três jovens. Tenho certeza de que vai poder nos ajudar, não é?

Respirando fundo, Didi tentou manter a calma. Ainda que ele tivesse outras informações cruciais, ela não revelaria mais nada, nem que desejasse.

– Como a morte de Johannes pode ser um assassinato? – perguntou Didi, prestes a colocar o papel no bolso de seu avental. Então Harju reagiu.

– Você participou da festa de máscaras da universidade, no sábado?

– Não – disse Didi, com os olhos fixos em Harju.

– Não é preciso ter medo, é só me contar a verdade – disse Harju. – Mas este lugar não é apropriado. Vá à delegacia amanhã, às 11 horas, e conversaremos mais. Você irá?

Harju lhe deu seu cartão e ela abanou a cabeça afirmativamente, como resposta. Então, ele pôs o jornal sob o braço e se levantou.

Didi permaneceu sentada. O dia que havia começado bem acabara de desmoronar. Pelo menos, tinha uma informação sobre o paradeiro de Elina, que não estava morta. Foi um enorme alívio e, de alguma maneira, Didi deixou de sentir que estava tão sozinha no mundo. O Equador ficava longe, mas talvez pudesse ter uma chance de entrar em contato com a mãe, pois jamais abandonou a ideia de que Elina ainda fosse sua mãe. Durante suas brigas, muitas vezes desejou que ela desaparecesse da face da Terra, mas quando isso aconteceu de verdade...

No restante do dia, trabalhou no piloto automático. Sorria para as pessoas nos momentos certos e levava tudo às mesas, como um robô programado. Não entendia o fato de Elina deixar de dar notícias, nem que fosse para dizer que estava bem. E, mais ainda, o motivo de tamanho desinteresse por seu bem-estar. Afinal de contas, ela tinha sido deixada nas mãos de duas estranhas!

Além disso, Elina lhe devia muitas explicações. A lista era longa: como Didi foi parar em sua casa, quem era sua verdadeira mãe, quem era seu pai... Embora sentisse raiva da situação, seu sentimento principal era de saudades e o desejo era vê-la de novo. Um pensamento começou a se formar em sua mente.

Quando a jornada diária se aproximava do fim e Didi pretendia tirar o avental e se sentar para beber uma xícara grande de café com leite, uma garçonete foi chamada por uma das mesas. Ela olhou para o casal, que já tinha pedido vinho, cafés, *croissants* e *macarons*. A mulher era jovem e muito loira, seus cabelos estavam presos em um coque elaborado e, apesar das roupas largas, parecia musculosa como uma atleta. O homem, por sua vez, tinha cabelos bem escuros, quase pretos, que chegavam a brilhar, e vestia uma jaqueta um pouco mais longa do que o normal, com uma gola antiquada, e atraía muitos olhares femininos. Didi arrumou o avental e se aproximou. Com um olhar, a mulher chamou a atenção do homem que, com a boca ligeiramente entreaberta, ergueu o queixo, coberto por uma barba curta e bem aparada.

– Em que posso ajudar? – perguntou Didi, tentando evitar os olhos escuros e intensos.

– Posso olhar para você um pouco? – disse ele, sem constrangimento.

– Não é educado encarar... – Didi sentiu um calor estranho na garganta.

– Seria um desperdício não olhar – disse o homem em voz baixa. – Não me perdoaria se perdesse esta oportunidade.

O homem falava de uma forma um tanto antiquada e Didi sentiu que, de alguma forma, estavam rindo dela. No entanto, ele lhe ofereceu a mão. Ela não sabia o que fazer. A mulher só permanecia sentada, com um pequeno sorriso no rosto. O homem era bonito e, de forma alguma, grosseiro. Ao contrário, havia algo de atraente nele. Ou de "galanteador", palavra muito usada em romances antigos. De modo involuntário, ela esticou a mão e o homem a agarrou. E não a soltou.

– O que você sente? – perguntou o homem.

Uma carga de eletricidade foi transmitida para Didi, e mil imagens, sons, ritmos e coisas inexplicáveis penetraram sua mente. Ela teve de usar força para se soltar.

– Ele faz isso com todo mundo – a mulher riu. – Não ligue. Você poderia me trazer outra taça de vinho, por favor?

– Claro.

Didi estava extremamente grata por ter a oportunidade de fugir da cena. Correu para a sala dos fundos e jogou o avental em uma cadeira. Não tinha intenção alguma de servir qualquer coisa para aquela mesa.

***

O coração de sátiro de Eric, que passara por um turbilhão havia poucos instantes, encontrava-se agora em paz total. Frida lhe arranjara uma tremenda surpresa. Sentia-se próximo de seu objetivo: ele tocara a ninfa ruiva! Uma lenda! Nada mais atrapalharia seu caminho.

– Obrigado – disse Eric para Frida.

– Não diga obrigado, apenas me prometa – disse Frida.

– Você não pode me ditar condições – disse Eric, embora estivesse com o humor benevolente.

– Eu quero Kate.

– A vingança desperta sentimentos fortes. – Ele engoliu o último pedaço de *croissant*. Suas mãos ainda estavam formigando, mas preferiu não revelar tudo o que se passava em sua cabeça. Talvez fosse bom manter a ninfa feliz. – Está bem. Você pode ter Kate. Você tem até a próxima lua cheia.

Ela deu mais um gole. Como deveria matá-la? Com ou sem pressa?

37

Frida e Ana Claudia haviam passado inúmeros verões juntas. De alguma maneira, o de 1994, em Nessebar, parecia ser o mais quente de todos. Os sátiros, distantes da mansão havia alguns dias, não eram aguardados para tão cedo. Frida e Ana Claudia, suadas, relaxavam da transa recente e deixavam a respiração ofegante se acalmar.

– Não quero que isso termine jamais – disse Ana Claudia, passando a mão sobre a coxa branca de Frida.

– Nunca terminará.

Frida pegou a mão de Ana Claudia e a guiou para seus seios, mas algo perturbou aquele mundo tranquilo. Ana Claudia ouviu algo se mover sobre o chão de pedras no pátio largo da mansão, no exato instante em que alguém bateu à porta. As ninfas prenderam a respiração por um instante e se entreolharam. Desde a primeira vez em que estiveram juntas, temiam ser pegas. Sátiros não toleravam relacionamentos entre ninfas e o castigo era terrível o suficiente para manter a maior parte delas sob controle. O amor de Frida e Ana Claudia ultrapassava até o medo.

– Ana Claudia? Frida? – O sussurro de Kate era ouvido no corredor.

Frida correu para a porta e Ana Claudia começou a pegar as roupas do chão.

– Michel voltou mais cedo – disse Kate para Frida, pela fresta da porta. – Lucas também. Algo aconteceu. Limpem tudo e se vistam rápido, que eu os retardarei.

Kate não precisava explicar para as duas o que aconteceria se Michel ou Eric descobrissem o relacionamento que mantinham em segredo. Ela correu para o saguão, e lá Michel e Lucas levavam um terceiro homem em direção ao salão. Havia um saco velho na cabeça do prisioneiro e suas mãos estavam amarradas. Estava curvado de dor e medo. Kate seguiu os sátiros e os viu colocarem-no em uma cadeira. Em seguida, esperaram sem pressa que Eric, senhor e autoridade da mansão, chegasse. Kate se irritou.

– Que tempo abafado! – Apesar do comentário, Eric trajava um cardigã escuro de lã. Na realidade, o calor não parecia incomodá-lo nem um pouco. – Seria bom se chovesse um pouco, daria um alívio, não?

Eric tirou o saco da cabeça do homem e, com um olhar perfurante, aguardou uma resposta. Trêmulo, ele mal conseguia balançar a cabeça. Eric esperou um pouco e depois acenou para que Kate se aproximasse, apontando para o cordão de couro que podia ser visto debaixo da camisa do prisioneiro. Então ela arrancou a bijuteria do pescoço dele. Folhas de carvalho, de prata, que brilhavam foscamente.

– Não é meu – o homem conseguiu dizer.

Eric colocou a bijuteria em seu bolso e pegou um cilindro de couro que estava sobre a mesa. Empurrou-o bem diante dos olhos do homem e aguardou uma resposta, sem falar uma só palavra.

– Não sei nada sobre isso – disse o homem. – Foi uma mulher que me deu.

Michel se aproximou querendo participar, pois era o responsável por ter trazido ambos, o homem e o cilindro.

– Ele estava exatamente onde Rose disse que estaria – disse Michel. – Havia também uma flor-de-baile que ainda não tinha florescido.

Eric abriu o cilindro e tirou o pergaminho, estudando-o por um momento.

– Você nem precisa falar – voltou-se para o homem –, isso fala por si.

Por um breve instante, o homem sentiu alívio, mas Eric levou a palma da mão até seu peito e ele se contorceu algumas vezes até morrer sufocado. Eric se aprumou, como se estivesse no meio de uma tarefa corriqueira, e deu o rolo para Michel. Olhou rápido para Kate, cujo rosto não expressava qualquer emoção diante da cena.

– Pensei que havíamos dizimado toda a família Carvalho – disse ele para Michel. – Encontre esse lugar e o que eles escondem lá. Você pode limpar esta área, Kate?

Os sátiros partiram e ela ficou na sala. O que Eric tinha feito a enojava, embora violência também não lhe fosse uma novidade. Ela também havia usado muitas vezes de violência para se salvar ou às suas irmãs ninfas, mas achava repulsivo o modo como Eric utilizava seu poder e força. Entretanto, sabia que era melhor obedecer e se fingir de submissa. Apesar disso, ela deixou o corpo do prisioneiro despencar no chão e o enrolou em um tapete oriental caro. Eric dava valor aos artigos de luxo e talvez pensasse duas vezes, no futuro, antes de solicitar os seus serviços de limpeza.

Kate terminou sua tarefa com rapidez, aguardando até a noite para encontrar as outras ninfas em um dos quartos. Tinha convidado Nádia, Rose, Ana Claudia e a já relutante Frida. Ela narrou os fatos e esperou até que entendessem a situação.

– O que havia no pergaminho? – perguntou Frida.

– Nossos nomes – respondeu Kate. – É por isso que todas seremos mortas na próxima lua cheia.

– Por que devemos acreditar em você? – Frida fez outra pergunta.

– Por que inventaria algo assim? Os sátiros acreditam que encontraram uma lenda e estão planejando matar todos que a conheçam.

– É apenas um conto de fadas – disse Frida, com desdém.

– E se não for? – perguntou Rose. – O próximo eclipse lunar será em dois meses, na França.

– Os sátiros acreditam que a ninfa da lenda, então, nascerá – continuou Kate. – Eles têm de matar Nádia, Ana Claudia, Rose e eu.

– Por que meu nome não estava na lista? – perguntou Frida.

– Porque para você é apenas um conto de fadas – sussurrou Rose.

Parada no meio do quarto, com suas calças justas e botas de cano alto, Kate era muito convincente. Queria, de fato, assumir controle do espaço, pois tinha um objetivo, que anunciou em seguida.

– Só temos um meio para sobreviver: fugir. – Os olhos metálicos de Kate se moveram de uma ninfa para outra, que estavam sentadas em volta. – Nádia, você foi privada de amor por causa da história do Nó. Ana Claudia e Frida, é apenas uma questão de tempo até seu amor se tornar evidente, o que será seu fim. A fuga é nossa salvação e será seguida de uma recompensa ainda maior, a liberdade.

Ana Claudia segurou a mão de Frida, e Kate viu que já a tinha a seu lado. O gesto era suficiente para que ela convencesse a amante. Nádia faria qualquer coisa em nome da liberdade e de Rose... Kate suspirou e tentou não pensar na vida que crescia dentro de Rose, e que a tinha levado a um perigo mortal. Não conseguia nem imaginar o nível da fúria de Eric, se soubesse que Rose estava grávida, ainda mais de um humano.

As ninfas discutiram um bom tempo e, depois, partiram, deixando apenas Kate na companhia de Rose.

– Por que Frida precisa ser tão irritante? – disparou Kate.

– Mas ela é igualzinha a você! – respondeu Rose.

– Nem um pouco!

– Forte, determinada, talentosa... – listou Rose.

Kate abraçou a irmã e elas permaneceram assim por alguns minutos. O futuro talvez fosse assustador, mas elas não deviam ter medo.

***

Naquela noite, Ana Claudia teve bastante cuidado para confirmar que Michel de fato estava adormecido, antes de sair da cama e se esgueirar para fora do quarto. Não havia ninguém nos corredores e, logo, estava junto de seu amor por sob as cobertas.

– Vamos na noite após a lua cheia – disse ela para Frida.

– Antes, você queria que tudo continuasse como era.

– Com você! – respondeu Ana. – Quando sairmos daqui, não vamos mais precisar nos esconder.

– É mortalmente perigoso – sussurrou Frida, apertando a cabeça contra o peito de Ana –, mas farei tudo o que você decidir.

Ana inclinou a cabeça e deu um longo e apaixonado beijo em seus lábios. Frida, porém, queria mais. A fuga estava se aproximando e fazia seu sangue correr ainda mais quente. O risco era imenso, mas se Ana fosse, então, só dela e ela só de Ana... Em Nessebar, estavam à mercê dos sátiros. Talvez o risco valesse a pena. E Frida também não ligava mais para as consequências, enquanto acariciava os seios redondos de Ana.

– Frida – disse Ana, com doçura.

– Michel não ouvirá. – Frida já tirava a camisola.

38

Bienvenidos a Ecuador! Didi se sentou no chão do quarto que era de Samuel e olhou para o cartão-postal velho e desbotado que teve tempo de colocar no bolso, na noite em que Nádia e Kate foram pegá-la. Quando Harju lhe mostrou cópias das passagens aéreas para o Equador, Didi teve um lampejo do lugar em que a mãe poderia estar. Todas as peças estavam se encaixando.

– Estou com tanta inveja.

Didi estremeceu. Samuel apareceu e ela se perguntou o que faria a seguir.

– Você poderia visitar o vulcão – continuou Samuel. – Eu recebi o mesmo cartão-postal. Quando você voltou para casa, tinha um pedaço de lava do Cotopaxi. Eu achei incrível, mas você não me deixou nem encostar nele.

A lembrança fez Didi sorrir, como a foto em que ela, uma menininha, estava sentada no colo de Elina, em uma praça de uma cidadezinha no Equador. Ela destacou a foto e a pôs no bolso. Precisaria passar por Samuel (que, ainda por cima, usava uma camiseta um pouco mais justa), sem querer pular em seu colo.

Ele não facilitou. Quando se levantou do chão, o garoto veio até ela.

– Li sobre reações alérgicas – disse. – Estava pensando que podia haver algum elemento que me fez desmaiar na floresta ou quando nos beijamos pela primeira vez, mas não acho explicação.

– Preciso ir – disse Didi.

– Tem algo de estranho com Kate e Nádia também. Não posso explicar, mas sempre que estou com elas, tenho a sensação de que existe um assunto no qual não sou bem-vindo. Você também tem...

Didi quase passou por Samuel à força. Ela tinha as coisas de que precisava em uma pequena mala, que tirou de cima do sofá. Ele não podia interferir em seu plano. Nem Kate nem Nádia, em circunstância alguma. Então, ela tinha de deixar a casa antes que chegassem.

– Aonde você vai? – gritou Samuel. – O que está acontecendo?

Ela sentiu que precisava contar alguma coisa para Samuel e refletiu sobre o que poderia dizer. Viu desespero e dor nos olhos dele. Mas era impossível. O que aconteceu no café outro dia, com aquele policial e, depois, o estranho homem moreno e a mulher loira enigmática fizeram com que ela acelerasse a decisão. Não queria que seu rosto revelasse o quanto ela era perigosa. Não tinha mais controle da situação, e só queria fugir, para o bem de Samuel também.

– Samuel, não fique aqui – disse ela do fundo do coração. – Nada de bom poderá lhe acontecer.

– Como assim? O que você quer dizer?

– Você me promete que não vai ficar aqui?

Samuel a agarrou pelos ombros. Queria pará-la e ter uma resposta.

– Você está doente? É por isso que quer me deixar?

O toque de Samuel destruiu, em parte, a habilidade de Didi de se manter forte. Sabia que ele não seria capaz de acreditar na verdade, mas uma história que contivesse um grão de verdade talvez fosse o suficiente. Quando ia começar a responder, percebeu um objeto familiar. Um pingente de prata em um cordão de couro que ele usava, e no pingente, três folhas de carvalho.

– Onde você conseguiu isso? – perguntou Didi.

– De meu pai – respondeu Samuel, confuso.

Por um momento, ela esteve prestes a confessar tudo, mas a situação se tornou ainda mais confusa com aquela novidade.

– Tenho de ir – disse Didi, da forma mais rude que pôde, fechando a porta para que Samuel não a visse chorar.

– Isso não faz nenhum sentido! – Samuel gritou para Didi, embora não estivesse certo de que ela o ouvia. – Às vezes, você é fria, depois é o oposto. Quando acho que estamos mais próximos, vejo que tudo está arruinado!

Samuel olhou para porta sem acreditar, quase a esmurrando. Andou para a sala e tentou pensar na situação. Didi tinha feito sua cabeça rodar de uma forma tão perturbadora que chegou a desmaiar, sem qualquer explicação. Saudável como sempre foi, passou a questionar a própria condição mental.

Ele estava sozinho na casa, então era a hora de aproveitar a oportunidade. Havia uma velha cômoda na sala de estar. Abriu as primeiras gavetas, pois precisava encontrar um sinal explicativo, em algum lugar, das mulheres estranhas que haviam acolhido Didi e do que significava tudo aquilo. Procuraria por documentos ou qualquer tipo de informação e estava preparado para vasculhar o apartamento inteiro, sem se importar com as consequências. Enquanto isso, a campainha tocou. Havia dois homens à porta.

– Boa noite – disse o mais velho, vestindo um casaco gasto. – Estamos procurando por Desirée Tasson. Ela deveria ter comparecido à delegacia, às 11 horas de hoje, mas não apareceu.

– Didi não está em casa – disse Samuel. – E não acho que vá voltar.

– Verdade? – disse o policial, esticando o pescoço para olhar melhor o interior. – Quem é você?

– Samuel Koski, um amigo.

– Aqui está meu cartão, Samuel Koski. Ligue-me se souber de algo sobre ela.

Ele fechou a porta. Por sorte, os policiais não haviam pedido para entrar. Uma nova reviravolta nos eventos acontecia e ele tinha ainda mais pressa para descobrir alguma coisa. Correu para o quarto de Kate e olhou em volta, sem saber por onde começar. Nunca havia estado ali antes. "Ao menos, ninguém podia acusá-la de ser obcecada por arrumação", foi o que pensou, olhando para a cama por fazer e as roupas, em especial as de couro, jogadas pelos cantos. Havia, de fato, algo de sadomasoquista naquela moça. Samuel viu um notebook na escrivaninha de Kate. Talvez encontrasse algo de útil nele.

– O que você está procurando? – O coração de Samuel quase parou quando Kate chegou atrás dele, como uma gata silenciosa.

– Estou procurando por algo que me diga quem são vocês e de onde vêm – Samuel se virou e respondeu sem pensar, embora a expressão no rosto de Kate houvesse arrepiado sua pele.

– Você não encontrará nada aqui – disse Kate, empurrando-o para fora do quarto com um único movimento da mão.

– Isso não é normal! – Parecendo não ter nada a perder, Samuel ousava dizer seus pensamentos em voz alta.

– Faça suas malas e vá embora – disse Kate.

Samuel viu Nádia na sala. Ela veio em sua direção e agarrou sua mão. Embora parecesse mais tranquila, o tom de sua voz não permitia negociações.

– É melhor você fazer o que Kate disse.

Ele fez um gesto com a cabeça e foi para seu quarto. Não sabia que rumo tomaria, mas não tinha desejo nenhum de continuar naquele lugar.

– Você sabe onde está Didi? – perguntou Nádia.

– Ela se foi – disse, antes de fechar a porta. – Fez as malas e partiu.

Nádia parou por um instante e depois seguiu Kate na varanda. Sentaram-se em silêncio, até ouvir a porta que dava para a rua, tendo a certeza de que Samuel saíra. De repente, Nádia sentiu a mão de Kate em volta de seu pescoço e uma lâmina encostada em sua garganta.

– Eu jurei que iria cuidar dela – disparou Kate. – Você está escondendo algo de mim?

Nádia fechou os olhos. Não iria responder antes de Kate a soltar. Talvez ela fosse capaz de ler sua mente, pois a faca foi recolhida, embora a outra mão permanecesse em seu pescoço.

– Eric está aqui. – Nádia levantou os olhos em direção à Lua, que estava no quarto crescente. Ela manteve aquilo tudo dentro dela por tanto tempo que agora sentia os segredos fervendo como veneno em suas veias. Precisava extravasar seus sentimentos. – Além disso, você também escondeu muita coisa. Por exemplo, como o único amor da minha vida, que eu pensava estar morto há tanto tempo, está vivo.

A força de Kate diminuiu, mas os olhos permaneceram frios. Kate sabia que apesar de seu comportamento doce, Nádia era capaz de ser incansável. A informação de que Eric estava por perto fez com que ela reavaliasse a situação. Era necessário ter cuidado sobre o que iria revelar.

– Conte! – ordenou Nádia. – Você mentiu para mim sobre Jesper?

– Precisamos encontrar Didi – disse Kate.

– Nossa reserva de dinheiro está vazia. Ela foi para um lugar distante.

39

Eric comia sossegado em sua suíte. Ele não se incomodava nem com o fato de que Frida esperava ansiosa ao fundo, nem de que o homem diante dele estivesse transpirando. Enquanto o observava, cortou um pedaço de carne malpassada, a ponto de pingar um pouco de sangue, e fez um gesto com a cabeça para que Frida lhe servisse mais vinho tinto. Em uma poltrona, Jesper não movia um só músculo para participar da cena.

Ao olhar para o que pendia no garfo, refletiu sobre a essência do alimento e o levou à boca, mastigando várias vezes, antes de se virar para o jovem policial.

– Entendi direito? – perguntou Eric. – Você sabia onde a garota estava, e agora não sabe mais?

– A informação não é definitiva – explicou Hannula. – Aquele garoto, Samuel Koski, disse que a garota pode ter deixado o país.

– Mas você sabia onde Desirée Tasson morava – repetiu Eric, pronunciando cada palavra com muita clareza.

– Recebi a informação apenas hoje – Hannula denotava um pouco de pressa. – Assim como meu chefe. Primeiro, tive de cuidar das tarefas do dia, para depois vir logo para cá.

Eric empurrou o prato para o lado e bebericou um pouco do vinho. Quando voltou os olhos para Hannula, eles estavam vermelhos e ardiam.

– Você encontrará Desirée – disse Eric. – E, então, voltará e nos contará onde ela está.

– Farei o que for possível – disse Hannula, que já se virava para partir, quando Jesper parou diante dele.

– Não, não fará – disse Eric. – Você *encontrará* a garota. Caso contrário, irá se despedir de sua esposa e de seus filhos. Mas terá tempo de fazê-lo enquanto estiver vivo, pois costumo ser razoável.

Jesper deu um passo para o lado e Hannula saiu o mais rápido que pôde. Após alongar os braços com certa languidez, perguntou:

– Precisam de mim por aqui? Quero dar uma passada na academia do hotel.

Eric não respondeu, apenas fez um aceno quase imperceptível com a cabeça, e Jesper passou pela porta, na direção de seu quarto. Depois de uns minutos, voltou a atenção para Frida.

– Terei de retirar o que disse, claro! – disse Eric, secamente. A raiva da ninfa era evidente, embora não esboçasse reação. – Você cometeu um erro ao apresentar a ruiva para mim. Ela se assustou. Agora, Desirée desapareceu e nosso acordo foi quebrado.

Em um piscar de olhos, Frida o alcançou e pôs uma faca de lâmina larga contra sua garganta.

– Não rompi o acordo – disparou Frida.

Eric agarrou Frida com força e a jogou no chão. A ninfa bateu a cabeça no chão e, por um momento, ela não se mexeu. Sem pressa, ele se sentou sobre Frida com uma perna de cada lado; era inútil tentar lutar.

– Não dou a mínima para Ecaterina ou para você – disse Eric, quase com educação. – Mas preciso de Desirée!

A ninfa estava ensandecida. Eric sorriu e a soltou um pouco. Com isso, tomado de surpresa, foi golpeado na cabeça por um prato. Era a vez de Eric cair sobre o carpete grosso. Frida se levantou e ele não teve tempo de evitar um golpe em sua cintura. Logo, a ninfa voltava a pressionar a faca contra a garganta de Eric, que contorcia o rosto de dor.

– Eu não o traí, o acordo permanece – disse Frida. – Eu quero Kate!

***

Ao sair, Jesper imaginou que Eric e Frida iriam se confrontar, mas afastou a ideia. Pegou uma sacola esportiva do encosto de uma cadeira, embora aquilo fosse apenas um disfarce. Correu para o elevador e para o segundo andar e, quando as portas se abriram, olhou rapidamente em volta. Não esperava ver ninguém por lá. Foi então que Nádia surgiu detrás de uma coluna e Jesper praticamente correu, ardente, em sua direção.

Nádia agarrou sua camisa e o puxou contra si. Eles se apoiaram em um canto escuro e se beijaram apaixonadamente. As mãos de Jesper deslizavam para baixo do vestido fino de algodão, ela riu e começou a correr pelo corredor.

– Aqui ainda não, Jesper!

Tentaram uma porta de saída de funcionários, que estava aberta. Eles se envolveram um no outro e deslizaram para até a escada escura. As mãos de Nádia já estavam abrindo os botões das calças de Jesper, quando houve um estrondo e Jesper caiu no chão. O próximo golpe lhe acertou a garganta e sua respiração parou. Nádia gritou em pânico, pronta para lutar, quando percebeu que olhava para os olhos gelados de Kate, que se inclinou sobre Jesper e agarrou seus cabelos loiros curtos.

– O que você fez com Didi?

– Ecaterina! – Jesper conseguiu dizer, parecendo se divertir. – É claro que você ia usar Nádia como isca. Ela é o único objeto que...

Um novo golpe silenciou Jesper. Kate deixou o sátiro no chão e caminhou até Nádia, confiando que ela escolheria seu lado.

– Didi não está conosco – Jesper ainda conseguiu dizer.

– Ele não tem razão para mentir! – Nádia gritou, mas Kate o jogou contra a parede, com violência.

– Por que acreditaria em você? – perguntou Kate, contendo sua fúria. – Você é responsável pelo que aconteceu com Didi.

Ele aos poucos conseguiu ficar em pé, apoiando seu peso contra uma grade para recuperar a respiração. Nádia correu até ele.

– Nós retardamos Eric – disse Jesper.

– Pode mandar lembranças para ele! – Kate praticamente cuspiu as palavras. – Nenhuma de nós volta para seu bando. Ao contrário. Agora, quem o persegue sou eu.

Kate desceu alguns degraus. Nádia segurou Jesper pela mão e a encarou.

– Então, você vem ou não? – perguntou Kate.

Os olhos escuros de Nádia estavam inundados por lágrimas, enquanto soltava as mãos do sátiro. Jesper ainda tentou agarrá-la mais uma vez, mas foi inútil.

– Perdoe-me, meu amor – disse ela, seguindo Kate escada abaixo.

40

No aeroporto, Didi percebeu, em pouco tempo, o quanto estava perdida. Nunca havia viajado sozinha e, além do medo de ser pega, um banho de suor frio a delatava a cada ponto de inspeção. Apenas após entrar no avião, relaxou o suficiente para pensar no que tinha feito e nos passos seguintes. Em outra ocasião, teria até se divertido por ter deixado Kate furiosa. O alcance de seu furto, no entanto, passava longe de uma pequena travessura, embora tivesse sido a única maneira de viabilizar seu plano.

Debaixo de uma manta fina, ela se perguntava qual, na verdade, era o plano, enquanto tentava se afastar de seu companheiro de assento, que a checava com ar de aprovação. Não tinha nenhuma garantia de que sua mãe estaria onde imaginava. Entretanto, um forte pressentimento lhe dizia que era necessário seguir em frente. Era necessário se afastar de Samuel também. Ela precisava de distância dele, sua presença o ameaçava. Por outro lado, o perigo a acompanhava; as ninfas, a polícia e seja lá quem fosse o homem moreno no café estavam atrás dela. O que, de fato, estava acontecendo em torno dela? As perguntas giravam em sua cabeça e ela não conseguia, ou ousava, dormir.

Quase dois dias de viagem depois, o ônibus que pegou depois do avião parou na praça do mercado de Latacunga. Um pouco antes, a paisagem já lhe pareceu familiar e Didi se lembrou de momentos especiais de quando Elina a levara ali, criança. Naquela época, ela custava a tolerar tantos cheiros estranhos e diferenças, mas, pouco a pouco, apegou-se ao calor das pessoas e ao modo de vida mais tranquilo. Sua mãe parecia bem mais calma e sorridente do que em casa. Didi compreendeu que aquela cidadezinha, no canto meridional do Equador, era o paraíso de Elina, o destino que sempre ansiou alcançar.

Ela tentou se familiarizar com o lugar. As cores e os odores eram conhecidos, mas as dimensões não. Quando criança, achava o largo enorme, quando se tratava, de fato, de uma pequena praça de mercado. Barracas ofereciam alimentos e roupas; adiante, nos degraus da igreja, alguém tocava violão, outra pessoa lia o jornal; em frente, crianças jogavam bola. Como por vontade própria, seus pés começaram a levá-la para a periferia da cidade, até avistar uma casinha vermelha. As persianas estavam fechadas, mas uma blusa verde-floresta, de linho, secava ao sol. Não podia haver sinal mais claro da presença da mãe. Ela respirou fundo e correu para os degraus da porta da frente.

Antes de bater, teve a paciência de aguardar o coração se acalmar. Não houve resposta, sua audição apurada, no entanto, reconheceu o som de uma cadeira a arranhar o chão.

– Eu cheguei! – Didi falou em voz alta e deu alguns passos para trás.

A porta se abriu e, sem que se desse conta, Elina já a apertava em seus braços. Há pouco tempo, Didi teria lutado para se livrar da mãe, com o peso todo da viagem em seu corpo, porém, relaxou de vez. Só depois de se separarem, notou que ela trazia um rifle na mão.

– Por que você está armada? – perguntou Didi.

– Como você conseguiu chegar aqui? – Elina não respondeu à pergunta, apenas olhava para a filha, tentando se refazer da surpresa, fechando a porta.

– Bom, estivemos aqui de férias, há mais de dez anos – disse Didi. – Eu me lembrava do lugar.

– Não eram bem férias. – Elina a fez se sentar à mesa gasta da cozinha. – Ficar em casa se tornou um pouco perigoso demais.

Os olhos da garota percorreram a pequena casa e sua decoração. Tudo lhe era familiar e aconchegante. Por trás das cortinas, começava a escurecer e, embora não quisesse se lembrar, a lua cheia estava para despontar.

Uma questão surgiu em sua mente. Ao viajar, desejou apenas chegar na casa de sua mãe, sem pensar na vida que havia transcorrido desde a separação. Ela imaginou que Elina lhe daria boas-vindas de braços abertos, o que, de fato, aconteceu. Entretanto, a mãe parecia outra.

– Por que você veio para cá? – perguntou Didi.

– Eu a deixei em boas mãos – respondeu Elina.

– De Kate? – Didi bufou.

– Pelo menos você não mudou muito. – Elina sorriu e balançou a cabeça.

– Na verdade, sou um ser humano bem diferente de antes – disse ela.

Elina segurou sua mão e a acariciou. Era o tipo de ternura e carinho que Didi tanto ansiava. Preparada para derramar todos os sentimentos sobre a mãe, notou algo conhecido em seus olhos. Ela a via como médica, sentindo suas veias.

– Sim, você não é um ser humano.

As palavras soaram como um tapa em Didi e ela logo recolheu a mão.

– Agora, por exemplo, você está com fome – continuou Elina. – Posso ver pelas suas veias. Pode ser difícil, mas você vai se acostumar.

– Ninguém se acostuma a matar pessoas.

Por um momento, Elina refletiu sobre as palavras de Didi.

– Então, Johannes não foi o único? – Elina aguardou Didi balançar a cabeça. – É que você tinha de permanecer viva.

Didi estava profundamente magoada. Elina a aceitava como era, mesmo aquilo sendo errado! Por que não a tinha preparado para o futuro? Ela sentiu uma enorme vontade de extravasar toda sua frustração e de gritar, mas precisou se controlar. Talvez, se conseguisse explicar direito, a mãe pudesse buscar ajuda.

– Tenho medo daquele sentimento – disse Didi. – O desejo assume o controle. Depois, parece que há uma voltagem elétrica correndo dentro de mim. Sinto o gosto e o cheiro de tudo com uma precisão apavorante, posso distinguir cada folha de grama.

Didi ficou quieta. Torcia para Elina responder com uma frase que a reconfortasse, atenuando seu desespero com algo real, um remédio qualquer.

– Eu não sou sua mãe e você não é minha filha – disse Elina. – É melhor você se conformar o mais rápido possível, pois é inútil lutar contra isso.

– E se eu não quiser? – perguntou Didi.

– Vá – recomendou Elina. – Você precisa de alimento. Aquele velho jipe atrás de casa é meu.

Ao ouvir isso, viu-se em choque. A rudeza do golpe foi demais e, além disso, sentia que o luar a alcançaria, apesar das cortinas. É provável que Elina tenha notado, pois se levantou para pegar as chaves do carro.

As mãos de Didi tremiam. Tinha acabado de reencontrar a mãe, postiça ou não, e ela já a empurrava para fora de casa para que fizesse sexo com um homem qualquer, e muito azarado. Era a mesma mãe que implicava com seus relacionamentos com garotos; a mesma que a tratava como criança; um meio-termo entre os dois extremos seria bem melhor, e com frio na barriga e o medo de repetir a noite do baile de máscaras, não teve alternativa a não ser sair.

Sentada à direção, ela ficou imaginando se Elina sabia que ela e Laura às vezes iam de carro às florestas, em segredo. Recordou-se de quando as duas colocavam o rádio no último volume e saíam rindo pelas ruas esburacadas. O divertimento estava no passado. Sem achar graça, seguiu para fora da cidade, lembrando de ter visto alguns bares, quando criança, nos quais havia música e pessoas que riam e dançavam. Um lugar perfeito para sua caçada. Caçada... Didi admitiu que sabia exatamente o que ia fazer. Não se tratava de passar o tempo flertando com os garotos, mas de seduzir alguém de verdade.

Adiante, luzes coloridas brilhavam fracas. Era um bar simples e pequeno. Havia rapazes sentados do lado de fora, bebendo cerveja, e alguns homens jogando gamão e tomando café ou aguardente. Didi saiu do carro e ouviu o ritmo latino, o som suave da marimba. Ela deixou que influenciasse seus passos e caminhou na direção dos garotos. Todos levantaram a vista. Ela olhou para cada um deles, tirando os cabelos ruivos do rosto, e arriscou alguns passos de dança. Um dos jovens, um índio musculoso, levantou-se e ofereceu uma garrafa de cerveja.

– Por favor – disse, apreciando quando Didi tomou um largo gole.

Ela prestou atenção nos olhos quase negros do nativo e percebeu que a ninfa assumia controle, como um tipo de encantamento para o qual ela se rendia sem luta daquela vez. Aproximou-se mais e deixou que o garoto a levasse para dançar. Ao constatar se tratar da primeira vez que fazia tudo sozinha, triunfante, soltou os cabelos. Ele os segurou um pouco e disse algo em espanhol, fazendo com que ela caísse na gargalhada.

"Dançar é tão maravilhoso!", pensou, enquanto se movia. No entanto, não podia se satisfazer com o simples balanço sensual. A Lua estava alta no céu e a sensação arrebatadora se espalhava pelas veias. Precisava sair de vista o quanto antes, e acompanhada.

– Que tal irmos para minha casa? – perguntou Didi, tomando-o pela mão. O tom era revelador o bastante e o garoto a seguiu até o carro.

Didi inseriu as chaves na ignição e olhou para ele, que demonstrava certo constrangimento. Por instantes, achou que deveria chutá-lo para fora e escolher um dos homens, mais próximo do fim de vida. Um rápido olhar nos músculos peitorais sob a camisa justa fez com que se concentrasse em seu próprio desejo. Colocou sua mão quente na coxa rija do rapaz, esticou um pouco o pescoço e o beijou com delicadeza. E o sentiu relaxar. Em seguida, ligou o carro e começou a dirigir para fora da cidade, guiando aquela mão forte para sua perna.

Após dirigir um tempo, ela entrou em uma mata densa e estacionou o veículo. Analisou-o mais uma vez. "Logo, irei me arrepender, mas não tenho outra opção." Didi se levantou, sentando-se no colo do rapaz. Prensou seus lábios quentes contra os dele e não tentou deter as mãos que passeavam por seu corpo e tocavam seus seios sob o tecido fino. A Lua estava quase em seu ápice e um fluxo quente dentro dela começou a assumir controle. Deixou a parte de cima do vestido cair. O garoto mordeu seus mamilos e sussurrou algo. Ela gemeu. Era como tinha de ser. Abriu a porta e o arrastou para fora, lançando-se sobre a grama. Na noite quente, de algum ponto à distância ela pôde sentir a floresta úmida enevoada, os musgos e as sementes. Didi era como uma orquídea presa a um tronco firme, brilhando branca sob a luz da Lua, aberta e perfumada.

Da próxima vez em que abriu os olhos, viu que ele sorria. Em seguida, a expressão vazia e morta de seus olhos se sobrepôs. Ela esperou pelo terror que se seguiu à morte de Johannes. Esperou, mas ele não veio. Ao contrário, sua pele estava radiante, cheia de uma energia cintilante. Levantou-se do chão, puxou a calcinha e o vestido. Havia alguns arbustos convenientes e próximos para que o corpo nu e inerte fosse escondido. Com algumas folhas a mais por cima, era como se nada tivesse ocorrido.

Envolta por uma exaustão maravilhosa, ela voltou para a casa de Elina, que não disse uma só palavra. Com a cama preparada em um pequeno quarto, em segundos adormeceu. E teve um sonho doce e profundo. Em certos momentos, acordava, ouvindo o som das tarefas de Elina, para voltar a dormir. Quando o cheiro de comida a despertou, já era a noite seguinte.

Didi se sentou na cama e se espreguiçou. Os lençóis de linho frescos, que haviam se tornado macios com as inúmeras lavagens, acariciavam sua pele e ela até permaneceria ali, se o aroma da comida não fosse irresistível. Levantou-se e notou um vestido com a estampa de uma borboleta, com jeito local, e uma calcinha branca simples no encosto de uma cadeira. Depois de se vestir, seguiu o trajeto do aroma sedutor até a cozinha. Elina havia cozinhado bananas e preparado uma salada com tomates, quinoa com ervas e nozes e frango frito. Saudável e nutritivo, como sempre.

– Maravilhoso – suspirou Didi, que nem pensou em reclamar e chorar para conseguir dinheiro para hambúrgueres.

– Achei que estaria com fome – disse Elina, atentando para saber como estava.

Ela começou a comer com apetite voraz e, em pouco tempo, voltou-se para a carne, que quase despedaçou, antes de se sentar direito. Elina encheu seu prato com todas as outras coisas e a observou comer, enquanto bebia um café forte. Didi notou que a mãe também tinha um copo de aguardente, o que era atípico. Sem se importar com aquilo, preferiu se concentrar no sabor da refeição.

Aos poucos, sentiu-se satisfeita e suspirou. Seus sentidos estavam em ordem e ela ia dizer isso em voz alta, quando notou que Elina a observava comer não por estar feliz, mas por obrigação. E era tudo o que bastava. O sorriso do garoto morto e a vida que havia escapado lampejaram em sua mente. Tinha abreviado mais uma vida humana, eliminado o ente querido de alguém, arrastando-o pelos pés e o ocultando sob os arbustos na floresta. Ao menos, teve a humanidade de fechar os olhos do rapaz? Nem seu nome perguntou...

A comida que há minutos a confortou pareceu voltar e ela precisou correr para o banheiro. Lá, vomitou tudo e ainda segurava a tampa do vaso sanitário com as mãos, quando Elina veio limpar seu rosto, levando-a de volta à cama.

– O que eu fiz? – A voz de Didi estava grossa por causa do vômito e ela notou um gosto de sangue em sua boca.

– Você está viva, e isso é o que importa – respondeu Elina.

41

No dia seguinte, Didi trabalhou no pequeno jardim de Elina, usando um chapéu de sol, fazendo o que lhe era mandado. Prendeu melhor os caules de tomates nas varetas em que estavam apoiados, cavou o solo, colocou feijões para secar. Ajudou a mãe com avidez, pois o ar livre e o calor escaldante lhe permitiam esquecer a outra noite. Tinha plena consciência do assunto e sabia que não podia ignorá-lo. Daquela vez, porém, esperou ser capaz de transformar os pensamentos em palavras racionais, em vez de deixá-los sair.

– Como você consegue beber essa coisa? – perguntou, quando foi para a sombra e viu que Elina tomava um café forte em uma pequena xícara de porcelana.

– Não conseguiria mais viver sem café – riu a mulher.

As palavras fizeram Didi voltar os olhos para baixo. Ela não poderia mais viver sem homens. Já Elina não morreria por falta de cafeína.

– O que farei, mãe? – perguntou Didi, por fim. – Não quero matar mais ninguém. Acho que prefiro morrer.

– Não, senhora! – disse Elina, em tom de repreensão. – Quando você foi confiada a mim, fiz a promessa de que iria cuidar de você e te proteger de todas as formas.

Didi segurou sua mão, esperando que se olhassem de frente.

– Você fez isso. E você é uma médica. Uma médica deve proteger e ajudar os outros. Não uma assassina.

Elina estremeceu ao ouvir a última frase. Pela primeira vez, ficou patente para a filha o tamanho de sua impotência.

– Não há remédio? – perguntou Didi. – Quero me livrar disso!

– Você conversou com Nádia? – perguntou Elina. – Ela tem o poder da cura no mundo das ninfas e também estudou a medicina tradicional.

Ao longo dos anos, suspeito que fez algumas experiências, mas nunca me contou nada sobre elas.

– Nádia retirou algumas amostras de minha pele – disse Didi, pensativa.

– De qualquer maneira, você tem de voltar para Nádia e Kate.

– Por que motivo, se não gostam de mim? Para elas, faço tudo errado.

– Elas podem ajudar você – respondeu Elina. – Kate é forte e teimosa e Nádia tem desejo de liberdade. Só elas podem entender você a fundo.

Elina se levantou e foi em direção à cozinha, pois uma pilha de vasilhas por lavar esperava por ela. Para sua surpresa, Didi tomou a esponja de sua mão.

– Eu faço isso – disse a menina.

– Antes tarde do que nunca! – brincou Elina, amarrando um lenço amarelo na cabeça. – Então, vou sair um pouco.

A garota lavou os pratos e teve tempo para pensar no que ouviu. As amostras de Nádia deviam ter alguma motivação. E ela podia curar. Didi tinha apenas perdido tempo, lutando contra as duas ninfas e seus modos de agir e pensar, em vez de fazer as perguntas certas. Ainda assim, não pretendia voltar.

Saiu da cozinha e andou pela casa, observando atentamente. Era pequena e arrumada, os lençóis eram do tipo de algodão e de linho que Elina adorava, tingidos com cores naturais. Nas prateleiras, havia muitos livros sobre ervas, plantas e medicamentos, todos lidos muitas vezes. Didi escolheu um sobre plantas sul-americanas e o folheou por algumas horas, sem perceber o tempo passar. Já estava escuro quando ouviu Elina voltar.

O rosto da mãe escorria suor e seus olhos ardiam de medo e fúria. Didi se ergueu com um salto.

– Alguém está vindo! – disse Elina, pegando o rifle no canto da sala. – Vá para aquele quarto e feche a porta. Empurre todos os móveis contra ela!

– Quem está lá? – perguntou Didi, paralisada.

– Vá!

Em pânico, correu para o pequeno cômodo, trancando-se. Ouviu alguém chutar a porta do quarto ao lado e um grito de Elina. Obediente, arrastou a cômoda e a cama até a porta, enquanto se perguntava como iriam parar o monstro que já estava na cozinha.

Então, um tiro foi disparado e uma luta começou. Didi não se conteve, precisava ajudar Elina. Empurrou a cômoda para o lado e, com as mãos trêmulas, abriu a trava.

A cozinha estava um caos. Em cima de Elina, um estranho, com chifres grossos saindo da testa e olhos como duas bolas de fogo, parecendo ter saído direto dos piores pesadelos de Didi. O homem estrangulava Elina, quando, de repente, gemeu e caiu para o lado, com as mãos no peito. Uma faca esquisita foi cravada por Elina, que, para se assegurar, apertou o cabo mais um pouco antes de soltá-la.

Didi sentiu um forte cheiro de ferro. Correu até a mãe e levantou suavemente sua cabeça. Só então, teve coragem de olhar para baixo. A barriga de Elina havia sido aberta. Sua camisa já estava encharcada por um sangue denso. Em desespero, Didi olhou em volta, pensando em como estancar o sangue. Mais do que tudo, estava preocupada com aquele olhar hipnótico, como se ela não estivesse sentindo qualquer dor.

– Mãe? – disse Didi. – O que faço agora?

Elina lutou para manter os olhos abertos. Didi tentou erguê-la.

– Está morto? – balbuciou Elina.

– Acho que sim... – Ela não sabia se era um homem ou um monstro ou uma mistura dos dois. – O que era ele?

– Um sátiro... – Elina retirou um colar de couro com um pingente de carvalho do pescoço. – Tome, leve isto.

– Não posso levar seu colar! – Em lágrimas, Didi quis bloquear com todas as forças o que já sabia ser verdade.

– Era contra as regras, mas você foi como minha própria filha – disse.

– Mãe...

– Leve a adaga Nomos e a esconda – sussurrou Elina. – Prometa que voltará para Nádia e Kate. Queime tudo isso.

Didi não respondeu. Elina olhou para ela, com um esboço de irritação.

– Prometa!

– Prometo – disse Didi.

– Cumpri a promessa... – Mais um segundo e ela estava morta.

***

Estava escuro quando Didi se levantou do lado da mãe. Ela escovou seus cabelos e levou suas mãos ao peito. Em seguida, pegou um cobertor gasto e a cobriu. Não sabia mais o que fazer.

Olhou fixamente para o sátiro morto. Não queria tocar na criatura, cujo rosto estava contorcido com seu último gemido, mas dera sua palavra. Respirou fundo, agarrou a adaga com as mãos e retirou do peito do sátiro. Assim que tocou na arma, sentiu um forte fluxo de energia, bom ou ruim, foi impossível dizer. Lavou a adaga e a enrolou em uma toalha. Depois, começou a derramar aguardente por toda a casa. Em minutos, ao volante do velho jipe, não se virou para olhar a casa em chamas, que também era a pira funerária de sua mãe.

42

Ficou claro para Kate que a situação requeria ação, o que, de fato, combinava perfeitamente com ela. Era evidente que os sátiros e a polícia estavam próximos. Portanto, ela tinha de descobrir o mais rápido possível o que eles deviam saber. Kate foi objetiva: procurou a fonte.

Heikki Hannula estava em sua escrivaninha em uma sala escura, com apenas uma luz de leitura fraca acesa, quando Kate entrou e fechou a porta.

– O que você contou aos sátiros sobre nós? – perguntou Kate, postando-se em frente a Hannula.

– Sobre quem? – ele perguntou.

– Não estou com humor para brincadeira – ela disse. – Sobre nós, as ninfas.

Hannula bateu na mesa com uma caneta esferográfica e olhou para Kate, que, mais uma vez, estava vestida em couro justíssimo. Debaixo da jaqueta via-se a blusa de seda preta e, sob ela, a pele clara. Talvez isso devesse ter sido o suficiente para adverti-lo.

– Como saberei se você é como aquela... ninfa? – perguntou de maneira desajeitada.

Kate se inclinou e Hannula sentiu o perfume de sua pele sedutora e desejou ser tocado. Porém, Kate apenas pressionou a mão em seu peito, o que o fez sentir um choque elétrico e ficar sem ar. Quando ele se recuperou, ela se sentou na beirada da escrivaninha, ainda esperando por uma resposta.

– Como você se envolveu com eles? – perguntou Kate, com um tom de voz desprovido de qualquer compaixão.

– Eu estava em um bar com minha namorada grávida, minha atual esposa. – Ele sentiu que seria mais fácil contar tudo. – Algum louco começou a dar em cima de Heidi de uma maneira muito rude. Perdi a paciência e quebrei o braço do cara. A confusão seria maior, mas "por sorte" havia alguns advogados por lá.

– Sátiros – disse Kate, que conhecia muito bem o modo como eles agiam.

– Eles fizeram todo o acordo, e ameaçaram o cara com um enorme processo. Nós teríamos um filho... Eu queria manter meu emprego e eles disseram que um pequeno favor em um futuro distante seria o suficiente.

Kate repensou a situação. Nádia poderia confiar em Jesper, mas ela não confiaria em nenhum sátiro. E um deles era o mais perigoso de todos.

– Eric sabe? – perguntou Kate.

Hannula balançou a cabeça, cansado. Kate pegou o celular da jaqueta dele, pendurada no encosto da cadeira.

– Você não se importa de eu mandar uma mensagem de seu celular, certo?

– Para quem? – perguntou Hannula, sabendo que não poderia negar.

– Para Eric – sorriu Kate, sem nenhum traço de empatia. – Arranjarei um encontro para mim com um sátiro.

***

Em um quarto escuro de hotel, Frida estava deitada ao lado de Eric, que dormia em paz. Na noite anterior, ele teve a chance de dançar, beber vinho e fazer sexo com a voracidade que o seu instinto de sátiro exigiu e, agora, respirava com tranquilidade e leveza. Mas Frida estava acordada. As noites são longas para aquelas que planejam vingança. Se ela apenas fechar os olhos, estará imediatamente no passado: correndo em uma floresta, ziguezagueando entre as árvores e pulando sobre pedras. Muitas vezes, em situações parecidas, ela foi a caçadora, entretanto, naquela noite, foi a caça. Ouviam-se cães a distância e ela ouvia suas companheiras ofegantes. Rose, Kate, Nádia e Ana Claudia tentavam manter um passo contínuo, o que se tornava cada vez mais difícil. Em especial para Ana Claudia, que era um pouco maior; ela ficava para trás e, por vezes, elas tinham de esperá-la. Havia a luz de lanternas atrás delas e Frida sabia que deviam continuar.

– Frida, eu não aguento mais! – Ana Claudia parou e se curvou, com a mão na cintura.

– Não podemos parar agora! – disse Kate.

– Os cães ainda não nos farejaram. Vá você – disse Frida e foi até Ana, mesmo sabendo que, se não ficasse com as outras, o navio arranjado para a fuga partiria sem elas.

As outras ninfas ficaram paradas e quietas diante delas. Ana Claudia sorriu docemente para elas.

– Temos de continuar – disse Kate.

– Você deixaria sua amada para os sátiros? – Frida perguntou à Kate e viu a resposta em seus olhos.

– Kate, Frida não pode sacrificar sua vida por minha causa – disse Ana.

– Vão! – gritou Frida. – Ficarei aqui.

Ela era teimosa, mas seu coração ficou pesado quando as outras ninfas se viraram e continuaram a fuga. Todas, exceto Kate. De repente, Frida sentiu o braço forte de Kate em volta de seu pescoço e, embora tenha lutado, não conseguiu se soltar. Ela percebeu como Kate acenou para Ana Claudia, que começou a voltar ao local do qual tinham vindo.

– Amanhã você embarcará no navio e olhará para o sol da manhã – disse Ana para Frida. – Estarei com você, pois estará livre.

E, então, a escuridão engoliu Ana. Frida continuava tentando se soltar, mas Kate a soltou após alguns minutos. Frida tirou imediatamente sua faca de caça da bainha. Se tivesse tido tempo, teria matado Kate com prazer. Elas se entreolharam como as piores arqui-inimigas.

– Se você for atrás de Ana, irá sozinha – disse Kate.

Para Frida, não havia escolha, pois ela tinha apenas uma maneira de viver. Ela queria estar com Ana, agora e sempre. Ela se virou e correu atrás dela. Ouvia-se o latido dos cães cada vez mais perto, e ela desejou encontrar sua cara-metade antes de ser capturada pelos sátiros. Frida nem ousava pensar no que aconteceria depois. Porém, nem teve tempo para isso, pois Lucas surgiu detrás de uma árvore e a golpeou com um bastão direto em seu peito, fazendo-a cair nos arbustos, quase inconsciente. Com muita dificuldade, ela se levantou.

Apenas um instante e mais sátiros apareceram de todas as direções. Eles estavam silenciosos e seguravam os cães pelas coleiras. Michel surgiu e empurrou Ana Claudia para o lado de Frida. Ana Claudia nem parecia ver os sátiros.

– Eu a amei por seiscentos anos – disse Ana. Deslumbramento e amor eram ouvidos em sua voz.

Frida estava prestes a responder, quando Ana pegou sua faca. Ela foi mais rápida que o som, levantou a faca e cortou a própria garganta. Sangue quente espirrou no rosto de Frida, que gritou como um animal. Ana Claudia caiu de joelhos e depois no chão. Frida despencou em cima dela para sentir sua última respiração.

"O mesmo pesadelo todas as noites", pensou Frida, na cama luxuosa de Eric, "e nem estou dormindo. Talvez não acabe nem mesmo se eu matar Kate". Ela, ao menos, se deliciaria com a vingança.

Frida ouviu o celular de Eric tocar sobre a mesa de centro. Ela aguardou alguma reação do sátiro, porém as celebrações da noite anterior ainda faziam efeito. Levantou-se e foi, nua, até o celular. Ela abriu a mensagem e sorriu ao ler pela segunda vez. O encontro na noite anterior foi melhor do que ela ousou esperar, e então respondeu a mensagem.

***

Kate gostava de ir para as montanhas. Ela se sentia em casa nos precipícios íngremes, no topo das árvores, na paisagem desnuda e bela. Era difícil encontrar um lugar assim na cidade, mas Kate improvisava. Ela subiu no telhado de um hotel construído nos anos 1960 e esperou por Eric Mann. Chegou cedo, aproveitou o vento sobre a cidade e toda a agitação inútil abaixo dela.

Respirou fundo e, embora o ar não fosse tão fresco quanto nas montanhas dos Cárpatos, ele a acalmou. Ela precisava se manter calma e estar pronta para tudo. Nunca mais encontrou Eric após a fuga das ninfas de Nessebar, porém, algumas vezes, a curiosidade a fez ir a lugares em que pudesse ver o sátiro. Afinal, ela pertenceu ao bando dele e, de certa forma, o admirava. Contudo, esses dias acabaram.

Kate sentiu que a chuva se aproximava e aquilo não a incomodava. Ela imaginou como seria olhar para o corpo encharcado de Eric aos seus pés. Se agisse com precisão, se livraria do inimigo com um golpe. E elas estariam a salvo.

De repente, Kate percebeu algo com sua visão periférica. Ela se virou e viu Frida. Ela deveria ter se surpreendido, pois Frida estaria morta havia muito tempo. Entretanto, ela raramente encontrou uma ninfa tão forte e parecida com ela. Desta vez, Frida a enganou. Kate notou que ela estava com sua arma de confiança, o arco de caça. Frida o pegou e mirou nela.

– Você matou Ana! – disse Frida.

– Ana sabia muito bem o que fazer – respondeu Kate, sentindo as primeiras gotas de chuva em seu rosto. Percebeu tratar-se de algo mais sério e que era hora de conversar com honestidade. – Eu não tirei Ana de você. Eric tirou! Queríamos nos livrar dos sátiros. Ana também queria, para que pudessem se amar em segurança.

– Você não sabe nada sobre isso! – gritou Frida.

– Pare. O que havia entre vocês não era o romance do milênio – disse Kate para alimentar a fúria de Frida, pois não teria nenhuma chance contra o arco.

Ela conseguiu. Frida praguejou em voz alta e jogou o arco para o lado. O primeiro chute acertou Kate no joelho e o segundo, na garganta, fazendo-a perder o equilíbrio. Frida segurou imediatamente seu pescoço, e Kate, por sua vez, apertou seus pulsos. Havia de fato um equilíbrio entre elas.

– Pela memória de Ana Claudia – disparou Frida. – Agora quebrarei seu pescoço.

– Ana se sacrificou pela sua liberdade! – disse Kate.

Aquilo fez com que Frida perdesse a força por um momento e Kate aproveitou. Ela se virou, e ficou em cima de Frida. A chuva já caía impiedosamente sobre as ninfas, mas elas mal notavam.

– Pense no que Ana gostaria – disse Kate. – Você pode dizer adeus agora ou pode nos ajudar a nos livrarmos de Eric para sempre!

43

Durante o longo voo de volta, Didi escondeu os olhos inchados de tanto chorar sob a máscara de dormir. Acomodou-se muito bem na poltrona reclinável da classe executiva, que era quase uma cama. Ela queria deixar o Equador o mais rápido possível e apenas as passagens mais caras estavam disponíveis. "Pelo menos o dinheiro roubado de Kate foi bem usado", pensou Didi, embora estivesse com receio das consequências. As passagens custaram quase tudo o que restou do saque. Entretanto, do aeroporto para o centro da cidade ela viajou de ônibus. Um pequeno erro de estilo.

No avião, debaixo do cobertor, tremeu de cansaço e de medo. Ela não conseguia esquecer aquele monstro horrível que atacou Elina. Até então, os sátiros tinham sido algum tipo de criatura mítica de contos de fada (como as ninfas foram antes), mas a força e a violência daquele homem, o cheiro de sangue espalhado e os olhos de Elina apagados voltavam continuamente à sua mente.

Ela temia tanto os sátiros quanto Kate, cuja fúria alcançaria um novo nível, além da desaprovação de Nádia, silenciosa, porém quase tão ruim. "Então, os sátiros, a polícia e as ninfas estão atrás de mim", pensou Didi. Entretanto, mais do que tudo, ela temia a si própria e o que seria capaz de fazer. Apenas a ideia de encontrar Samuel na lua cheia a paralisava.

Já havia anoitecido quando Didi destrancou a porta do apartamento das ninfas, no máximo silêncio. Tentaria adiar o confronto até a manhã seguinte e, para isso, espreitou-se em direção ao seu quarto. Daí percebeu que o lugar estava vazio, sem Nádia nem Kate. Sentiu-se aliviada, mas depois, desapontada. Ela fugiu, afinal. As ninfas mais velhas deveriam ter ficado doentes de preocupação, a encheriam de perguntas sobre onde estivera. Nádia correria para a cozinha e faria uma refeição nutritiva e um chá de ervas para sua recuperação. Kate estaria lá, gritaria e juraria que nunca mais a ajudaria.

Talvez tenha sido melhor. Didi foi para seu quarto e jogou sua mala no canto. Logo percebeu um perfume suave de Samuel e caiu na cama, respirando profundamente. Ela sentia falta dele, em especial quando pensava em segurança e em tudo de bom que uma garota espera da vida. Porém, a verdade era que ela era perigosa para Samuel. Quanto mais ela ousasse desejá-lo, mais risco ele correria.

Didi não teve mais energia para pensar. Despiu-se e deixou as roupas jogadas no chão. No dia seguinte ela as colocaria no cesto. Tomou um banho e sentiu a tensão de seu corpo diminuir um pouco. Encontrou uma camisola de alças com estampas de rosas, sem dúvida dobrada por Nádia. Ela estava prestes a entrar debaixo do edredom quando um assunto bloqueado retornou. Abriu a mala e tirou uma caixa; não ousou abri-la, pois não tinha mais forças para chorar: o pingente de carvalho de Elina. Ela o escondeu no fundo da cômoda. Em seguida, pegou uma toalha e, trêmula, abriu aquilo apenas para que pudesse acreditar que tudo era verdade. "Nomos", disse Elina. Ela olhou fixamente para a adaga por mais um instante e ouviu os últimos gemidos do sátiro. Enrolou a toalha em volta do objeto e o colocou em uma caixa debaixo de sua cama. Desde a primeira vez em que o tocou, sentiu as ondas que se espalharam pelos braços e alcançaram o estômago. Ela não sabia o que era a adaga, mas não tinha intenção de contar que estava com ela.

***

Didi se sentou sobressaltada, ainda sonolenta e muito confusa, quando alguém puxou o edredom. O sol da manhã fez com que apertasse os olhos e, apenas segundos depois percebeu que Kate estava ao pé da cama com os olhos flamejando.

– Onde está meu dinheiro? – gritou ela.

Didi se jogou de volta no travesseiro, aliviada. Enfim, a normalidade havia voltado.

– Que diferença faz? – respondeu Didi. – Pode-se sempre roubar mais.

– Estávamos preocupadas com você – disse Nádia, que apareceu no quarto com uma xícara de chá quente para Didi. – Onde você estava?

– Equador.

– Droga – disparou Kate.

– Elina está morta – disse Didi. – Um sátiro a matou.

Kate olhou para Didi e para Nádia alternadamente e analisou a situação.

– Ok – disse, após uma pausa. – Falaremos sobre isso mais tarde. Agora temos de ir.

– Para onde? – perguntou Didi. – Acabei de voltar!

– Você foi chamada à delegacia e eu irei com você.

– Você tem de ir – disse Nádia. – Kate a ajudará e o assunto será resolvido.

– Você não deve mentir – disse Kate. Você pode, por exemplo, falar abertamente sobre Johannes. E, se ficar difícil, responda uma pergunta com outra pergunta.

Didi teria preferido retornar ao cobertor, mas era evidente que seria inútil lutar contra as ninfas mais velhas. O melhor seria se concentrar na coisa mais importante.

– O que vou vestir? – perguntou Didi.

44

Didi se sentou devagar em frente a Harju, que movia papéis de uma pilha para outra, distraidamente. Kate estava em pé, usando suas habituais roupas pretas de couro, e parecia tanto uma guarda-costas superexperiente quanto uma advogada. O policial mais jovem, Heikki Hannula, se satisfez em apenas ficar em pé em um canto e ouvir.

– Certo, certo, então – disse Harju. – Comecemos. Estou um pouco confuso sobre alguns aspectos do caso e algumas respostas suas seriam ótimas.

– Claro – disse Didi, sorrindo com discrição. Embora Kate tivesse enfatizado para que falasse pouco, havia algo paternal e gentil em Harju. Foi uma surpresa ele ter ido direto ao assunto, sem rodeios.

– Você namorou Johannes Metso – mencionou Harju. – E Jean Malasma? Vocês tiveram um relacionamento?

– Não.

Didi mal teve tempo para negar, quando Harju se levantou, foi até ela e arrancou um fio de cabelo ruivo de sua cabeça, fazendo-a gritar.

– Você não se importa se o teste de DNA for refeito? – perguntou Harju com aparente gentileza, enquanto colocava o fio de cabelo em um saco. – O teste anterior foi inconclusivo, por possível sabotagem de suas amigas.

Didi olhou para Kate, que, por algum motivo, estava mais interessada em observar a sala e não ofereceu nenhuma ajuda.

– Você participou do baile de máscaras de estudantes, no mês passado? – Harju lhe fez a próxima pergunta.

– Quando? – perguntou Didi.

Hannula andou até a mesa e colocou sobre ela uma foto chuviscada e desfocada. Nela, havia uma garota ruiva com uma máscara veneziana e uma mulher mais alta, de máscara, com ombros bastante largos.

– Você não está nesta foto? – perguntou Harju, olhando Didi nos olhos. Sua voz ficou travada.

– Isso não significa nada – disse Kate. – Heikki me explicou que não se pode afirmar com certeza se a morte dos garotos foi criminosa. Portanto, não há razão para nos interrogar, especialmente se não estávamos lá.

Harju se virou para Hannula, questionando-o, mas manteve o rosto sem expressão.

– E é por isso que iremos embora agora. – Kate já havia fechado o zíper da jaqueta e fez um sinal para Didi se levantar. – Espero que não sejamos perturbadas de novo com esse assunto.

Kate saiu com Didi, quase correndo da delegacia.

– Agora, repito pela milésima vez, faça exatamente como eu mandar. Você não percebeu quantos problemas nos causou?

– Se você me dissesse algo verdadeiro, talvez tudo fosse mais fácil – respondeu Didi, enquanto Kate jogava um capacete de motocicleta em suas mãos. – Onde vamos?

– Você vai trabalhar – disse Kate docemente. – Você quer uma vida normal, trabalhar, estudar. E é bom mostrar para a polícia que tudo caminha com normalidade e que você não tem nada em sua consciência. Além disso, seu chefe deve ter se perguntado onde você esteve nos últimos dias.

Didi se lembrou de não ter mencionado a viagem para Valtteri. Ela havia partido com pressa, sem certeza de retorno.

Ela acenou para Valtteri já à distância, ao vê-lo limpar mesas do lado de fora.

– Depois do trabalho, volte direto para casa – disse Kate para Didi, em voz baixa, ao deixá-la com sua motocicleta.

Didi suspirou e se preparou para uma explicação razoável para Valtteri, mas, de fato, a verdade era o suficiente.

– Desculpe-me por desaparecer sem lhe dar explicações – disse Didi, e lágrimas começaram a cair. – Minha mãe faleceu.

Valtteri lhe deu um abraço de condolências.

– Tudo bem – disse ele. – Você não precisa retornar ao trabalho agora, se não tiver forças.

– Quero voltar – disse Didi, afastando-se dele. – É melhor fazer alguma coisa e estar com pessoas.

– Bem, lá dentro há alguém que tem procurado por você.

Didi não teve tempo de resistir, pois Valtteri já a levou para dentro e a sentou em uma mesa, em frente aos olhos confusos de Samuel. "De mal a pior", pensou Didi. Preferia servir cerveja para algum bêbado fedorento.

Didi e Samuel ficaram sentados em silêncio, apenas olhando um para o outro.

– Eu deveria colocar meu uniforme de trabalho agora – falou Didi.

– Didi, isso não faz sentido – disse Samuel. – Por que a polícia está atrás de você?

– É uma longa história...

– Tudo bem – disse ele. – Não importa. Porém, algo não para de me incomodar.

– O quê? – perguntou Didi.

– Às vezes, parece que você me quer e, no minuto seguinte, você me joga um balde de água fria.

Ela refletiu bastante: daria uma explicação para manter Samuel a uma distância segura. Talvez uma mistura de verdade e ficção ajudasse.

– Você sabe que eu namorei Johannes – começou Didi, de maneira hesitante. – Johannes morreu quando nós...

Samuel abaixou a cabeça. Ele obviamente pensou no assunto e Didi se sentiu aliviada quando ele segurou sua mão.

– Você quer dizer ao mesmo tempo? – perguntou Samuel. Didi concordou com a cabeça.

– Tenho estado confusa. Sinto que não conseguirei estar com alguém enquanto isso estiver em minha cabeça. Seria, de certa forma, forçado.

– Claro que não.

Didi olhou para Samuel e percebeu como era fácil enganar alguém tão compreensivo. Mas era para o bem dele. Então, decidiu colocar lenha na fogueira.

– Além disso, eu o conheço há tanto tempo. Você é como um irmão mais velho para mim...

Na mesma hora, ela se arrependeu de ter usado tal estratégia.

– Não sou seu irmão mais velho – disse, com os olhos ardendo, e se levantou.

Didi o esperou partir, mas ele continuava em pé ao seu lado. Didi prendeu a respiração e sentiu quando Samuel se inclinou, bem ao lado de seu ouvido.

– Se um irmão sentisse isso por uma irmã, seria incestuoso – sussurrou e partiu.

45

De maneira deliberada, Kate passou para Harju a informação de que Hannula havia lhe revelado informações sobre o caso. Portanto, ela não ficou nem um pouco surpresa de, logo após a reunião, receber uma breve mensagem de Hannula com lugar e hora para um encontro, o que era bom. Ela também tinha coisas para perguntar a ele.

À noite, Kate foi a uma pequena oficina, em que mecânicos consertavam todo tipo de veículo. Muitos deles olharam com aprovação para ela e sua Kawasaki brilhante. O local lhe era atraente também, estava repleto de homens de macacão com suas ferramentas. Sem querer, pensou em Eric; um sátiro era um homem também e, como todos, gostava de tudo que possuísse um motor possante. Kate se virou com um olhar afiado para Hannula.

Hannula estava consertando um velho carro americano e fechou o capô quando Kate chegou.

– Estou arrumando uma surpresa para minha esposa – explicou Hannula, um pouco embaraçado.

"Homens são estranhos", pensou Kate pela enésima vez. A esposa provavelmente ficaria muito mais feliz se o marido estivesse em casa fazendo coisas com ela em vez de perder sua noite na oficina.

– Você tinha algo a dizer.

– Foi jogo sujo revelar nossas conversas a Harju – disse Hannula.

– Talvez você não deva reclamar – notou Kate, dando um passo tão determinado em sua direção que ele, instintivamente, foi para trás. – O escritório de Harju têm apenas três objetos pessoais: um caçador de sonhos indígena levando embora algum pesadelo; uma foto de uma menina, que era evidente ser sua filha; e uma foto desse homem, Mauri Laasonen, sendo preso.

Kate memorizou muito bem a foto. Nela havia um homem gorducho, com cabelos curtos e lábios que eram apenas uma linha estreita, olhando ameaçadoramente para a câmera.

– Alguém invadiu a casa de Harju, quando apenas Hanna estava em casa. Ela tinha uma personalidade tempestuosa. – Hannula sorriu com a lembrança. – Ela atacou os assaltantes e Laasonen ficou furioso. Ele espancou Hanna, deixou-a em condição crítica. Mais tarde, Hanna faleceu.

– Laasonen foi condenado?

– Houve algum erro e o caso foi arquivado. Harju tentou pegar Laasonen por qualquer coisa, tornou-se uma obsessão. Sua esposa se divorciou e mudou-se.

– Este Laasonen ainda é vivo? – Kate pressentiu que aquilo poderia ser útil.

Hannula afirmou com a cabeça, sem tirar os olhos de Kate. – O que você está tramando?

– Vejamos – disse Kate, sorrindo e dando as costas para Hannula.

– Você vai me libertar deles? – perguntou Hannula.

Kate virou-se. Ela queria manter Hannula adivinhando por um tempo e, para isso, fingiu estar pensando no assunto, enquanto brincava com as chaves da motocicleta.

– Não por você – disse Kate. – Os sátiros não o incomodarão mais, pois eles não incomodarão mais ninguém.

Kate foi ao shopping mais próximo. Um plano brotou em sua mente no caminho e, agora, ela precisava de alguns acessórios. De fato, ela tinha muitas missões, mas esse pequeno desvio de rota a ajudaria resolver problemas maiores. Em menos de uma hora, Kate conseguiu um traje adequado, uma peruca loira e algumas outras coisas úteis. Laasonen teria a maior surpresa de sua vida.

46

– Vocês não vão me trancar de novo, não é? – perguntou Didi, ao notar que Nádia e Kate a levavam ao sótão, local em que havia sido mantida no início. Ela cometeu um grande erro ao levar o dinheiro de Kate e, às vezes, causava problemas, mas não seria aquilo um pouco demais?

– Não, não mesmo – riu Nádia. – É hora de lhe apresentar alguém.

Kate abriu a porta, fazendo-a ranger, e Didi viu de imediato uma mulher muito clara, bonita e musculosa e lembrou-se dela, no café, com aquele homem de comportamento estranho. A mulher olhou para ela com igual curiosidade. Nádia correu até ela e começou a tratar as contusões em seu rosto e, depois, em suas costelas, que pareciam quebradas. A mulher – que Didi compreendeu ser uma ninfa – deixava-se ser tratada sem preocupações. Nádia tinha um efeito calmante.

– Esta é Frida – disse Kate.

– Nós nos encontramos – disse Didi.

Tanto Nádia quanto Kate olharam confusas para ela, e depois para Frida.

– Eu fui ao café – disse Frida. – Com Eric.

– O quê?! – disparou Kate, mas Nádia deu um tapa em seu ombro.

– Nós fugimos juntas, e Frida foi deixada para trás – explicou Nádia para Didi. – Pertencíamos ao bando de Eric.

– Quem é Eric? – perguntou Didi.

– O vilão desta história – disse Kate. – Portanto, não sou eu, como você parece pensar.

– Ele estava no café também – disse Didi, enquanto olhava o sótão que se tornou familiar para ela. Tantas coisas aconteceram em um lugar tão pequeno, e começaram lá! Ela teria, acima de tudo, preferido ter fugido, se pudesse apagar tudo.

– Eric salvou minha vida – disse Frida, com uma voz monótona.

– Só porque ele quer Didi – disse Kate, observando como as marcas da luta entre elas desapareceram com o tratamento de Nádia. – Você pensou no que eu disse? Os sátiros mataram Ana e, com sua ajuda, podemos nos livrar de Eric para sempre.

– Eu não estaria aqui se não tivesse pensado – disse Frida. Ainda era perceptível o ódio entre as duas ninfas. – Você tem um plano?

– É claro – disse Kate, apoiando-se contra a parede, totalmente relaxada.

– E qual é?

– Nós atacaremos primeiro.

Didi olhou, confusa, para as ninfas mais velhas. Ela vira como os sátiros operavam e não tinha ilusões sobre qual seria o destino delas se os atacassem em bando.

– Não deveríamos nos esconder? Poderíamos viajar para algum lugar – sugeriu, mas ninguém lhe deu atenção.

Frida chamou Kate e Nádia para o lado e discutiu com elas em voz baixa. Parecia que buscavam algum tipo de entendimento, mas não se deram ao trabalho de explicar o que estavam conversando para Didi, que se incomodou mais uma vez por ser tratada como criança. Nádia percebeu, e segurou a mão de Didi. Um sentimento calmante se espalhou e a jovem ninfa respirou fundo.

– Vamos para casa? – sugeriu Nádia. – Vamos ter uma noite para garotas, só nós duas.

– E Frida e Kate?

– Elas têm outros planos – disse Nádia.

Didi se deixou levar por Nádia e, ao chegar em casa, concluiu que era o que mais precisava. Não importava se Nádia a enganou com seu toque apaziguador, pois pela primeira vez, após um longo tempo, sentia-se calma. Além disso, havia coisas que queria falar apenas com Nádia.

Didi foi ao seu quarto para trocar de roupa. Olhou para o criado-mudo e voltou imediatamente. Ela levantou o porta-retratos prata para Nádia. Havia uma foto de um ramalhete de flores.

– Onde está a foto de minha mãe? – perguntou Didi.

Nádia pegou o porta-retratos e limpou a foto. O rosto sério, mas sorridente, de Elina, foi revelado, fazendo com que Didi se lembrasse dela.

– Eu não me importo de você ter a foto – disse Nádia. – Mas tome cuidado. Se Kate descobrir, a destruirá, pois proibiu a manutenção de qualquer coisa de sua vida anterior.

Didi contou às ninfas como encontrou Elina, e quais foram as consequências. Porém, não revelou as discussões que, entretanto, estavam sempre em sua cabeça. Didi se sentou no sofá, ao lado de Nádia, e se perguntou como a ninfa podia parecer tão jovem e bonita. Mas, agora, devia se concentrar em como incluí-la em seu plano. Ela pegou uma garrafa de vinho branco da geladeira, encheu uma taça para Nádia e lhe deu.

– Você já pensou na possibilidade de medicar nosso desejo sexual?

– Ser uma ninfa não é uma doença – disse Nádia.

Didi ponderou por um momento como colocar em palavras tudo o que pensou desde a viagem.

– Você se trata com água – disse Didi. – Eu preciso de flores. Você tirou todo tipo de amostras de mim. Nossos hormônios não podiam ser controlados por pílulas?

Nádia tomou alguns goles de sua taça. Didi percebeu que algo muito sério estava em sua cabeça.

– Fiz testes – disse Nádia. – Seus níveis de copulin são realmente altos. E eu sei que não quer matar ninguém...

Os olhos de Didi se arregalaram. Nádia havia revelado algo significativo.

– Você já começou a desenvolver algo!

Nádia fez um gesto afirmativo com a cabeça. Didi tentou manter a calma, porém uma enorme impaciência se apoderou dela.

– Se eu tivesse tal medicamento – disse com entusiasmo –, poderia viver uma vida normal.

– Você sabe que muitas pessoas querem sair da normalidade – disse Nádia. – Nunca vivi em um século em que todos buscam ser indivíduos, únicos.

– Não eu! – Os olhos de Didi brilharam e ela pensou no dia em que poderia encontrar Samuel, sem medo.

– A questão não é tão simples – lembrou Nádia. – E você não pode falar sobre isso com Kate.

– Mas Kate também não quer que eu mate.

– Claro que não, mas Kate quer ser uma ninfa, uma ninfa livre. Ela nunca aceitaria um medicamento que a fizesse ser qualquer outra coisa.

47

– Eu não conto mais quantos anos tenho – disse Jesper, girando o gelo no uísque.

Frida tomou uma grande dose e continuou em silêncio. Os cabelos loiros de Jesper brilhavam na iluminação fraca do quarto de hotel. Frida notou que os olhos dele faiscaram, vermelhos, por um instante. Ela decidiu deixar o sátiro falar. Talvez algo útil fosse revelado.

– Deveria imaginar que se tornaria inerte após séculos. – Jesper tragou o que restava em seu copo e o encheu novamente. – Porém, Ninette... Nádia me tira o fôlego toda vez.

Frida não reagiu, mas achou difícil entender o que ouviu. Os sátiros geralmente não se importam com o destino de uma ninfa. Além disso, ela ouvira sobre Eric ter matado o resto do próprio bando para provar sua total lealdade para com a liderança dos sátiros, o conclave.

– O que Nádia lhe disse? – perguntou Frida.

– Falei para que fugissem – disse Jesper. – E Nádia me disse para que escolhesse um lado.

"Era evidente que Nádia era corajosa", pensou Frida. Debaixo daquela fachada suave e de todos aqueles trajes de renda, havia uma ninfa que sabia o que queria.

– Droga! – gritou Jesper em frustração, e seus olhos brilharam mais uma vez. – A razão diz que o único jeito de protegê-las é convencer Eric de que vale a pena mantê-las vivas. Caso contrário, vocês se tornarão mártires, o que apenas reforçará a história sobre o Nó e a ninfa de cabelos vermelhos.

A voz de Jesper se tornou rouca e Frida havia lidado muitas vezes com sátiros em tal estado. Assim como ele, ela também queria relaxar, beber e dançar.

– Vamos encher a cara? – perguntou Frida.

– Que tal uma competição? – Jesper respondeu com outra pergunta. – Quem aguentará mais?

Frida ficou de pé ao lado de Jesper, tirou as botas e colocou uma música. "Felizmente, os quartos luxuosos reservados por Eric têm isolamento acústico", pensou, enquanto o sátiro pulava com o rock no último volume e uma garrafa de uísque na mão.

A bebida aqueceu a garganta de Frida. Ela não estava interessada na dança selvagem de Jesper. O que ela queria era rodopiar como os dervixes rodopiam em suas cerimônias religiosas dançantes, se separando do tempo e do espaço. Entretanto, as palavras de Jesper ecoavam em sua cabeça, nunca imaginou que um sátiro pudesse se apaixonar. E reparou que Jesper expressava, ao mesmo tempo, dor e felicidade ao mencionar o nome de Nádia.

Em pensamento, voltou ao momento em que viu sua amante pela primeira vez. Ana Claudia tinha olhos serenos e sonhadores, e Frida mergulhou neles, como se corresse para o acolhimento da água quente de uma piscina termal nas montanhas. Ela já havia sido conquistada, mas lutou contra isso por um tempo, pois as ninfas não deviam amar umas às outras. E Ana a esperou pacientemente, sabendo que quanto mais Frida lutava, mais apegada ficava. Quando, finalmente, se rendeu àqueles sentimentos, se arrependeu de cada segundo vivido sem Ana. Frida conseguia total satisfação no colo de um sátiro, porém apenas com Ana sentia sua alma voar.

Ninfas pertenciam aos sátiros. Frida e Ana Claudia tiveram de esconder o que sentiam, tiveram de fingir avidez para ir para a cama com os sátiros, embora qualquer momento de separação fosse difícil. O intervalo podia ser de meses até surgir uma oportunidade de estarem juntas. Por vezes, Ana Claudia achava que Michel suspeitava de algo, mas elas aprenderam a ser boas atrizes. Mesmo agora, Frida sabia como esconder seus sentimentos. Qualquer sentimento, exceto sua sede por vingança, cultivado como uma flor valiosa enquanto estava acorrentada. Ela conseguiria deixá-la para trás? Afinal, era o que a mantinha viva.

Por outro lado, quando esteve no sótão com as três ninfas, Frida sentiu um genuíno lampejo de felicidade. Em um piscar de olhos, ela estava mais uma vez com o próprio bando, com seu poder e sua unidade. Ela não percebeu que sentia falta de sua espécie. Ademais, a ninfa de cabelos vermelhos, que Eric desejava tanto, a fez lembrar da liberdade que Ana Claudia buscou tão avidamente e pela qual morreu.

Frida aprendeu a ficar alerta, e não se assustou quando Eric apareceu diante dela. Ele se divertia e observava os movimentos de Jesper, que, àquela altura, pareciam uma mistura de artes marciais e tango. Por um momento, ele deixou a música tomar conta dele também. Depois, moveu a cabeça como sinal para Frida segui-lo para o apartamento ao lado e ela não tinha motivo para não obedecer. Era melhor ser uma ninfa inofensiva, o mais doce e obediente possível.

Frida caminhou para a suíte de Eric, seguindo-o. A suíte, é claro, era mais luxuosa que a dela e de Jesper.

– Olhe para isso – disse Eric, de frente para o espelho, assegurando-se de que seu terno escuro estava impecável e aproveitando para observar Frida pelo reflexo.

Diante dela, em um banco, havia meia dúzia de vestidos e bolsas. Sobre a cama, algumas caixas de sapato e o que pareciam ser caixas de joias.

– E isso? – disse Frida, sem conseguir controlar sua natureza de ninfa. Tocou a seda e outros materiais caros.

– Você viu Desirée – respondeu Eric. – Escolha a melhor combinação.

Frida quase sorriu. Eric parecia um adolescente nervoso indo a um encontro. Isso revelava muito sobre o quão importante Didi era para ele e seu plano, qualquer que fosse.

– Eu escolheria o vermelho – disse, após um tempo. – Pense naqueles cachos vermelhos radiantes combinados com um vestido vermelho ainda mais vibrante. E aquela pele branca...

Frida notou como Eric lambeu os lábios. Às vezes, era ridiculamente fácil excitar um sátiro.

– E esses sapatos de salto de couro bege. Ela tem pernas longas e bonitas e eles as destacarão ainda mais.

– Mas ela gostará deles? – Eric olhou para Frida.

– Olhe para as etiquetas de preço! – gritou Frida, tocando alguns dos vestidos. – Eles são como um orgasmo para as adolescentes.

Naquele exato momento, Eric a agarrou pelo pulso. – Não caçoe de Desirée quando estiver por perto.

– Claro que não – disse Frida, divertindo-se com a situação. – Qual é o plano?

– Arranjarei, de alguma maneira, um encontro para apenas nós dois – disse Eric. – E mostrarei tudo o que posso dar a ela... Não, tudo o que se pode ter de mim.

Frida começou a dar o nó na gravata de Eric, como se ela só existisse para servi-lo. – A ninfa está sob seu controle.

– Mas não quero assustá-la – disse Eric. – Ela é jovem, com certeza inexperiente... Saia agora!

A ordem revelou a impaciência de Eric e Frida saiu imediatamente.

***

Eric esperou um pouco para se certificar de que a porta de Frida estava fechada. Então, chamou Michel. Ele podia facilmente imaginar que ele estaria em um roupão de banho entre duas ninfas.

– Logo encontrarei aquela ninfa – disse Eric, indo direto ao assunto.

– Direi ao conclave – acrescentou Michel.

– Não, não dirá. Vou lidar com isso pessoalmente – disse Eric, com ênfase. – Se necessário, invente alguma história.

Após uma pausa, Michel falou de novo.

– Isso poderia gerar grandes repercussões. Por que eu colocaria meu futuro em risco por você?

– Escute com atenção, Michel. Há dezessete anos, na Espanha, você estava comigo, quando, graças à Rose, encontramos o livro. A lenda. Nós mutilamos o último dos Carvalho que conseguira mantê-lo com o próprio segredo. A lenda é verdadeira. Eu toquei a mão daquela ninfa ruiva.

– Onde? – perguntou Michel.

– O mais importante é que me tornarei o novo soberano – disse Eric. Ele sabia que a melhor jogada era apelar pela sede de poder de Michel, que era quase tão grande quanto a sua. – Você se tornará meu braço direito. É por isso que inventará uma explicação para o conclave.

– Você já matou Ecaterina e Ninette? – perguntou Michel.

– Estou trabalhando nisso.

Incomodado, Eric jogou o telefone sobre a cama. Maldito Michel e maldito conclave! Korda havia roubado dele o que lhe pertencia. Dessa vez, porém, ele seria o último a rir. Depois que parte de seu bando conseguiu escapar de Nessebar, Eric sentiu estar sob a constante observação de Korda e não gostou disso. Para demonstrar – aparentemente – sua lealdade para o conclave, ele matou o resto de seu bando com as próprias mãos, diante dos olhos daqueles estimados sátiros de ternos escuros. E aquilo nada significou para ele, pois o fez como parte de um plano maior. Tendo a ninfa da lenda em suas mãos, a estrada para o topo estaria limpa.

Depois daquele encontro, Eric voltou a ver Michel.

– Você não contou ao conclave sobre o livro do Nó – disse Michel. – Você não capturará a lenda e usurpará o lugar de Gabriel Korda. Ele é nosso Senhor.

– E você quer estar ao meu lado – respondeu Eric. – Eu ouvi dizer que as fugitivas estariam em Montpellier...

Eric aprumou-se. Seus olhos viraram para admirar uma foto de Didi, que estava ao lado da cama. O símbolo do Nó era provocantemente visível na barriga nua da garota. Eric pegou um vestido vermelho com um decote profundo e o imaginou em Didi. As palavras de um velho livro com capa de couro vieram à sua mente:

Quando a Lua escurece sobre montanhas claras, uma ninfa criança,
com cabelos tão vermelhos quanto rosas, nascerá no meio da floresta...
A criança que carrega o Nó de Astarte cresce em uma cidade de
humanos e não tem medo de lutar pela liberdade das ninfas.

Ele notou que as ninfas escaparam precisamente por causa daquela premonição e que as montanhas claras se referiam à Montpellier. Eric deixou o vestido sobre a cama e, por um momento, imaginou que despia a jovem ninfa. O tempo era propício. Hannula teria de lhe fazer um último serviço.

48

Kate não se vestiu para seduzir Mauri Laasonen, mas para deixar um recado. Ela estava com calças vermelhas tão justas que pareciam pintadas sobre seu corpo, sapatos de salto alto, uma pequena jaqueta jeans e uma blusa de listras vermelhas que expunha sua barriga. Uma peruca loira de comprimento médio completava o traje.

Ela descobriu que Laasonen possuía um negócio de aluguel de carros, sem dúvida sustentado com dinheiro obtido em roubos e, se Kate compreendeu corretamente, ele não só alugava carros, como também lavava dinheiro para uma máfia do Leste Europeu. Um criminoso reconhece outro criminoso. Kate riu para si mesma quando observou a fachada do estabelecimento. Até parecia decente e estável como empresa, mas não a enganava.

Ajeitou a peruca e entrou com passos confiantes, meneando os quadris. Teve de aguardar um instante até a secretária sair para o almoço e Laasonen ficar sozinho na loja. O homem estava sentado atrás do balcão analisando alguns papéis. Kate sorriu para ele.

– Boa tarde – disse Kate. – Eu gostaria de alugar uma limusine. Estamos organizando uma despedida de solteira para uma amiga.

Laasonen levantou a cabeça e engoliu em seco. O dia começou mal, mas agora definitivamente melhorou.

– Claro – disse Laasonen. – Alguma preferência de cor?

– Você tem branca? Quantas moças como eu caberiam? – Kate deu um tapinha em sua bunda, cujas curvas eram valorizadas pelo couro vermelho, mas, em seguida, se perguntou se não havia ido longe demais. O homem quase babou.

– Uma dessas de nove metros comporta até oito passageiros. – Laasonen abriu o catálogo que estava sobre o balcão e folheou as páginas. – O carro é feito nos Estados Unidos e é muito apreciado pelas mulheres.

– Você será o motorista? – Kate flertou.

– Tudo pode ser negociado.

– Parece ótimo – disse Kate. – Quanto custa o dia?

– Quinhentos nos fins de semana, sem motorista – disse Laasonen, com os olhos percorrendo o corpo de Kate sem nenhum disfarce.

– É muito – suspirou Kate. – O preço pode ser negociado de alguma maneira?

Laasonen pensou rápido. Olhou para o relógio e constatou que a secretária demoraria ainda uns vinte minutos. Tempo suficiente. Já tendo uma ereção.

– Vamos conversar no escritório.

Laasonen deu passagem à Kate e fechou a porta ao entrar.

– Então, que orçamento você tem? – perguntou Laasonen, em seu papel.

– Meu orçamento é muito, muito apertado – disse Kate e correu seu dedo indicador pelo queixo do homem. Ela notou o volume na calça e quase se irritou por tudo estar tranquilo e fácil demais. Uma pequena resistência era sempre bem-vinda. Por outro lado, assim tudo seria mais rápido. – Posso fazer uma reserva.

A respiração de Laasonen já estava ofegante. Ele, que nunca se importou com preliminares, quis ir direto ao assunto. Empurrou Kate, fazendo-a se sentar na beirada da mesa, e se posicionou entre suas pernas. Ela continuou a sorrir sedutoramente e ele imaginou como seria prazeroso apagar aquele sorriso. Era melhor mostrar a uma mulher o quanto antes quem manda e quem obedece.

– Qual o nome para a reserva? – disse Laasonen.

Kate se inclinou ainda mais e seus lábios ficaram a apenas alguns centímetros do ouvido dele.

– Hanna Harju.

O homem estremeceu como se tivesse recebido um choque elétrico e tentou dar um passo para trás, mas Kate foi mais ágil. Ela o prendeu entre as pernas e bateu na sua cabeça com um peso de papel que estava sobre a mesa. Então, soltando-o, deixou que despencasse.

– E então? Não está mais interessado? – perguntou Kate, e, em seguida, deu um forte chute no estômago de Laasonen.

– Pare, eu não fiz nada...

– Mentira – disse Kate. Abaixou-se de novo, agarrou o queixo do homem com uma mão, sua nuca com a outra e quebrou seu pescoço.

Ela retornou à loja e a secretária entrava correndo, provavelmente com medo de seu chefe.

– Reserve uma limusine para Hanna Harju – disse Kate. – Depois tire folga o resto do dia. Não precisa me agradecer.

***

Kate estava novamente vestida com suas roupas pretas habituais, quando chegou ao escritório de Harju, à noite. Harju ajeitou os óculos. Ele já havia recebido as fotos da cena do crime e do corpo de Laasonen.

– A pessoa que fez isso disse à secretária da vítima que seu nome era Hanna Harju.

– Eu só disse que a reserva seria feita para Hanna Harju – corrigiu Kate.

– Heikki disse que você viria. – Harju se levantou e andou sem medo em direção à Kate, com um olhar questionador. – Ele também disse que você é uma ninfa, disse de uma maneira tão séria e enfática, que eu tive de pesquisar sobre o assunto no Google. Você não combina com minha imagem de espírito feminino da natureza.

– Às vezes a verdade pode ser mais estranha que a ficção – disse Kate. – Eu sou uma ninfa.

– Não me leve a mal, mas não acredito em coisas espirituais.

– Você tem um caçador de sonhos – disse Kate, apontando para o talismã indígena.

– Apenas um *souvenir*...

Harju mal começou a falar quando Kate apertou seu dedo indicador em sua jugular e enviou um impulso elétrico. Ele arregalou os olhos e ficou sem ar. Foi fácil para Kate fazê-lo se sentar.

– É mais fácil acreditar agora?

– Foi você que matou o assassino de minha filha?

– Boa técnica de negociação – riu Kate. – Você responde uma pergunta com uma pergunta.

Ela teve a paciência de esperar até a respiração de Harju voltar ao normal. Até a expressão de seu rosto indicava que ele não tinha mais dúvidas. Seus olhos também transmitiam gratidão, embora ele não o dissesse em voz alta.

– Você quer algo de mim – disse Harju.

– O mundo não sentirá falta de Laasonen – disse Kate. – Eu, por outro lado, tenho alguém que precisa de toda a proteção possível. E, para isso, tenho de me livrar de um sátiro.

Sua cota diária de aceitação da existência de criaturas mitológicas estava completa, mas agora ele não tinha escolha senão ouvir o que Kate começou a explicar.

49

Didi não conseguia se esquecer de Samuel. Ela tentou estudar, comer, arrumar suas roupas, fazer qualquer coisa que a ajudasse a não buscar o rosto dele. Cogitou até tricotar. E não era apenas seu rosto. Certa manhã, quando Samuel ajudou Nádia na cozinha e se esticou para pegar uma tigela na prateleira de cima, seus músculos peitorais se enrijeceram e sua bunda... Sem perceber, Didi já havia selecionado o número de Samuel em seu celular. Então, tinha de ter algo para dizer, para não parecer que ligou só porque sentia tesão.

– Eu queria lhe perguntar sobre aquele seu pingente – começou Didi.

– Então somos amigos de novo? – perguntou Samuel, e Didi sentiu calor em sua voz.

– Minha mãe tinha um parecido... Samuel?

Houve um silêncio e levou um tempo para Didi perceber que, para Samuel, aquilo provocou muitas lembranças.

– Eu tinha uns 14 anos, estávamos no exterior – começou Samuel. – Meu pai estava internado e, pela primeira vez, passamos bastante tempo juntos. Ele viajava muito, mas no hospital, todos aqueles tubos...

– Não temos de falar sobre isso, se não quiser – disse Didi.

– Acho bom relembrar um pouco – disse Samuel. – Na última noite, meu pai colocou o colar em mim.

– Por que minha mãe tinha um parecido?

– Não faço ideia – disse Samuel. – Eu nunca mais tirei o meu.

Didi refletiu sobre o que ouviu, mas a verdadeira razão de seu telefonema martelava em sua cabeça.

– O que você está vestindo?

– Roupas comuns – disse Samuel. – Por quê?

– Bem, como eu disse, ainda estou muito abalada, mas talvez, por telefone, eu ouse algo...

Didi ouviu bem? Samuel engasgou? Ela continuaria?

– Pense em mim em seu colo – disse Didi, quase sussurrando. – Eu abriria lentamente o zíper de suas calças...

– Didi, isso está ficando estranho.

– Como assim? – perguntou Didi, demonstrando ter ficado magoada.

– Eu acabei de subir os degraus e estou aqui, na sua porta.

Foi a vez dela de engasgar. De início, pensou que Samuel estivesse brincando, mas, em seguida, a campainha tocou. Didi correu para a porta e ele, de fato, estava lá. Ela ficou muito envergonhada, mas permitiu que ele entrasse. O mais seguro seria mudar de assunto de imediato.

– De onde você está vindo a esta hora da noite? – perguntou Didi, querendo preencher o silêncio constrangedor.

– Da faculdade.

– Até tão tarde?

– Está com ciúmes? – Samuel deu um largo sorriso e Didi ficou ainda mais vermelha e desconsertada do que antes. – Tudo bem. Pode ficar. Isso só significa que você não está resistindo ao meu charme.

– Não estou com ciúmes – disse Didi resolutamente.

– Então, foi um caso por telefone?

Didi começou a rir e eles foram para a sala juntos e se sentaram no sofá.

– Didi, aquele telefonema há pouco...

– Vamos esquecê-lo? – perguntou Didi.

– Para mim é bom o bastante estarmos aqui. Tranquilamente.

Ficaram sentados, lado a lado, por vários minutos. Era difícil admitir que, talvez, estivesse um pouco desapontada, mas de repente ela também se sentiu totalmente à vontade com Samuel daquele jeito.

– Vamos assistir a um filme? – perguntou Didi.

– Estou todo suado – disse Samuel. – Queria tomar um banho. Tivemos uma autópsia...

– Obrigada, não precisa explicar em detalhes – disse Didi. – Por que não toma um banho? Assistimos a um filme depois.

– Verdade? – Samuel olhou de maneira afetuosa para Didi e começou a desabotoar a camisa.

– Verdade – disse Didi. – Vou encher a banheira para você.

Ela foi ao banheiro e abriu as torneiras. Verificou que a temperatura da água estava perfeita, acendeu algumas velas e estava prestes a colocar o produto para banho de espuma na água, quando pensou que talvez Samuel pudesse ficar tão excitado quanto ela com produtos com perfume de rosas. A água borbulhava e a mente de Didi estava calma. Uma noite normal, uma garota normal e um garoto normal. Acrescente algum filme idiota de zumbis e a noite ficaria perfeita.

50

Heikki Hannula entrou em uma rua estreita e tentou pensar em algo completamente diferente dos dois sátiros sentados no banco traseiro de seu carro. Kate lhe deu um endereço para o qual ele deveria ir. Ela mesma planejou uma emboscada e, aparentemente, conseguiu Harju como cúmplice. Hannula viu a expressão no rosto de seu colega, quando descobriu sobre o assassinato de Laasonen. A gama de emoções foi de descrença a êxtase. Hannula não conseguiu decidir se o método usado para matar fora cruel ou piedoso, considerando-se tudo o que Kate era, sem dúvida, capaz de fazer.

Hannula parou no quarteirão seguinte e não desligou o motor. Ele queria deixar o local o mais rápido possível. Olhou para Eric Mann pelo retrovisor.

– Chegamos – disse Hannula, uma vez que o sátiro não se movera para sair do carro.

– É aqui que Desirée Tasson mora? – perguntou o sátiro.

– Sim.

Eric Mann olhou para a noite chuvosa e, mais uma vez, para Hannula, que começou a ficar nervoso com a situação.

– Com o passar dos milênios, aprende-se a ler as pessoas, especialmente quando mentem – disse Mann. – Isto é uma armadilha. Desirée não está aqui.

Os olhos fixados em Hannula eram hipnóticos.

– Isso mesmo – disse Hannula. – Mas eu sei onde ela está.

– Seria trabalhoso demais nos levar até ela?

Tudo o que Hannula conseguiu fazer foi balançar a cabeça. O carro começou a andar. Ele não conseguiu informar Kate nem Harju que o plano falhara. Que falhara de forma terrível. Talvez eles logo percebessem. Para sua segurança, ele tinha de se manter calmo e fazer tudo o que o sátiro dizia. Então, o assunto seria resolvido.

A viagem foi curta. Dessa vez, Hannula desligou o motor. Ele deu um pedaço de papel aos sátiros, com uma senha para a porta.

– Último andar – disse Hannula. – Paguei agora minhas dívidas com os sátiros?

– Sim, pagou. – Eric olhou para o papel e o colocou no bolso de sua jaqueta escura. Arrumou um pouco seus cabelos, se preparando para o encontro.

Foi aí que Heikki Hannula sentiu uma mão quente em seu peito. Uma sensação ardente, aterrorizante e paralisante se espalhou. De repente, ele se lembrou do nascimento de sua filha, do rosto de sua esposa. E seu coração parou.

***

Didi e Samuel estavam na sala. A banheira estava pronta, aguardava Samuel, mas eles acabaram discutindo sobre qual filme assistir. Didi não se lembrava de outra noite ou de outro momento tão normal e queria prolongá-lo. Tomava cuidado para nem tocar em Samuel, enquanto empilhavam cerca de uma dezena de seus filmes favoritos sobre a mesa. E, então, a campainha soou.

– O convidado não deveria ter o direito de escolher? – perguntou Samuel, dirigindo-se à porta.

Didi o seguiu. Ela não queria se separar dele nem por um segundo. O banho em si seria um problema.

– Não compramos nada e também não há ninguém religioso aqui – disse Samuel ao homem de terno escuro, que ele pensou ser testemunha de Jeová.

– Samuel, feche a porta! – gritou Didi, tomada por um terror imediato. O medo abateu-a com tanta força, que precisou se esforçar sobremaneira para permanecer em pé. Ela correu até Samuel, que, a esse ponto, percebeu que algo estava muito errado.

Didi e Samuel começaram a empurrar a porta o máximo que conseguiam. Entretanto, eles foram lentos e fracos demais. Eric empurrou a porta com facilidade e abriu caminho. Samuel teve tempo apenas de pensar que o homem era um criminoso, mas Didi sabia que ambos corriam risco de vida.

– Ele vai nos matar! – Didi agarrou a mão de Samuel e correu para o banheiro. Samuel tropeçou atrás dela.

Eles conseguiram alcançar o banheiro a tempo e Didi trancou a porta, apoiando-se nela com toda a força.

– Quem é aquilo? – perguntou Samuel, também se encostando contra a porta, mas Didi só pensava em como manter o invasor do outro lado e não pôde responder.

Naquele momento, a porta foi reduzida em pedaços. Eles se afastaram e Eric entrou.

– Não vamos tornar aquilo difícil, certo? – disse Eric com calma para Didi. – Venha comigo e será só isso.

"Talvez ele não me mate, mas matará Samuel", pensou Didi, tentando se colocar entre os dois homens; mas, Samuel já ia na direção de Eric.

– Você não a levará para lugar algum! – gritou Samuel e acertou Eric direto no estômago, o mais forte que pode. Porém, isso não teve nenhum efeito.

Os olhos de Didi se arregalaram de terror ao ver os de Eric, vermelhos e brilhantes. Ele chacoalhou sua cabeça e duas pequenas protuberâncias cresceram em sua testa e se transformaram em chifres de bode. Samuel se afastou e Eric foi em sua direção, empurrando-o para dentro da água para afogá-lo.

Didi viu que Samuel tentava retornar à superfície, mas Eric estava poderosamente forte e enfurecido. Ele poderia ter matado Samuel com facilidade, mas, ao contrário, continuou socando-o com seus punhos.

Didi levantou-se. Ver a morte de Elina pelas mãos de um sátiro fora a coisa mais horrível que já presenciara. Por isso, cambaleando, com os pés molhados, correu para seu quarto, tirou a toalha que ela havia guardado na caixa e voltou ao banheiro, rezando para que Samuel continuasse vivo. Ela continuou desenrolando a toalha para pegar a adaga, vendo como Eric segurava Samuel, que parecia uma boneca de pano debaixo d'água. Agora era ela que estava cheia de ódio. Ela pensou em sua mãe morta, e em Samuel, quase sem vida. Ela não pretendia perder outra pessoa amada. Levantou a faca com as mãos sobre sua cabeça e acertou com toda a força as costas de Eric Mann.

Eric soltou Samuel na hora, porém não havia mais bolhas de ar subindo de debaixo d'água. Eric gemeu e tentou alcançar suas costas para remover a adaga. Didi não se importava com mais nada, exceto Samuel. Ela percebeu que Kate e Nádia chegaram. Elas gritaram algo e puxaram o sátiro, e ela agarrou Samuel e, de alguma forma, o colocou em seu colo. Samuel não estava respirando.

– Perdoe-me – sussurrou Didi. – Eu devia ter lhe falado. Eu sou uma ninfa...

Uma vaga ideia veio à mente de Didi. Ela se virou e viu Nádia.

– Ajude-me! Você pode curá-lo!

A água pingava pelo corpo de Didi quando puxou Nádia, levando-a até a banheira. "Eric", que estava no meio de uma poça de sangue, "pode muito bem morrer", pensou. Ela esperou para ver ao menos um pequeno sinal de vida em Samuel, e notou que Nádia esperava a permissão de Kate. Kate fez um gesto afirmativo e começou a mexer no celular.

– Você sabe o que tenho de fazer – disse Nádia para Didi. – Tem certeza?

– Samuel não pode morrer. – A voz de Didi estava trêmula e ela engolia lágrimas, mas sabia muito bem o que queria.

Com alguns movimentos, Nádia ficou totalmente nua e entrou na água. Ela levantou o rosto de Samuel com as duas mãos, apertou sua testa contra a testa do garoto e ficou deitada em cima dele. Ela ordenou para seu corpo transferir calor para Samuel, para seu coração chamar o coração de Samuel de volta, e deu aos seus feromônios o poder de despertar a vontade de viver de Samuel. Seus lábios alcançaram os lábios de Samuel, mas nem uma única respiração passava por eles.

Didi observava Nádia sem piscar, quando Kate chegou atrás dela e a puxou. Ela não entendeu por que Nádia se levantou da água e balançou a cabeça.

Didi se soltou de Kate. Entrou na banheira, se sentou em cima de Samuel e beijou seus lábios frios e azulados.

– Você não pode me deixar – ordenou Didi. Ela sussurrou para Samuel todas as palavras não faladas.

– Didi, é tarde demais – disse Kate com alguma dificuldade.

– Deixe-me em paz! – gritou Didi. Ela não soltou o rosto de Samuel. Ele parecia tão tranquilo e calmo, que a deixava quase enfurecida. Didi beijou Samuel apaixonadamente e quis mordê-lo para tentar provocar alguma reação. Ela sentiu a própria respiração entrando nele.

Subitamente, o rapaz começou a se debater como alguém que se afoga. Ele respirou fundo e seus olhos se abriram, arregalando-se de terror ao ver Didi em cima dele. Ele a empurrou e, com esforço, se arrastou para fora da banheira.

– Isso não pode ser verdade – praguejou Samuel. Ele estava de quatro, pingando água. Ele se apoiou na banheira e conseguiu se levantar, ainda débil. Em seguida, passou pelas ninfas e olhou para o sátiro inconsciente. – Isso não pode ser verdade.

– Samuel! – Didi correu até o garoto, mas ele a empurrou e tentou chegar à porta. Kate surgiu para detê-lo e facilmente rendeu o garoto, ainda bastante fraco. Didi os seguiu, enquanto Kate o levava para o sofá da sala. Samuel estava em um estado de total terror. Didi pensou que ele a olharia feliz e aliviado e não como alguma aberração.

Nádia conseguiu colocar um vestido e se sentou ao lado de Samuel. Com cuidado, tocou em seu ombro, fazendo-o se acalmar um pouco.

– O que aconteceu comigo? – perguntou Samuel.

– Você caiu na banheira e nós o ajudamos – disse Nádia. – Você deve descansar...

– Eu não conseguia respirar. Não sei se é possível saber quando se está morto, mas eu estava morto!

– Você não está mais – disse Kate.

– Tenho de sair daqui! – disse Samuel, sem conseguir olhar para Didi. Algo dentro dele se assustou imensamente. – O que são vocês?

– Ninfas – respondeu Kate, de forma casual. – E você não vai a lugar algum.

– Samuel nunca revelaria nada sobre nós – disse Didi. – Não é verdade?

– É... Eu nem entendo disso...

– Didi acabou de salvar sua vida – disse Nádia, deixando sua mão descansar sobre a mão de Samuel.

– Como podemos ter certeza de que você não contará sobre nós? – perguntou Kate.

Samuel se virou para Didi e dirigiu suas palavras a ela.

– Nunca menti para você sobre nada. Juro que não falarei sobre isso com ninguém. Agora quero ir embora.

Didi não podia acreditar no que ouvia. Ela acabara de trazer Samuel dos mortos, um fluxo de energia quase tangível se formou entre eles. Depois de dizer em voz alta todos aqueles sentimentos que mantinha guardados dentro dela, Samuel a abandonaria? Toda energia evaporou e ela despencou na poltrona. Nunca havia sentido tamanha exaustão. Ela queria levantar, abraçar Samuel, mas seus braços e pernas não obedeciam. Didi ouviu, de algum lugar distante, Nádia repetindo seu nome, mas suas pálpebras se fecharam.

Quando Didi abriu os olhos, Nádia, Frida e um homem muito musculoso estavam sentados diante dela no sofá e Kate explicava a situação.

– Temos de agir rápido. Com certeza, os vizinhos ouviram algo e estão se perguntando o que acontece aqui. Devemos levar Eric para um lugar do qual ele não consiga escapar.

– A garota acordou – disse o homem loiro, e virou seus olhos, azuis como um riacho da montanha, para Didi.

Didi sentiu sua respiração paralisar.

– É um sátiro! – gritou para todos.

– É verdade e eu também não estou muito feliz com isso – disse Kate. – Porém, Nádia está convencida de que Jesper nos ajudará.

– É esta a ruiva? – Jesper riu e olhou para Nádia. – Vocês estão preparadas a arriscar tudo por uma criancinha?

– Levem Eric – disse Kate para Frida e Jesper. – Nós ficaremos aqui para limpar a bagunça.

Kate olhou para o apartamento, que parecia uma paisagem após um furacão. Ela tinha muito a fazer, embora limpar a casa nunca fosse seu ponto forte. Pensou por um momento, e, em seguida, pegou sua jaqueta preta de couro e marchou em direção a Eric Mann, que ainda estava deitado inconsciente e amarrado no chão.

– É melhor eu ajudar Frida e Jesper – disse Kate. – Chamem um carpinteiro e um chaveiro!

51

No porão escuro, havia um cheiro úmido e carregado. Eric Mann ouviu algo metálico bater na parede, fazendo-o virar a cabeça e abrir lentamente as pálpebras. Jesper estava em pé diante dele e bateu na parede com o cano de novo.

– Jesper – disse Eric, como se o cumprimentasse com total normalidade.

Eric se levantou devagar e examinou o ambiente. Era como se não notasse que estava com algemas presas ao chão, parecendo que acabara de chegar a um jantar cujos convidados não apreciava.

– Jesper, abra isso – ordenou Eric.

– Kate tem a chave – disse Jesper, e então Kate surgiu da escuridão com Frida ao seu lado.

– Desde quando sátiros recebem ordens de ninfas?

Frida se aproximou de Eric e Jesper notou sua fúria flamejante, contida com dificuldade.

– Há água – disse Frida, chutando um balde e depois outro. – E ali é o banheiro. Eu o aconselho a usá-lo com cuidado. Pode-se dizer que você tem experiência com uma situação parecida.

– Ah, verdade – disse Eric com frieza. – Você fez as pazes com sua velha inimiga? Pois foi por causa de Kate que você sofreu.

– Cheguei à conclusão de que só sofri por causa dos sátiros – respondeu Frida.

Jesper esperava que Frida perdesse o controle e atacasse Eric. Ao contrário, a ninfa dirigiu-se à Kate.

– Vou desaparecer de cena – disse Frida. – É bom que a vingança tenha me mantido viva, mas tenho de encontrar minha paz. Você poderá me contatar se precisar de mim.

Frida se virou para olhar para Eric mais uma vez. Fez um gesto obsceno com mão, em sinal de zombaria, e desapareceu na escuridão. Logo, uma porta pesada bateu.

– Você sabe o que acontecerá com você quando eu conseguir me libertar – disse Eric para Jesper. – Eu me livrei daquele garoto inútil. A premonição foi dada e você não pode mudar o futuro. Vou conseguir Didi.

– É permitido sonhar – Kate se aproximou do sátiro, em cujo bando ela vivera por anos. A situação era bastante excitante. Ela colocou pão e uma garrafa de vinho a uma distância adequada.

– É minha última ceia? – perguntou Eric. – Por que ainda não me matou?

– Didi quis mantê-lo vivo – respondeu Kate.

– Desirée quis? – Eric começou a sorrir. – Claro. É óbvio. Nem mesmo você pode fazer algo contra o que está escrito, Ecaterina.

– Ou talvez Didi queira matá-lo com as próprias mãos – disse Kate. – Vamos, Jesper.

– Jesper! – gritou Eric. – Você é meu seguidor!

Jesper parou e se virou lentamente.

– Só meu coração me dá ordens agora – disse Jesper.

52

"Então é assim que a gente se sente quando leva um fora", pensou Didi, sentindo-se vazia. Nos dias que se seguiram ao abandono de Samuel, a jovem ninfa teve altos e baixos, às vezes conseguia rir, às vezes chorava ou ficava inerte. Queria muito ligar para Laura, mas não saberia colocar em palavras tudo o que aconteceu: sátiros, ninfas, Samuel morto, sua declaração de amor para o defunto na banheira...

Didi andava sem parar pela casa, o que começou a perturbar Kate. Então, tentou se envolver com os livros de história da arte, mas só ficou mais irritada. Pelo menos, ela tinha os turnos no café, e, de forma alguma, deixaria Valtteri na mão mais uma vez.

"Talvez tenha sido melhor assim", pensou Didi. Com a aproximação da lua cheia, era conveniente que não visse Samuel de novo. Seria prudente ficar bem distante. Ela repetiu a mesma coisa para si, em uma manhã fria, enquanto esperava por Samuel na porta dos fundos do hospital da universidade. Ela tremia e se arrependia da decisão de sair com um vestido fino de verão, mas, como qualquer mulher que levou um fora, ela queria mostrar para Samuel o que ele perdeu.

– Que tal um café? – perguntou Didi, ao ver Samuel.

Era evidente que ele estava exausto, pois havia passado a noite em claro. Mas não tão cansado a ponto de ficar completamente surdo. Samuel passou por Didi como se ela fosse invisível. Ela correu atrás dele.

– Samuel, espere!

– Me deixe! – Samuel praticamente pulou para o lado.

– O que há de errado com você? – perguntou Didi. Ela não esperava tal reação.

– Não consigo dormir. Não entendo mais nada. Aquilo tentou me matar...

– Você está com medo? – Didi se lembrou das confusas emoções despertadas pelas informações sobre ser ninfa e como um mundo totalmente diferente despertou dentro dela. Ela tentou entendê-lo.

– É claro! – ele gritou tão alto, que dois ciclistas que passavam na hora quase caíram ao tentar olhar o que estava acontecendo.

– Mas eu sou a mesma garota que você conhece desde criança – disse Didi, sem tocá-lo.

– Não, você não é – Samuel balançou a cabeça. – Você matou seu ex-namorado. Devagar, começo a entender. Você também me matará, se isso continuar. Não volte mais aqui.

Samuel começou a ir embora a passos rápidos. Didi ficou paralisada.

– Aonde você está indo?

– Para algum lugar longe de você!

***

Didi, muito chateada, voltou para casa, sem pressa. Talvez ela houvesse se iludido ao achar que Samuel esqueceria os horrores assim que a visse e a abraçaria. Por outro lado, a vida juntos era impossível para eles. Didi jogou sua bolsa no chão.

– O que há agora? – perguntou Kate, que acabava de esconder a adaga Nomos em uma gaveta da cozinha, refletindo sobre o que faria com ela.

– Samuel me olhou e me tratou como se eu fosse alguma criatura de um filme de terror – disse Didi. O pior era que ela mesma se sentia anormal, uma monstruosidade. Ela matava, mesmo quando buscava amor.

– Você não vai começar a chorar, vai? – perguntou Kate. – Homens vêm e vão, digo isso com centenas de anos de experiência.

– Não alguém como Samuel.

– Comece a fazer coisas normais – aconselhou Kate. – É melhor esquecê-lo.

Kate falava com frieza e distanciamento, mas o episódio no banheiro não havia desaparecido por completo de sua mente. Quando Didi colocou Samuel em seu colo, ela se viu segurando Janos, pela última vez, na floresta. Em sua cabeça, Janos nunca ficou velho, e foi sempre o jovem defendendo-a na batalha contra os sátiros.

– Por quê? – perguntou Didi.

– Os humanos sempre tiveram e têm medo de nós. – Kate levou Didi para se sentar à mesa. – Entenda isso. Nós fomos caçadas e perseguidas.

Queimadas como bruxas, compradas e vendidas. Nós deveríamos olhar para os humanos tão aterrorizadas quanto eles nos olham.

– Samuel não nos machucará – disse Didi.

– Talvez. As pessoas costumam se machucar muito, então, não confie em Samuel cegamente.

Outra coisa ocupava a mente de Didi e, pela primeira vez, Kate parecia disposta a conversar com ela.

– Tenho medo dos sátiros – disse Didi.

– Isso é bom – disse Kate.

– Não somos espécies parecidas? – perguntou Didi. – Não somos uma unidade com os sátiros?

– Eu não sou uma unidade com nenhum sátiro.

– E Jesper? Devo ter medo dele? Ele nos ajudou e Nádia diz...

– Ela diz o que ela pensa. Kate se levantou da mesa, entediada. – Sou uma ninfa e quero ser livre dos sátiros.

A postura de Kate frustrou Didi. Ela nunca conseguiria respostas de Kate. Ela se levantou e foi arrastando a bolsa até seu quarto, sabendo o quanto tal atitude incomodava Kate. No corredor, Nádia saiu de um dos quartos e acenou silenciosamente para que entrasse.

– Você se lembra do que conversamos? – Nádia disse em voz baixa e fechou a porta. – Você ainda quer?

– Um medicamento? – perguntou Didi e enrubesceu. – Você conseguiu?

– Não posso prometer nada – disse Nádia. – Porém, as experiências são promissoras. Você analisou as possíveis consequências? Ou por que você quer isso, de verdade?

Didi não pensou em mais nada. Ela analisou cada pequeno detalhe de seu encontro com Samuel.

– Eu quero saber se amo Samuel, de fato – disparou Didi, sem cerimônias. – Poderiam ser os hormônios me enlouquecendo. É só por causa da...

– Da Lua?

– É algo químico que meu corpo produz e que me faz querer qualquer homem? – Se o medicamento bloquear meus impulsos e ainda assim sentir falta de Samuel... Seria amor, então?

Nádia falou com muita seriedade durante toda conversa, mas agora as ninfas começaram a rir.

– Imagine! – riu Nádia. – As mulheres querem ser supersensuais e os homens estão sempre dispostos. E nós estamos tentando criar uma substância que mata a libido.

– Tenho de nadar sempre contra a maré, minha mãe diria...

De repente, um pensamento sobre Elina surgiu e Didi não conseguiu terminar a frase. Ela sentiu o toque gentil de Nádia e seus olhos se encontraram.

– Minha mãe podia curar também.

– Sim, ela podia – disse Nádia. – Ela era talentosa e muito boa, e um membro leal da família Carvalho.

Aquietaram-se por um momento. Depois, Nádia abriu um pequeno pote na cômoda e colocou um comprimido de cor clara na palma da mão.

Didi olhou fixamente para o comprimido. Ele poderia ser a salvação ou talvez a tornaria um monstro de maneira irreversível. Se ajudasse, ela poderia voltar a ser a velha Didi e Samuel entenderia.

– Didi, eu não sei exatamente no que dará isso. Logo será lua cheia e, se quiser experimentar, terá de tomá-lo agora.

53

Harju sentou-se, pediu uma cerveja e olhou ao redor, mas nem sinal de Desirée Tasson. Sem problemas, ele tinha tempo para esperar. Ele saboreou sua cerveja, leu um jornal e observou os primeiros clientes do lugar, a maior parte, estudantes.

Harju havia visitado a família de Hannula, pela manhã, para dar os pêsames. A esposa de Heikki não falou muito, e a criança brincou normalmente, sem entender a situação. É assim que a vida continua, Harju pensou, embora sua vida estivesse suspensa por anos desde a morte de Hanna. A verdade é que a pior coisa que pode acontecer a um ser humano é a morte do próprio filho.

Harju pensava em sua filha o tempo todo, como no dia em que limpou seu escritório, na delegacia. Ele enfiou papéis e outros objetos impiedosamente em um saco de lixo, até que restou apenas o caçador de sonhos na parede.

O talismã não lhe ofereceu ajuda. À noite, Hanna surgia ao lado de sua cama e olhava para ele, sem dizer nada, e, toda manhã, Harju acordava com o mesmo sentimento amargo de que tudo o que era bom havia sido tirado de sua vida.

A lei também não o ajudou, embora acreditasse nela por toda a vida. Talvez tenha seguido mais a lei do que seu espírito. Ele perseguiu criminosos, e agora aceitava um assassinato. O que aconteceu talvez trouxesse para ele algum senso de justiça, mas o fato é que constatava que não poderia mais trabalhar como policial.

Harju retornou de seu devaneio quando reconheceu a voz de Didi. Ele a viu atrás do balcão, servindo xícaras quentes de café e conversando com clientes. Após um momento, conseguiu chamar sua atenção.

Didi se aproximou da mesa de Harju e ele percebeu o quanto era reservada. Ele sorriu para acalmá-la e fez um gesto para que se sentasse ao seu lado. Ele havia planejado o que diria, porém o olhar temeroso e tão límpido de Didi e sua pele branca fizeram com que se perdesse na fala. Diante dele, estava sentada uma assassina, que, de alguma forma, era inocente. Isso era difícil de compreender.

– Desirée Tasson – disse Harju, soando formal, pois era o único modo que conhecia. – Você foi meu último caso. Eu entreguei meus documentos de aposentadoria hoje e agora estou tirando férias.

– Seu último caso? – perguntou Didi, suspeitando de que ele quisesse sua confissão.

– Não entre em pânico – disse Harju. – Kate explicou em detalhes como vocês... O que vocês precisam fazer para sobreviver.

– Sinto muito.

– Não se preocupe. Eu acredito na lei, e ela não resolveu o caso mais difícil de minha vida.

Uma onda de compaixão por Harju brotou da garota. Ela esticou a mão, mas a recolheu ao ser tocada.

– Por que você está com tanta raiva? – perguntou Didi.

Harju precisou pensar. Ele estava, de fato, com raiva, mas como ela percebeu?

– Estou com raiva pelo que Heikki fez – respondeu Harju, depois de refletir por um instante. – E pelo que Heikki precisou passar, pelo que sua família teve de enfrentar. Porém, a verdade é que Heikki traiu sua família e mentiu para muitas pessoas.

– Quando forçadas, as pessoas fazem todo tipo de coisas, mesmo que não queiram fazer o mal – disse Didi.

– Verdade – admitiu Harju. – É por isso que vim lhe dizer que não revelarei seu segredo.

Didi parecia surpresa quando Harju se levantou e caminhou até a porta. Ele levantou a gola de sua jaqueta e saiu. E riu alto ao notar uma multa de estacionamento em seu para-brisa.

54

Didi sentiu-se aliviada quando Harju partiu, mas o dia no trabalho começou a incomodá-la. Ela via as pessoas com mais clareza, as ouvia melhor e, principalmente, as sentia com vívido discernimento. Com isso, evitava tocá-las e inalar seus odores. Foi um alívio enorme concluir seu turno no café. Sentia-se perturbada e se apressou para chegar logo em casa. Pressentia algo sobre a lua cheia. De qualquer forma, tinha pressa, pois Nádia havia tirado amostras de sangue suas e ela queria saber os resultados. Não aguentava imaginar a alternativa da ineficácia do medicamento.

Didi entrou direto na cozinha, deduzindo que Nádia estaria lá, trabalhando com suas ervas. E, com sorte, haveria alguma comida. No trabalho, a sobrecarga de seus sentidos foi tamanha que ela não notou seu estômago roncando. Entretanto, Jesper estava na cozinha e Didi estremeceu. Ela não tinha experiências positivas com sátiros e agora eles pareciam estar sozinhos no apartamento.

– Lebre com todos os acompanhamentos – disse Jesper, enquanto colocava vinho tinto em uma caçarola. – Estou acostumado com uma dieta natural e a comida urbana não me satisfaz.

– Ah, uma lebre? – Didi se afastou, hesitante. Ela não queria demonstrar medo.

– Sim. – Jesper se curvou para cheirar a comida. – Eu mesmo a cacei e a deixei pendurada por alguns dias. Agora precisa cozinhar lentamente.

De repente, ele se levantou e, com apenas alguns passos, aproximou-se de Didi. Ela percebeu que era uma presa e sabia que tentar fugir ou lutar só pioraria as coisas. Ainda assim, não ousava olhar Jesper nos olhos. Ele segurou firmemente seus cabelos e elevou-os até suas narinas, enquanto respirava fundo. Didi estranhou achar que estar perto de um sátiro não era nem um pouco nojento.

– Inacreditável – disse Jesper. – Ainda é dia e você cheira como se a lua cheia estivesse brilhando em um céu límpido. Você vai enlouquecer muitos sátiros.

Então retornou para colocar a caçarola no forno e Didi o observou trabalhando com habilidade. Kate fez com que ela acreditasse que todos os sátiros deviam ser servidos e mimados, mas Jesper não parecia esperar algo assim. Kate disse que os sátiros eram chatos e desinteressantes, mas ele parecia relaxado e engraçado. O que mais Kate não lhe contou?

– Como era Eric?

– Alguns achavam que Eric seria o próximo líder, o Senhor – disse Jesper, dando de ombros. – Eu nunca pertenci ao bando dele, mas todos desejavam participar.

– Por que Eric me quer? – Didi fez a pergunta mais crucial.

– Eric tem suas teorias – disse Jesper. – O cavalheiro é um verdadeiro professor, afinal. Algo relacionado com os movimentos da Lua e aquele nó em sua barriga... Você o mostraria para mim?

O pedido foi tão direto que Didi obedeceu e levantou o vestido até a tatuagem ficar visível. Jesper olhou para ela intensamente até Didi deixar cair o leve vestido de algodão.

– O que há de importante em meu nó? – perguntou Didi.

– Não sei. Só sei que ele tem algo de especial, e Eric sacrificaria tudo por você.

Didi percebeu que Jesper não estava disposto a falar mais e, como levaria um certo tempo para a comida ficar pronta, ela pegou algumas bolachas salgadas, maçãs e queijo *roquefort* – que Kate, sem dúvida, reservou para si, para quando viesse para casa com alguns jovens muito sortudos.

Didi comeu, adormeceu e acordou só à noite. Ela queria ter conversado com Nádia e sentia falta de companhia. A lua cheia subia e ela não sabia se poderia confiar nela mesma. E se ela ficasse, de repente, muito excitada e começasse a andar pelas ruas e, pela manhã, encontrassem outro garoto morto em algum lugar? Didi tremeu de horror. Lembrou-se de Harju, que sabia que ela havia matado pessoas, mas que a deixou ir. Isso não podia estar certo.

Didi foi até o guarda-roupa pegar uma camisola, e seus olhos viram uma camiseta, no canto. Era de Samuel. Ainda tinha o cheiro dele e ela sentiu sua falta na hora, tanto como amigo quanto como... Didi tentou bloquear a ideia de sua mente. Em primeiro lugar, Samuel deixou claro que a considerava algum tipo de monstro e, em segundo, ela poderia matá-lo.

Ela olhou para a janela e viu a Lua a espreitando por detrás das nuvens. E não sentia mais medo, a encarava desafiadoramente. Dessa vez, ela venceria e, então, saberia quais eram seus verdadeiros sentimentos por Samuel.

Era lua cheia. Ela voltou a dormir e, pela manhã, acordaria na própria cama.

Entretanto, algo a fez ir até a janela. Colocou a mão no vidro, como se quisesse sentir a energia que emanava da luz, mas sentiu apenas o vidro frio. De repente, viu que uma mariposa de asas prateadas voava em sua direção. Em seguida, outra mariposa veio, e outra... Logo, parecia haver milhares delas, o que fez Didi se assustar e tirar a mão da janela. Elas voaram como se estivessem confusas e, então, desapareceram.

Didi foi para a cama. Pela manhã, perguntaria à Nádia sobre os resultados dos exames.

55

– Pelo menos ontem seu sangue não tinha anomalias – disse Nádia.

– O que quer dizer? – perguntou Didi, não entendendo se esse resultado era bom ou ruim. – Talvez eu tenha me sentido um pouco estranha... Mas, pela manhã, estava tudo bem.

Nádia pegou uma xícara de chá e se sentou de frente para a garota. Didi a observou com atenção. Havia certo esplendor em Nádia.

– Você esteve com Jesper na lua cheia? – perguntou Didi, embora soubesse a resposta. – Como é com um sátiro?

– Natural – disse Nádia. – Real. Não sinto nada assim com um humano.

– Mas você nunca se apaixonou por um humano, não é?

Nádia ficou quieta e refletiu. Ela possuía muitos tipos de sentimentos pelos humanos. Ela sentia a necessidade de cuidar e curar, e tinha colegas de trabalho dos quais gostava. Em contrapartida, havia ninfas que ela não tolerava, e sátiros que praticamente odiava. E havia um sátiro que ela amava.

– Não, nunca – respondeu Nádia, afastando-se de Didi quando Kate surgiu.

Kate foi direto à geladeira e a abriu, bocejando.

– Que noite!

– Sim, foi uma noite e tanto – disse Nádia, sorrindo.

– Muito bem – Kate se virou para Didi. – E a pequena ninfa? Conseguiu fazer tudo direitinho ou devemos temer que um ou mais corpos surgirão em algum lugar? E quem comeu meu queijo? Eu o guardei justamente para esta manhã!

Didi começou a incomodar-se com a atitude arrogante de Kate e não se preocupou em ser cuidadosa.

– Não estive com um homem – declarou. – Nádia me deu um medicamento que me ajudou.

– Droga! Nádia, o que você tem na cabeça? – perguntou Kate, alternando o olhar para as duas ninfas. – Didi poderia ter morrido! – Por que você tem de correr tais riscos?

– Eu não quero matar – disse Didi.

Kate olhava mais para Nádia do que para Didi.

– Você sabe que nossa missão é proteger Didi.

– Isso não é o suficiente – disse Didi. – Preciso de autocontrole também. Vocês são capazes de controlar seus poderes, mas eu não sou.

– Ainda assim, Kate tem razão – Nádia se colocou entre elas. – Você disse que sentiu umas coisas...

– Era algo vago, não consigo descrever melhor – disse Didi. – Era como se todos os sentidos estivessem sobrecarregados. E, à noite, mariposas voaram em minha direção.

– Nunca ouvi falar de tal coisa. Pode ser por outra coisa e não pelo medicamento – disse Nádia. – Você ainda está se desenvolvendo como ninfa.

– Não importa – disse Kate, quase explodindo. – Essas experiências terminam aqui e agora. Não podemos ajudá-la se não seguir as regras.

– Que se danem as regras! – disse Didi. – E eu não pedi sua ajuda. Você quer me prender de um modo ou de outro. Você é igualzinha aos sátiros.

Didi saiu correndo da cozinha e deixou Kate culpando Nádia com o olhar.

***

Didi caiu na cama e se enrolou no cobertor. Ela comparou Kate aos sátiros! A verdade, porém, era que atiçaram sua curiosidade. Estar perto de Jesper fora quase elétrico. Com Eric, Didi sentiu algo diferente. Quando o viu pela primeira vez, no fundo, achou-o incrivelmente bonito, para quem gosta de homens mais velhos e maduros. Ela tocou a mão de Eric e sentiu algo estranho. Na segunda vez, ela cravou uma adaga nas costas do sátiro. Porém, era de alguma forma excitante Eric a querer tanto... Além disso, ela havia colocado todos em perigo, porque Eric a perseguia. Não seria mais fácil pôr um ponto final em tudo isso, perguntar o que Eric queria e dar isso a ele? E como seria transar com um sátiro? Nádia reluzia após ter passado a noite com Jesper.

Didi boicotou os pensamentos. Ela sentia falta de companhia, de amigas para conversar assuntos corriqueiros e fazer coisas triviais como passar horas apenas comparando tons de gloss. Ela contatou Laura e logo a amiga estava diante dela na tela do notebook.

– Como está indo com Samuel? – foi a primeira pergunta de Laura.

– Precisava me lembrar dele? – bufou Didi. – Contei meus sentimentos e Samuel foi embora.

– Você devia aparecer com mais frequência. Não sei de mais nada sobre a sua vida! – reclamou Laura.

– Bem, por aqui a vida não é das melhores – disse Didi. Mas, em seguida, apresentou uma imagem embelezada de seu dia, do trabalho, de suas compras caras. Afinal, era disso que Laura queria falar.

Mas Eric ainda estava em sua cabeça. Ela decidiu testar a opinião de Laura.

– Aqui há muitos homens bonitos, de todas as idades, de todos os tamanhos e estilos... Você já pensou como seria com um homem um pouco mais velho?

– Você tem alguém novo? – Laura estava ávida por notícias empolgantes e se inclinou para mais perto da tela.

– Claro que não. Só uma ideia...

Didi queria muito dividir tudo com alguém. Entretanto, parecia um erro entrar em contato com Laura, pois ela tinha de esconder coisas ou, de fato, mentir sobre elas.

– Você poderia escolher alguém mais velho – disse Laura. – Mas ele teria de compensar a idade de muitas maneiras. Acima de tudo, ele teria de ser incrivelmente bonito, não poderia ter barriga de cerveja nem manchas nojentas de pele e, além disso, ser podre de rico.

"Certo", Didi pensou. "Ambas as condições estão preenchidas, mas não ajudam". Ela notou que Laura estremeceu.

– O que foi? – perguntou Didi. – Lasse chegou?

– Vamos manter contato – disse Laura. – Tenho muito para lhe contar!

Didi foi deixada sozinha. Ela deveria estar feliz com o fato de a lua cheia não a dominar, mas, ao contrário, ela se sentia vazia.

***

Apesar de tudo, Didi se sentiu melhor no trabalho. O café estava bastante movimentado. Uma tempestade trouxe as pessoas para dentro e o primeiro jovem na fila pediu um café e um *croissant*.

– Quatro euros. – Didi deu ao cliente o que ele pediu e, ao pegar o dinheiro, suas mãos se tocaram. Ela soube de imediato o que o jovem pensava e não conseguiu segurar suas palavras. – Não acho um absurdo alguém querer trepar comigo sem me conhecer.

O jovem a olhou um pouco chocado e desapareceu com seu café. Didi sentiu que algum estranho havia falado pela sua boca, e tentou se concentrar em servir o próximo cliente.

– O preço inclui um refil? – perguntou uma garota que estava acompanhada pelo namorado e por uma amiga.

Didi colocou mais café na xícara que a garota segurava, e então sentiu uma onda de odores. Virou-se para olhar para a outra garota.

– Sua amiga está com o cheiro do seu namorado – disse Didi. – Ela transou hoje, já você, não.

A garota franziu a testa como se alguém falasse uma língua desconhecida.

– Eles estão transando – Didi explicou, com paciência. – Você devia refletir sobre o futuro.

A garota se virou para o namorado e começou a gritar, com o rosto enrubescido. A outra garota saiu correndo.

A cabeça de Didi começou a latejar. Sentia-se tão tonta que precisou apoiar-se no balcão. É claro que ela já havia captado os sentimentos das pessoas, mas, agora, eles transbordavam, sobrecarregavam sua mente. Didi teria desfalecido se alguém não a segurasse e a levasse para a sala dos fundos.

– Outra garçonete está vindo! – gritou Kate para as pessoas confusas e empurrou a porta, fechando-a.

– O que você está fazendo aqui? – Didi caiu sentada em um banco apoiando a cabeça nas mãos. Aos poucos, ela se sentiu melhor.

– Vim ver como você estava – disse Kate. – E foi bom eu ter vindo.

– Nádia pode estar certa?

– Sobre o medicamento? – perguntou Kate.

– Sobre meu desenvolvimento – disse Didi. – Eu sinto tudo com tanta força, com tanta intensidade! Não consigo controlar. Chego a falar todo tipo de coisas.

– Acredite em mim. – Kate segurou Didi pelos ombros e a chacoalhou. – O medicamento trará mais problemas do que benefícios. Você não deve esperar os resultados, mas encontrar um homem!

– Bem, aí está o problema – disse Didi. – Eu mato todos os homens. Ninfas foram destinadas a acompanhar sátiros. É assim que deve ser.

– Nunca diga isso! – gritou Kate furiosamente.

– Somos praticamente da mesma espécie!

– Você não sabe nada sobre isso.

– Como eu poderia saber? – disse Didi, olhando para Kate de uma maneira desafiadora. – Nem tive a chance de experimentar.

– Tudo é culpa de Nádia – disse Kate. – Ela sempre cria os melhores remédios para as coisas que não precisam de cura. Quando ela começou a se enroscar com Jesper de novo, imaginei que isso colocaria minhocas em sua cabeça.

– Nádia ama Jesper, certo? E Jesper é um sátiro, certo?

– Um dia, Nádia recobrará seus sentidos – disse Kate, como se decidisse o assunto.

– E aquele sátiro que me quer? – perguntou Didi, concentrando todos seus sentidos ao máximo. – Eric Mann. Vocês o mataram?

– Você não tem de pensar nisso. Vamos para casa.

– Preciso esperar Valtteri – disse Didi. – Irei depois de você. – Isso, obviamente, era uma grande mentira. Didi procurou pelo número de Samuel em seu celular.

56

– O que você quer? – Era óbvio que Samuel não queria olhar para Didi, e, por isso, concentrava-se em limpar a mesa de exames do departamento de patologia.

– Só queria saber como você está – disse Didi e, ao menos em parte, era verdade. Ela esperava que algumas vibrações fluíssem de Samuel para ela, assim como havia acontecido com aqueles clientes no café e que, assim, saberia o que ele realmente pensava, mas agora seus sentidos pareciam bloqueados. – Onde você está morando?

– Aqui.

– Aqui? – Didi olhou ao redor, no necrotério. – Você não pode viver neste lugar!

– Pelo menos posso dormir. É muito silencioso – disse Samuel, jogando fora o pano de limpeza.

Seus olhos se encontraram e Didi sentiu um impacto familiar em seu coração. Ela deu alguns passos esperançosos para a frente, mas Samuel se afastou.

– Você está mentindo – disse Didi, com determinação. – Você me ama.

– Isso não importa. Simplesmente não devemos ficar juntos. Nós não pertencemos um ao outro.

O que Didi sentia em seu coração era esperança e carinho, mas agora esses sentimentos começavam a se transformar em raiva. Como Samuel ousava rejeitá-la? Ela era uma ninfa sedutora! Entretanto, resolveu se acalmar. Era especificamente com Samuel que ela queria ser uma garota normal. Além disso, ela precisava se concentrar. Ela queria encontrar Samuel, mas desejava outra coisa também.

– De fato, preciso de um pequeno favor – disse Didi.

– É claro que você tinha um motivo subliminar – disse Samuel, com amargura. – Você não viria até aqui só para falar sobre sentimentos e dizer que se preocupa comigo.

Didi manteve em segredo que, enquanto estava com Kate, havia tido uma visão de uma casa escura e, depois, de um porão. Ela tinha de ir a Tammisaari.

– Você tem um carro, certo? – disse Didi. – Eu queria visitar aquela mansão novamente.

– Por quê? Não encontramos nada da última vez.

– Não, não encontramos, mas tenho a impressão de que devo ir lá de novo. – Didi não foi direto ao assunto, e sentiu que Samuel a analisava.

– Aquela criatura está lá – disse Samuel. – Eu não quero reencontrá-lo. E não entendo porque você quer.

– Pela mesma razão de sempre – disse Didi. – Quero descobrir mais sobre mim. E se o sátiro é apenas uma criatura para você, então eu também sou.

– De jeito nenhum. Você pode ir embora agora? Não são permitidas pessoas estranhas aqui.

Didi teve de se virar para que Samuel não visse seu rosto contorcido de raiva. Ela não entendia o que estava acontecendo, apenas sentia surgirem lampejos assustadores, os quais não podia controlar. Energia elétrica parecia correr por suas veias, alvoroçando seus sentidos e provocando seus impulsos.

Levou um tempo para conseguir se acalmar. Em seguida, percebeu que saiu do trabalho tão entusiasmada com seu plano de encontrar Samuel, que esqueceu a bolsa no café. Precisava retornar.

Didi entrou no vestiário pela porta dos fundos e notou que ainda estava com o uniforme do café. Ela abriu o armário e a primeira coisa que viu foi sua imagem em um pequeno espelho. Ela parecia diferente. Seus traços suaves estavam tensos e seus olhos pareciam inflados e vermelhos. Didi começou a tirar sua camiseta e viu seu braço. Um hematoma. Ela começou a examinar todo o corpo, da cabeça aos pés. Havia hematomas em sua barriga e também em suas coxas. O que era aquilo?

Didi não pôde mais refletir sobre o assunto, pois a garçonete da noite chegou para pegar seus cigarros.

– Ah, você ainda está aqui, Didi. Alguém perguntou por você no café.

Didi não tinha ideia de quem poderia ser. Ela trocou de roupa e espiou o café, pela porta. Era Laura. Didi explodiu de alegria e suspirou de alívio. Ver sua melhor amiga a levou de volta ao tempo em que tudo era apenas normal. Ela praticamente voou até Laura. As garotas riram e se abraçaram.

– Laura, que maravilha! – disse Didi. – O que você está fazendo aqui?

Só então notou que Lasse também estava lá. A alegria momentânea se transformou em irritação. Ela sentiu tanta falta de uma amiga, e não de ninfas de milhares de anos, com seus problemas eternos.

– Oi, Lasse – ela conseguiu dizer.

Laura segurou a mão de Didi, muito feliz.

– Olhe!

Didi viu um anel de ouro com um diamante muito pequeno no dedo de Laura. Lasse sempre fora pão-duro... Didi tentou parar seus pensamentos negativos. Ela tinha de ficar feliz pela sua melhor amiga.

– Eu não podia contar isso por telefone – disse Laura. – Lasse me fez uma surpresa, e tenho andado nas nuvens desde então.

Didi olhou para Lasse, que esboçou um sorriso. Ela sabia que Laura falava sem parar quando estava nervosa ou assustada. E por isso olhava-a com atenção e notou que seu cabelo estava penteado de lado, escondendo um curativo.

– O que aconteceu? – perguntou Didi.

– Está tudo bem agora – Laura se apressou em dizer. – Fizemos as pazes. Estamos tão felizes, não estamos, Lasse? Às vezes, quando você ama muito, todo tipo de sentimento surge e você não consegue fazer nada. E Lasse não faz mais isso.

Didi imaginou como jogaria a mesa do café para o alto e atiraria Lasse contra a parede. Mesmo assim, conseguiu sorrir cordialmente para os noivos. Depois, ocultando seu ódio, segurou Lasse pela mão e o puxou.

– Você não se importa se eu pegar Lasse emprestado por um momento, se importa?

Laura não teve tempo de responder, pois Didi já o havia puxado para a sala dos fundos. Ela se apoiou na mesa, aparentemente relaxada, pegou um cookie de chocolate e deu uma mordida.

– Parabéns – disse Didi.

– Eu vim aqui só porque Laura insistiu – respondeu Lasse.

– Você não ama Laura – disse Didi, e o cookie se despedaçou em seus dedos. – Você é doente.

– É melhor você não se encontrar mais com Laura – disse Lasse. – Você é um mau exemplo.

As mãos de Didi tremiam e seu coração batia rápido. Que idiota! Ela nunca conseguiu enxergar o que Laura viu em Lasse. Laura podia ter um namorado muito melhor e, entretanto, ficou presa àquele porco insano.

– Eu nunca contei para Laura como você deu em cima de mim – disse Didi. – Agora posso contar.

Lasse deu um passo, aproximando-se de Didi, e sorriu rudemente.

– Oh, parece que a ruiva está molhadinha – disse Lasse. – Laura acreditaria em mim se eu dissesse que foi você que deu em cima de mim.

Até então, Didi manteve os olhos no chão para se controlar, mas agora olhou para Lasse e sentiu a criatura presa dentro dela refletida em seus olhos. Foi bom deixá-la tomar o controle. Ela chutou Lasse entre as pernas e deixou que caísse no chão, gemendo de dor. Em seguida, subiu em cima dele e segurou com força seu cabelo e socou sua cabeça no chão. Suas mãos encontraram o pescoço de Lasse e ela começou a estrangulá-lo. Ele ficou vermelho e se debatia.

– Se eu sentir que você fez algo contra Laura, eu o encontrarei – disparou Didi. Dentro dela rugia uma besta, cuja fome fora despertada. – E eu não serei legal.

Ela bateu a cabeça de Lasse mais uma vez no chão, para que ele desmaiasse. Por um instante, ela se sentou em cima do garoto e se sentiu mais calma.

Subitamente, uma ideia veio à mente de Didi. Primeiro, ela examinou os bolsos da jaqueta de Lasse, e depois os bolsos de suas calças, até encontrar as chaves do carro. Em seguida, correu para a rua pela porta dos fundos, apertou os botões da chave e logo adiante viu um carro com as luzes piscando. "Vejam só, Lasse pegou o Mercedes chique de seu pai metido", pensou Didi, lembrando-se do olhar de tesão do homem quando Didi visitou sua casa com Laura. Seria um prazer jogá-lo de alguma ponte, mas agora Tammisaari a chamava.

57

Eric estava deitado no chão de pedras gelado. Sua camisa branca estava amarrotada e as costas, cobertas de sangue seco. O ferimento ainda doía, mas começava a sarar. Ele não lutava contra as correntes, ao contrário, ele juntava forças. As ninfas podiam tê-lo matado, mas, por alguma razão, ele ainda estava vivo. E não desistiu de seu plano. Ele já tocou Desirée Volanté Tasson e sabia, cada vez com mais clareza, o que queria.

Ele dedicou um pensamento rápido àquelas ninfas que os caçadores que enviara trouxeram lavadas, penteadas e nuas. Algo nelas fez os sátiros, que exploravam todo o mundo, pensar que uma seria a ninfa da lenda. Indubitavelmente algumas delas eram doces e atraentes – Eric se lembrava, em particular, de Milena, por quem nutriu muitas esperanças, até mesmo esperanças ardentes. Eric deixou suas mãos passearem pelas nádegas delas, pelas curvas de suas cinturas, pelos seios lindamente formados, mas nenhuma possuía a tatuagem de um nó na barriga e, assim, ele as entregou aos outros. Valeu a pena, pois ele nunca havia encontrado uma ninfa como Didi. E aquela doce ruivinha enfiou, sem hesitação, uma adaga Nomos direto em suas costas, por causa de um humano insignificante. Será que ela não sentiu que pertenciam um ao outro?

Eric abriu a garrafa de vinho tinto do cesto que estava ao seu lado. Deu alguns goles sedentos e, então, ouviu um som diferente. Alguém descia a escada em direção ao porão. As luzes piscaram e se acenderam. Desirée parou de frente para ele, trajando um vestido vermelho e um casaco. Eric respirou fundo algumas vezes. Aquela visão fazia muitos sofrimentos valerem a pena. Didi se mantinha a uma distância segura.

– Você estava com medo de mim no café.

A voz da garota tremulava um pouco, mas tinha determinação. Eric se perguntou qual seria a melhor maneira de lidar com a situação.

– Vá direto ao assunto – respondeu ele em voz baixa.

– É verdade. E ainda tenho medo de você. O que você quer? – perguntou Didi.

– Você.

– Mas você nem me conhece.

– Não, não conheço e você não me conhece – disse Eric. – Porém, sei que somos destinados um ao outro. Liberte-me e lhe contarei tudo o que Ecaterina não lhe revelou.

Eric notou que Didi levantou as sobrancelhas e sabia que havia feito a coisa certa. Kate tentava guardar o máximo para si mesma e, às vezes, esconder informações era seu ponto fraco. Ainda assim, Didi não era presa fácil. A ninfa deu alguns passos para trás.

– Quando a Lua se apagar, nos tornaremos um – disse Eric, de forma convidativa. – Depois disso, todo o futuro será nosso. Desde que você tenha a marca.

Ele propôs um desafio para a ninfa. Outra pessoa teria se intimidado, mas Didi sabia que era especial. O coração de Eric quase parou quando Didi começou a levantar lentamente seu vestido, até ficar acima do umbigo. Então, ele viu o Nó de Astarte. Ninguém podia dizer que a lenda era apenas um conto de fadas.

Eric sorriu para Didi. Ele lhe estendeu a mão e a ninfa se aproximou. Pegou um pouco de seus cabelos vermelhos nas mãos e os deixou cair entre os dedos, e viu o busto pálido que se movia sob o tecido fino. Naquele instante, seu casaco caiu, e ela direcionou a mão de Eric para seus seios. Didi permitiu que ficasse lá por um momento e Eric, quase chocado, percebeu que ela havia aberto suas calças. Ele se moveu um pouco para trás.

– Não posso mais lutar contra isso – disse Didi, com um brilho frio nos olhos – Você me quer e eu preciso de alguém que não morra ao me penetrar.

– Agora é impossível – disse Eric, embora não parasse de olhar para os mamilos endurecidos de Didi.

– Não se esqueça de que sei o que você sente – sussurrou Didi em seu ouvido.

– A lenda proíbe! – gritou Eric. Ele não podia se render ao desejo; ao contrário, precisava manter seu maior objetivo em mente. Seus olhos escuros começaram a parecer brasas ardentes. – Não posso estar com você antes do eclipse lunar.

– Mas eu não o matarei – disse Didi, de maneira sedutora.

– Eu a mataria se ficasse comigo. A lenda revela que a ninfa morreria com um sátiro. É por isso que não posso tocá-la.

Didi sentiu-se humilhada e desferiu um tapa na cara de Eric.

– Seu desgraçado! Estou me oferecendo a você. Todos os homens querem isso!

Didi colocou as mãos em sua virilha; ela estava furiosa.

– Você é a lenda – disse Eric, em voz baixa, com um tom de ordem. – Você tem o Nó. Vá e nutra-se. Encontre um homem ou você morrerá!

A ninfa sibilou para ele. Eric deu um salto ameaçador em direção à Didi, para ela partir. Ele viu muitas ninfas nos portões da morte, e Didi tinha de se salvar. Ela o olhou fixamente, se virou e subiu a escada, tropeçando. Eric ouviu o portão bater. Ele fechou os olhos e desejou que Didi encontrasse alguém logo.

***

A garota cambaleou pela floresta escura. Ao menos seu corpo se assemelhava ao de uma garota, porém seu rosto murchava, cada vez mais, a cada inspiração. Seus lábios descascavam e seus cabelos vermelhos estavam frágeis e perdiam a cor. Ela estava com frio, mas não o sentia, pois dentro dela havia uma chama que queimava tudo. Deu mais alguns passos, e caiu de joelhos.

Didi não podia ir adiante, e nem mesmo tinha um destino. Seus olhos brancos como leite brilhavam no escuro, porém ela mal enxergava. Ela se sentou, se deitou de lado e não se mexeu mais. O vento noturno soprou folhas mortas sobre ela.

Uma abelha havia se alimentado de néctar e retornava à colmeia, mas, no caminho, decidiu seguir a garota. Ao menos, ela sabia o que fazer. Ela devia executar a dança do convite para todos os amigos. Em noites como aquela, ela não conseguiria juntar ninguém da colmeia, mas, pela manhã, todos se uniriam.

58

Quando Nádia recebeu a mensagem de Samuel, dizendo, preocupado, que Didi havia pedido uma carona para Tammisaari, ela não hesitou. Didi era teimosa e seria inútil tentar detê-la. Portanto, o melhor era ir atrás dela e tentar consertar o estrago. Seria grande demais o estrago? Nádia olhou para a expressão séria de Kate, enquanto aceleravam em direção à mansão, sem dizer uma única palavra. Kate freou bruscamente, fazendo pedras acertarem o carro. Ela saiu correndo. Nádia a seguiu até o porão. A luz estava acesa e Eric ainda estava acorrentado.

– Eric, onde está Didi? – Kate agarrou o sátiro com as mãos, parecendo não sentir nenhum tipo de medo. – Onde está Didi?

Eric sorriu, como se estivesse em um coquetel entediante em vez de em um velho porão, com roupas sujas e malcheirosas. Nádia correu para fora. Sem dúvida, Didi havia ido mais adiante. Ela sentiu algo, algum tipo de zumbido. O som vinha da floresta, então, começou a correr naquela direção. Passando pelos rochedos e arbustos, Nádia escutava o zumbido cada vez mais alto. Então parou. A terra pareceu se mover e, de início, foi difícil compreender o que estava acontecendo. Parecia ser um cobertor. Um cobertor feito de abelhas.

A mente de Nádia foi dominada por deslumbramento e medo ao mesmo tempo. Ela viu uma mecha de cabelos ruivos. Aproximou-se e as abelhas voaram. Didi surgiu e havia centenas, senão milhares, de abelhas mortas ao redor dela.

– Didi! – gritou Nádia, embora devesse ter gritado por Kate. Ela se ajoelhou e sentiu a pele da ninfa, que estava cinza, mas ainda quente. A lenda reluziu na mente de Nádia, porém não havia tempo para pensar nisso, pois era necessário tirar Didi de lá.

Ela ouviu os passos de Kate, que parou a alguma distância do lugar. Naquele instante, as abelhas que voavam como um ciclone em volta da jovem ninfa partiram em grupo, como se alguém houvesse lhes dado uma ordem para fazê-lo. Didi foi carregada apressadamente para o carro. Nádia se sentou no banco traseiro com ela e Kate assumiu a direção.

– Você deixou Eric no porão? – perguntou Nádia.

– É claro!

– É verdade... – disse Nádia à Kate, que não tinha nenhuma intenção de responder. – Você viu as abelhas também. A lenda é verdadeira.

Nádia disse isso em voz alta. A visão de Didi coberta de abelhas a encheu de uma incrível fé e certeza.

– Você duvidava? – perguntou Kate.

– Claro! – Nádia admitiu pela primeira vez até mesmo para si própria. – Você também duvidava. Mas agora é certo. Nós protegemos a lenda.

Elas não conversaram mais durante o caminho. Ao chegar ao apartamento, Nádia ordenou que Kate colocasse lençóis limpos para Didi. Ela, por sua vez, pegou essências e ervas secas e começou a preparar uma mistura para reanimar a garota. Ela acreditava que ajudaria, pois não havia espaço para desespero. Didi precisava ser mantida viva.

Em primeiro lugar, Didi foi despida e lavada. Abelhas mortas ainda caíam de seus cabelos e de suas roupas. Colocaram-na em uma banheira cheia de água quente, na qual Nádia misturou óleos etéreos. Depois, secaram-na, vestiram-na com um pijama de algodão e a carregaram para a cama, arrumada com seus lençóis floridos favoritos. Nádia queria cuidar de cada detalhe. Ela esfregou cremes de ervas na pele de Didi e hidratou seus lábios rachados.

Depois disso, Nádia e Kate se alternaram ao lado da cama de Didi. Quando ela mostrou os primeiros sinais de vida, Nádia lhe deu cuidadosamente um pouco de sopa. Às vezes, Didi abria levemente os olhos, mas, em seguida, caía em um sono profundo, quase um coma. Isso continuou por alguns dias e Nádia não saía do seu lado, até Kate chamá-la para a sala.

– Ela já não devia ter acordado? – perguntou Kate.

Nádia olhou para sua velha amiga. Kate fingiu certo distanciamento por todos esses dias, mas Nádia via seus olhos avermelhados e ouvia sua voz trêmula quando falava alguma coisa.

– Talvez – disse Nádia, pois também estava preocupada. Didi ainda parecia extenuada e estava quase imóvel na cama.

– O que poderia ajudar... – disse Kate, enfaticamente, e olhou para Jesper, sentado à vontade no sofá de couro da sala.

– Achei que você fosse contra sátiros, sempre e em tudo – disse Nádia, embora ela também houvesse considerado a mesma possibilidade.

– Pelo menos, mal não faria. – Kate voltou ao seu estilo durão e chutou o sofá com a ponta de suas botas. – Comece a ganhar a vida.

Jesper olhou para Nádia, confuso, enquanto ela se sentava ao seu lado.

– Didi precisa do poder da vida – disse Nádia, com suavidade. – Você poderia ajudar.

– Estamos aguardando o eclipse lunar, certo? – perguntou Jesper. Ele tocou a mão de Nádia e, em seguida, seu dedo, que estava sem o anel que ele havia dado à Garda, como símbolo de seu juramento. Jesper sabia que estava no bolso de Nádia, principalmente por causa de Kate.

– É claro. Aquela será a nossa hora, mas Didi precisa encontrar o caminho de volta para nós e com você talvez funcione.

Nádia olhou para o sátiro que ela amou, perdeu e recuperou. Ela não sentia ciúme, pois confiava em seu amor. Ela beijou Jesper suavemente nos lábios e o levou para a porta de Didi.

Jesper ficou estático em frente à porta. Nádia acendeu algumas velas na sala de estar e, ao fazer isso, lembrou-se de todas aquelas mulheres de quem ela cuidou no abrigo, no Marrocos. Elas escaparam de diversos tipos de situações difíceis, cônjuges ou parentes violentos, e lá receberam ajuda para começar uma nova vida. Aquela situação não era muito diferente. Com exceção de Didi ser uma lenda viva, e não uma mulher.

O pensamento de Nádia vagou até chegar à lembrança de uma ninfa, Milena, que ela conhecera no passado. Milena era muito bela e frágil, porém mais forte do que Nádia jamais fora. Ela estremeceu quando Jesper voltou, sem camisa, depois de alguns minutos.

– O que agora? – perguntou Nádia. Ela não achava que Jesper precisaria de instruções sobre o que fazer com uma ninfa.

– Didi disse que não pode ficar comigo – respondeu Jesper.

– Como assim?

– Eric falou que ela morreria se ficasse com um sátiro. Didi disse que se recuperará melhor sem mim.

Jesper puxou Nádia para seus braços e eles desfrutaram do calor mútuo por bastante tempo. Depois, Nádia foi ao quarto de Didi e ouviu sua respiração compassada. Didi falou. Nádia sentiu alegria e confiança.

***

Mais alguns dias se passaram até Didi sentir-se forte o suficiente para se levantar da cama. Algum tempo depois, sua força retornou e, se isso fosse possível, sua pele estava mais bonita e a vermelhidão de seu cabelo ainda mais impressionante. Nádia estava explodindo de alegria ao vê-la florescer.

Nádia se concentrou em fazer uma sopa de flores e frutas, quando ouviu os pés descalços sobre o piso de madeira. Depois de tomar um banho, Didi estava revigorada. Seus cabelos estavam mais vívidos que as rosas em seu vestido. Nádia lhe deu uma caneca com chá quente.

– O que você está olhando? – perguntou Nádia.

– Há algo diferente em você – disse Didi. – Você está linda.

– Você é – riu Nádia. E começou a limpar a cozinha.

– Foi Jesper que lhe deu? – perguntou Didi.

– Ganhei, pela primeira vez, em 1806, um pouco antes de sermos separados. – Nádia levantou a mão e olhou para o anel ornamental. – Estávamos esperando pelo eclipse lunar.

– O que aconteceu aqui enquanto eu dormia feito a Bela Adormecida?

– Jesper conseguiu um apartamento e estou me mudando para lá – respondeu Nádia. – Nós pretendemos continuar do ponto em que paramos. O próximo eclipse lunar ocorrerá dentro de alguns meses e daí selaremos nossa relação.

– Pensei que você fugia de sátiros – disse Didi confusa.

– De sátiros sim, mas não de Jesper – disse Nádia. – E não somos os únicos a aguardar o eclipse lunar. Tem algo a ver com você também.

– Como?

– Segundo Kate, é melhor esperar pelo momento certo para lhe contar – disse Nádia. – Mas centenas de ninfas em todo o mundo aguardam por esse momento.

Nádia observou como Didi digeria aquela informação e tudo o que ouviu antes. Ela queria conversar sobre o Nó, contar mais sobre suas experiências, mas Kate estava certa. Era melhor que Didi não se afogasse em histórias míticas de uma só vez.

– Vamos comer – disse Nádia.

59

"Viver no necrotério é conveniente para mim", pensou Samuel, pois não apreciava estar vivo. Ele aprendeu a retardar sua saída, com alguma justificativa, enquanto outros estudantes de Medicina partiam. No necrotério ao menos havia silêncio, com exceção do barulho que faziam os vigias que passavam por lá esporadicamente. Samuel guardou lençóis e improvisou uma cama sobre as macas. Era tudo o que precisava. A vida havia trazido mudanças radicais o suficiente. Talvez ele não tivesse a melhor qualidade de sono, mas, pelo menos, estava afastado das ninfas e dos sátiros. Se continuasse daquele jeito, esqueceria de tudo e poderia voltar a ser uma pessoa normal.

Porém, ele não conseguia esquecer Didi. Nádia lhe enviou apenas uma mensagem, informando que Didi estava bem. Depois disso, silêncio total. De início, Samuel ficara feliz, mas agora sentia falta dela. Ao pensar no sorriso de Didi ou em sua risada em lugares inapropriados, começava a ficar excitado. É claro que ele teve namoradas, mas nenhuma despertou tanto desejo quanto Didi. Ele não queria somente sexo, ele a queria por inteiro.

"Agora o melhor é trabalhar", pensou Samuel. Levantou-se antes que seus pensamentos fossem por caminhos errados. Além disso, sua paz seria perturbada em breve.

Samuel foi se lavar e trocar o jaleco, mas sua aparência estava péssima e ele tinha olheiras. "Um café melhoraria a situação", pensou, indo em direção à cantina. Ele estava cansado e sonolento e, com isso, esbarrou em uma jovem loira, derrubando café em sua roupa.

– Me desculpe! – Samuel disse à moça. – Eu não a vi...

– Acho que queimei meus dedos – ela respondeu. – Dê-me os primeiros socorros, já que é médico.

Samuel só percebeu depois de um segundo que a mulher sorria para ele.

– Um médico que dorme mal e é completamente desastrado por causa disso – disse Samuel e a mulher olhou para ele, curiosa. – É uma longa história.

– Tenho tempo – disse a mulher. – Estou esperando meu pai terminar seus exames de rotina.

Samuel olhou à sua volta e mencionou que também não tinha pressa. Além disso, ele constatou que há séculos não tinha uma conversa simples com as pessoas.

– Em primeiro lugar, você parece bem – disse Samuel. – Quero dizer, baseado em um diagnóstico visual. E, em segundo, você parece precisar de um café. Meu nome é Samuel.

– Jessica. Vamos tomar mais café?

– Você pegou seu café de lá? – perguntou Samuel. – Com certeza, é de pelo menos uma semana. Posso lhe oferecer o café da cantina.

– Se você trouxer pão doce também, ficaremos quites – riu Jessica.

***

Na mesa da cantina, junto à janela, Jessica esperou por Samuel.

– Dois cafés medíocres e dois excelentes pães doces com manteiga – disse Samuel, sentando-se. Ele deu uma mordida, para apaziguar sua fome.

– Você disse que mora no necrotério? – perguntou Jessica.

– Há quase três semanas.

– Problemas em casa?

– Eu não tenho uma casa – disse Samuel. – Eu morava em um barco, que pegou fogo. Depois, fui morar com... uma garota. Mas não deu em nada. Depois disso, me estabeleci aqui.

Samuel olhou para aqueles olhos azuis brilhantes e percebeu que era fácil falar sobre várias coisas. Jessica falava sobre ela, como veio ao hospital visitar o pai, que se recuperava de uma operação, sobre onde trabalhava e todo tipo de trivialidade. Quando Samuel teve de voltar ao trabalho, percebeu que a estava convidando para ir ao cinema. Era fácil o relacionamento entre seres humanos.

60

Por um instante, Nádia olhou para seu quarto vazio. Nada lhe fazia falta. Estava acostumada a mudar-se, a saltar para novos papéis, e até gostava disso. É claro que talvez sentisse falta de Didi e Kate e da vida em comum, mas ela estava enfim recomeçando a vida com Jesper. Kate estava na varanda preparando bebidas um tanto fortes para a despedida, e Didi mordiscava sanduíches de camarão.

– Quando você vai? – perguntou Didi.

– Jesper virá logo, mas tenho tempo para beber alguma coisa e comer um pouco – respondeu Nádia.

Kate tinha uma tigela grande com limões cortados e terminava de preparar algumas margaritas.

– Nádia se aquecerá com um velho amor e perceberá que nada mudou. Daí voltará como uma boa menina.

– Não ironize, Kate – disse Nádia. Em seguida, dirigiu-se a Didi. – Segundo Kate, uma verdadeira guerreira pela liberdade não vive com um sátiro. Porém, Jesper está a favor de nossa causa.

– Ele é um sátiro – Kate distribuiu os copos e elas fizeram um brinde.

A mistura de limão, tequila e gelo era refrescante e adormecia os lábios. Risadas ecoaram pelo ambiente. Logo Kate teve de preparar mais drinks. Apesar do clima de descontração, uma coisa incomodava Didi.

– Guerreiras pela liberdade de que causa?

– Nádia, só um momento – Kate fingiu se lembrar de algo e voltou para dentro.

– Kate fugiu para não ter de responder – disse Didi.

– Quando se viveu tempo o suficiente, sabemos que há lugar e hora para tudo – disse Nádia, lambendo o sal dos lábios.

Kate voltou carregando um grande suporte de garrafas de água.

– Nosso presente de despedida.

– Você deveria ter me falado, para que eu também comprasse um presente – disse Didi, magoada.

– Só tentei ser educada.

– Mas você nem é capaz de levar os outros em consideração – Didi devolveu seu copo para Kate, que cuidava do bar.

A campainha tocou e Nádia olhou para suas amigas. Era hora de ir. Ela abraçou Kate, depois Didi, sem dizer nada. Só queria se lembrar daquele momento na varanda escura, das margaritas nos copos cintilantes e da amizade. Ela acenou um pouco e abriu a porta para Jesper, que a esperava.

***

Nádia ainda estava um pouco ofegante quando saiu do colo de Jesper. Puxou um luxuoso edredom de penas sobre o corpo e riu do rosto exausto de Jesper. Sabia que estava preparada para mostrar seu comprometimento de todas as maneiras, mas no eclipse lunar tudo seria ainda mais maravilhoso. Nádia colocava todas as expectativas nisso.

Jesper logo se preparou para também mostrar seu comprometimento. Nádia não recusou quando ele arrancou o edredom, descobrindo-a, e deslizou entre suas pernas. Ela queria sentir prazer, então se deitou de costas, acariciando e puxando os cabelos claros de Jesper com uma das mãos, enquanto o sátiro a adorava com sua boca.

Mais tarde, nos braços um do outro sob o edredom, eles observaram a vista noturna da cobertura de Jesper. Ele serviu champanhe em copos de plástico e eles brindaram. O apartamento tinha apenas o colchão e algumas luminárias no chão, mas eles teriam tempo de comprar tudo. "Juntos", pensou Nádia.

– O que faremos amanhã? – perguntou Jesper.

– Eu, pelo menos, vou trabalhar.

– Por que raios vai fazer isso? Você não precisa mais trabalhar – Jesper estava perplexo. Ele esperava ter total atenção de Nádia.

– Eu gosto do meu trabalho e de minhas colegas.

– Humanos – disse Jesper, com desprezo. – Além disso, no eclipse lunar, você mudará, de todo jeito, como sempre. Então, você deixará seu trabalho também. Por alguns motivos.

Nádia sabia que Jesper não seria capaz de entender o assunto, assim como ele não compreendia sua convicção. Era, portanto, melhor mudar a conversa.

– Por que você não tem móveis?

Jesper se levantou do colchão e foi até uma mochila esportiva que estava no canto da sala. Pegou um punhado de panfletos e os entregou para Nádia.

– Marquei o que achei bom – disse Jesper.

– E se eu quiser alguma coisa que você não marcou? – perguntou Nádia, percebendo que estava ficando brava de novo.

– Você marca o que você quiser e depois veremos o que cada um escolheu.

Jesper olhava para Nádia com tamanho espanto, que a afastou. Ela ouviu, por séculos, de incontáveis pessoas, que a vida inicial de casais jovens era assim, uma busca pela adaptação. Como não era egoísta, estava preparada para tentar.

61

– Eu me diverti muito – disse Samuel. Ele estava, de fato, falando a verdade. Ele teve um encontro sem nenhum drama. Ninguém o ameaçou nem falou sobre morte. Ao contrário, ele foi ao cinema, assistiu a uma comédia completamente louca, e até bebeu algumas cervejas. Depois acompanhou Jessica até sua casa. Compraram sorvetes de casquinha no caminho após uma discussão sobre os sabores.

– Eu também – disse Jessica.

Samuel olhou para ela. Jessica estava linda com seu cabelo loiro preso em um coque baixo, uma calça jeans comum, casaco e sapatos azuis. Eles tinham quase a mesma idade e os assuntos surgiam com naturalidade. Samuel notou que Jessica disse algo e precisou repetir a frase.

– Eu moro aqui.

– Me desculpe, acabei me distraindo – disse Samuel. – E, não me entenda mal, você é maravilhosamente normal.

O olhar confuso de Jessica fez com que Samuel desse um passo à frente, e então ele sentiu a respiração dela em seu rosto. Isso poderia ser muito fácil, mas ele não estava pronto ainda.

– Era para ser um elogio.

– Minha janela é aquela, no primeiro andar, com cortinas vermelhas. – Jessica apontou para cima. – Você quer subir para um chá?

Samuel queria muito responder que sim, porém algo dentro dele o impedia e Jessica percebeu.

– O necrotério o chama? – perguntou Jessica.

– Em outra hora – disse Samuel, e deu um beijinho nos lábios rosados de Jessica. Depois, retornou para a rua e caminhou sorrindo e perdido em seus pensamentos. Ele tinha vontade de andar e pensar naquilo que quisesse. Ele queria esquecer Didi e todos os problemas, perigos e dificuldades que se relacionar com ela provocava. Ele queria encontrar uma garota normal e legal, com quem pudesse fazer coisas normais e legais. Jessica era assim. Então, por que ele estava tão hesitante?

Samuel andou até não conseguir mais. Ele olhou ao redor para ver se havia um bonde ou um ônibus. Então, alguém disse seu nome e ele percebeu onde estava. Ele estava em frente ao seu lar temporário, o apartamento das ninfas. E ele olhava direto para os olhos confusos de Didi.

– Samuel? – repetiu Didi. – O que você está fazendo aqui?

– Eu não sei – disse Samuel, uma vez que tinha o hábito de dizer a verdade. – Hoje, passaram-se muitas horas em que não pensei nem um pouco em você.

Didi, que no passado poderia ter ficado maravilhada, virou o rosto com desgosto.

– Eu não queria vir aqui – continuou. – Ou talvez eu precisasse vir e testar como me sentiria vendo você.

Samuel olhou para Didi. Ela vestia o mesmo vestido verde-oliva que fazia seu cabelo vermelho parecer muito sedutor. Samuel tentou se lembrar do jeito calmo e meigo de Jessica, como eles caminharam próximos um do outro e se tocaram no quiosque de sorvete. Ele precisou se esforçar; porém, tinha certeza de que valeria a pena.

– Para testar? – Didi repetiu as palavras e um sorriso surgiu em seu rosto. – E, então, como se sente?

– Na verdade, não tão especial – mentiu Samuel. – Talvez esteja começando a melhorar.

O sorriso de Didi desapareceu ao entender as palavras de Samuel, e seus olhos começaram a arder.

– Vá para o inferno – disse, por entre os dentes.

– O quê? – Samuel se encolheu diante da ira despertada em Didi.

– Se você não me quer, ok. Mas você não tem o direito de vir aqui para descobrir como se sente.

No mesmo instante, Didi se aproximou dele e Samuel percebeu que o melhor seria segurá-la pelos pulsos.

– Didi, se acalme...

Didi se soltou. Algumas pessoas que passavam no momento olharam e estranharam, e um deles quase perguntou à Didi se ela estava bem. “Se eles soubessem”, pensou Samuel. Sou eu quem está feliz por estar vivo.

Então, Samuel viu o olhar perdido de Didi e ele sabia muito bem como ela se sentia. Ele queria tocar os cabelos dela, mas conseguiu se controlar. Isso seria o fim.

– Você não pode mais vir aqui – disse Didi, se afastando. Em seguida, ela se virou e desapareceu na direção oposta.

Samuel ficou sozinho, na rua. Ele ainda não tinha consciência do quanto seu desejo por Didi era forte. Quando estavam próximos, ele sentiu o cheiro dela e percebeu que enfrentaria tudo. Apenas o medo o deteve. E não era o habitual medo do comprometimento, mas o medo pela própria vida. Quando o sátiro o empurrou para dentro da banheira, ele lutou até seus pulmões se encherem de água. Seus olhos ficaram turvos e sua habilidade de pensar e agir diminuiu, com cada batida do coração. "Morrer é assim", ele teve tempo de pensar clinicamente. "O medo da morte é o maior de todos os medos", ele pensou. Talvez aquela experiência fosse útil. Graças a ela, ele se livrara de Didi e, graças a ela, ele poderia entender melhor seus futuros pacientes. Graças a ela, ele entenderia, de alguma forma, seu pai, que, em seus últimos momentos, pediu para estar ao seu lado.

Havia, porém, um lugar calmo e seguro. E logo ele já estava debaixo da janela de Jessica. As luzes da janela do primeiro andar ainda estavam acesas. Ele esperou um pouco e, então, conseguiu ver o cabelo loiro de Jessica. Ela não disse nada, apenas lhe jogou as chaves e, quando ele entrou, a água para o chá já estava fervendo.

– Não tenho más intenções – disse Samuel, tirando o casaco e colocando-o no encosto de uma cadeira. – Só quero me sentir calmo com você.

– Você quer dizer que não está pensando em sua ex – disse Jessica. – Desde que você não me veja como uma segunda escolha, posso fazer uma cama para você no sofá, se quiser passar a noite aqui.

– Sim, gostaria – disse Samuel. Ele estava falando a verdade de novo. Ele queria aquilo mais do que qualquer coisa.

62

Jesper havia prometido trazer ingredientes para a primeira refeição com Nádia, e ela esperava que eles fossem cozinhar, como um jovem casal apaixonado. Quando Jesper chegou com todo tipo de porções prontas – embora belas, de boa qualidade e tentadoras –, Nádia se desapontou. Entretanto, ela mascarou seus sentimentos e arrumou a mesa, com capricho. Ao menos trouxe alcachofras e *prosciutto* fino como papel, iguarias mediterrâneas que ela adorava. "Eu teria preferido fazer meu próprio pesto", pensou Nádia, "mas temos tempo". E, para Jesper, cozinhar era igual a abrir uma garrafa de vinho ou escolher uma música adequada.

– Kate pediu para que eu a visite amanhã – disse Nádia. – Irei após o trabalho.

– Você é contra sátiros, mas Kate é seu sátiro – disse Jesper, enquanto escolhia uma azeitona preta e uma verde. – Ela dá ordens, dita com quem você pode falar ou não e castiga se alguma regra for quebrada.

– Não provoque – disse Nádia, magoada, pois havia um pouco de verdade naquilo. – Somos iguais entre nós.

– Kate é muito exagerada – disse Jesper. – Nem todos os sátiros são maus, nem todas as ninfas querem fugir. E aqueles que acreditam são paspalhos. Não haverá salvador e tudo não mudará feito mágica.

– Porém, temos o direito de ser livres, se quisermos – disse Nádia. Para ela a questão era simples, especialmente agora que acreditava na lenda.

– Mas você quer uma família comigo – disse Jesper. – Estamos esperando pelo eclipse lunar, pelo rito. Você sempre quis mais um pequeno sátiro do que uma pequena ninfa. Ninette...

– Sou Nádia! – Ela ficou tão irritada que jogou um tomate-cereja em Jesper e percebeu como aquilo o incomodou. E repetiu. Isso poderia ser apenas uma brincadeira, que terminaria em sexo apaixonante, e depois, em outra refeição. Porém, ali havia uma atmosfera diferente.

– Idiota – disse Nádia, jogando um tomate em Jesper pela terceira vez.

Surpreendeu-se quando Jesper segurou sua mão e passou um pouco de pesto em seu rosto. Jesper nunca fora violento com ela. Não a machucou, mas o modo como a tocou fora um insulto. Os olhos de Nádia brilhavam de raiva.

– Não me toque.

O próprio Jesper se assustou com seu comportamento, e se afastou. Olhou para sua mão e para o rosto de Nádia.

– Ei, eu lamberei tudo isso – Jesper tentou transformar tudo em brincadeira, mas Nádia se virou.

No banheiro, se apoiou na pia e olhou para seu rosto borrado com a pasta de manjericão verde. "Jesper é acima de tudo um sátiro", pensou. "Eu sempre soube disso, mas não fiquei alerta. Talvez a liberdade esteja agora tão próxima que eu veja tudo com novos olhos."

Nádia ligou o chuveiro e se despiu. Ela precisava de água, sentia falta de seu som murmurante e daquela sensação suave em sua pele. Preferiria pular em um lago fresco da montanha ou no meio da floresta, mas se satisfazia com um chuveiro luxuoso e recentemente instalado – pois Jesper pensou nela, era inegável.

Devagar, Nádia se acalmou, e quando Jesper apareceu por trás da porta de vidro, ela a abriu e, com alguns movimentos fáceis, eles se uniram. Quando eles se olharam nos olhos, quando ficaram a sós e o resto do mundo foi deixado atrás da porta, ela o amou com todo o coração.

– Sou um sátiro e não sei como mudar o modo como penso – disse Jesper para Nádia, mais tarde, enquanto se secavam. – Só quero protegê-la, mas você está certa. Não posso decidir as coisas para você e por você. Não posso controlá-la.

Para Nádia, as palavras de Jesper eram as que ela queria ouvir. Ela estava prestes a responder com palavras e atos, quando a campainha tocou. Jesper se enrolou em uma toalha e Nádia colocou um vestido. Era Didi.

– Briguei com Samuel – disse Didi, e Nádia lhe deu um abraço caloroso.

– Vamos comer e beber – disse Nádia.

– Essa é uma língua que eu também entendo – disse Jesper e foi para a cozinha pegar coisas.

Uma vez que o grande colchão ainda era o único móvel do apartamento, todos se sentaram nele e comeram juntos.

– O pesto não foi feito pela Nádia – disse Didi, ao morder o pão francês cheio de molho.

– Você ouviu – Nádia deu uma cotovelada em Jesper, desta vez de brincadeira.

– Eu sei – disse Jesper. – Eu só queria economizar seus poderes de ninfa...

Didi olhou para o casal e só aí percebeu o que havia interrompido. Ela enrubesceu docemente.

– Oh, me desculpem...

– Sem problemas – disse Nádia. – Temos tempo agora.

Eles comeram e Nádia começou a contar sobre as melhores refeições que teve.

– Tipicamente italiana – disse Jesper para Didi. – Fala só sobre comida à mesa de jantar.

Nádia não se incomodou com o comentário, ao contrário, falou em detalhes sobre a vida culinária de sua família. Didi ficou quase tão satisfeita com as histórias quanto com a comida que lhe ofereceram. Porém, não recusou a fruta com creme de mascarpone. Depois disso, ela estava plena e lânguida, assim como Nádia e Jesper. Eles todos se deitaram satisfeitos no colchão, com seus braços e pernas em cima uns dos outros, duas ninfas e um sátiro.

"Pode ser assim tão natural", pensou Nádia, olhando para Jesper e Didi com os olhos semiabertos e um sentimento caloroso surgiu em seu coração.

– Quando a Lua escurecer, uma menina ninfa nascerá. – Nádia já havia dito essas palavras em voz alta, mas era a primeira vez que Didi as ouvia. – A menina carregará dentro dela paixão, destruição, amor e guerra. A ninfa receberá o nome de Epithymia Tha e seu símbolo será um nó. Ela lutará contra seus senhores por todos nós. Ela controlará nossos senhores e o último dos senhores é a Lua...

– Também ouvi esse conto de fadas e dezenas de versões diferentes dele – disse Jesper, preguiçosamente.

– O que é mencionado em todos eles são um nó e uma ninfa, que nos salvará – disse Nádia.

– Talvez *senhores* não signifique sátiros – Jesper bocejou. – Talvez signifique a Lua.

Nádia constatou o impacto que as palavras tiveram em Didi, que as pesava com cuidado. Ela levantou gentilmente o vestido de Didi, até o nó em sua barriga ser revelado.

– Não é uma marca de nascença. Alguém a tatuou em mim quando eu era bem pequena – disse Didi.

– Eu fugi de meu bando por sua causa – disse Nádia.

– Mas eu ainda não acredito nisso – insistiu Didi.

– Obrigado, Desirée – disse Jesper.

Nádia se levantou da cama e foi até a janela. Já era noite e estava calmo lá fora. Um homem solitário passeava com seu cachorro mais adiante. Era tudo o que se via.

– Tenho provas – disse Nádia, virando-se para Didi e Jesper. – Pois a lenda diz que Didi deve morrer antes de a profecia ser cumprida.

– Eu preferiria não morrer – disse Didi.

– E, então, as abelhas despertam a ninfa dos mortos. Didi, quando eu e Kate a encontramos na floresta, você estava coberta por abelhas. Você é a ninfa da lenda.

Nádia voltou-se para Didi, que a olhou em choque.

63

Eric Mann estava livre, graças à Desirée, que, sem ter a intenção, o ajudou. Quando a ninfa se aproximou dele, Eric teve de controlar seus sentimentos e, ao mesmo tempo, roubou um grampo e o colocou em sua manga. Esperou até que o carro partisse e, julgando pelas vozes, algo alarmante acontecera, mas Desirée estava viva. Só aí abriu as algemas. Sua autoconfiança foi, entretanto, ferida pelo fato de as ninfas não se importarem com ele. Partiram sem lhe dizer uma única palavra.

Estava silencioso e escuro na casa quando ele subiu a escada do porão, ouvindo-a ranger. A grande mansão esteve sem moradores por muito tempo, pois os móveis estavam cobertos e o ambiente, abafado. Eric caminhou de cômodo em cômodo. O lugar não era nada mal. Havia bastante espaço e estilo. Ele estava acostumado com um luxo de estilo diferente, mas um lugar como aquele tinha o próprio charme. Agora, porém, ele começaria a buscar pistas de onde ele estava e, ainda melhor, um telefone.

Eric passou a mão sobre os lençóis e viu um grande armário, que parecia guardar todo tipo de objeto. Ele abriu uma gaveta, depois outra, e ficou desapontado. Então, notou algumas cômodas menores e olhou dentro delas. Um brilho vermelho tomou conta de seus olhos. Um pingente de carvalho. O que aquilo significava? O que sabia é que todos os Carvalho estavam mortos. A mãe adotiva de Didi fora um deles e agora outro pingente apareceu para assombrá-lo.

Eric não teve tempo de pensar mais sobre o assunto. Ele ouviu um carro. Teriam as ninfas voltado? Pelo menos agora ele estava pronto. Ficar acorrentado não o enfraqueceu; ao contrário, deu-lhe mais determinação e poder. Ao olhar pelas cortinas, seus olhos ficaram mais vermelhos do que antes.

Um homem alto e magro, de cabelos ondulados de comprimento médio, aparentando ter cerca de 50 anos, saiu do carro. Ele estava acompanhado por uma menina loira, que provavelmente tinha 10 anos. Eles começaram a descarregar as coisas do carro e, logo, uma chave foi colocada na porta.

Eric estava imóvel na sala ao lado, mas percebeu que o homem intuiu sua presença e esperou. No exato momento de sua entrada, ele o acertou com toda força no peito. O homem caiu de joelhos, mas se levantou imediatamente. A menina correu para trás do sofá. Eric ficou surpreso com o fato de o homem se recuperar com tanta rapidez. Surpreendeu-se ainda mais ao levar um chute nos rins. Eric teria continuado a luta, se a ferida da adaga Nomos ainda não doesse tanto. Ele jogou uma cadeira contra o homem e correu para a escuridão.

– Ele não voltará – disse Matias van der Haas, suspirando para sua filha.

– Devo chamar a polícia? – perguntou Matilda.

– Faça chá. Preciso checar algo.

Matias desceu a escada. Havia luzes no porão e ele viu as correntes e as garrafas de vinho vazias. Ele passou por elas, foi até o fim do porão e tirou um velho baú empoeirado. Abriu a tampa e pegou uma bolsa de couro de debaixo de um fundo falso. A bolsa tinha o bordado de um carvalho. Ele suspirou aliviado e a abriu. Lá havia objetos que ele, sem dúvida, precisaria: duas garrafas de metal, uma adaga Nomos, pinças, uma pistola de anestésico, dardos e um pedaço de vidro azulado em uma moldura de bronze.

Ele recolocou tudo com muito cuidado e voltou para cima, para perto de sua filha.

64

Didi não era fã das manhãs e não aguentaria ficar e ver a felicidade de Nádia e Jesper desabrochar, nem ser constantemente massacrada por Kate. Então, ela trabalhava desde cedo: limpava mesas, colocava doces na vitrine, enchia saleiros.

– Problemas com garotos, não é? – disse Valtteri, sendo bastante observador.

– Não há nenhum garoto.

– Ah, acredito...

– Vou lá fora arrumar as mesas.

Talvez precisasse de ar fresco, mas arrependeu-se de sua decisão assim que pôs os pés no pátio. Samuel estava sentado lá, com uma mulher loira. Especificamente, uma mulher loira e bonita. De início, Didi considerou sair com discrição, porém, depois, ficou furiosa. Samuel escolheu vir aqui para mostrar sua vagabunda? Decidiu, então, mostrar a ele que era capaz de lidar com as coisas com maturidade, como os adultos.

Samuel e a mulher riam sobre algo, e ela o tocou no rosto. Didi cogitou quais oportunidades teria para usar uma colher de *cappuccino* como arma, mas abandonou a ideia de imediato. Ela apenas sorriu docemente.

– Oi. O que gostariam? – perguntou Didi e, antes que Samuel cuidasse da situação, ela esticou a mão para a mulher. – Sou Desirée.

– Jessica.

– Samuel e eu tivemos um relacionamento um tanto complicado. Não sei se ele lhe contou algo.

– Falou alguma coisa – disse Jessica, e olhou para Samuel como se perguntasse algo. – Eu gostaria de uma taça de vinho branco seco.

– Jessica me ofereceu um lugar para ficar. Eu não preciso mais dormir no departamento de patologia. – Samuel teve, enfim, a oportunidade de dizer.

– Você vai querer café com leite – disse Didi. – Como sempre.

Didi ia pegar as bebidas, mas mudou de ideia e olhou para Samuel.

– Eu tive uma queda por você aos 9 anos, quando me salvou de uma aranha. Eu tive outra queda no início do verão, quando você me salvou de uma abelha. Eu não queria me apaixonar, mas não consegui, e me apaixonei.

– Eu não acredito em você – disse Samuel.

– Que eu o amo? – Didi jogou o pano de prato em seu ombro e parou com as mãos na cintura.

– Uma hora você fugia, depois, caçoava de mim. Você pedia ajuda, em seguida, se afastava. Que tipo de amor é esse?

– Samuel – disse Jessica, tentando acalmá-lo.

Aquela fora a última gota para Didi. Ela não precisava de pena, em especial, daquela mulher com quem Samuel agora morava. Ela foi rápida com as mãos e agarrou Jessica pelos pulsos, sem saber o que faria em seguida. Ela sentia as próprias batidas do coração e elas a enchiam de fúria. O sangue não parava de pulsar em suas têmporas. De início, nem conseguiu reconhecer a expressão no rosto de Jessica, que se contorcia de dor, embora Didi não apertasse com força. Ela a soltou imediatamente.

– Me desculpe – sussurrou Didi. – Eu não quis fazer isso.

– É isso que quis dizer – disse Samuel.

– Eu odeio isso também! – disse Didi. – E eu o amo. O que devo fazer?

Samuel não respondeu, e se concentrou em cuidar de Jessica. Didi se afastou, e depois de um instante, viu Samuel com seu braço em volta de Jessica, quando eles começaram a sair.

Ela olhou para sua mão. Para ela, tocar um humano significava perceber os sentimentos daquela pessoa, nitidamente. Agora, seu toque podia causar dor. É claro que Samuel não queria ficar com ela. Ela era um monstro.

65

Por alguma razão, os pensamentos recentes de Nádia se voltaram para Essaouira, Marrocos, e o abrigo das mulheres, que fora pintado de branco. Ela sentiu tratar-se de seu próprio percurso. Ao longo do tempo, ela acompanhou os destinos de muitas mulheres, que, lá, recebiam o que precisavam. Nádia analisava o que podia ser feito para ajudá-las, por serem mulheres tratadas como objetos, como se fossem inferiores a animais, sem qualquer liberdade. Entretanto, ela queria pensar sobre o futuro, e não sobre aquele momento penoso. Ela queria curar e perceber que as mulheres deixavam o abrigo a caminho de uma vida melhor. Isso não acontecia sempre, mas seu coração se enchia de esperança.

Nádia se lembrava especialmente de Milena. A jovem chegou ao abrigo severamente espancada e, no primeiro olhar, Nádia a reconheceu como uma ninfa. Ela era bonita, loira, de olhos claros, mas com a vontade de viver se esvaindo. Nádia estava disposta a ajudá-la de todas as maneiras. Era lua cheia, mas ela não podia forçar Milena sair com ela em busca de nutrição. Milena quis viver livre dos sátiros e, para isso, fugiu de seu bando. Ela não queria receber ordens de ninguém, nem de seus senhores, nem da Lua. Ela já sentia uma dor agonizante, mas aceitou seu destino. Nádia saiu para se alimentar, embora Milena houvesse suplicado para que ficasse ao seu lado. Quando voltou, Milena estava morta, mas em seus lábios havia um sorriso.

Nádia preferiria apagar a lembrança e, talvez, por isso, tenha feito amor tão furiosamente com Jesper. Era uma conquista fazer um sátiro implorar por uma pausa.

Nádia ficou deitada sobre ele por mais algum tempo, e percebeu o sorriso um tanto sonhador do sátiro. A verdade piscou em seus olhos.

– Estou com ciúmes – disse Nádia. – Você está pensando em Didi.

– Desirée Volanté, desejo e vontade. – Ligeiramente suado, Jesper refletiu sobre as palavras. – Embora eu não acredite no conto de fadas, há algo estranho naquela ruiva. O cheiro dela é muito mais forte do que o de vocês todas. Ele ficou impregnado nesses lençóis.

Jesper puxou o lençol até o rosto e respirou fundo. Ofereceu-o para Nádia, mas ela virou a cabeça.

– Completamente afrodisíaco – disse Jesper, com voz rouca. – Estou pronto para mais uma rodada. Talvez ele tenha o poder da ninfa. Sátiros começarão a babar por Didi. Que lenda!

Nádia estava irritada e resolveu sair de cima de Jesper. Ele não precisava compartilhar suas crenças, não deveria caçoar delas. Ela não sabia todas as maneiras pelas quais Desirée mudaria as vidas das ninfas, mas a profecia lhes prometia liberdade. A liberdade de escolher quem, quando e como amar. Nádia se levantou do colchão e foi até a janela. Ela tinha algo a perguntar, mas a resposta a assustava, por isso não queria olhar diretamente para Jesper.

– Você teria terminado seu trabalho mais cedo, se eu não estivesse entre as presas?

– Você está perguntando se eu teria capturado a ruiva e matado o resto das ninfas? – perguntou Jesper. – É muito provável que sim. – Eu tinha recebido uma ordem.

Ao menos Jesper era honesto. Ao mesmo tempo, ela amaldiçoava Kate em sua cabeça, pois ela estava certa mais uma vez.

Nádia andou até o colchão e Jesper levantou seus braços, pronto para recebê-la novamente, mas ela se abaixou e recolheu as roupas.

– Ninette, não – disse Jesper. – Eu prometi, afinal, aceitar suas regras.

– Você é um sátiro e não tem como mudar. Pode durar um momento ou décadas, mas, mais cedo ou mais tarde, estarei na mesma situação que antes da fuga. Sou incapaz de lidar com isso.

Jesper se levantou e se aproximou de Nádia. Ela pensou em como Jesper, nu, era belo aos seus olhos, o quanto o amava. Contudo, ela não podia mais divergir do caminho que escolheu. O objetivo estava próximo.

Nádia tirou lentamente o anel de seu dedo e o deu para Jesper, que não tinha intenção alguma de pegá-lo. Nádia agarrou sua mão, abriu-a e colocou nela o símbolo de sua união de séculos.

– Eu disse que estava do lado de vocês – disse Jesper.

– Porém, você não pode mudar – disse Nádia. – Eu já mudei e devo tomar minhas decisões. Não posso viver com você.

– Não me deixe – disse Jesper.

– Eu tenho que deixar. – Nádia achou difícil dizer em voz alta, porém ela não conhecia outra forma. – Se eu ficar, no final, serei apenas sua ninfa. Eu quero ser livre. Eu quero que todos nós sejamos livres.

Instantes depois, Nádia fechou a porta. O que mais queria naquele momento era a companhia de outras ninfas. Ela desceu correndo a escada e correu quase todo o caminho até o apartamento. Ela não se incomodava mais com o fato de Kate dizer que, mais uma vez, ela tinha razão.

Nádia se sentiu em casa quando entrou na varanda. Kate estava encostada contra a grade, como de costume, e Didi, sentada debaixo de um cobertor na espreguiçadeira.

– Estou voltando – disse Nádia.

– Eu tenho um novo talento? – disse Didi.

– Fui à mansão. – Kate encheu uma taça de vinho e a deu à Nádia. – Eric escapou.

Nádia olhou para Kate. Ela também adivinhou que algo a mais fora encontrado na mansão, porém, dessa vez, deixou Kate manter segredo. A coisa mais importante era que estavam juntas de novo. Na noite seguinte, haveria uma lua cheia no céu.

66

Eric estava certo de que sua ausência havia levantado dúvidas. Era também esperado que Michel usasse a situação em proveito próprio e reforçasse a sua aliança com Gabriel Korda. Ele conhecia Korda o suficiente para duvidar de sua total confiança em um sátiro que traiu seu senhor. Por outro lado, Korda queria manter seu posto como Senhor do conclave e Michel ansiava se tornar membro efetivo. Se eles tramassem algo contra Eric... ele precisaria fazer de tudo para que o que tinham planejado não acontecesse. Ele esteve tão perto de Desirée e de tudo o que desejava, que certamente não desistiria. Até então, Korda sempre esteve um passo à frente em tudo que ele almejava, tendo o descartado no momento em que esteve prestes a alcançar o que queria, tanto em termos de status quanto de riqueza. Isso não aconteceria mais.

Eric contatou Michel como se tivesse total controle do assunto, o tempo todo.

– Fui cuidar de algumas coisas, das quais você não precisa saber, por enquanto – disse. – Jesper Jansen deve ser transferido para a lista de indivíduos a serem eliminados. Ficarei aqui um pouco mais.

Eric desligou antes que Michel tivesse tempo de perguntar qualquer coisa. Em primeiro lugar, ele não se submeteria a interrogatórios e, em segundo, esperava por um convidado muito pontual. Eric já havia colocado conhaque nos copos.

Era muito raro ele apreciar humanos, mas, Roland Gyllen, que tinha quase 70 anos, fora, durante muito tempo, um conhecido agradável. Gyllen sabia, de certa forma, que tinha feito um acordo com o diabo – ou seja, com um sátiro – mas garantia, dessa forma, o futuro de seus descendentes. Com a ajuda de Eric, o risco de sua empresa falir se converteu em lucro, do qual seus filhos, impedidos por documentos formulados especialmente para esse fim, não poderiam usufruir como bem entendessem, queimando as próprias riquezas ou e a de seus netos.

Quando Gyllen chegou, conversaram sobre banalidades e beberam o conhaque. Tratava-se de um homem velho e sábio e, por fim, ele mesmo tocou no assunto.

– Assumo que lhe devo um favor – disse Gyllen.

Eric olhou para ele e, por um instante, pensou sobre o homem de negócios de meia-idade e boa postura com quem fez o contrato original. Agora, ele estava um pouco gordo, sua pele um tanto pálida e suas costas levemente curvadas, porém ainda tinha o carisma de um líder.

Eric assumiu uma posição confortável em sua poltrona. Gyllen era também uma das poucas pessoas em que ele confiava. Quando elas conseguiam algo, era comum que começassem a querer algo mais. A ganância quase sempre gerava a queda. Gyllen, porém, respeitava os acordos, sem fazer novas exigências. Portanto, Eric decidiu falar o mais diretamente possível.

– Encontrei uma esposa – disse Eric, fazendo Gyllen arquear as sobrancelhas. – Preciso de um lugar tranquilo onde possamos ficar em paz.

Gyllen pensou sobre o assunto por um tempo. Eric viu que a curiosidade do velho foi despertada, mas ele era capaz de controlá-la.

– Tenho um chalé no campo. Não há vizinhos nas proximidades. Eu mesmo já me retirei lá para meditar e manter distância. Serviria?

Eric sorriu. Se Gyllen chamava o lugar de chalé, tratava-se, sem dúvida, de uma mansão luxuosa, com todas as comodidades modernas. Ele levantou o copo de conhaque, brindando o acordo.

– Espere um segundo mais – disse Gyllen. – Eu sei que estou retornando um favor, mas preciso lhe pedir algo. Você provavelmente já esperava.

– Sim – disse Eric. – Providenciarei, assim que você der o sinal.

– Bom – disse Gyllen, e se levantou com dificuldade. – As chaves e indicações do caminho lhe serão entregues amanhã. Fique lá o quanto quiser. Como pode imaginar, não há uso para o chalé.

67

Didi estava cansada. Os muitos trovões durante a madrugada não a deixaram dormir bem. Esteve afetada também com a proximidade da lua cheia. Ela correu para sua aula da manhã, em que bocejou intensamente, embora o tema – Joana d'Arc – fosse interessante. Depois disso, teve um longo dia no café de Valtteri. Felizmente, a hora de fechar se aproximava e os últimos clientes estavam se levantando para partir. O próprio Valtteri se sentou junto ao balcão para beber chá e ler um jornal.

– Você tem muitos admiradores – disse Valtteri.

Didi sabia e aquilo a cansava. Os olhos dos homens pousavam sobre ela e a despiam, deixando-a vulnerável. Queria ir para casa e ficar em paz, longe de tudo. Ela não havia tomado o remédio feito por Nádia. Decidiu ficar dentro de casa durante o período crítico. Mal conseguia se lembrar de algo sobre seu desmaio na floresta, mas não se esquecia daquela dor lancinante, a qual temia intensamente.

Didi limpou o balcão do café e colocou uma caneca na pia. Ela se lembrou de um homem loiro, que pedira um *cappuccino* há meia hora, sorrindo docemente para ela. Um papel fora deixado debaixo da caneca. Era um convite para sair, um nome e um telefone. Didi o jogou no lixo, sem hesitar.

– Aquele homem esteve aqui – disse Valtteri, notando sua reação.

– Samuel? – perguntou Didi. – Ele estava me procurando?

– Não. Ele estava acompanhado. Eu acho que era Jenni ou Janika...

– Jessica. – Didi se virou e se concentrou em limpar o pano de prato. Com a outra mão, pegou o papel do lixo e o colocou no bolso de seu avental.

– Tome um chá também – convidou Valtteri.

Didi olhou para seu gentil chefe e reconheceu os sintomas: um olhar perdido, uma respiração alterada... A situação tornara-se impossível. Didi queria tanto manter o emprego quanto a amizade de Valtteri. Havia apenas uma solução para tal.

– Valtteri, você se incomodaria se eu tirar alguns dias de folga? – perguntou Didi. – Preciso estudar para uma prova e há outras coisas...

– Claro que não – disse Valtteri, embora parecesse desapontado. – Desde que você não desapareça.

– Não desaparecerei – prometeu Didi, já tirando o avental. – Obrigada.

Didi foi ao vestiário e colocou seu novo vestido favorito. Ela o cobiçou na vitrine de uma loja na última vez em que saíra com Nádia.

– Esse é, sem dúvida, para você! – disse Nádia e elas entraram.

O vestido era azul-celeste, tinha listras e flores rosas e vermelhas. Era justo debaixo dos seios e a barra levíssima. Foi um pouco caro demais, mas Nádia a encorajou a comprá-lo e ela não se arrependeu nem um pouco.

Didi colocou seus sapatos azuis e um suéter branco. Essa cor destacava ainda mais a de seus cabelos. Ela jamais usaria azul em sua vida anterior, como uma garota comum. Ser uma ninfa tinha seus problemas, mas também lhe trazia um novo tipo de confiança, da qual ela apreciava.

Didi saiu. Mais cedo, ela esteve absolutamente certa de que queria ir para casa, porém algo a incomodava. Ela pegou o pedaço de papel do homem loiro e refletiu por um instante. Com certeza, ela também podia se divertir. Samuel encontrou outra, então por que ela não poderia relaxar um pouco? Não havia mal nisso. Ela encontraria um homem, flertaria um pouco e iria para casa. "Ao contrário daquelas outras duas, que não têm as mesmas preocupações que eu", pensou. Kate tinha o olhar de predadora já pela manhã, e Nádia anunciou que só voltaria depois de resolver umas coisas relativas a Jesper. Didi entendeu, sem dizer, que Nádia queria passar a noite com alguém que apagasse as lembranças do amor. Como se aquilo fosse possível.

Didi discou o número em seu celular e virou a esquina para esperar a resposta. Porém, não teve tempo de recebê-la. Alguém apertou um pano com um cheiro estranho contra seu rosto. Ela lutou o máximo que pôde, mas logo sentiu que seus pés não a sustentavam mais. Em seguida, sua visão escureceu. Ela lutou para não perder a consciência e sentiu como se alguém a levantasse e a carregasse para um carro. Foi algemada com uma corrente em um de seus tornozelos e, depois, o carro partiu.

Com muita dificuldade, Didi conseguiu abrir os olhos e levantar a cabeça, extremamente pesada. Ela ainda não desistiria. Tocou seu bolso, tirou seu celular e procurou por um número. Apertou um botão, torcendo para que fosse o certo e logo ouviu a voz de Kate.

– Didi? Didi? – Kate não parava de repetir.

Ela entreabriu a boca para responder, mas suas cordas vocais não a obedeciam mais. Em seguida, perdeu a consciência.

68

Kate estava extremamente satisfeita. Ela seduziu um homem adequado, que fez amor com ela com maestria e por muito tempo, e que depois caiu em um sono profundo e merecido. Kate teria descansado ao seu lado, mas a ligação de Didi a fez mudar de ideia. Precisava chegar ao apartamento com urgência.

– Nádia? – chamou em voz baixa ao abrir a porta, mas o apartamento estava vazio. Em seguida, ligou para o número de Nádia e ficou irritada ao ouvir o celular tocar ali, na sala. Ela havia insistido para Nádia levar o celular com ela, o tempo todo. Era tão difícil obedecer uma ordem simples? Era para a segurança de todas.

Ela pegou o celular de Nádia e checou as últimas mensagens e ligações. O nome de Frida surgiu e ela abriu a mensagem. Havia apenas coordenadas de mapa, o que significava que Frida precisava de ajuda. Na mesma hora, Kate checou o esconderijo do passaporte de Nádia. O passaporte havia desaparecido. Que merda! Nádia não se controlava quando a questão era ajudar alguém. Ela corria para auxiliar com suas ervas e essências, sem pensar nas consequências e nos perigos.

Kate foi até o quarto de Didi e esbravejou. Aparentemente, a garota não esteve em casa, então, havia acontecido algo com ela, no caminho. Kate deu um soco na parede e caiu sentada na cama de Didi. Se estiver nas mãos de Eric, era bem provável que não fosse mais vista. Eric ordenou que Didi fosse raptada, sem sujar as próprias mãos e, portanto, seria quase impossível descobrir onde ela estaria. A não ser... Kate pesou diferentes opções por um momento, depois fez um telefonema. Logo, um voz masculina grossa, ligeiramente reservada, respondeu.

– Harju.

– Preciso de ajuda. – Kate foi direto ao assunto e explicou a situação a Harju. – Você pode descobrir algo sobre o que pode ter acontecido com Didi?

– Hoje em dia, há câmeras de vigilância a cada esquina – disse Harju. – Se houve um rapto, algum vestígio foi deixado. Contatarei um velho amigo e lhe retornarei.

Até então, Kate pôde agir, mas agora ela tinha de esperar. Ela sentia seus piores medos aflorando, assim como lembranças com as quais era impossível conviver.

***

No porto de Tarranoga, o cheiro era de óleo e peixe. O motor do carro usado pelas três superaqueceu e o sol estava escaldante. Nádia e Kate levantaram Rose, que se sentia mal, tirando-a do carro e colocando-a na sombra para descansar um pouco. Elas estavam exaustas com a fuga, mas sabiam que não tinham a opção de parar.

– Se os sátiros não nos matarem, essa comida o fará – disse Kate, saturada de batatas fritas e barras de chocolate, que as sustentaram durante os últimos dias em que não tiveram coragem de parar e comer em algum lugar. Ela abriu uma garrafa de água e bebeu, avidamente.

Nádia abriu alguns botões de seu vestido de algodão e sua testa escorria suor. Ela não estava preocupada consigo mesma, mas com Rose.

– A febre subiu de novo. Precisamos encontrar um lugar para cuidarmos de sua irmã.

– Devemos continuar a viagem – disse Kate, observando Nádia. – O que você acha que Rose tem?

– Não tenho ideia – disse Nádia. – Talvez algum parasita.

– Vamos pegar aquele remédio que você mencionou.

– Eu não acho que Rose tenha forças para fazer a viagem – disse Nádia. Os sintomas de Rose eram estranhos e até então ela não pôde ajudá-la, apenas fazê-la se sentir um pouco melhor.

– Talvez fosse melhor nos separarmos. Pelo menos, nem todas serão capturadas – disse Kate. – Leve o carro. Deixarei Rose descansar um pouco e, depois, pensarei em um modo de chegarmos à Itália.

Nádia olhou para Kate um pouco confusa. Era evidente que Kate queria se livrar dela, mas sabia que seria inútil pedir uma explicação. Além disso, a coisa mais importante era que todas sobrevivessem. Nádia esticou a mão e Kate colocou nela as chaves do carro.

Depois que Nádia partiu, Kate foi até sua irmã.

– Por que você afastou Ninette? – perguntou Rose. Seus lábios estavam rachados e a cor de sua pele era acinzentada. Kate temia de verdade por sua irmã.

– Sua gravidez está começando a ficar evidente. Não correrei riscos – disse Kate. – Será mais fácil se eu tiver de proteger e cuidar apenas de você.

– Vamos à Itália? – perguntou Rose, que ouviu a conversa.

– Não! – disse Kate, abrindo um pouco mais sua camisa branca e ligeiramente manchada. – Espere aqui. Arranjarei um veículo para nós.

Assim, Kate negociou uma viagem de balsa para a França e, enfim, elas chegaram à cidade de Montpellier. Lá, Kate se instalou. Ela encontrou uma velha casa abandonada para elas. A casa parecia segura e ela podia se mover dentro dela sem ser vista. Conseguiu um colchão para Rose, algo para comer e alguma informação sobre as outras ninfas. Por um tempo, pareceu que Rose havia melhorado, mas quanto mais o parto se aproximava, pior sua condição ficava.

Então, chegou a noite das contrações. "Cedo demais", pensou Kate. Ela não podia dizê-lo em voz alta para Rose, ao contrário, ela a acalmava.

– Eu quero Ninette – disse Rose, ofegante.

– Estamos seguras aqui – disse Kate. – Depois de você ter o bebê, continuaremos a viagem. Claro, desde que você e a criança estejam fortes o bastante.

De repente, Rose agarrou a mão de Kate com extrema força. Kate sentiu seus dedos sendo apertados e viu o olhar de urgência no rosto da irmã.

– Me prometa, Ecaterina – disse Rose, enquanto as contrações a dominavam. – Se algo acontecer comigo, você cuidará da criança como se fosse sua.

– Nada acontecerá com você.

– Prometa. Fale em voz alta – disse Rose, furiosamente.

– Prometo – Kate virou o rosto. Apenas alguns viram lágrimas em seus olhos. Ninguém veria agora.

Algumas horas mais tarde, Kate segurava um recém-nascido que chorava em seus braços.

– Você estava certa – disse à Rose, como se ainda pudesse ouvi-la. – É uma menina.

Rose estava deitada em lençóis ensanguentados, com olhos vidrados, mas parecia tranquila. Talvez tivesse tido tempo de ouvir o primeiro choro de sua filha.

Kate olhou para a menina. Sacrificou tudo por ela e agora não sabia se a amava ou odiava. Não tinha a intenção de ficar parada pensando sobre isso. Tinha dado sua palavra à Rose e planejava agir de acordo. Era melhor seguir o plano. A lenda, mesmo se inventada, seria a melhor proteção para a criança.

Kate enrolou a criança em uma toalha e a levou para as ruelas da velha cidade de Montpellier. Lá, passou por uma porta baixa, tirou um maço de notas e explicou como a tatuagem deveria ser. Uma vez pronta, ligou para um número, conseguido anteriormente. Agora, ela precisava mais do que nunca da ajuda dos Carvalho.

Uma mulher atendeu o telefone e elas combinaram um encontro em uma pequena estalagem, na qual a mulher morava. Kate se assegurou de que o tatuador não conseguiria falar com ninguém, pegou o dinheiro e partiu. Cuidou para que ninguém a seguisse. A criança era surpreendentemente quieta e não chorava, apenas a olhava com seus olhos brilhantes. Kate achou que já via os cabelos vermelhos de sua irmã na cabeça da criança, mas talvez estivesse apenas imaginando.

Depois de algum tempo, Kate bateu à porta. Uma mulher alta, de cabelos escuros, a abriu. Kate olhou para ela, avaliando-a. A mulher tirou um pingente com folhas de carvalho de debaixo da blusa. Kate fez um aceno com a cabeça e lhe deu a criança, sem dizer uma palavra.

– Você não vai entrar? – perguntou a mulher. Ela tomou o bebê em seus braços, como se fosse a coisa mais natural do mundo.

– Não. Eu não quero saber para onde você vai com a garota, desde que seja para tão longe que eu não possa encontrá-las.

– Eu cuidarei dela – disse a mulher.

– Quando Desirée chegar à idade de ninfa, mande uma mensagem para este número de telefone – disse Kate, dando um pedaço de papel para a mulher. – Dê-me as coordenadas e eu as procurarei.

A mulher estava prestes a dizer algo, mas Kate já havia fechado a porta. Deixou a estalagem em silêncio e parou apenas depois de muitos quarteirões.

"Rose", ela pensou. Eu prometi cuidar da criança da melhor maneira possível e, portanto, é melhor que ela viva com outra pessoa. Daí, chorou por um breve momento e foi comprar uma garrafa de conhaque.

***

Kate despertou de suas lembranças, quando Harju ligou e anunciou que passaria para pegá-la em um minuto.

– Começamos a checar as câmeras de segurança perto do trabalho de Didi e achamos algo – explicou Harju, no carro. – A garota foi levada de uma esquina e logo uma van escura saiu em disparada. Foi relativamente fácil segui-la até um estacionamento.

Em um instante, eles entraram no subsolo e Kate sentiu seu coração acelerar. O carro estava no extremo oposto do estacionamento e não havia ninguém perto dele. Ela prometeu proteger Didi e, ainda assim, isso aconteceu. Ela não tinha ideia do que encontraria no carro. Identificou a expressão no rosto de Harju, mas não revelaria seus sentimentos sob nenhuma circunstância. Ao contrário, ela estava mais calma do que nunca.

Harju parou e eles saíram do carro. Kate andou com pressa até a van. Nenhum som podia ser ouvido de dentro dela.

– Nas imagens capturadas pelas câmeras, havia outra van parecida estacionada aqui – disse Harju. Elas foram viradas em tal ângulo, que se tornou impossível dizer o que aconteceu aqui.

Kate não ouviu. Ela olhava para uma mancha no para-choque traseiro. Sabia, sem investigação, tratar-se de sangue.

– Posso abrir? – perguntou Kate, tirando sua faca antes que Harju pudesse responder. Ela destrancou a trava em um segundo e abriu a porta.

Kate suspirou de alívio. Havia um corpo no chão da van, mas não era o de Didi. Um homem jovem, com cabelo curto, estava deitado, nu, coberto de hematomas e com os membros afastados. Por alguma razão, ele ainda usava óculos escuros. Tanto Kate quanto Harju viram casos semelhantes antes.

– Pelo menos, Eric conseguiu algum alimento para Didi a tempo – disse Kate com calma, embora se perguntasse que tipo de tratamento Didi teria nas mãos do sátiro. Eric estava sempre voltado aos próprios interesses, e, no final, não iria importar se conseguiria o que queria com Didi por meios pacíficos ou não. Não há limites para a crueldade de um sátiro furioso. Seria melhor Didi morrer antes de ter de passar por isso.

– Este carro foi roubado há alguns dias. Então, isso nos leva a lugar nenhum. – Harju olhou para a ninfa morena e sombria, à distância, sem poder dizer o que passava em sua cabeça. – O outro carro, por sua vez, que esperava aqui, está registrado como pertencente ao grupo Gyllen.

– Presumo que você já tenha verificado.

– Liguei para lá e, por alguma razão, passaram-me para o próprio chefe, Roland Gyllen – disse Harju. – Ele somente explicou que era incapaz de manter controle das centenas de veículos da companhia.

– Eric sabe como escolher parceiros úteis – disse Kate. – Para onde o carro foi?

– Foi encontrado em um bosque nas proximidades. Duvido que a pessoa por trás disso tudo o usará novamente – disse Harju.

– Você quer dizer que as pistas acabam aqui? – perguntou Kate, quase rosnando.

Por segurança, Harju deu alguns passos para trás antes de concordar.

69

Samuel se jogou no sofá bege de Jessica para olhar um álbum de fotografias. A família de férias, a família no Natal, a família em uma festa de parentes. Jessica soprando cinco velas, com suas bochechas vermelhas e redondas. Jessica e sua bicicleta nova. Jessica e seu irmãozinho montando uma tenda indígena.

A mente de Samuel encontrou dificuldades em compreendê-las. Pensou em sua própria infância. Não havia nada de errado com ela. Seu pai e sua mãe o amavam e, certamente, se amavam, mas eles não tinham parentes. Às vezes, tinham visitas, porém ele sentia que havia algo estranho. Percebia isso no olhar de sua mãe para seu pai, ou no modo como se despediam quando seu pai partia para uma de suas muitas viagens a negócios. A mão de Samuel subiu até seu pescoço para sentir o pingente, e estremeceu quando Jessica se sentou ao seu lado. Ela usava uma camisa simples e um jeans. Como uma mulher podia ser tão doce e leve?

– Está procurando segredos? – perguntou Jessica.

– Cada foto no álbum é, de alguma maneira, tão perfeita – disse Samuel. – Família, tradições, sorrisos. Absolutamente tudo.

– Há algo de errado nisso?

– Não – disse Samuel. – Ou sim. Subitamente sinto que deixei de ter algo.

Jessica pegou a mão de Samuel e ele sentiu o calor de sua pele. Ele estava morando no sofá de Jessica. Eles comiam cereais e iogurte juntos, pelas manhãs, e riam enquanto assistiam à televisão. Todas essas coisas normais eram tão boas, que Samuel não tencionava se apressar e dar um passo adiante. E sentia que Jessica também queria o mesmo.

Ele a olhou e viu um convite. Inclinou-se um pouco e deu um leve beijo em seus lábios. Eles sorriram um para o outro.

– Eu jamais teria imaginado que me apaixonaria por um homem que joga café em meu peito – disse Jessica.

Samuel riu, mas percebeu que Jessica abordou um assunto sério, de uma maneira leve. Ele queria responder, porém algo o deteve. Lembrou-se da montanha-russa de emoções causada por Didi e se convenceu de que não precisava daquilo. Levantou o queixo de Jessica com seus dedos e a beijou de novo, dessa vez por mais tempo e mais profundamente.

– Vamos tomar um café? – perguntou Samuel.

– Por que não? – respondeu Jessica. Samuel viu um sinal de decepção em seus olhos azuis.

Ele foi até a pequena cozinha, onde tudo era aconchegante e arrumado. Em sua primeira visita à Jessica, Samuel mencionou que ela havia construído um ninho no qual tudo era da maneira que ele queria: arrumado e limpo. Uma imagem da cozinha das ninfas veio à sua mente, com suas ervas, cheiros e garrafas de vinho. Grandes potes cheios de nozes e amêndoas, que Nádia, em particular, adorava.

Samuel tentou se concentrar no cheiro do café. Ele colocou duas canecas verdes sobre a mesa e as encheu pela metade.

– Você tentou ligar para Didi? – perguntou Jessica, com um tom de certa indiferença.

– Algumas vezes – respondeu Samuel. Ele não pretendia mentir, mas também não diria que foram, ao menos, dez tentativas.

– Por quê?

– Conheço Didi desde criança – Samuel tomou Jessica em seus braços e a abraçou enquanto falava. Ele queria fazê-la entender que o relacionamento entre ele e Didi não era tão simples. – Quando criança, eu tinha uma sensação estranha, quando Didi estava com problemas. Agora tenho essa sensação o tempo todo.

Samuel teria continuado, mas sentiu os lábios de Jessica em seu pescoço. Jessica o mordeu delicadamente, passou para sua orelha e enfiou os dedos em seus cabelos. Samuel sentiu que estava ficando excitado. Talvez tudo pudesse acontecer sem complicação. Era isso o que ele esteve esperando, afinal. Ele colocou seus lábios nos dela e começou a empurrá-la em direção ao quarto, enquanto abria os botões da camisa branca macia, que tinha cheiro de sabão em pó. Ele não a deteve, quando ela abriu o zíper e o tocou. Eles caíram sobre a cama. Samuel se perguntou por que levou tanto tempo, por que ficou dizendo para si mesmo para não se apressar. Conseguiu abaixar um pouco a calça de Jessica. Ele fechou os olhos e esperou poder se segurar por um pouco mais de tempo.

Samuel fechou os olhos e os manteve fechados por uns instantes. Foi acometido pelo medo que, sem dúvida, Didi sentia naquele exato momento. Seu quadril já estava no de Jessica, quando ele parou e se virou para o lado.

– Eu farei você esquecer – sussurrou Jessica em seu ouvido. Porém, Samuel não tinha mais nenhuma gota de desejo.

– Se eu pudesse fazer uma escolha sensata, eu ficaria aqui para o resto de minha vida – disse Samuel, segurando delicadamente o pescoço de Jessica. – Mas o que sinto não tem nada a ver com razão ou lógica.

70

Estava quase totalmente escuro quando Didi abriu os olhos. Alguma luz podia ser vista por debaixo da porta fechada. As janelas tinham cortinas escuras, que não permitiam a passagem da claridade. Havia uma pequena luz vermelha piscando no teto. Didi supôs que seria uma câmera. Alguém poderia estar observando-a, e ela não queria ainda revelar que estava acordada. Nem quanto medo sentia.

Ela começou a se lembrar lentamente dos eventos anteriores. Aquele homem malcheiroso que a agarrou, o barulho do carro, a sensação de estar acorrentada... Quando as portas do veículo foram abertas, Didi já estava acordada e sentia dor. Havia os efeitos da lua cheia e ela tinha mais dor do que jamais sentira. Então, um homem suado fora empurrado para dentro do carro e ela fez o que uma ninfa deve fazer durante a lua cheia, sem pedir permissão nem perdão. Parece que, depois disso, ela perdeu a consciência de novo, pois não se lembrava de sua chegada àquele lugar.

Didi tateou cuidadosamente ao seu redor para checar onde estava. A cama era larga e confortável, os lençóis pareciam ter sido passados e eram aveludados e o edredom era de penas leves. Ela percebeu que não usava sutiã, apenas calcinha. Felizmente, havia escolhido aquela calcinha vermelha bonita. Teria sido insuportável ser sequestrada usando uma calcinha de algodão velha. Ela evitou pensar na possibilidade de alguém tê-la tocado e despido enquanto estava inconsciente. Ela não podia dar vazão a qualquer tipo de medo.

Os olhos de Didi exploraram o quarto espaçoso e ela enxergou uma cômoda e um guarda-roupas.

– Ao olhar com mais atenção, verá uma camisola em um cabide – disse uma voz masculina, de um alto-falante no teto.

Eric! Didi estremeceu e se sentou. Ele esteve no estacionamento. A lembrança era surpreendentemente nítida. Eric empurrou o homem para dentro da van. Didi queria pensar por um instante, pois abominava a ideia de estar sozinha com um sátiro. Portanto, ela tinha de assumir o controle da situação por si própria. Ela sabia que Eric a queria. Aquilo podia ser usado em seu favor.

– Você pode também acender o abajur no criado-mudo – disse a voz de Eric. – Também a informo que todas as rotas de fuga possíveis foram lacradas. Portanto, economize suas energias para outra coisa.

Didi não teve tempo de pensar sobre o tipo certo de tática. Devia confiar em seu instinto e usar as oportunidades existentes em seu benefício. Acendeu a luz e viu a camisola de seda branca. Levantou-se distraidamente e a colocou. Ela teria preferido correr e esconder sua nudez, mas agora precisava ser o mais natural possível, como se o olho no teto não observasse todos os seus movimentos.

A camisola era leve como uma pluma. A barra de renda alcançava a metade de sua coxa, no máximo, mas, ao menos, ela não estava só de calcinha.

– A porta do quarto está aberta – disse a voz de Eric dos alto-falantes. – Venha aqui.

– Venha você aqui – disse Didi.

– Ah, não – riu Eric. – Paciência, minha pequena ninfa. Essa hora chegará.

– É o que você pensa – retrucou Didi, mas dirigiu-se à porta.

Pensou que veria melhor onde estava, mas as janelas grandes da sala de estar também estavam fechadas por cortinas. Luminárias foram acesas aqui e ali, os móveis eram elegantes e simples e não ofereciam nenhuma pista.

Eric surgiu em um canto e Didi recuou alguns passos. O sátiro vestia um terno escuro impecável e uma gravata-borboleta. Não havia um fio de cabelo fora do lugar e sua barba era perfeita. Didi viu homens assim apenas em anúncios de moda. Porém, Eric não correspondia ao perfil. Em anúncios, as pessoas apenas fingem ser algo, mas em Eric podia-se sentir confiança e autocontrole... "E perigo", pensou Didi.

– Suponho que saiba que Kate está procurando por mim e que logo estará à sua porta. – Didi jogou a informação no ar como se não sentisse medo e encheu uma taça de vinho tinto de uma garrafa que estava sobre a mesa. Ela o provou e achou o gosto estranho e amargo. Ela ainda não era uma mulher experiente, mas não deixaria Eric perceber isso.

– Nebbiolo é minha uva favorita – disse Eric, sorrindo, e Didi não estava certa de sua encenação. – E Kate não virá para cá, pois ela não imagina onde você está.

– O que é este lugar? – perguntou Didi.

– Nosso lugar. Você não precisa saber de mais nada. Você parece bem. Não está grata por eu ter arranjado um homem para você? Seus olhos já estavam leitosos e sua pele seca, quando o servi para você. Depois disso, você dormiu por alguns dias. Sua pele brilhava no escuro.

– Da próxima vez, alguém menos suado, por favor. – Didi não queria pensar sobre a cena na van nem por um segundo. – Por que estou aqui?

No meio da sala, havia um grande sofá moderno e, diante dele, uma mesa de centro de vidro, na qual havia um livro com capa de couro, que era obviamente muito velho. Eric apontou para o livro e, ao mesmo tempo, indicou para Didi se sentar. Ela decidiu acatar o pedido e o sátiro se sentou ao seu lado.

– O que é isso? – perguntou Didi, voltando-se para o livro.

– O livro dos Nós. É em grego arcaico e, antes de tudo, o leremos juntos desde...

– Eu não sei grego! E não estou com humor para ler.

– Calma – disse Eric. – Uma coisa por vez. As ninfas vêm lhe contando mentiras e eu irei corrigi-las. Se, depois disso, você ainda quiser ir embora, poderá fazê-lo.

Didi agarrou o livro pesado e o colocou em seu colo. Na capa, havia o seu Nó, a sua tatuagem. Embora houvesse reclamado, agora ela queria saber. Ela abriu a primeira página e sentiu o cheiro do couro antigo, do pó, das mãos das ninfas e sátiros pelas quais o livro acabara lá. Seus olhos percorreram as fontes antigas, viram suas belas curvas. Ela levantou os olhos para olhar para Eric.

– Está pronta? – perguntou Eric. – Quando a Lua escurece sobre montanhas claras, uma linda criança ninfa nascerá no meio da floresta...

***

Tanto a voz de Eric quanto a história em si eram hipnóticas e, no decorrer da leitura, Didi perdeu a noção de tempo; não sabia se esteve sentada ao lado do sátiro por meia hora ou por várias horas. Por vezes, ela teve frio e Eric acendeu o fogo na lareira e até lhe trouxe um cobertor de lã. Ele não fez nenhuma investida nem tentou forçá-la a nada, apenas despertou a sede de Didi por conhecimento.

– Quando a Ninfa do Nó receber seus poderes, a lua cheia será coberta pela sombra da Terra – Eric leu. – O sátiro que carrega o sangue dos Silenos pode viver os mistérios de Elêusis com a Ninfa do Nó em telestério. Quando o eclipse terminar, ela engravidará de dois poderes: de um sátiro e da lua vermelha. E um novo Silenos nascerá na Terra.

Didi ouviu a história com os olhos arregalados. Ela não entendeu metade dela, porém, a lenda a fascinou. Agora, entretanto, havia um novo desenlace e ela precisava de uma explicação. Além disso, precisava fazer xixi.

– Você é da família de Silenos? O que significa? – Didi se levantou do sofá e se espreguiçou. O cobertor caiu e ela sentiu os olhos do sátiro em seu corpo. Aquilo não a incomodou nem um pouco.

– Ouça até o fim – disse Eric.

– Primeiro preciso ir ao banheiro... – Didi atravessou a sala e pensou ter acendido as luzes de um banheiro, mas o que viu a deixou sem palavras.

Havia um berço vazio, banhado por uma luz fraca, sobre o qual estava pendurado um móbile de passarinhos e aviões. Nas prateleiras, brinquedos e livros de capa macia. Seus olhos se voltaram para o trocador, no qual havia todo tipo de coisa.

Didi percebeu a presença de Eric bem atrás dela e decidiu parecer o mais inabalada possível, o que não seria fácil. Ela sentiu o calor emanando do sátiro já no sofá e aquilo a atraiu mais do que ela mesma ousaria admitir. Intuía que se cedesse até mesmo um pouco, ela se perderia imediatamente. Ela se virou para olhá-lo.

– Quero pensar sobre as coisas um pouco – disse Didi.

– É claro – disse Eric com extrema polidez.

– Estou com fome e quero me lavar – disse Didi.

– Ótimo – disse Eric. – Tome um banho e troque de roupa. No guarda-roupas há tudo o que você precisa. Enquanto isso, prepararei uma refeição para nós.

Guiada por Eric, Didi foi ao banheiro, que era tão luxuoso quanto os outros cômodos. Sozinha, abriu a torneira da grande banheira oval e colocou na água um pouco de um óleo de banho de essência de rosa, ali deixado. A água cheia de espuma e o perfume etéreo transportaram seus pensamentos para Nádia. Ela sentia falta do conselho e das mãos curativas da ninfa mais velha e mais experiente, porém agora ela teria de se virar. Nádia disse que com um sátiro tudo era natural. Kate, por outro lado, odiava sátiros. O que ela própria achava na realidade dos sátiros? E de Eric em particular? Ao entrar na água quente, sua cabeça estava cheia de pensamentos confusos.

Didi ouviu Eric na sala e na cozinha, mas não se apressou. Ela queria ditar o ritmo e tudo o mais também... Desde que descobrisse o que ela de fato queria. Eric estava pronto para lhe dar o mundo, era evidente. Didi só tinha de permitir e, como resultado, obteria um estilo de vida luxuoso. Então, por que não? Mas, era só se lembrar dos olhos de Samuel para saber que seria impossível até mesmo imaginar-se com outra pessoa.

Um plano começou a se formar em sua mente, mas ela ainda não sabia como executá-lo. Ela se deixou ficar por bastante tempo, para aproveitar plenamente, antes de se levantar da banheira. Secou-se com uma enorme toalha macia e aconchegante e pegou outra para enrolar-se. Abriu a porta e viu o sátiro à mesa, sobre a qual a comida estava servida. Contudo, ela não olhou naquela direção; ao contrário, caminhou devagar para a porta de seu quarto e deixou a toalha cair no chão.

– Pode pegá-la? – pediu para Eric, sem a intenção de que aquilo soasse como um pedido.

Em seu quarto, abriu sem pressa as portas do guarda-roupa e respirou fundo. Se Laura estivesse lá, teria gritado e corrido pelo quarto. Nos cabides havia roupas caras, certamente do tamanho correto. Os materiais eram algodão macio, seda e linho. Na sapateira, muitos sapatos e *scarpins* que combinavam com as roupas, assim como alguns de salto baixo. Uma gaveta na cômoda estava entreaberta e Didi a abriu. Havia sutiãs bonitos em diferentes cores e calcinhas formando conjuntos lado a lado. Ela estava com dificuldades de escolher, mas os homens foram feitos para esperar, afinal.

Didi experimentou um vestido após o outro e examinou sua imagem no espelho. Depois de muitas tentativas, encontrou o que considerou seu absoluto favorito. Um vestido vermelho-cereja, um pouco mais comprido do que um minivestido, feito de lã macia, com uma barra cortada que se movia com graciosidade. Ele revelava seus ombros lustrosos e a cor destacava seus cabelos. O corte não era justíssimo, e sim reservado e elegante. Os sapatos escolhidos foram *scarpins* de couro brilhante, com os quais ela nunca ousaria andar por ruas de paralelepípedo. Para aquela situação, contudo, eram perfeitos.

Ela passou um pouco de *gloss* rosa nos lábios, e considerou suficiente. Tinha uma forte impressão de que o sátiro queria sua ninfa o mais natural possível, e, pelo menos por um tempo, ela fingiria estar disposta a agradar.

Didi ouviu a música que vinha da sala. O ritmo latino era contagiante, mas ela hesitou. Ela queria Samuel, mas não podia prender um homem que não conseguisse se entregar ao amor. Ela estava certa do que queria? E se fazer amor com um sátiro fosse tão incrível, que apagasse todo o resto?

Por fim, olhou-se no espelho. Seus cabelos brilhantes ainda estavam um pouco úmidos. Sentiu o tecido do vestido com as mãos como se acariciasse a própria pele. Então, ela estava pronta. Abriu a porta e entrou na sala.

Um belo jantar havia sido colocado sobre a mesa junto à janela, com taças de cristal, talheres de prata e tudo o mais. Eric estava em pé ao seu lado e o movimento da camisa branca sobre seu peito revelava que respirava um pouco mais rápido do que o normal.

– Pato defumado e salada – disse Eric. Seus olhos famintos estavam presos em Didi.

Didi caminhou em sua direção e seus quadris balançaram ao ritmo da música. O sátiro lhe deu sua mão e assumiu a posição de dança. Ninguém dançou com Didi com tamanha confiança. Ela odiava músicas lentas em que os caras bêbados geralmente se amassam nas moças para se aproveitar delas. Aquilo era completamente diferente.

– Por milênios, ninfas têm contado uma história sobre uma libertadora, mas nada é tão simples – disse Eric e a segurou um pouco mais forte, mas não a ponto de ser desconfortável. – Didi, eu já me apaixonei por você e logo serei seu escravo. Eu a ajudarei a tornar a lenda realidade e a gerar Silenos.

Didi não teve tempo de reagir, pois Eric a girou de tal forma, que, agora, estava atrás dela. As mãos de Eric estavam em seus quadris, acompanhando seu movimento. Era possível sentir a respiração dele em seu pescoço e logo ela sentiu a barba também. Didi estremeceu, mas era melhor deixá-lo pensar que era mais por desejo do que por medo.

– Você pode me contar mais sobre Silenos outra hora – disse Didi. – Agora quero dançar, mas não esta.

Didi girou, soltando-se, e apertou alguns botões do rádio até encontrar uma estação de seu agrado. De início, o sátiro parecia magoado, como se ela tivesse quebrado um encantamento, mas quando os ritmos da música pop encheram a sala e Didi seguiu-os com alguns passos, sua expressão relaxou.

Didi se rendeu à música. A barra de seu vestido vermelho balançava, e seus cabelos vermelhos seguiam o mesmo ritmo. Ela dançava sozinha, com os olhos fechados, como se tivesse esquecido tudo à sua volta. Ela sentiu que o sátiro a observava, sem pestanejar. Virou seus ombros nus e as chamas da lareira deram cor à sua pele. Abaixou a cabeça e abriu um pouco os lábios. Ela era uma verdadeira ninfa, e sabia exatamente que tipo de desejo era capaz de acender.

Só então abriu os olhos e dançou um pouco mais perto de Eric. Ela queria seduzir, brincar, testar seus poderes. Sorriu provocantemente, mas ele já havia visto o suficiente e a agarrou pela cintura, rugindo, empurrando-a para o sofá. Didi estava embaixo do sátiro forte e pesado, quando seus olhos vermelhos ardentes a atravessaram. Ela foi tomada por terror. Por um momento, esqueceu que o perigo era real e que foi por tal razão que brincou com ele. Pensou que tinha o controle, mas agora via os chifres na testa de Eric. Lembrou-se de tudo o que havia esquecido. Como Eric quase matou Samuel, como ela mesma o golpeou com uma adaga...

Didi gritou de terror, e a lembrança de Samuel transformou sua emoção em fúria. Ela se desvencilhou e apertou seus dedos no pescoço nu de Eric. Adrenalina, medo e ódio corriam ao mesmo tempo por suas veias e se transformavam em força em suas mãos. Seu toque bloqueou a respiração de Eric e fez com que ele urrasse de dor e caísse para trás. Didi ficou paralisada. Por um momento, ela não entendeu o que aconteceu. Eric estava a alguns passos dela e pouco a pouco recuperava suas forças. Aquele era o momento em que ela precisava agir. Ela deixou sua fúria explodir, canalizando-a em sua mão, e apertou a artéria carótida de Eric, forçando-o a se ajoelhar. Em um instante, o corpo todo de Eric chacoalhava, os olhos viraram, e Didi não o soltou. Em um piscar de olhos, Eric caiu para o lado, inconsciente.

Ela não esperou. Tirou os *scarpins* e correu para a porta, que não estava trancada. O sátiro estava seguro de que ela não iria escapar. Logo, Didi já estava do lado de fora olhando à sua volta. O sol estava baixo, portanto, era o início da manhã. Ela viu um gramado e um bosque. Lá ela provavelmente não conseguiria fugir do sátiro, pois ele deveria se recuperar com rapidez. Na outra direção, havia um píer e um lago coberto por uma neblina cinza. Ela tomou sua decisão.

Correu para o píer e mergulhou.

71

Samuel mudou-se da casa de Jessica e voltou a dormir nas macas do necrotério. Ao longo dos dias, acontecia de, algumas vezes, acordar subitamente de sonhos estranhos, que não lhe pareciam exatamente sonhos.

Acordou muito cedo naquela manhã, com a sensação de que deveria ir para um lugar diferente. Entrou em seu carro e começou a dirigir sem rumo. Quando finalmente olhou ao redor, percebeu que havia chegado a Tammissari, pois estava bem em frente à mansão de Van der Haas. Então parou. Enquanto observava o portão de ferro e o enfeite de carvalho que o decorava, segurou o antigo pingente de seu pai, dentro da camisa, aquecendo-o por um momento. Saiu do carro em seguida, respirando fundo. O vapor de ar frio de outono saia pelas suas narinas.

Aproximou-se mais do portão e, um pouco adiante, a senhora que varria folhas, que ele havia encontrado quando esteve lá com Didi, parou seu trabalho. Samuel percebeu que ele ainda vestia o jaleco de médico e era, sem dúvida, uma figura estranha. Ele acenou, cumprimentando-a, e entrou.

A mulher começou a cuidar do jardim e olhou de soslaio para Samuel.

– Meu filho Matias já está na varanda.

Samuel ergueu a cabeça para ver melhor. Havia um homem de meia-idade, com o rosto um pouco castigado, de cabelos castanhos de comprimento médio, vestido com suéter e jeans. Ele parecia totalmente normal, mas, mesmo assim, Samuel o abordou com hesitação.

– Samuel Koski – disse, esticando a mão. O homem o cumprimentou com formalidade.

– Matias van der Haas. Vamos entrar.

Matias levou Samuel para uma sala, que, nos velhos tempos, era chamada de salão. Havia uma coleção antiga, e em bom estado, de mesas suecas, junto às quais eles se sentaram, e Matias serviu café da cafeteira.

– Minha mãe me contatou enquanto estava na Grécia, me contando que você esteve aqui – disse Matias. – Você e uma menina bonita.

– Grécia? – Samuel levantou as sobrancelhas. Seus sonhos estranhos tinham algo a ver com a Grécia. – Em que local da Grécia você estava?

Matias hesitou. Ele observou Samuel e claramente considerou suas palavras com cuidado.

– Estávamos no extremo sul, na Lacônia. Há um lugar chamado Velanidia. Minha filha Matilda está na idade em que eu quero mostrar a ela o que tenho feito por toda a vida.

Em seu sonho, Samuel ouvia a mesma fala de seu pai, quase palavra por palavra. Seu pai sugeria que ele e sua mãe o acompanhassem em uma viagem de negócios, para que conhecesse o que fez toda a vida... Entediado, Samuel bocejava, e dizia não estar interessado em ver alguém vender medicamentos. Então, sua mãe ria secamente e mencionava que seu pai não vendia medicamentos.

Samuel tencionou mencionar tal lembrança a Matias, mas, de repente, percebeu que estava olhando direto para o cano de uma arma.

– Alguém entrou aqui, então pensei que devia estar preparado – disse Matias. – O que fazia aqui, na primeira vez, com aquela garota? Como você chegou aqui?

– Didi queria encontrar informações sobre uns símbolos ou um brasão – disse Samuel.

– Quem era a garota que queria saber sobre o Nó?

– Didi – repetiu Samuel. Ele não tinha intenção alguma de contar a Matias sobre as ninfas. Um adulto nem acreditaria em tais coisas. – Nós nos conhecemos desde crianças.

– Seu nome completo! – O cano da arma estava agora a alguns centímetros do rosto de Samuel e as mãos de Matias não pareciam tremer.

– Desirée Tasson.

Um segundo, que pareceu pelo menos uma hora, se passou e, então, Matias colocou a arma sobre a mesa. O coração de Samuel começou a bater mais devagar, mas ainda estava tão alerta quanto antes. Aquela não era uma conversa comum à mesa. Ele conseguiu tirar Didi de sua mente, mas agora a mera menção de seu nome evocava medo. Algo não ia bem.

– Não acredito. Ela não pode ser Desirée Volanté – disse Matias, interrompendo o devaneio de Samuel.

– O que isso quer dizer? – perguntou Samuel.

– Em grego, é Epithymia Tha – respondeu Matias. – Você não conhece a lenda?

– Não – disse Samuel e, ao mesmo tempo, tirou seu pingente para fora. Daí, ele notou a surpresa de Matias. – Tem alguma relação com isto? Ou a Grécia tem alguma relação com isto, de alguma forma?

Tantas perguntas enchiam a cabeça de Samuel que ele não sabia por onde começar, mas se Matias pudesse lhe dar ao menos uma resposta, talvez entendesse um pouco seus sonhos estranhos.

– Onde conseguiu o pingente? – perguntou Matias.

– Meu pai, Pentti Koski, me deu antes de morrer – disse Samuel. – Eu era adolescente quando ele deveria ter me levado a uma viagem de negócios para a Grécia. Algo deu errado, entretanto, e não me lembro de muito mais, com exceção do hospital.

Matias se levantou e foi até a janela. Samuel ainda não ousava se mexer. Ele não queria ser ameaçado com uma arma outra vez.

– Tive sonhos sobre isso, mas não consigo entendê-los – disse Samuel, se virando para Matias. – Eles se parecem com lembranças, mas não me recordo delas.

– Certa pessoa que está aqui, talvez possa ajudá-lo a lembrar – disse Matias. – Se você realmente quiser.

72

– Achei que alguém havia trazido suas roupas para o píer para que fossem lavadas – disse um jovem fazendeiro para Didi, encantado.

Ela também acharia a cena estranha se estivesse no lugar dele. Quase não teve forças para nadar até o outro lado. Deitou-se no chão, congelando e pingando água, como uma poça d'água vermelha. Percebeu vagamente que alguém a levou a um lugar quente e a ajudou a se despir. Por fim, começava a se aquecer e era capaz de falar sem bater os dentes. Agradecida, ela bebeu chá com mel, revigorando-se.

– Eu me perdi – disse, o que era, sem dúvida, uma explicação muito precária, mas o jovem loiro de bochechas vermelhas apenas sorriu como um carneiro. Didi precisava correr, Eric deveria estar atrás dela. – Você, por acaso, teria um telefone?

Logo, Didi segurava um celular e ligava para o número de Kate, pronta para ouvir seus gritos e suas broncas por causa de seu desaparecimento, o que não aconteceu. Ao contrário, a voz de Kate era extremamente preocupada.

– Didi, onde você está? Você está bem?

– Estou. Estou... – Didi se virou para olhar para o jovem.

– Em Hauho – disse o rapaz.

– Estou em Hauho – disse Didi e ouviu Kate respirar fundo.

– Dê-me o endereço e irei pegá-la.

Didi conseguiu informar o endereço e, depois, aguardou. Salsichas, salada e pão de centeio foram trazidos e ela não tinha como expressar com palavras o quão requintada aquela refeição era para ela. O jovem procurou por uma camisa e uma calça em seu guarda-roupa. Ela prendeu o jeans com um cinto. Em apenas algumas horas, despedia-se do fazendeiro, com expressão desapontada, e ia para casa com Kate.

O carro já acelerava na estrada, quando Kate começou a rir.

– Qual é a graça?

– Eric a levou para Hauho!

– E daí?

– Eu não sabia para onde você tinha sido levada e, conhecendo Eric, pensei em algo grandioso, como Mônaco. Porém, ele a escondeu bem diante de nós. Sátiro esperto, devo dizer.

Entretanto, os eventos dos últimos dias não divertiam Didi. O que ela sentiu por Eric, um pouco antes de ele perder o autocontrole, foi novo, tanto assustador como intrigante. E o que ela fez com Eric foi simplesmente amedrontador.

– Fiz algo com Eric – disse Didi. – Eu o machuquei. E muito.

Kate não disse nada, apenas acelerou mais.

– Bom. O que mais aconteceu?

– Eric leu um livro antigo, segundo o qual aparentemente somos destinados um ao outro. Mas quem acredita nessas coisas?

Kate mudava de marcha como se pudesse a qualquer momento arrancar o câmbio, e nada respondeu para Didi.

– A Nádia também acha que eu sou alguma libertadora das ninfas – continuou Didi.

– Fique feliz com isso – disse Kate, enfim. – Nádia cuidará de você, pois ela acredita muito em lendas. Pela mesma razão, Eric não a machucará. Deixemos simplesmente acreditarem em contos de fada, se isso a beneficiar.

– Por que você me protege? – perguntou Didi.

– Algum dia já fiz algo que não fosse benéfico para mim?

– Não – respondeu Didi, um pouco desapontada. Kate ficou tão aliviada quando a encontrou, que Didi esperou alguma manifestação de afeto, porém, era melhor abandonar o assunto. Além disso, apenas depois de entrar no carro é que conseguiu se sentir aliviada e ousou deixar o cansaço dominar. Ela dormiu todo o resto da viagem.

Quando Kate abriu a porta do apartamento, elas foram recebidas primeiro pelo cheiro de manjericão e, depois, por Nádia, que correu para elas descalça, em um vestido de linho. A cena era tão acolhedora que Didi praticamente caiu em seus braços.

– Onde você estava? Eu comecei a ficar com medo.

– E você, onde estava? – perguntou Kate. – Eu tentei contatá-la.

– Fui visitar Frida – disse Nádia, com aparente indiferença. Porém, indicou para Kate com seus olhos que elas deveriam conversar sobre aquilo mais tarde. – Conte.

– É uma longa história – disse Didi. – Estou exausta. Vocês se incomodam se eu tomar um banho e dormir?

– Claro, vá em frente – disse Kate. – Conversaremos amanhã.

– Quero dizer apenas uma coisa agora. Percebi, nos últimos dias, que não tenho ideia de como suas vidas têm sido. Porém, vocês terão de me deixar decidir minhas coisas.

Kate ficou irritada e a expressão em seu rosto transpareceu a inutilidade de Didi até mesmo sonhar com isso, mas Nádia concordou.

– E eu não quero mais falar sobre ser ou não uma lenda – continuou Didi.

– Você ouviu – disse Kate para Nádia. – Eu não encho a cabeça dela com contos de fada estranhos.

– Você me assusta com todo tipo de coisa – disse Didi para Kate. – Você já devia confiar em mim. Vou dormir agora e amanhã irei trabalhar.

– É perigoso demais... – Kate não pôde continuar, pois Didi mexeu o dedo, mandando-a se calar. – Está bem, vamos tentar. Não prometo nada.

As ninfas mais velhas esperaram Didi ir para seu quarto. Então, Kate pegou uma garrafa de vinho branco na geladeira, encheu duas taças e, em seguida, sentaram-se à mesa.

– Está pronta para conversar? – perguntou Kate. – Onde estava Frida?

– Na França, Nîmes. Havia um velho monastério no qual ninfas se reuniram. – Os olhos de Nádia se encheram de lágrimas, assim que se lembrou do local.

– Conte-me – disse Kate. Ela sabia que poderia não gostar da história, mas precisava saber.

– O monastério era escuro e úmido, mas era um local abrigado. – A voz de Nádia se tornou dura, na medida em que começou a pensar sobre o que aconteceu. – Frida escolheu bem o local. Estava repleto de jovens ninfas, todas certas de que o eclipse lunar mudará tudo. O rumor sobre Desirée se espalhou e fez com que arriscassem suas vidas e fugissem. Algumas estavam gravemente feridas. Eu tentei salvar uma, Eliza, que um sátiro...

A imagem da jovem ninfa, que deu seu último olhar para Nádia, fez com que estremecesse de tormento. Kate esperou até que pudesse continuar.

– Você deveria ter visto seus rostos, quando lhes contei que eu encontrei a Ninfa do Nó – disse Nádia. – Eu disse que era a hora certa para a revolta. Tínhamos de nos erguer contra os sátiros, exigir nossos direitos. Elas estavam prontas. Mesmo que a própria Didi não acredite na lenda, ela já é a luz que guia as ninfas. Apenas o rumor sobre a lenda pode mudar tudo.

– Elas ficaram lá? – perguntou Kate, sentindo que a história ainda não havia acabado.

– Os sátiros receberam uma indicação do local – disse Nádia. – Tivemos de nos separar e fugir. Foi horrível. Acho que muitas morreram durante a noite e nada sei sobre Frida. Ela lutou, acertou muitos sátiros com flechas, porém eu a perdi de vista. Voltei da França a noite passada.

Kate refletiu sobre o que ouviu e dividiu o vinho restante entre ela e Nádia.

– Didi não precisa saber disso – disse Kate finalmente.

– Pelo menos ainda não – disse Nádia. – Mas eu não sei por quanto tempo poderei esconder isso dela.

73

Já estava muito escuro na velha biblioteca. Samuel observou Matias fechar a última cortina. Uma mulher, de olhos pretos, apresentada como Salma e que era a mãe de Matias, acendeu algumas velas. Samuel tinha vontade de desistir e ir embora. Para alguém prestes a se formar em Medicina, aquilo parecia uma grande ilusão, como a quiropraxia, entretanto, devido aos últimos acontecimentos, ele começou a temer que algum poder o controlasse. Além disso, Salma era assustadora demais e sua cota de mulheres assustadoras estava completa.

– Sente-se naquela poltrona e relaxe – disse Salma, como se isso fosse possível. – Tire sua camisa.

A ordem foi clara e Samuel a obedeceu. Ele observou Salma pegar uma caixa prateada em uma gaveta de uma enorme escrivaninha antiga e, da caixa, tirar um cigarro enrolado à mão, com cheiro de ervas. Ele estava prestes a dizer algo, mas ela já havia acendido o cigarro e se virou para ele.

– Isso não vai doer – disse Salma. – Feche os olhos.

Aquela ordem, porém, Samuel não teve coragem de seguir. Ao contrário, olhou aterrorizado a ponta acesa do cigarro se aproximar de sua clavícula e ser empurrada contra a pele... Para sua surpresa, nenhuma dor foi causada, apenas um pequeno formigamento e uma sensação de calor. Salma deu outro trago e apertou o cigarro em outro lugar em seu peito, e depois em outro. As pálpebras de Samuel se fecharam, embora lutasse contra o sono.

– Durma – murmurou Salma. – Eu o guiarei.

Samuel começou a sair da biblioteca. Ele se viu em uma poltrona, com a cabeça caída, e queria dizer algo para si mesmo, mas não conseguia resistir à força que o levava. Então, abriu os olhos e, de repente, estava com seu pai na cabine do Robur. Da janela, eles viam uma cidade grega, com suas casas brancas, em um monte pedregoso.

Seu pai colocou uma maleta de couro com um símbolo de carvalho sobre a mesa. Tirou um rolo de dentro dela e o desenrolou cuidadosamente. O jovem Samuel via uma pistola de anestésico e dardos, uma faca e uma estranha lanterna, além de duas ampolas de metal. Seu pai pegou um dos pequenos dardos entre os dedos.

– De que madeira isso foi feito? – perguntou.

– Carvalho – respondeu Samuel sem hesitar.

– Quase. A faia venenosa é um carvalho que cresce somente na Velanidia. – Seu pai levantou um dardo com uma mão e uma das ampolas com a outra, bem em frente aos olhos de Samuel. – Cada dardo é feito à mão, e esta ampola contém o sangue de um unicórnio sacrificado no templo de Oxiá Koiláda.

Samuel o olhou com desdém, como fazem os adolescentes.

– Um unicórnio? Grande mentira. É um conto de fadas. Já tenho 13 anos.

– É a verdade e nós somos um conto de fadas – disse seu pai, apoiando sua grande mão no ombro de Samuel.

Ele queria saber mais, entretanto, o rosto de seu pai começou a sumir. Ele sentia novamente o cheiro do cigarro de ervas de Salma e seus olhos se abriram. Ele precisou respirar fundo e uma lágrima rolou por seu rosto.

– Quero saber mais – disse Samuel.

– Não é bom se apressar – disse Matias. – Você começará a se lembrar das coisas, devagar. Um salto grande demais seria nocivo.

– Aquilo era verdade? Por que foi apagado de minha memória?

– Você se lembrará da razão disso – disse Salma, enquanto levava a caixa de volta à gaveta. – Primeiro, você deveria conversar com uma pessoa.

Como que obedecendo a uma ordem, a porta da biblioteca se abriu. Levou um tempo para Samuel perceber que sua mãe estava em pé, no escuro.

– Vocês dois podem ficar sozinhos no salão – disse Salma.

Samuel teve um pouco de dificuldade para se levantar, mas foi ao salão com Paulina e eles se sentaram lado a lado. Paulina o abraçou forte e mexeu em seus cabelos, do jeito que costumava fazer. Samuel podia sentir o cheiro habitual dos estábulos em sua mãe. Era reconfortante.

– Não sei o que vocês conversaram – disse Paulina. – Devo talvez contar a minha parte, e concordei que Matias contará sobre seu pai. Você, então, poderá tirar a própria conclusão sobre como reagir a tudo.

– O que você sabe? – perguntou Samuel, com calma. A estranha situação o confundia.

– Eu sei, por exemplo, porque Elina quis se mudar para a casa ao lado da nossa – disse Paulina. – Ela queria garantir a segurança de Didi.

– Você sabia o que Didi era?

Paulina fez um gesto afirmativo com a cabeça e a lembrança ainda tocava seu coração.

– Vocês se tornaram inseparáveis de imediato, mas depois Didi passou a se interessar por você. Não teríamos sido capazes de controlá-los se os sentimentos dela se tornassem mais fortes. É por isso que limitamos o contato.

Samuel refletiu sobre aquelas palavras. Havia, de fato, apenas uma coisa que ele queria saber, mas tinha dúvidas sobre como colocá-la em palavras. Era muito óbvio que Paulina não queria que ele e Didi tivessem um relacionamento.

– O relacionamento entre uma ninfa e um humano é impossível? – perguntou Samuel.

– Sim, é – disse Paulina. – Você não quer ouvir isso, mas é a pura verdade. Se tivesse me contado sobre Didi, eu tentaria alertá-lo. Eu queria que você tivesse uma vida normal.

Samuel sabia que sua mãe só queria o melhor para ele. Ele a abraçou mais uma vez e ela enxugou as lágrimas. Eles não eram muito emotivos.

– Vou embora agora – disse Paulina. – Confie em Matias.

Paulina se levantou. Samuel sabia com que relutância sua mãe deixava os cavalos por um período maior do que aquele, então resolveu acompanhá-la.

Chegando ao carro, Paulina se virou e abraçou Samuel com força, surpreendendo-o. Ela não disse nada, apenas sorriu com a expressão séria.

– Até mais, mãe – disse Samuel. Ele não queria sobrecarregar a situação com mais emoção. Paulina era muito reservada, mas Samuel percebeu o quão preocupada ela estava.

– Até mais – respondeu Paulina. Logo o carro desapareceu de vista.

Samuel ficou do lado de fora, caminhando e pensando sobre as palavras de sua mãe e sobre a própria pergunta. Ele compreendeu sua abrangência apenas após tê-la dito em voz alta. Ele se apaixonou por Didi. O medo que sentia por tudo o que era novo e desconhecido, até mesmo por coisas perigosas, desapareceu. O amor por Didi era suficiente.

Samuel retornou e foi ao salão. Matias estava lá, segurando um objeto que foi reconhecido de imediato. Era uma velha maleta de couro, vista em um sonho lúcido que Samuel tivera na cabine do Robur. Matias observou o rosto do rapaz enquanto a colocava sobre a mesa, diante dele.

– A história de nossa família é contada oralmente, de pai para filho – disse Matias. – Na maioria das vezes, eles são levados ao local em que nossa história começou.

– Para Velanidia? – disse Samuel.

– Eu conhecia seu pai pelo nome de Paulos. Ele não pôde contar a história, então, eu o farei. Nossa história está ligada ao Nó. Carregamos o segredo do Nó e ele é protegido com o conteúdo desta maleta. Ela pertencia ao seu pai.

Os olhos de Samuel se viraram da maleta para Matias. Algo em sua memória começava a clarear; ele colocou a mão sobre a superfície do couro gasto e fechou os olhos. Naquele exato momento, lembrou-se de estar em um precipício dentro de um túnel e seu pai se inclinava para sussurrar algo. Ele fez um grande esforço para ouvir.

– Samuel, volte – disse seu pai com muita firmeza.

Ele não pretendia obedecer. Algo os acompanhava no túnel e ele queria ficar com seu pai. A voz do predador, não importava o que fosse, estava próxima, e a respiração de seu pai, acelerada. Nas paredes do túnel havia grandes caixas de madeira. Seu pai segurou Samuel pelos ombros com as duas mãos e o empurrou para trás delas.

– Filho, não banque o herói!

Aquelas foram as últimas palavras que seu pai lhe disse. Ele se virou em direção ao predador. Era impossível saber o que aconteceu no escuro, mas logo seu pai gritou e não se levantou mais... O responsável pelo ataque levantou sua lanterna e, por um momento, Samuel viu a criatura. Depois, ela desapareceu.

Os olhos de Samuel se arregalaram. Sem dúvida, a criatura era um sátiro. Ele olhou cheio de perguntas para Matias, que acenava com a cabeça para o rolo. Samuel começou a desenrolá-lo e viu exatamente os mesmos itens que seu pai mostrou. E aquela faca... Ele viu uma semelhante nas mãos de Didi quando ela acertou as costas do sátiro de cabelos pretos com a força de uma ninfa furiosa.

74

Parado em frente ao café, Eric olhou ao redor. Obviamente, Gabriel Korda enviou seus lacaios Michel e Lucas para procurá-lo e arrastá-lo para o conclave. Contudo, ele ainda tinha coisas a fazer antes de pronunciar o discurso bem ensaiado diante dos outros sátiros. Se Korda contava com sua desistência ou admissão de derrota, o líder sátiro teria de esperar muito. E ele não seria o líder por muito tempo.

Eric não parou apenas para se certificar de que não estava sendo seguido. Os últimos acontecimentos na casa de campo o incomodaram. Ele perdeu o autocontrole com uma ninfa jovem. Aquilo foi fatídico e perigoso. Sua força se dissipou em um segundo, quando Didi apertou sua garganta. Ele entrou em convulsão e não conseguiu mais respirar. Ainda pior foi a cólera que flamejou nos olhos da ninfa e transformou a garota em uma mulher furiosa, onipotente. Eric sabia que tinha de dar as cartadas certas para que pudesse recomeçar a investir em seu objetivo.

Eric entrou no café e sentiu, de imediato, um ímpeto de ciúmes ao ver Didi rindo e conversando em uma mesa cheia de garotos. Ele foi até o balcão sem dizer uma única palavra e esperou o retorno dela com a bandeja. Viu o medo momentâneo nos olhos dela, mas, em seguida, ela assumiu uma expressão tranquila.

– Fui longe demais – disse Eric. – Você deveria saber que não se provoca um sátiro, a não ser que esteja pronta para brincar também.

– Não quero vê-lo. – Didi colocou as xícaras sujas em uma bacia e lavou as mãos.

– Tenho uma sugestão – Eric agarrou Didi pelo pulso para chamar sua atenção, porém, ao perceber que a ninfa ficou tensa, lembrou-se de seu objetivo e a soltou.

– Você se lembra da última lua cheia? – perguntou Eric. Pelo menos agora Didi olhava ao redor para se assegurar de que ninguém os ouvia. – Eu arranjei alimento para você e você gostou. Não precisou se preocupar com o transporte da comida nem com a limpeza do lixo. Ou teve?

– Eu não pedi aquilo para você. Muito menos pedi para ser raptada, nem para quase...

– Sim, é algo que conversaremos com mais tempo – disse Eric. – Agora, eu tenho outro tipo de pedido. Eu lhe ofereço alimento novamente e, desta vez, a refeição aparecerá em um prato, quando você quiser.

Didi olhou para Eric com uma expressão de surpresa. Ela não sabia, mas ele podia cuidar de duas coisas ao mesmo tempo. Ele lhe faria um favor e, além disso, a teria ao seu lado. Tinha apenas de esperar que a garota decidisse por conta própria, sem ser pressionada.

– Venha comigo e você mesma decidirá – disse Eric. Ele olhou para o rosto oval e os traços simples da garota e, por um momento, lembrou de uma pintura de Leonardo da Vinci em que uma mulher segura um furão em seu colo. Talvez ele mesmo criasse uma obra de arte da ninfa para gerações futuras.

Didi pensou na sugestão por um momento.

– Venha me pegar depois do meu turno da noite.

***

A velha sala de jantar, com paredes com revestimento de madeira escura e candelabros de cristal, caracterizava o tipo de ambiente no qual Eric gostava de estar. Ele olhou com aprovação para a ninfa, cujos cabelos vermelhos soltos tocavam os ombros. Seu traje também era adequado para a ocasião: um vestido cinza com estampas rosas. Entretanto, o sátiro teria preferido materiais mais luxuosos ao fino algodão e sapatos abertos de salto às botas sem salto. Ele sentiria prazer em ensiná-la sobre os prazeres da vida. Contudo, ele tinha de se concentrar naquele momento. Eric ofereceu o braço para Didi e deixou que o garçom os guiasse até uma mesa, em que Roland Gyllen os aguardava.

– Roland, esta é Desirée Tasson.

– Você está certo, ela lembra um pouco Teresa, quando jovem – disse o industrial, deixando que seus olhos percorressem a garota.

Eric puxou uma cadeira para Didi.

– Você pode conversar livremente com Roland por perto. Ele sabe sobre nós. Eu o conheci com Teresa, quando eles eram um jovem casal.

Uma garrafa de champanhe foi trazida para a mesa, seguindo um gesto de Gyllen, sem se importarem com a idade de Didi. Primeiro, mariscos foram servidos. Eric observou com satisfação a elegância com que Didi lidava com a situação. Ela comia e conversava, ria nas horas certas, mas não a ponto de chamar atenção. Acima de tudo, a ninfa tinha as características certas. Às vezes, Eric e Gyllen trocavam mensagens silenciosas e Eric sabia que Gyllen estava pronto para cumprir o contrato. Ele sentiu a tristeza do homem e ele próprio se calou por um momento ao pensar como a velha amizade estava prestes a acabar. "Isso acontecia inevitavelmente com os humanos. Porém, Gyllen sabia como aproveitar a vida", pensou Eric e deu uma risada comedida, quando pediu ao garçom para servir galinha-d'angola assada e tubérculos com mel. A sobremesa estava sendo trazida e Eric sentiu Didi tocando-o levemente.

– Com licença, gostaria de falar com Eric por um instante – disse Didi educadamente para Gyllen. Eles deixaram a mesa.

Eric lhe mostrou o caminho para um pequeno escritório, no qual poderiam ficar em paz.

– Você já se decidiu?

– Eu vim para compensar tê-lo machucado – disse Didi, de seu modo direto. – Por que eu deveria aceitar isso?

– Eu li a lenda para você – disse Eric. – Nós pertencemos um ao outro, porém, você não me pertence.

Surpresa, Didi olhou para ele. O tempo todo ela acreditou ser apenas um objeto, uma propriedade. Eric sabia que aquilo era a chave com a qual Didi podia ser persuadida. Ele devia lhe mostrar o quão única ela era.

– Se eu só quisesse uma ninfa, eu não estaria aqui – continuou Eric. – Mas eu quero você, porque ninguém como você nasceu neste mundo ainda. Você deveria acreditar na história.

– Como Nádia acredita, certo?

– A versão das ninfas é uma canção de ninar, que acalma suas mentes, mas não cometa o erro de achar que é toda a verdade.

E, então, Eric não pôde mais se controlar. Ele se abaixou e a beijou com delicadeza. Ele sentiu Didi se afastando de início, depois cedendo ao beijo, até mesmo retribuindo-o. Ao se separarem, Didi parecia impressionada.

– Se eu aceitar, você promete deixar Kate e Nádia em paz? – perguntou Didi.

– Prometo, se você me ajudar a manter minha promessa para Roland – respondeu Eric. – Mas você deve entender uma coisa. Os sátiros também estão atrás de mim. Sofro ameaças por querer ajudá-la. É por esse motivo que, depois disso, viajarei um pouco.

O sátiro e a ninfa se entreolharam.

– Tudo bem – disse Didi. – Não volte para o salão.

Eric estava prestes a comentar que ninfas não lhe davam ordens, mas talvez fosse melhor daquele jeito. Ele gostava de Gyllen, mas a cena poderia ser demais para sua natureza de sátiro. Além disso, ele sentia a proximidade de Michel e Lucas. Era melhor fingir que foi com eles por sua vontade.

Eric fez um gesto afirmativo com a cabeça.

– Sinto muito pelo que aconteceu na casa de campo. Mas você deve admitir que foi, em parte, responsável. O modo como você se mexia, o modo como você cheirava... Não há sátiro cujo autocontrole teria resistido àquilo.

Eric apertou a palma de sua mão no rosto de Didi e partiu, sem olhar para trás.

Ele saiu e esperou. Michel apareceu atrás dele em um segundo, como uma sombra. Eric se virou e olhou para seu antigo lacaio sem esconder seu desprezo.

– Agora, gostaria de ir para Zurique – disse Eric.

75

Didi estava em pé, no grande quarto de Roland Gyllen, e se perguntava como chegou lá. Ela não precisava de alimento, nem nunca passou por sua cabeça ficar com um homem tão velho. Nem se ela mesma fosse velha! Ela ficava arrepiada só com a ideia.

Gyllen aparentemente leu seus pensamentos, pois veio ao seu lado e a levou para a beira da cama.

– Sente-se aqui ao meu lado – disse Gyllen, segurando os dedos de Didi. O toque era seco e quente, a pele era, ao mesmo tempo, macia e enrugada, fina e frágil. – O que você está sentindo?

Didi colocou os próprios medos de lado e se concentrou. Isso era algo que ela sabia fazer. Ela deixou os pensamentos e sentimentos de Gyllen fluírem devagar para dentro dela, pelas pontas de seus dedos, e, em um instante, ela viu... Didi estremeceu.

– Como você não está chorando?

– Eu já chorei muito em minha vida. – Gyllen sorriu com gentileza por suas lembranças. – Eu e Teresa fomos casados por quase quarenta anos. Nós realmente nos amávamos na alegria e na tristeza e prometíamos, brincando, que partiríamos juntos... Teresa nunca foi boa em manter promessas. A saudade é uma inimiga pior que a morte.

– Do que sua esposa morreu? – perguntou Didi.

– Câncer.

Didi levou sua mão para o rosto do velho e olhou em seus olhos. Ela viu uma vida longa, grandes alegrias e enormes decepções, e todo o resto. O sentimento prevalente, porém, era pesar e cansaço. O mundo não lhe interessava mais, não podia oferecer nada de novo a ele. Exceto aquela última experiência.

– Eric disse que você era compreensiva – disse Gyllen. – Você pode ajudar um velho? É hora de eu ir para Teresa.

***

Cerca de meia hora mais tarde, Didi se levantou da cama e se vestiu, sem pressa. “Nunca usarei estas roupas de novo”, pensou. “Não quero esquecer, mas também não quero uma lembrança permanente”. Em seguida, voltou-se para o lado de Gyllen, arrumou suas cobertas e fechou seus olhos, que já estavam vidrados.

– Todos querem alguma coisa de mim – disse Didi para Roland, que parecia saber como ouvi-la melhor do que qualquer pessoa viva. – Não só você e Eric.

Didi disse aquelas palavras em voz alta, quando percebeu que não era de fato verdade. Uma ideia cristalizava-se em sua mente.

– Ou nem todo mundo. Há uma pessoa que só quis ter a mesma coisa que eu mesma quero. E é precisamente dele de quem não posso me aproximar. Isso não é um problemão, Roland?

76

O salão era conhecido, mas Eric nunca se cansava dele. Era grandiloquente e solene, e refletia o poder do dinheiro. Uma enorme mesa de madeira havia sido polida e rodeada por cadeiras com estofamento de couro. O primeiro a se sentar foi Gabriel Korda, naturalmente à cabeceira da mesa. Depois foi a vez dos outros sátiros. Eric, porém, permaneceu em pé. Ele ansiava pelo dia em que tomaria o seu lugar. O lugar que lhe havia sido destinado desde o início. Ele não tencionava ser submetido a um interrogatório. E não aparentava nervosismo, ao contrário de Michel, em seu terno brilhante demais e sua gravata-borboleta requintada demais.

– Você pode começar – disse Korda para Eric. Era comum Korda aparentar ter passado a noite em uma mesa de pôquer. Completamente relaxado, abriu alguns botões da camisa, feita pelo seu alfaiate particular, mas Eric sabia que a aparência e o comportamento plácidos eram apenas uma fachada. Korda era um jogador, é claro.

– Estou caçando uma ninfa – disse Eric.

– É só isso? Você não vai se defender? Seu nome foi citado em conexão com heresia.

Eric notou como as cabeças em volta da mesa acenaram afirmativamente. Ele tinha de virar a situação em seu favor. Por isso, ele riu.

– Infringi alguma lei? Então, seja direto, e não arme pelas minhas costas.

Os outros sátiros expressaram objeções acaloradas, mas Gabriel Korda levantou a mão para indicar silêncio. Ele foi acatado de imediato.

– Perdão, eu ouvi bem? – disse Korda, alterando o tom de sua voz. – Somos nós que estamos armando pelas suas costas?

– A comunidade sátira está em piores dificuldades agora do que em milênios – disse Eric. – É inútil fingir que as ninfas não notaram. Elas querem testar os limites, elas fugiram de seus bandos. Quem é o culpado por isso?

– Muitos acham que é você – respondeu Korda.

– Eu sou um de vocês. As ninfas estão contando umas para as outras sobre a lenda de uma ruiva que foi criada entre humanos. – Eric fez uma pausa, para que todos prestassem atenção. – Pensem nisso. Aquela ninfa foi criada sob a proteção dos Carvalho. Como isso é possível? Vocês destruíram os Carvalho, na Velanidia, ainda no século XIV, sem deixar nenhum deles vivo.

Tanto Eric quanto Korda observaram a confusão levantada entre os sátiros. Eric decidiu tomar o controle, de uma vez por todas.

– Estou caçando essa ninfa ruiva. Estou cuidando dos interesses de toda a comunidade.

– Ainda assim, você não conseguiu capturar a pequena ninfa – caçoou Korda. – Seria diferente se tivesse trazido um corpo para cá.

– Então, as ninfas teriam seu mártir e a resistência delas teria se fortificado – disse Eric. – Imaginem, se eu apresentar a ninfa da lenda como minha obediente esposa daqui a um mês. O que colocaria um fim à resistência mais rápido do que isso?

Eric notou quão frustrado Michel observava a discussão dos outros sátiros. Ele sabia muito bem que Michel buscava uma cadeira com seu próprio nome no conclave. Para incomodá-lo ainda mais, Eric puxou sua cadeira e se sentou, como se mostrasse que ela era sua, e só sua. Os outros sátiros começaram a bater palmas e, uma vez que alguns assuntos gerais haviam sido debatidos, a reunião foi finalizada.

Eric foi para sua área no magnificente prédio do conclave, porém não ficou muito tempo sozinho. Michel apareceu, seguido de Lucas.

– Você falou bem – disse Michel. – Alguns acreditaram em você, mas Gabriel Korda não acreditou e ele tem o poder de decisão. Você foi sentenciado à detenção, então, estou levando-o à cela.

– Que bom que você veio – disse Eric calmamente. – Eu também tenho algo a lhe dizer.

Michel não teve tempo de responder. A mão de Eric queimava em seu peito, enquanto a outra mantinha Lucas afastado, com uma adaga. Como sátiro, Eric era muito mais forte do que Michel.

– Pobre franguinho – rosnou Eric. – Você deveria me matar, se você quer meu lugar, mas nunca conseguirá fazê-lo. E eu não ficarei em detenção, ao contrário, acabarei com isso. Talvez você se pergunte por que escolhi uma ninfa traidora e o amante de uma fugitiva como meus ajudantes. Por que permiti que uma ninfa insignificante me batesse em uma luta? Você acha que há algum plano por trás disso tudo?

Eric tirou a mão do peito de Michel e deu a adaga para Lucas.

– Terminarei isso. Depois irei atrás de você.

Michel despencou no chão, enquanto Eric ia embora, sem nenhuma pressa.

***

Michel tentou disfarçar o nervosismo com um sorriso frio, ao descer com seus lacaios para as celas silenciosas do edifício. As travas estavam destrancadas e uma porta de um metro de espessura fora aberta. Ele entrou em uma cela muito iluminada. Estava com medo, mas sua sede de vingança o impelia. Eric Mann não o humilharia mais uma vez.

No fim da longa cela, havia uma poltrona com um encosto alto, na qual uma mulher de vestido azul estava sentada. Tinha cabelos escuros e seus ombros nus ainda eram musculosos, embora ela fosse prisioneira há séculos. Sua cabeça estava abaixada, mas ela a ergueu e olhou para Michel, que estremeceu. Ele tinha ouvido que a mulher era capaz de transformar humanos em pedra, simplesmente ao olhar para eles. Os olhos da mulher brilhavam como safiras.

– Eric Mann – disse Michel.

– Enipeus. – A voz de Aurélia soou baixa e monótona ao pronunciar o nome pelo qual ela sempre conheceu o sátiro. Então agiu como se sentisse um cheiro. – Você esteve próximo dele.

– Vim libertá-la – disse Michel. Suas mãos tremiam enquanto pegava uma foto de uma ninfa de cabelos vermelhos. – Esta é a escolhida de Eric. Desirée Volanté Tasson.

Aurélia se levantou, fazendo Michel e os outros sátiros armados se afastarem involuntariamente alguns metros. Aurélia caminhou até Michel.

– Você quer que eu mate Eric e dê meu beijo mortal nos lábios da ninfa – disse Aurélia, em um sussurro quase inaudível. – Por que eu faria tal serviço para você?

– Aurélia, você foi movida de uma cela para outra por milênios – disse Michel, tentando soar prestigioso. – Estou lhe oferecendo uma chance de vingança. Você está livre.

77

Didi gostaria de voltar a pé do trabalho para casa, pois sentia falta do ar fresco. Caminhar poderia ajudá-la a melhorar; entretanto o problema a acompanhava. Homens do outro lado da rua se viravam para olhá-la, ou melhor, para grudar os olhos nela. Finalmente chegou ao prédio e achou que estaria segura. No corredor, encontrou o entregador de flores, que fez com que sua mão ficasse em contato com a dela por um tempo maior do que o necessário. O desejo inflamou seu olhar.

Didi subiu correndo a escada, bateu a porta e começou a abrir o embrulho de celofane que envolvia o ramalhete de flores, enquanto caminhava para a sala.

– Estou perdendo a paciência e ainda faltam duas semanas para o eclipse lunar – disse Didi para Nádia e Kate. – Até o entregador de flores me tocou. No café, todos me olhavam e tentavam me tocar com alguma desculpa.

– É o cio – disse Kate.

– A hora do fulgor – corrigiu Nádia, com um olhar crítico para Kate.

– Por que o eclipse lunar é chamado de hora do fulgor? – perguntou Didi.

– É o costume de dar nomes belos para coisas primitivas. – Nádia cheirava com prazer as peônias e os lisiantos.

– Porque soa melhor do que "cio" – disse Kate, a realista.

Nádia procurou por um cartão em meio às flores. O nome do remetente era apenas uma inicial, E.

– Todos aqueles toques estão relacionados com a mesma coisa – explicou Nádia. – Há que se ter muito autocontrole. Tanto nós quanto eles.

– Alguém já está tomado por isso – disse Kate, fazendo um gesto com a cabeça para o cartão.

Didi não tencionava falar sobre Eric, nem pensar sobre o sátiro. Era melhor tirar todo o episódio de sua cabeça.

– Eric prometeu deixá-las em paz. Eu deveria ter sido mais clara e solicitado para que me deixasse sozinha também.

Didi jogou o cartão sobre a mesa, mas o perfume das flores a tocou. Uma pontada inesperada fez com que estremecesse e as ninfas mais velhas se entreolharam. Tudo antecipava apenas uma coisa e elas tinham de se preparar.

– Vocês duas podem conversar sobre horas de fulgor, sutiãs de renda e pintar suas unhas, se quiserem. Eu vou tirar um cochilo – disse Kate. – Didi, lembre-se de estudar um pouco de francês. Darei uma prova surpresa.

– Sim, professora! – gritou Didi para Kate, mas sua porta já estava fechada.

Didi pegou seu velho livro de francês que estava sobre a mesa de centro. Há apenas alguns meses ela ia à escola todas as manhãs, encontrava seus amigos, ria com Laura. Tudo isso pertencia a uma vida deixada para trás, da qual, às vezes, sentia um pouco de falta, mas as sensações fortes que vivenciava como ninfa eram como drogas. Ela não mais se contentaria com a vida rotineira, do dia a dia. Ela perdeu muito, mas talvez tivesse ganhado mais. Embora o que mais desejasse fosse proibido. "Era assim a vida no paraíso", suspirou Didi e se concentrou na gramática.

– Por que temos de nos mudar para a França? – perguntou Didi para Nádia, que parecia estar perdida em seus pensamentos.

– Quando um eclipse lunar está se aproximando, mudamos de país e de cultura – disse Nádia. – Pois não envelhecemos, apenas amadurecemos belamente. Pouco a pouco, as pessoas perceberiam e nenhuma explicação sobre cremes antirrugas ou academias de ginástica funcionaria.

– E é por isso que iremos para lá? – perguntou Didi, pensando em muitos outros lugares adequados para uma jovem ninfa.

– Há outras alternativas também: Canadá, Berlim, Mônaco... Kate organizará tudo e é melhor que não tenhamos conhecimento, para não revelarmos nada acidentalmente.

– Você confia tanto assim em Kate? – perguntou Didi. Kate a resgatara em muitas situações difíceis, mas parte dela permanecia inacessível, distante.

– Kate manipula – respondeu Nádia, brincando com um anel pendurado em seu colar. – Talvez eu a conheça por tempo demais, e esteja acostumada, mas até hoje ela sempre pensou em nosso bem. Agora, estude. Seja você uma lenda ou não, você tem de estudar.

Didi começou a memorizar os verbos irregulares. A campainha tocou e ela foi pulando em direção à porta, antes de Nádia detê-la. Kate, porém, foi mais rápida e ficou em pé junto à porta, com uma faca. Didi esperou que ela acenasse e abriu a porta, com cuidado.

Ela perdeu a compostura imediatamente e olhou para os olhos azuis de Samuel como se estivesse vendo uma nova manhã depois de uma tempestade.

– Posso me mudar para cá de novo? – disse Samuel sem rodeios. – Tenho boas razões.

Kate nem teve a chance de se mover, pois o determinado Samuel foi entrando, e levando Didi pela mão. Ela olhou de soslaio para as ninfas mais velhas, um pouco surpresa, mas logo já estava sentada ao lado de Samuel, na cama de seu quarto.

Ela o olhou completamente confusa. Algo havia mudado. Samuel transbordava confiança, algo nunca visto nele antes.

– O que há com você? – perguntou Didi em voz alta.

– Você esteve procurando suas raízes, eu pensei que conhecesse as minhas – disse Samuel. – Eu pensei que deveríamos ficar separados, mas, de fato, meu lugar é com você. Eu sou da família Carvalho, como sua mãe. Minha missão é protegê-la.

Didi percebeu o quanto Samuel estava feliz com a informação, mas ela ficou chocada. Ela não o queria como um protetor, ela o queria. Agora Samuel se comportava como se fossem irmãos em uma família. Era como se a nova informação o tivesse deixado imune ao seu charme.

– Como você sabe disso? – Didi conseguiu perguntar.

Naquele momento, Kate abriu a porta. Didi estava prestes a mandá-la embora, mas Samuel continuou a parecer feliz.

– Talvez seja melhor eu explicar para vocês todas juntas – disse Samuel.

Todos foram para a sala, e Nádia os esperava. Samuel pôs sua maleta velha com um símbolo de carvalho sobre a mesa.

– Por que você veio? – perguntou Kate, sem demonstrar o quanto estava confusa. Ela havia visto um símbolo como aquele havia muito tempo. "Janos", pensou ela.

– Para lhes contar sobre minha família – disse Samuel. – Tornou-se claro para mim que eu pertenço a este lugar.

– Você é um Carvalho? – perguntou Kate.

– Eu as ajudarei a se defender contra os sátiros – disse Samuel.

Nádia olhou para Kate. Elina era a última Carvalho com a qual elas tiveram contato e Nádia não acreditava ter encontrado outro. Ela estava disposta a aceitar Samuel se sua história soasse verdadeira. Mas ela não cogitava a hipótese de a mala estar em mãos erradas.

– Você não vai tirar as calças? – perguntou Kate, e recebeu olhares de reprovação das duas ninfas. – A hora do fulgor está chegando e eu não me responsabilizarei pelo meu comportamento.

O tom da voz de Kate continha uma clara ameaça, mas Samuel continuou sentado no sofá com uma boa postura.

– Sinto muito – disse Didi. – Eu, Kate e Nádia precisamos conversar por um momento.

Didi olhou com uma expressão séria, em especial para Kate, e elas foram para a cozinha.

– A hora do fulgor fará com que você dê em cima de Samuel, quer queira quer não – disse Kate, de imediato. – Pode-se ver isso em seus olhos.

Nádia concordou, mas Didi não aceitaria proibições. Samuel estava em sua casa e ela não pretendia conceder benefícios recebidos. Havia esperado por aquilo por muito tempo. E, também, tinha absoluta certeza de que seria capaz de resistir à tentação, assim como era capaz de resistir à bolsa mais linda do mundo em uma vitrine de loja. Tudo o que precisava era de força de vontade. Ou, talvez, de um cinto de castidade. Mas isso ela não disse para Kate. Mais do que em qualquer coisa, ela confiava em seu amor por Samuel. Ela nunca o machucaria.

– Durante meses você tentou fazer com que eu destruísse Samuel – disparou Didi. – E agora você o protege?

– Samuel é um Carvalho – disse Kate, e a seriedade de sua voz fez Didi repensar as coisas. – Os Carvalho nos protegem há milhares de anos. Eu devo a eles não colocar Samuel em perigo.

– Kate está certa – disse Nádia. – Samuel estará em perigo se ficar conosco.

– Samuel ficará aqui e ponto final – disse Didi. – A lenda falou.

Didi voltou para a sala e Samuel a aguardava com uma expressão tensa.

– Você pode ficar.

Samuel se levantou e eles se aproximaram um pouco, sem saber o que fazer. Então, se abraçaram, e se sentiram um pouco constrangidos.

– Agora eu sei por que não consigo me livrar de você – disse Samuel, e se sentou novamente.

"Diga, diga", pensou Didi. Seu coração batia rápido. Ela não tinha percebido o quanto queria ouvi-lo falar sobre seus sentimentos ou, ao menos, dizer que não sentia mais nada por Jessica.

– Pertenço a uma família a quem também pertencia meu pai e Elina – começou Samuel. – O fato de termos sido vizinhos foi arranjado. Nós, os Carvalho, temos uma única missão e ela foi tatuada em sua pele.

Didi não esperava tais palavras, porém precisava entender a situação.

– Por que o Nó está em mim, se o elo é entre as ninfas e os humanos? – perguntou Didi. – Segundo Nádia, eu sou algum tipo de salvadora das ninfas. Para Eric, isso significa que no eclipse lunar devemos criar algum futuro líder.

– O Nó explica por que você foi entregue para ser criada pelos Carvalho – disse Samuel. – É por isso que tínhamos de nos conhecer, já quando crianças.

– Então não havia nenhum sentimento verdadeiro entre nós? – perguntou Didi. O assunto esteve em sua cabeça o tempo todo, e aquela era a resposta tão esperada e temida.

– Você foi capaz de resistir a mim durante a lua cheia. Isso prova que, no fundo de seu coração, você sabia que algo mais forte do que o desejo sexual nos ligava.

"Apenas desejo!", pensou Didi. Se Samuel era capaz de dizer aquilo, ele não sabia o que era desejo de verdade.

– Ei, espere um segundo – disse Samuel. – O que você disse sobre você e Eric?

"Enfim consegui a atenção de Samuel", pensou Didi, sorrindo docemente.

78

No caminho de volta para casa, Nádia teve um bom tempo para pensar. Tinha sido um dia corrido na clínica de fertilidade, mas isso não a incomodava. Ela se sentia bem e considerava ter alcançado mais coisas boas lá do que em qualquer outro trabalho. O eclipse lunar, porém, estava próximo, e logo chegaria a hora de se despedir. Ela pensou sobre a razão pela qual brigava tanto com Jesper para manter aquele emprego. Por outro lado, ela sabia a razão. Há muito tempo a ideia de pertencer a Jesper lhe trouxera uma alegria infinita, mas agora a deprimia. A idade aumentava o conhecimento e, em consequência, a dor.

Pela manhã, estava marcada a consulta de um jovem casal, que esperava o primeiro filho. Embora ela tenha lhes dado boas notícias, algo inesperado a entristeceu profundamente: não havia sinais de doenças hereditárias, então a febre e as dores deveriam ter outra causa. Para Nádia, os sorrisos e o amor entre eles eram a maior recompensa para seu trabalho. Ao analisar o ultrassom da criança, Nádia percebeu algo. Ali estavam os sintomas que levaram a mulher à clínica. Talvez o assunto tenha ficado em sua mente, mas ela estava convencida e confiante em sua percepção.

Em casa, encontrou Kate exercitando-se com pesos. Sem dúvida, estava motivada a bloquear os efeitos do eclipse lunar pelo maior tempo possível.

– Como você descobriu que a Ninfa do Nó nasceria em Montpellier há dezessete anos? – Nádia decidiu ir direto ao assunto. Talvez Kate fosse mais suscetível a responder quando coberta de suor.

– O livro encontrado por Michel dizia isso – respondeu Kate. – Não havia como saber que os sátiros acreditariam nisso e que acabaríamos em perigo mortal.

Nádia balançou a cabeça e decidiu não aceitar mais explicações pela metade. Kate continuava tão desonesta e manipuladora quanto antes.

– Uma mulher com uma doença hereditária incomum me visitou hoje. O feto e a mãe se rejeitam. Os sintomas eram os mesmos dos de Rose.

Os pesos de Kate caíram no piso de madeira. Ela endireitou a postura.

– Rose estava grávida? – Nádia disse em voz alta.

– Didi é filha de Rose – respondeu.

Nádia achou que ficaria brava com Kate, mas, ao contrário, lágrimas correram pelo seu rosto. Ela sentia compaixão por Rose, por Kate e por Didi. Ela tremia de emoção. Mais tarde, Nádia relaxou na banheira. Misturou essência de flores na água e se acalmou, liberando os pensamentos.

– Você não pode dizer nada sobre isso para Didi – disse Kate, se sentando à beira da banheira. – Prometa.

– Didi tem o direito de saber sobre sua mãe – disse Nádia.

As ninfas se entreolharam. Uma pergunta fervia dentro de Nádia. Embora precisasse saber, ela temia perguntar. – Quem é o pai de Didi? Não é Eric, certo?

– Eu não deixaria Didi se submeter ao jogo de Eric se ele fosse seu pai – disse Kate, balançando a cabeça. – Você devia saber disso.

– Não tenho mais certeza do que você é capaz – disse Nádia. – Você manteve muitas coisas escondidas de mim. Você tatuou o nó em Didi?

– Claro que não – disse Kate. – Foi um marinheiro. Didi não precisa saber nada sobre isso. É melhor que acredite ser uma lenda. Isso a protege.

– Como você pôde mentir para mim, para Frida e para Ana Claudia sobre absolutamente tudo?

– Eu as estava protegendo também – disse Kate. – Mas, é claro, eu estava protegendo principalmente Rose.

Kate amava sua irmã mais do que qualquer outra coisa, algo que Nádia sabia e entendia, mas ela ainda não compreendia por que Kate não admitia as consequências de suas ações. Todas as vidas foram viradas de cabeça para baixo no momento em que Kate propôs seu plano.

– Você sabia que todas as ninfas do mundo acreditam no conto de fadas escrito por você e que arriscam suas vidas por causa disso?

– O que há de errado nisso? – Kate estava confusa. – Não queremos ser livres dos sátiros?

79

Aurélia estava deitada, imóvel, debaixo do deque. Milênios haviam lhe ensinado a ficar invisível e a vida – ou ao menos algum tipo de existência – em celas e calabouços fez com que se acostumasse a espaços fechados e apertados. Para ela, a liberdade não representava a habilidade de ir e vir. Ela significava vingança, apenas vingança. Um pequeno desconforto antes disso era um mero detalhe.

Por vezes, na escuridão da noite, ela esteve no deque e, quando a paisagem se transformou em um arquipélago austero, supôs estar se aproximando de seu destino. Michel lhe deu uma foto da ninfa ruiva e contou sobre uma cidade fria ao norte chamada Helsinque.

Ela viveu aprisionada, mas não desconhecia as mudanças do mundo. Informações chegavam até ela, de pequenas fontes, e ela sabia como se conectar a elas. Sátiros lhe ofereciam alimento, mas apenas um pouco. Quando o navio parava, ela descia para o porto e encontrava alimento por si própria, sem muita dificuldade. Ela era capaz de paralisar um homem com seu olhar, de acender o desejo com sua respiração. Porém, precisava de mais força. Ela planejava matar Enipeus e se deleitava com a ideia de que ele não seria um adversário fácil.

Além disso, a ninfa ruiva era mais um ponto fraco de Enipeus, ou melhor, Eric. Aurélia fechou os olhos e, em sua mente, retornou ao momento em que estava deitada sob a luz de tochas, em um salão cercado por colunas, em uma noite escura de Elêusis, possível de ser vista pelas janelas. Ela ouvia os gafanhotos junto às colunas e sentia a proximidade de Laertes, seu guarda-costas e guardião de seu coração. Ela não sabia se era sorte ou azar Enipeus ter dado a tarefa a Laertes. Talvez acreditasse que aquele homem, honesto e forte, fosse capaz de resistir ao charme de Aurélia. A ironia para Enipeus foi que a própria Aurélia não resistiu a

Laertes. Apaixonou-se... e ela jamais havia amado alguém, muito menos quis amar. E ela amava tanto Laertes que não o mataria. Portanto, o amor era proibido e secreto, permitido apenas dentro de quatro paredes, em pequenos olhares furtivos, em toques que duravam apenas curtos momentos, em sussurros quase silenciosos.

Então, a lua cheia, *dikhomēnis*, chegou quando o dia e a noite eram igualmente longos. As dores de Aurélia eram indescritíveis. Ela suava e tremia, havia um fogo em seu interior que a fazia se contorcer de dor. Tentava ficar em silêncio, mas não era capaz de conter seus gemidos e urros. Laertes, sabendo de seu sofrimento, não conseguia permanecer quieto diante da situação. Isso se tornou uma desgraça para a ninfa.

Aurélia se lembrava do rosto enrugado e masculino de Laertes tão bem que era como se ela pudesse tocar a testa, o nariz reto e o queixo forte de seu amante com os dedos. Ele se ajoelhou diante dela, que viu a própria dor refletida nos olhos de Laertes.

– Você não pode! – gemeu Aurélia, enquanto Laertes abria seu cinto de couro. – Enipeus quer que esta lua me mate. Se você me salvar, estará declarando guerra contra ele.

Laertes não respondeu, apenas colocou suas mãos debaixo de sua túnica branca. A pele da ninfa estava tão quente que o fez estremecer.

– Jamais me perdoarei se eu não tentar ajudá-la – disse Laertes. – Eu não me importo se custar minha vida. Você não pode me impedir.

Aurélia se deixou envolver por aquele que amava, mas esperou um instante antes de lhe dar a sua boca.

– Quando eu colocar meus lábios contra os seus, inspire-me – disse Aurélia em voz baixa, pois o odor do homem começava a tomar conta dela. – Deixe minha respiração fluir dentro de você. Inspire-me. Se você morrer, você matará parte de mim ao mesmo tempo.

Assim, Laertes cedeu ao seu beijo e ao seu amor.

– Peça para que Enipeus tenha piedade de mim – sussurrou Aurélia, enquanto descansavam no chão de mármore branco, abraçados. – Não estou pronta para desistir da vida, nem de você.

Serem descobertos era inevitável. O fato de Aurélia ter sobrevivido era evidência o suficiente e Laertes também não escondia o que aconteceu. Por fim, eles foram levados para Enipeus. Aurélia se lembrava como seus olhos quase negros se tornaram vermelhos, de fúria, embora conseguisse conter suas ações.

– É assim que um serviçal e uma ninfa me desafiam? – disse Enipeus. – Certo, vocês podem se amar.

Laertes olhou rapidamente para Aurélia, mas a ninfa sabia que nunca permitiriam que eles pertencessem um ao outro em felicidade.

Enipeus se levantou de sua cadeira e olhou ao redor, até encontrar o irmão de Laertes. Ele caminhou até o homem, apertou sua mão em seu peito e, em alguns segundos, ele estava caído, morto. Laertes tentou alcançar Enipeus, mas os outros o detiveram.

– Sim, amem-se – repetiu Enipeus. – Eu irei, ao mesmo tempo, falar o seu castigo. Juntarei um grupo de sátiros, cuja única tarefa a partir de hoje será destruir cada membro de sua família, seja ele homem ou mulher. Eu não descansarei até que os serviçais desapareçam da face da Terra.

Seguiu-se um massacre e a família de Laertes foi caçada, como animais selvagens. Eles lutaram, mas seus membros diminuíam, dia após dia. Um pequeno grupo tentou fugir, liderado por Laertes e Aurélia. Um dia, eles tiveram que se separar para não serem capturados. A próxima vez que Aurélia viu Laertes foi quando seu corpo foi colocado em uma pira funerária.

Aurélia ainda não sabia quanta mágoa e quanto ódio caberiam dentro de seu peito. – Quem fez isso?

– As ninfas pediram a ajuda de Laertes – disse um dos homens. – Elas queriam proteção contra Enipeus. Laertes acreditou nelas.

Aurélia desabou. Agora ela não só odiava os sátiros, como também sua própria espécie. Quando acenderam o fogo, um grito rasgou sua garganta. Um grito que não foi silenciado desde então, nem mesmo por um dia, e que a manteve viva.

Ela desapareceu dentro de uma caverna, por muitos dias. Os seguidores de Laertes esperaram do lado de fora. Quando ressurgiu, foram instruídos por ela sobre como os sátiros seriam vencidos. Ela mostrou o caminho para uma árvore antiga e os ordenou a cavar até encontrarem um grande fêmur.

– O pai dos sátiros é Silenos – disse Aurélia. – Esta é a cova de Silenos.

Do osso, Aurélia talhou duas adagas, das quais uma era *anthropos*, homem, e a outra, *gynaika*, mulher, e juntas formavam a lei da família, *Nomos*. Aurélia os criou para serem vistos por todos. Ela também mostrou seu seio, no qual tatuou um nó com uma agulha. Pegou um pergaminho e desenhou uma grande árvore.

– Coloquem em sacos os pertences que vocês ainda têm – disse Aurélia para as pessoas que a ouviam. – Viajem em direção ao sul, para Velanidia. Lá é o lar dessas faias venenosas. Sua seiva enfraquece os sátiros. Esta árvore é agora sua árvore. Ouçam: com carvalhos e adagas vocês poderão lutar contra os sátiros!

– Aonde você está indo? – perguntou um membro da família.

– Tenho minha própria missão – disse Aurélia.

***

"Tenho minha própria missão", repetiu Aurélia. O navio chegou ao porto. Antes de tudo, ela precisaria de um pouco mais de alimento. Depois, conseguiria roupas e, com a ajuda de seus sentidos, logo reconheceria o lugar no qual as ninfas e Eunipeus estiveram. Depois disso, tudo seria muito fácil.

80

Didi acordou suada, mas não por causa do sol que atravessava a cortina. Ela havia dormido bem, porém teve sonhos estranhos, que a fizeram precisar de um banho frio. E a razão deles dormia profundamente em um colchão, ao lado de sua cama. Ela teve de se conter para não tocar Samuel, para não ir para perto dele, levar sua mão ao seu peito...

Didi acreditou de verdade que o combinado funcionaria, porém o odor de Samuel a alcançou, além disso, ela vislumbrou seu peito nu, o que a fez sentir o impulso de arrancar a camisa dele, abrir o zíper de suas calças... Mas não, ela não começaria aquele jogo imaginário.

Didi se levantou, em silêncio, pegou suas roupas e foi se vestir na sala. Ela deixou seus ímpetos de lado e ponderou sobre o que seria melhor para todos. Era óbvio que a presença de Samuel também era uma tentação para Nádia e Kate, embora elas fossem mais livres do que ela para satisfazer suas necessidades.

Didi refletiu sobre o assunto por alguns dias. Ela não sabia por quanto tempo conseguiria manter sua promessa estando no mesmo espaço que Samuel. Talvez houvesse uma solução. O eclipse lunar se aproximava ameaçadoramente.

***

Eric a bombardeava com pequenos presentes e mensagens de texto. Didi checou no espelho se ela estava tão feminina quanto o sátiro queria. Ela usava um vestido claro com uma pequena gola vermelha e sandálias leves. Não devia exagerar, isso também seria fatal.

Uma ninfa morena e bonita abriu a porta da suíte após Didi bater. Ela entrou e viu Eric à mesa. Era manhã, mas o sátiro comia carne de caça com vinho tinto. Eric olhou agradavelmente surpreso e se levantou para lhe dar boas-vindas.

– Didi, estas são Jamila e Sofia – disse, apresentando as duas ninfas, que estavam na suíte fazendo suas tarefas, cuidando do trabalho secretarial e das roupas. – Estou muito feliz por você aceitar meu convite.

– É permitido ter curiosidade, certo? – disse Didi, se sentando à mesa. – O que você tem para me dizer?

– Quero convencê-la de que estou disposto a fazer qualquer coisa para você, se aceitar realizar comigo o que a lenda diz – disse Eric.

– Você quer dizer, o eclipse lunar – disse ela e notou que Eric não conseguia tirar os olhos de seus lábios.

– Isso mesmo – respondeu Eric e fez um gesto para uma das ninfas. – Jamila, traga-me os documentos.

Jamila pegou uma pasta com capa de couro e tirou alguns papéis para que Eric os checasse.

– O primeiro é sobre negócios, o segundo é referente às propriedades e o terceiro apresenta uma sugestão referente a outras possíveis aquisições – explicou Jamila.

– Tanto Jamila quanto Sofia lhe darão assistência, se assim decidir – disse Eric para Didi. – Leia todos esses papéis. Se você os assinar, seu futuro estará garantido.

– Preciso de um momento sozinha – disse Didi.

Ela foi à escrivaninha e começou a ler os contratos. Não eram complicados e ela compreendeu todas as cláusulas: havendo acordo, uma fortuna significativa seria transferida para seu nome. Aquilo em si não traria liberdade? Ela viveria onde quisesse, faria o que quisesse, compraria o café de Valtteri, se desejasse. Kate não poderia mais lhe dar ordens, ao contrário, ela mandaria naquelas duas ninfas. A questão, porém, contemplava um pequeno obstáculo, é claro, ou seja, primeiro ela teria de fazer amor com Eric e engravidar.

"Fazer amor com Eric..." Didi não classificava aquilo como fazer amor. Eric queria algo dela, ela poderia dar, mas como seria a efetivação da negociação? Estaria ela com medo de como seria o sexo com um sátiro? Segundo Nádia, era muito natural, contudo, pressentia que se ficasse com Eric, ela perderia alguma parte humana. Poderia esquecer quem era, o que queria da vida.

E tudo o que queria era Samuel. Ela teria de inibir esse desejo para sempre, se concordasse com o acordo.

Eric sentia sua hesitação. Ele estalou os dedos para Jamila, que logo trouxe duas taças e uma garrafa de champanhe em um balde de gelo.

– Não sou nenhuma ameaça – disse Eric. – Pense nisso, eu escolhi uma de sua espécie, assim como Jesper ficou encantado por Nádia. Eu não quis machucá-la. E, se você quiser, terá tudo isso como minhas desculpas pelo que aconteceu antes. Eu não a obrigo a nada relativo ao eclipse lunar.

A garrafa foi aberta e Eric serviu o líquido amarelado e espumante nas duas taças. Didi considerou a sugestão de Eric, sentiu-se pronta para aceitá-la, porém, observar as duas ninfas, submissas, apenas aguardando sua decisão, como se fossem objetos, fez com que recuasse. A liberdade não pertencia apenas a uma ninfa, mas a todas.

– Eu me comprometeria com você, embora não aceite o acordo integral – disse Didi. – E não quero fazê-lo. – Ela se dirigiu à porta, temerosa, achando que Eric não a deixaria partir. Entretanto, logo ela estava em um parque, respirando ar fresco e o perfume das flores.

Após alguns segundos, Didi constatou o olhar dos homens que passavam por ela. Um até tropeçou no asfalto em desnível. O fulgor estava, de fato, chegando, e ela não tinha noção de que tipo de poderes seria liberado.

Ao chegar em casa, duas ninfas de expressão séria e Samuel estavam sentados na cozinha.

– O que foi agora? – perguntou Didi. Havia uma inquietude no ar.

– Onde você estava? – perguntou Kate. – Você não pode sair sem dizer uma palavra. É perigoso demais!

– Tenho coisas a fazer – retrucou Didi.

– Harju ligou – disse Kate. – Em primeiro lugar, dois corpos foram encontrados no porto. Tenho certeza de que você adivinha quais marcas eles apresentam.

Didi estremeceu. Algo estava acontecendo. Então, entendeu porque todos a olhavam daquele jeito.

– Não fui eu! – disse Didi. – Como vocês podem pensar...

– Isso não é tudo – disse Kate. – Alguém esteve no café também. Valtteri está morto.

Nádia e Samuel tiveram de agarrar Didi para que ela não despencasse. Eles a ajudaram a se sentar.

– Eu jamais machucaria Valtteri – gritou Didi. – Nunca...

– É claro que não – disse Nádia. – Algo muito mais forte do que nós está lá fora agora.

– Você me alertou para não ficar muito próxima dos humanos – chorou Didi.

– Não é culpa sua – disse Kate, depois de ter recebido um olhar sério de Nádia. – Mas teremos de nos preparar para tudo.

Só então, Didi notou que Samuel havia posto uma toalha diante dela, desenrolada. A pistola aguardava para ser carregada.

– Vocês sabem como isso funciona? – perguntou Samuel para as ninfas. – Nunca atirei com uma dessas.

– Abra uma ampola – disse Kate, pegando um dardo. Ela o enfiou na garrafa e depois na pistola. Mostrou para Samuel, com movimentos eficientes, como a trava de segurança da pistola era liberada.

Didi observou, meio de lado. Às vezes, a vida de ninfa e de sátiro parecia ficção, até a realidade retornar com toda a força. Quando ela perdeu Elina, achou que não poderia perder muito mais, mas, ali, percebia que todos os entes amados estavam em perigo. Ela poderia interromper aquilo ao aceitar o plano de Eric?

E, naquele instante, a campainha tocou.

A cozinha estava em silêncio absoluto. Ninguém se mexeu.

– Não devemos abrir a porta – disse Nádia, em voz baixa.

Kate, porém, deu a adaga da toalha para Samuel e pegou a arma. Eles acenaram um para o outro e foram para o corredor.

– Samuel, não quero que vá – gemeu Didi.

– Terei cuidado.

Samuel e Kate assumiram posições de cada lado da porta. Então, Samuel a empurrou, abrindo-a. Eric correu para dentro e fechou a porta, imediatamente.

– Fui resolver algumas coisas e, ao voltar para minha suíte, minhas ninfas estavam mortas – disse Eric, caminhando para a sala. Todos o seguiram.

– Não estamos interessados – exclamou Kate. – Seria muito mais conveniente para nós matá-lo.

– Posso ajudá-los agora.

– Como? – perguntou Nádia.

– O culpado não é nem um sátiro nem um humano. Nem mesmo mais uma ninfa – respondeu Eric. – É Aurélia.

Didi nada compreendeu, mas não interferiu. Era claro que todos estavam em perigo mortal.

– Por que acreditaríamos em suas velhas histórias de fantasmas? – perguntou Kate, mas sua voz revelava dúvida.

– Aurélia é real – disse Eric. – Eu a criei. Eu criei o mito.

– Aurélia é aquela que foi acorrentada por oito sátiros, na caverna da Medusa, para que sua sede por assassinato pudesse ser amainada? – perguntou Nádia.

– Você conhece mitologia! – disse Eric. – Uma coisa devemos saber sobre Aurélia: depois que ela fareja um odor, é impossível detê-la. Teremos de nos ajudar.

– Fique lá, precisamos conversar – disse Kate.

Eric foi deixado sozinho na sala e os outros voltaram para a cozinha. O tempo estava se extinguindo e era inviável avaliar o quão confiável Eric poderia ser ou que perigo eles estavam de fato enfrentando.

– Temos de fugir – disse Didi.

– Para onde? – perguntou Nádia. – Não temos para onde ir.

Eles se entreolharam e Kate se culpou por não ter encontrado uma casa segura para elas. Ela se descuidou, embora tanta coisa estivesse em jogo.

– Eu poderia conseguir um lugar – disse Samuel. – Espere um minuto e conseguirei.

– Você tem uma hora – disse Kate. – Depois disso, todos desapareceremos daqui.

Samuel pegou seu casaco e saiu. As ninfas voltaram para a sala, mas, antes disso, Didi foi discretamente para seu quarto, colocou algumas roupas em uma bolsa, embrulhou sua adaga Nomos em uma toalha e a escondeu debaixo das roupas.

– O garoto fugiu? – perguntou Eric.

– Samuel não está fugindo, embora eu preferiria que estivesse – disse Didi. Ela não compreendia como aquele sátiro convencido podia tê-la excitado.

– Certamente – disse Eric. – Ele é da família Carvalho e a autodestruição está em seus genes.

– Deixe Didi em paz! – disse Nádia com fúria, fazendo Kate sorrir de aprovação.

Em seguida, todos ficaram em silêncio. Tudo o que podiam fazer era aguardar.

81

Matias van der Haas foi dirigindo até o local indicado por Samuel. Ele havia retornado de alguns trabalhos em Tammisaari, quando o garoto o contatou. Samuel não quis falar do que se tratava ao telefone, mas estava em pânico.

Os eventos dos últimos dias deixaram Matias em estado de alerta. Ele sentia uma ameaça que não conseguia identificar, por isso, resolveu tomar precauções na mansão, pois ele sabia, por experiência, que não havia mal nisso. Ele preferiria estar errado sobre tais coisas.

Aguardava no carro. Ele refletiu sobre a discussão que teve com a mãe de Samuel. Quando Paulina visitou a mansão, Matias aproveitou para conversar com ela. Ele queria se certificar de que sabia tudo sobre os eventos passados. Portanto, depois de olhar para Paulina, perguntou se Samuel era da família dos Carvalho, por intermédio de Pentti. Paulina o olhou com frieza e disse que havia estado no Líbano, quando garota, durante um estágio, e que Samuel foi a única coisa que ela trouxe de lá. Matias não entendeu direito, mas as coisas não eram realmente o que pareciam.

Matias viu Samuel se aproximando do carro e abriu a porta. Samuel entrou.

– Quero trazer as ninfas para a mansão – disse Samuel de imediato.

– Nem pensar – proibiu Matias. – Sua missão é mantê-las longe da mansão. Eric Mann está atrás de você.

– Eric está conosco, ele está nos ajudando – disse Samuel.

Matias estremeceu. A situação, de fato, havia evoluído muito mais rápido do que ele temia.

– Vocês não virão à mansão. – Matias abriu a porta como sinal para Samuel ir embora. Acelerou, em seguida.

Uma mensagem soou no celular de Samuel. O número era desconhecido. "Aguardo-o no departamento de patologia, Didi."

Não mais importava o que havia acontecido. Samuel não podia ficar ali, refletindo ou fazendo perguntas. Ele precisava agir. Acenou para um táxi e partiu.

***

O departamento de patologia lhe era familiar de muitas maneiras. Lidar com os corpos ou dormir lá não o incomodava. Ele sempre foi capaz de distinguir vivos e mortos e, há alguns meses, ele teria negado qualquer coisa sobrenatural. Agora, ao abrir a porta do necrotério, ele sentiu algo diferente, mas não sabia o motivo. O salão estava escuro e ele não conseguia ver onde Didi estava.

O telefone de Samuel tocou. A ligação vinha de Didi.

– Onde você está? – perguntou Samuel.

– Em casa. Onde você está?

– Aqui no departamento de patologia, você pediu que eu viesse aqui... – Samuel entendeu a questão ao mesmo tempo que Didi.

– Samuel, é uma armadilha!

Samuel deixou seus olhos percorrerem o salão. Ele não enxergava nada, mas definitivamente sentia algo.

– Ela está aqui – disse Samuel e desligou o telefone.

82

Didi já estava em pé quando Kate a deteve.

– Não conseguiremos chegar lá a tempo – disse Kate, com firmeza, mas não em voz alta.

– Não deixarei Samuel! – respondeu Didi, furiosamente, e procurou por Nádia como aliada. Porém, ela ficou parada. Didi correu para Eric e agarrou sua mão. – Ajude!

– Por que eu ajudaria um humano? – Eric respondeu, surpreso.

– Você prometeu fazer qualquer coisa para mim, se eu concordar com o que você quer que eu faça. Ajude Samuel e serei sua.

As ninfas queriam protestar, mas Didi não prestou atenção.

– Você promete? – perguntou Eric.

– Se você salvar Samuel.

Eric não precisava mais responder. Didi foi pegar sua bolsa e eles já estavam no corredor, quando Kate os alcançou e colocou a pistola na mão de Eric. Ele não estava certo se ajudaria contra Aurélia, mas aceitou a arma.

Eric dirigiu com rapidez até o hospital. Didi conhecia uma porta lateral, que levava ao departamento de patologia, e logo eles estavam lá. Didi guiou Eric até a sala de autópsia e entraram. Didi viu Samuel junto à parede do outro lado do salão e suspirou de alívio. Ao mesmo tempo, percebeu que Eric não estava mais com ela, contudo não se importou. Ela só pensava em Samuel, que vinha em sua direção... Subitamente, algo surgiu entre eles.

Didi parou. Diante dela, havia uma mulher, de quem irradiavam força e destemor. Seus olhos eram como um líquido fervente, por vezes azul, por vezes vermelho, e hipnotizaram Didi. A mulher esticou os braços e seus dedos fortes envolveram o pescoço de Samuel e o apertaram com tanta força, que ele foi incapaz de resistir.

– O que é você? – perguntou a mulher para Didi, com uma voz obscura e confusa.

Didi não conseguiu responder. Tudo o que ela ouvia era a respiração de Samuel, diminuindo lentamente, mas ela não se movia. A mulher a paralisou.

– Aurélia. – A voz de Eric podia ser ouvida da porta. – É a mim que você procura.

Para o alívio de Didi, a força da mulher sobre Samuel diminuiu, assim como seu olhar sobre ela. Ao sair do estado hipnótico, Didi se chacoalhou, como um prisioneiro libertado de correntes, e olhou para Eric. Ela não imaginava como o sátiro planejava sobreviver à situação. Em todo caso, ele prometeu salvar Samuel e atraiu a atenção daquela criatura horrível para si. Didi não ficaria para ver o que aconteceria. Ela segurou Samuel pela mão e começou a correr para a porta. Aurélia podia ficar com Eric.

– O carro está aqui! – gritou Didi para Samuel e o puxou consigo. – Você conseguiu aquele esconderijo para nós?

– Sim, consegui! – mentiu Samuel. – Ligue para Nádia e Kate e diga que comecem a dirigir para a mansão de Tammisaari.

Didi fez a ligação e logo eles estavam seguindo a oeste. Ela achava que sua respiração não se acalmaria jamais. A Lua brilhava no céu parcialmente encoberto, lembrando-a do que estava por vir.

Samuel nada dizia, apenas olhava para a frente e dirigia. A viagem foi rápida, mas ele só parou na lateral da estrada quando estavam perto de Tammisaari. Sem perceber, Didi colocou sua mão na coxa de Samuel. Eles não ousaram respirar ao se entreolhar.

– Samuel, esta noite é o eclipse lunar – disse Didi. – Estou com medo.

– Do quê? – perguntou Samuel, com gentileza, aproximando-se dela.

– Temo que seja nossa última noite juntos.

Samuel segurou a mão de Didi. Ela sabia o que queria, assim como o que Samuel queria.

– Eu matei todos os humanos com os quais estive – sussurrou Didi.

– Se esta é minha última noite, eu quero você por inteiro – disse Samuel.

Depois de tudo, sua habilidade de resistir tornou-se insignificante. Ela havia temido o pior tantas vezes... ela simplesmente o queria em seus braços, sem se importar com as consequências. Desejava envolver suas mãos em volta do pescoço dele, beijá-lo, estar o mais próximo possível do único humano que despertava aqueles sentimentos. Didi pressionou seu rosto contra o rosto de Samuel e respirou fundo. Ela não sabia o que aconteceria em seguida, mas, naquele momento, não queria saber. Aquele deveria ser o momento deles.

Lá fora, o som de uma coruja fez com que estremecessem e se separassem. Didi virou a cabeça e viu a lua cheia aparecer. Eles não podiam desistir. Ela olhou para Samuel e percebeu que ele pensava da mesma forma. Samuel ligou o carro.

83

A mansão estava banhada pela luz azul da Lua. Em seu interior, a atmosfera no grande salão era congelante, e os Carvalho haviam formado barricadas. Salma e Matias estavam em uma pequena mesa e Matias olhava pela janela. Do outro lado do salão, estavam Kate e Nádia, que não eram bem-vindas. Tanto Didi quanto Samuel notaram que a única pessoa a encarar a situação com calma era a filha de Matias, Matilda, que lia um velho livro em uma poltrona, com uma mão dentro de um saco de doces, como se não houvesse preocupações no mundo.

As ninfas se juntaram para discutir a situação e Samuel foi até Matias.

– O que faremos agora? – perguntou Samuel.

– Tenho um aliado, que chegará logo – disse Matias. – Exceto por isso, só esperaremos.

Didi se afastou das outras ninfas e foi até o sofá de madeira no fim do salão. Samuel a seguiu. Ela captou a expressão de alerta de Kate, quando Samuel se acomodou ao seu lado, mas não se preocupou com isso.

– Você cheira bem – disse Didi, incapaz de se controlar. Ela se aproximou um pouco mais de Samuel. Didi viu que algo o incomodava e que ele se aquietou para encontrar as palavras certas.

– No carro, você disse que matou todos os homens... Quantos?

– Eu não matei você.

Samuel pareceu mergulhar em pensamentos. Didi precisou se segurar para não chacoalhá-lo. Ele deveria reagir. Então, ele segurou sua mão.

– Posso controlar meus sentimentos – disse Samuel. – Não por você, mas por Nádia e Kate eu não sinto nada. O charme das ninfas e a Lua não deveriam ter um efeito?

Didi surpreendeu-se. Ela achava que o charme fosse automático. Quando ela andava nas ruas, os homens começavam a segui-la. Isso deveria ser verdade para todas as ninfas.

Didi estava prestes a dizer algo, quando Salma se aproximou com uma bandeja com chá. Didi aceitou uma xícara e colocou bastante mel para ter o tipo certo de energia. Ela desejava perguntar mais sobre os sentimentos dele, mas Matias, que os observava havia algum tempo, tinha perdido a paciência e se dirigido até Samuel, tremendo de raiva.

– Eu proibi você! Nós devemos evitar as ninfas, de todos os modos, durante o eclipse lunar. E você as trouxe aqui e, além de tudo, vocês têm uma assassina os perseguindo!

– Você disse que alguém estava vindo para cá para ajudar – disse Kate.

Matias virou os olhos para ela e sua respiração se tornou mais pesada. Sua fala começou a ficar embaçada.

– Isso está errado. Eu não posso deixá-los... Samuel deve levá-las daqui! – gritou Matias e deixou o salão com passos largos.

Samuel olhou para Nádia e, depois, para Kate.

– O eclipse lunar está próximo – Nádia respondeu uma pergunta silenciosa. – Logo, isso piorará. Durante a hora do fulgor, os homens não serão capazes de se controlar perto de nós.

Nádia olhou para Samuel e para Didi, examinando-os. Didi soltou Samuel, lentamente.

– Samuel só reage a você? Nem um pouco a Kate e a mim? – perguntou Nádia à Didi. Ela queria confirmar a questão e tocou o braço dele com seus dedos longos.

– Os Carvalho seriam imunes? – perguntou Didi.

– Você viu Matias – disse Nádia. E compreendeu pelo olhar de Didi que eles queriam ficar a sós. Ela foi falar com Matilda.

Didi observou como Nádia entretinha a menina. Nádia era tão natural com tudo, até mesmo agora, quando todos estavam em perigo mortal. Didi deu a mão para Samuel e esperou.

– Talvez signifique que meus sentimentos por você sejam reais – disse Samuel para Didi.

Ao dizer isso, o peito de Didi formigou agradavelmente e ela teria respondido, se a porta da frente não tivesse batido. O ajudante havia finalmente chegado. Ou talvez o inimigo havia entrado. Os olhos de todos se voltaram para o local em que passos pesados eram ouvidos e para a figura escura que entrou na sala e tirava, lentamente, o capuz.

– Vocês não encontraram um esconderijo melhor para vocês? – perguntou Jesper. – Felizmente vocês vieram por rotas diferentes. Aurélia segue o odor e, assim, temos um pouco mais de tempo para nos preparar.

***

Jesper não parecia dar a mínima para o fato de sátiros não serem bem-vindos na mansão. Em vez de se importar, assumiu o papel de líder e começou imediatamente a dar ordens sobre que tipo de precauções deveriam ter. Didi notou que a situação havia se tornado intolerável para Nádia, que mal conseguia olhar para Jesper. Nádia foi à sala ao lado e arrastou móveis, como se estivesse seguindo ordens, mas, no fundo, ela fervia de raiva. Primeiro, Didi foi atrás dela, em seguida, Kate.

– Jesper está certo – disse Kate. – Devemos nos proteger. Vamos bloquear a porta com este guarda-roupa velho.

– Há dezessete anos, eu fugi porque os sátiros eram mandões – disse Nádia. – Vocês podiam fazer tudo isso sozinhas.

– Verdade – disse Kate, que, na realidade, julgava o sátiro bastante útil daquela vez. – Tente esquecer todos os sentimentos durante esta noite. Já estivemos em perigo, mas, agora, temos uma tarefa especial. Estamos protegendo Didi.

Subitamente, Didi se sentiu envergonhada. Ela percebeu que as ninfas estavam preparadas para se sacrificar por ela. Ela havia reclamado e sido infantil, porém a vida de todos estava em risco. As ninfas podiam ter fugido, tê-la deixado sozinha, mas a colocaram em primeiro lugar.

– Vocês podem ir embora – sussurrou Didi. – Daí estarão a salvo.

– Não seja boba e venha ajudar – disse Kate.

Kate foi até o guarda-roupa e acenou para que Nádia e Didi fossem ajudá-la. Era pesado e difícil de arrastar, porém, ao menos uma entrada para a sala estava bloqueada. Didi olhava à sua volta e pensava sobre o que mais poderiam fazer, quando percebeu que algo se tornou visível. Ela trouxe uma luminária para mais perto. Árvores, galhos e nomes haviam sido pintados na parede.

– O que é isso? – perguntou, confusa.

– Kate, olhe! – disse Nádia. – A árvore genealógica dos Carvalho. E este é o ramo de Montpellier... Elina.

Os lábios de Didi falavam nomes estranhos. Kate também lia.

– Janos Drys – leu Nádia. – Seu Janos era um Carvalho?

– Certa vez, ajudei alguns Carvalho, em Velanidia – disse Kate. – Depois disso, eles têm me ajudado. Didi não estaria viva sem eles.

Didi e Nádia ainda liam os nomes e os anos.

– Um dia, a vida de uma ninfa acaba. A minha pode acabar esta noite. Nada no mundo é eterno. Exceto o amor.

As palavras de Nádia chocaram Didi. Elas foram tão longe e ela não estava pronta para desistir de nada.

– Ninguém morrerá esta noite – disse Didi. Ela se levantou e foi para o salão. – Eu não aguentaria. Coisas demais já foram tomadas de mim.

– Kate, você tem de falar a verdade para Didi antes que seja tarde demais – disse Nádia, em voz baixa, para sua velha amiga.

Didi começou a ajudar no salão. Jesper e Samuel estavam ocupados arrastando móveis e verificando travas, depois Jesper checava tudo novamente. Não havia sinal de Salma.

A excitação começou a cansar Samuel, assim como a arrogância de Jesper.

– Vamos fechar as cortinas? – Didi pediu para Samuel ajudá-la, para amainar a situação. Ela agarrou o veludo grosso com ambas as mãos para que pudesse cobrir a grande janela.

– Qual é a utilidade disso? – Samuel se dirigiu a Jesper. – Se Aurélia é uma criatura tão poderosa, como algumas cômodas e algumas cortininhas nas janelas irão pará-la?

– Elas não irão – disse Jesper. – Mas a tornarão mais lenta e, acredite-me, até mesmo um piscar de olhos a mais para nos defender significa muito. Tomemos vantagem dessa escuridão. Certifique-se de que não há espaços entre as cortinas.

***

– Você não dá ordens aqui, esta é a casa dos Carvalho! – gritou Samuel e, com alguns passos, ele estava em frente a Jesper. – Toda essa confusão é por causa dos sátiros. A culpa de Didi, Nádia e Kate estarem em perigo é de vocês.

– Calma! – O semblante de Jesper transmitia tranquilidade. Ele se preparou para a guerra antes e sabia que os sentimentos poderiam ferver. – Temos de agir juntos. Seguindo o odor, com certeza Aurélia vai nos encontrar aqui. Mas há algo que pode ser feito. Didi, vamos visitar a estufa.

– Vocês dois não vão sozinhos a lugar algum – disse Samuel.

Era como se Jesper houvesse sentido algo novo em Samuel. Eles olharam um para o outro e nenhum deles iria ceder.

Até então, Matilda lia seu livro, mas, percebendo a situação, ela o colocou de lado e observava.

– Irei lá com Samuel – disse Didi. – O que temos de procurar lá?

– Posso mostrar – disse Matilda, já lhes dando uma lanterna.

Didi e Samuel se acalmaram na noite fria. Nem a escuridão parecia tão ameaçadora como a atmosfera tensa da mansão. Matilda conhecia bem o caminho e os guiou até uma luz que brilhava à distância. Eles avistaram os numerosos vidros da velha estufa atrás das árvores.

– Como Matias permite que você venha aqui? – perguntou Didi para Matilda.

– Bem, eu não deveria estar aqui, mas quero estar com vocês – disse Matilda e quase tropeçou. Samuel a segurou.

– Obrigada – disse Matilda, e não se soltou mais dele. – Nós já nos tocamos antes?

– Acho que não – Samuel achou a pergunta estranha, mas tudo que acontecia era estranho. – Por quê?

– Didi sabe que você é marcado para ela? – Didi e Samuel não entenderam a pergunta, e Didi não pôde perguntar, pois Matias apareceu à porta da estufa.

– Matilda! – a voz de Matias continha um alerta silencioso. – Eles encontrarão o caminho a partir daqui. Você deve ir para o porão! Sua avó a espera lá.

Matilda ficou parada por um instante. Sorriu para Samuel, acenou e começou a voltar. Mas, três passos depois, parou e se virou novamente para ele.

– Você não deve ter dúvidas, você é só um garoto comum – disse Matilda para Samuel. Então se virou para Didi. – E você não deveria duvidar de seus sentimentos, eles são reais.

Em seguida, a garota e a luz de sua lanterna desapareceram na floresta.

– O que significa aquilo? – Samuel perguntou para Matias na estufa.

– Você não deveria dar atenção ao que uma pré-adolescente diz – respondeu Matias. – Venham aqui.

84

Na estufa existia um mundo à parte, com cores e cheiros fortes. O clima era quente e úmido. Didi teria gostado de ficar e aproveitar por mais tempo, mas Matias trouxe sacos de algodão para ela e Samuel.

– Pegue essas pétalas brancas – instruiu Matias. – O perfume mascarará seu odor de ninfa, o que poderá salvá-la por esta noite. Talvez consigamos enganar Aurélia.

Didi pegou a flor em sua mão e sentiu suas pétalas grossas com textura de cera. O aroma ficou mais forte. Sua atenção se voltou para alguns grãos sobre a mesa, então pegou um deles com a ponta dos dedos.

– O que é isso?

Matias veio até ela e o pegou. Tirou uma pequena caixa de madeira de uma das gavetas da mesa e recolheu todos os grãos.

– Sementes – disse Matias. – E essas são as flores que os sátiros quase dizimaram. Eles as destruiriam também, se entrassem aqui. É por isso que este lugar é nosso segredo e, infelizmente, também de Jesper.

Didi olhou com mais cuidado para a caixa e percebeu que uma imagem havia sido queimada na tampa. Matias guardou-a na gaveta.

– Carregarei o primeiro saco para a mansão. Vocês dois continuem – disse Matias e desapareceu.

Didi e Samuel continuaram a coletar as pétalas nos sacos. Ela sentia que, enquanto trabalhavam, era mais fácil falar com Samuel sobre coisas que se passaram em sua cabeça.

– Nádia diz que, durante o eclipse lunar, os sátiros e as ninfas vão a um local, que faz com que eles se lembrem novamente dos lugares em que nasceram – disse Didi. – E, quando o eclipse começa, eles podem se unir. Nunca em outros momentos. Nesses períodos, as ninfas fazem amor de acordo com alguns rituais.

– Rituais? – perguntou Samuel. Ele fingia estar concentrado em sua tarefa, mas a ideia perturbou sua mente também.

– Não sei muito sobre eles – disse Didi. – Mas esta noite é a noite de celebração das ninfas, por todo o mundo. Mas meu eclipse lunar é qualquer coisa, exceto celebração.

A voz de Didi era tão triste que Samuel se aproximou um pouco, e Didi se afastou.

– Agora não – disse Didi. – Temos de tomar cuidado.

Eles continuaram a tarefa, sem nem mesmo ousarem se olhar. Porém, Didi precisava ser capaz de contar para Samuel tudo o que a incomodava. Ela o levou para se sentar ao seu lado, em um velho banco de metal e, por um instante, apenas olhou ao redor. A estufa era como um paraíso... se ao menos eles pudessem estar a sós lá, trancar o resto do mundo para fora... Contudo, aquilo não era possível e Samuel deveria saber com o que estava lidando.

– Pode-se ouvir o movimento das árvores – disse Didi, depois de uma pausa. – Na cidade, nunca se ouve. Há outros barulhos e movimentos, o tempo todo.

Samuel sentiu que havia mais por vir e simplesmente esperou que Didi estivesse pronta para falar.

– Eu tinha uma queda por Johannes – disse Didi, em voz baixa. – Ele era um pouco parecido com você, bonzinho e engraçado. Ele me ajudou quando caí de bicicleta. Porém, eu senti que, sem a Lua, eu não teria sentido tanta atração por Johannes. Era só desejo, eu não estava apaixonada.

– Mas você não pode resistir à Lua – disse Samuel.

– Estou dividida entre duas coisas completamente opostas – disse Didi. – Um, sou uma assassina e quero estar com você. Dois, devo aceitar que uma ninfa só pode ficar com um sátiro. Eu não me identifico com isso, eu não quero perder a humanidade que ainda existe em mim.

Ela o olhou como se pedisse ajuda. Ela estava com medo da noite que se aproximava, do que ela traria. Ela poderia levar Samuel embora, para sempre.

– Há pouco tempo, eu não sabia nada sobre ninfas – disse Samuel. – Quando descobri, fiquei com medo de vocês, mas, depois, entendi algo crucial. Vocês são divindades naturais e ninguém controla a natureza. E eu não tenho mais medo. Pelo menos, não por mim.

Didi sentiu vontade de chorar.

– Eu a machuquei? – perguntou Samuel, como se tivesse dito algo idiota.

Didi balançou a cabeça. Suas palavras eram um enorme alívio e, embora tudo pudesse acabar, ela jamais as esqueceria. Ela não era um monstro aos olhos dele.

– Eu gostaria que alguém ainda me olhasse como se eu fosse a única coisa no mundo. – Didi chorava muito.

– Eu olho para você dessa forma – disse Samuel. – Eu o faço desde a primeira vez.

Seus rostos se aproximaram e os lábios se tocaram. Então, outro tipo de luz acendeu nos olhos de Didi.

– Venha! – disse a Samuel e correu para examinar a mesa em que Matias havia trabalhado. – Agora sei o que vi.

Didi abriu as gavetas com entusiasmo e mexeu em seu conteúdo. Seus dedos passavam por todo lugar, até alcançar uma pequena caixa redonda de madeira. Samuel veio para perto dela e posicionou a lanterna que pudessem ver melhor. Havia um símbolo de nó queimado na tampa.

– E isto está, de alguma forma, relacionado com estas sementes. – Didi abriu a tampa e olhou dentro. Seu coração batia cada vez mais forte. Olhou para fora da estufa e viu a Lua brilhar, fria e misteriosa.

Didi se sentou. Sentiu-se sendo ela mesma, em cada uma de suas células. Ela era uma divindade da natureza, que não podia ser acorrentada. Puxou Samuel para perto e abaixou uma das alças de seu vestido. O calor da estufa foi potencializado pelo seu desejo, ela estava derretendo. Didi o queria, naquele exato momento. Por que ele resistia? Ele devia sentir o mesmo.

– Didi, agora não é a hora certa – disse Samuel.

– Você acha que algum dia será? É possível esperar?

– Não tenho coragem de tocá-la agora – disse Samuel. – Se eu a tocar, não resistirei mais e, então, não poderei mais ajudá-la.

Didi não queria ouvir objeções. Ela estava fervendo.

85

O salão da mansão começava a ficar pronto para manter os intrusos fora. Matias instruiu como as pétalas deveriam ser espalhadas em todas as portas e janelas, para enganar o olfato de Aurélia. Depois disso, desapareceu, sem dizer nada.

Kate achou um rifle de caça, mas sentiu certa inveja de Jesper, que tinha suas próprias facas. Ela podia não entender nada sobre bolsas, mas apreciava o trabalho manual de ferreiros japoneses. Entretanto, nada disse para Nádia sobre as varas de metal, usadas para ajeitar a lenha da lareira, e sobre a utilidade delas contra Aurélia.

– Vou dar mais uma olhada... – Jesper estava prestes a ir para a biblioteca, quando batidas altas à porta foram ouvidas. Todos ficaram em silêncio.

– Abram! – uma voz um pouco abafada podia ser ouvida.

– É Eric – disse Nádia. – Ele não pode entrar. Faltam apenas duas horas para o eclipse lunar.

– Estou sozinho – certificou Eric.

As ninfas observaram o rosto de Jesper. A quem o sátiro seria fiel, a elas ou à sua espécie? Jesper pesou a situação e, então, tirou uma faca da bainha de seu cinto. Ele deu um sinal para Kate abrir e Eric praticamente caiu para dentro, muito ofegante. Ele estava com a mão nas costelas, sangue escorria entre seus dedos. Três deles o carregaram para o sofá.

Nádia tocou o ferimento e Eric gritou.

– Você tem sorte por ser a hora do fulgor e por ter conseguido vir até alguém que cura – disse Nádia. – Caso contrário, você estaria morto. Tragam ataduras.

– Um momento atrás você nem queria abrir a porta. Sabe, não somos obrigados a ajudá-lo – disse Jesper. – Eric ferido só nos trará problemas.

Kate trouxe, porém, tudo o que Nádia pediu. Nádia cortou a camisa de Eric, começou a limpar e a cobrir o ferimento, de onde o sangue grosso do sátiro jorrava.

Nádia analisou a situação. O sangue não pararia de jorrar apenas com ataduras. Ou eles deixariam Eric morrer lá, diante de seus olhos, ou ela teria de usar seus próprios métodos.

– Tenho de beijá-lo – disse Nádia.

– Obrigado. – A voz de Eric era menos do que um ganido, mas conseguiu sorrir para Nádia. – Eu sei que você não precisa me ajudar.

Jesper, por outro lado, não sorria. Dentro dele, tudo fervia, ao observar quanta atenção o outro sátiro recebia. Quando Nádia pressionou seus lábios curadores no ferimento e depois nos lábios de Eric, Jesper ficou tão furioso que poderia matar alguém. Ao mesmo tempo em que admirou os talentos e as habilidades de Nádia, pois a condição de Eric havia melhorado. Pouco a pouco, o sátiro se sentiu melhor.

Os olhos de Eric se fecharam, como se ele fosse descansar, mas, em seguida, ficou subitamente em pé. Tirou a faca da bainha de Jesper, que estava distraído, e a apertou contra seu pescoço.

– Da primeira vez, precisamos de oito sátiros para derrotar Aurélia – disparou Eric. – Você não acredita, de verdade, que sobreviverá com estas poucas armas, não é?

Os sátiros empurraram um ao outro, mas Jesper nem se mexeu. Eric abaixou a faca e a deu a Jesper, que marchou até a biblioteca.

– Todos nós somos necessários – disse Kate, estressada.

Nádia estava na biblioteca arrumando as ataduras e fingiu nem ver Jesper, embora ele estivesse sentado à sua frente.

– Você não pode fugir do que há entre nós – disse Jesper.

Nádia se levantou e olhou sem medo para Jesper, com seus olhos escuros. – Eu escolhi meu lado. Eu luto pelas ninfas e contra os sátiros. Você prometeu agir diferente dos sátiros, e ainda assim começou imediatamente a me transformar em sua propriedade.

Jesper sorriu e Nádia ficou irritada. Ela não via nada de engraçado na situação.

– Olhe para mim – disse Jesper, aproximando-se de Nádia, fazendo-a sentir sua respiração na pele. – Eu me voltei contra os sátiros, minha espécie. Eu vim para cá.

– Você pode ir embora, se fez isso por mim.

– É claro que fiz isso por você.

– Eu não mudarei de ideia – disse Nádia desafiadoramente.

– Não mude então – disse Jesper e tomou-a em seus braços.

Nádia percebeu seus lábios se abrindo e sentiu o corpo musculoso de Jesper, e todos os seus desejos foram acordados em um piscar de olhos. E não era apenas por causa da Lua ou do eclipse lunar. Ela sabia, há séculos, que só amaria Jesper.

– Onde está Didi? – disse Kate à porta, fazendo com que se separassem.

86

Didi e Samuel estavam entrelaçados na escuridão da estufa, e separaram-se quando uma lanterna foi apontada para eles.

– Aqui está você – disse Kate, afastando, pela segunda vez, um casal.

Didi retornou, como se estivesse em um transe. Ela não entendia como havia deixado a situação ir tão longe. Samuel também parecia um pouco constrangido.

– Eu não sei se vocês sentem, mas eu sinto alguma coisa no ar – disse Kate.

Didi tentou se concentrar para desligar seus sentidos de Samuel, e logo concordou. – Eu também.

– Aurélia deve estar por perto – disse Kate. – Ela nos procurará na mansão primeiro. Devemos encontrar um esconderijo melhor.

– Matias mencionou um porão – lembrou Didi.

Kate pegou o celular, enquanto olhava para a escuridão da noite.

– Matias? Há algum outro lugar no qual poderíamos nos esconder? – perguntou Kate. – Um estábulo ou um depósito que tenha apenas uma porta a ser guardada?

– Não – respondeu Matias. – Vocês devem ficar na mansão. Vocês não irão a lugar algum. Se sobreviverem ao eclipse lunar, então, poderão ir, pela manhã...

– Onde você está? – perguntou Kate. – Matias?

Ouviu apenas um pequeno baque, seguido por um grito abafado, ao telefone.

Didi teve uma sensação arrepiante, que foi até seus ossos. Seus piores medos estavam se concretizando e ela não sabia o que fazer. Em um momento, nos braços de Samuel, esqueceu de tudo. Percebeu, então, quão perigoso havia sido.

– Aurélia está em algum lugar, perto – disse Kate. – Vamos para a mansão e formaremos barricadas. Não temos outro lugar para ir.

Eles estavam do lado de fora, quando Samuel parou. – Não deixarei Matias.

– Você não pode procurá-lo! – disse Didi. – Você não pode me deixar. Kate, você não pode deixá-lo ir.

– Matias é parte da minha família. – Samuel dirigiu suas palavras à Kate e tomou o caminho oposto.

Kate segurou Didi com força, para que ela não tentasse segui-lo. Logo, Samuel já estava fora de vista.

Didi deixou-se ser guiada por Kate. Ela não conseguiu seguir Samuel, mas também não ficaria sozinha na estufa. Com Samuel, ela sentia que estava em um conto de fadas, mas, sem ele, sentia-se em uma história assustadora e deprimente.

Elas chegaram à mansão e andaram até o salão. Didi ficou aterrorizada com o que viu e tentou fugir da visão de Eric.

– O que ele está fazendo aqui? – gritou.

– Não se preocupe – disse Nádia, tomando-a em seus cuidados. Ela fez um gesto para os sátiros, para que fossem para outra sala.

– Falta apenas uma hora para o eclipse lunar – disse Nádia para Kate. – Este é o momento certo, Kate.

Em seguida, Nádia foi atrás dos sátiros e Didi ficou sozinha com Kate.

Todo o corpo de Didi tremia. Ela temia, em especial, por Samuel. Ela não confiava em Eric, porém confiava na força das ninfas. Uma ameaça desconhecida era a pior coisa. Ela não sabia como lutar. O que poderia ser tão terrível para amedrontar até os sátiros?

O terror de Didi era óbvio, então Kate se sentou ao seu lado. Didi esperava que ela lhe dissesse para se controlar e ser forte, mas, em vez disso, Kate ficou calada. Ela olhou para Didi e tirou a caixa de madeira de seu bolso, vista pela última vez na estufa. Colocou-a sobre a mesa e a olhou com seriedade.

– Didi, prometi que sobreviveremos a isso. – Kate tentou manter sua voz o mais calma e convincente possível. – Eu prometi para sua mãe que eu a protegeria.

Didi não compreendeu o que Kate quis dizer. Ela a ouvia quase sem respirar. Ela sentia que Kate estava prestes a lhe contar algo muito importante.

– Eu tinha uma irmã – disse Kate. – Uma ninfa da natureza, que nasceu nos campos de algodão de Southampton. Rose, uma ruiva teimosa.

Parece familiar? Um sátiro queimou nossos pais e Eric nos salvou em seu bando. O tempo passou e, de nós duas, Eric escolheu Rose para si. E, por cem anos, Rose não se opôs. Então, Eric lhe deu uma tarefa em Londres (podemos manter um sátiro satisfeito, mas somos apenas objetos) e eu não tive notícias dela por alguns anos. Quando Rose finalmente entrou em contato, estava grávida. Minha irmã esperava um bebê. O pior é que ela esperava uma criança de um humano. Os sátiros a matariam!

Didi ouvia a história de Kate com os olhos arregalados. Percebia a voz de Kate falhar e o tamanho do esforço que ela fazia para revelar todo o segredo.

– Como era Rose? – perguntou Didi.

– Como disse, uma ruiva teimosa – riu Kate, mas logo as lembranças a tornaram séria novamente. – Compreensiva e forte. E, como você, difícil de controlar.

– Desirée é filha de Rose? – Eric não conseguiu se afastar. Ele entrou na sala e ouviu Kate com atenção, embora sem acreditar.

– Rose morreu quando você nasceu. Eu prometi a ela que cuidaria de você, que a protegeria – continuou Kate.

Jesper e Nádia também vieram para o salão e se sentaram. Kate pegou a caixa de madeira da mesa e a levantou para que Didi a visse.

– De certa forma, é um milagre termos acabado aqui. Os Carvalho sempre protegeram as ninfas. É por isso também que esta caixa está aqui. Kate abriu a caixa e tirou uma semente. – Com a ajuda dessas sementes, as ninfas podem se reproduzir com humanos, ter filhos com eles.

– Não deveria haver mais nenhuma dessas – rosnou Eric.

– Sempre houve e sempre haverá, assim como os Carvalho – disse Kate, quase sem controlar sua raiva. – Você não pode matar a todos, não importa o quanto tente.

Eric encostou em sua poltrona e pensou no que ouviu. – Rose me traiu com um humano?

Kate o ignorou. Ela segurava uma das sementes na ponta de seu dedo indicador.

– Esta pequena semente contém um milagre – disse Kate. – Quando você comer a semente e Samuel também comer, poderão ficar juntos, com segurança.

A história de Kate havia afastado momentaneamente seus pensamentos sobre Samuel e sobre o que poderia estar acontecendo na escuridão total, mas o medo voltou a dominá-la.

***

Samuel iluminou o caminho tortuoso com sua lanterna e andou o mais rápido que pôde. Seu primeiro contato real com a família de seu pai foi com Matias e ele não iria desistir. Salma abriu sua mente para lembranças e, embora voltassem em fragmentos, ele sentia pertencer a algum lugar. É claro, ele teve uma mãe antes e, depois, Didi, mas uma família com milhares de anos o enchia de alegria e orgulho indescritíveis. Ele se sentia pleno sendo outra coisa além de um estudante de Medicina.

Samuel parou. Ele quase passou por um pequeno monte, mas, olhando com mais atenção, avistou uma porta. Era um porão, em cima do qual muito musgo e amoras tiveram tempo para crescer. Era muito bem escondido sob as árvores. Samuel parou para ouvir e se certificar de que ninguém o seguia, então, tomou coragem para entrar.

O porão era muito maior do que aparentava. Aqui e ali havia velas e ar era fresco, como o da floresta. Samuel forçou a vista por um momento e viu Matilda.

– O que é este lugar?

– Venha ver – respondeu Matilda.

Matilda o levou para dentro do porão. Salma estava sentada em um banquinho de madeira.

– Vocês estão seguras aqui? Onde está Matias? – perguntou Samuel. – Didi precisa de mim.

Matilda foi até uma mesa baixa, na qual estava a maleta de Matias. Ela tirou dela uma adaga Nomos.

– Você precisa disso – disse Matilda. – Este é homem, *anthropos*. Se você tiver outra, uma mulher, *gynaika*, poderá controlar os poderes dos sátiros e das ninfas.

– Matias não precisa disso?

– Não mais – respondeu Matilda.

Só aí Samuel percebeu que o rosto de Salma estava úmido de lágrimas.

– Agora você deve ir – disse Matilda e apertou rapidamente a mão de Samuel. – Eles estão esperando por você. Que Alekto esteja com você.

Samuel saiu para a floresta e ouviu as portas do porão serem trancadas. "Os Carvalho não as abririam mais para mim, mesmo que batesse", pensou, e começou a procurar o caminho de volta para a mansão.

87

Jesper e Eric estavam sentados, sozinhos, no salão. Tempos atrás, eles teriam algumas garrafas de vinho tinto e música tocando. Eles contariam histórias sobre suas aventuras e desfrutariam o que a vida lhes oferecesse. Porém, naquele momento, eles olhavam para os papéis de parede velhos da mansão.

– Como é estar no mesmo nível de um sátiro comum? – perguntou Jesper, com um tom de voz amigável. – O eclipse lunar se aproxima e nenhum de nós tem uma ninfa. E ambos perdemos para uma ninfa. Talvez os tempos estejam mudando.

– É o que eu também acredito – disse Eric, sem dar a Jesper o prazer de ficar nervoso.

– Não é estranho Rose ter esquentado sua cama por tanto tempo e agora você estar atrás da filha dela? Além disso, se a história for verdadeira, Didi não é uma ninfa completa.

– Nem um pouco – respondeu Eric. – Não que eu saiba de tudo. Eu enxergo a lógica. Lendas são profecias que se tornam reais por si próprias.

Jesper pensou em uma frase adequada sobre arrogância e seus perigos, mas ouviu algo. Era apenas um rangido, mas passos puderam ser ouvidos. Quem quer que estivesse vindo não se movia em silêncio.

Alguns sons também foram ouvidos vindos de outra direção. Kate correu para o salão com Nádia e Didi seguindo-a.

– O que está acontecendo aqui? – perguntou Didi. Os rostos sem expressão dos sátiros revelavam que eles esperavam por algo.

– Aurélia conseguiu entrar – disse Jesper, agarrando uma das pistolas anestésicas. – Aurélia é uma ninfa velha, portanto, o veneno deve a princípio funcionar.

Jesper se certificou de que a faca estava em seu lugar, na bainha. Todos olharam para a porta e Didi estava prestes a perguntar para Jesper o que eles fariam, quando ele saltou, abriu a porta, saiu, e a fechou atrás dele. Nádia gritou e Didi segurou sua mão.

– Ninguém está vindo aqui! – gritou Jesper. – E não importa o que vocês ouçam, fiquem aí!

Nádia colou o ouvido na porta, mas os sons de golpes e pancadas eram demais para ela, então, se afastou. Eles ouviram móveis voando pela sala e algo sendo rasgado. Era impossível distinguir se os gritos vinham de um homem ou de uma mulher. Ouviu-se um estrondo e, em seguida, o silêncio.

Eles esperaram um instante, depois Kate abriu a porta e espiou. Havia duas figuras no chão: uma era Jesper, com um sorriso largo, e a outra era uma mulher morena e alta, deitada de bruços no chão.

– Oito??? – Jesper estava rindo, com o rosto cheio de sangue. – Oito sátiros. Foi assim, Eric? Você precisou de oito sátiros para derrotar Aurélia?

Nádia estava ao lado de Jesper. Seu peito estava nu e tinha um corte longo e profundo, que não o incomodava em seu momento de triunfo.

Kate passou os olhos por Didi, que estava completamente pálida e mal podia parar em pé. O cheiro de sangue preenchia a sala. – Eric, leve Didi para lá. Você não pode ajudar aqui.

Eric fez um gesto afirmativo e levou Didi para a biblioteca. Kate se concentrou em ajudar Nádia e, juntas, carregaram Jesper até o sofá. Nádia começou a tratar dos ferimentos e Kate foi à biblioteca pegar algumas ataduras, pela segunda vez, naquela noite. Ela olhou ao redor. Não havia sinal de Didi e Eric.

– Droga! – gritou Kate.

– O que foi agora? – perguntou Nádia quando Kate voltou.

Kate olhou ao redor ainda mais confusa e, então, levantou o rifle pronta para atirar novamente.

– O corpo de Aurélia estava aqui há um minuto. Onde está agora? – perguntou Kate.

– Você precisa encontrar Didi – disse Nádia. – Ficarei para cuidar de Jesper.

Algumas palavras selecionadas sobre sátiros estavam na ponta da língua de Kate, mas a expressão de dor no rosto de Nádia a silenciou. Ela correu para fora.

Nádia concentrava-se em Jesper, cuja cor da pele já havia mudado para cinza. O sangue secou no rosto do sátiro, mas o sangramento do ferimento no corpo não parava.

– Você não pode fazer nada? – Jesper parecia um pouco surpreso.

– Preciso colocá-lo na água – disse Nádia. – Há um banheiro do outro lado da casa com uma grande banheira. Você consegue ir até lá?

– Você terá de ajudar um pouco – disse Jesper.

Nádia correu para abrir a torneira. Depois, voltou para Jesper e, de alguma forma, conseguiu ajudá-lo a se levantar. Ela sabia que o menor dos movimentos causava uma enorme dor, mas nada podia ser feito. Ela concentrou sua força de vontade para que Jesper permanecesse consciente até o banheiro.

Nádia o despiu e o ajudou a entrar na banheira. Em seguida, tirou seu vestido e sua calcinha e estava prestes a entrar na banheira, quando Jesper levantou um pouco sua mão.

– Deixe-me olhá-la por um momento – sussurrou Jesper e uma faísca acendeu em seus olhos. – Isso funciona melhor do que remédio. Sua pele, sua beleza...

Nádia não esperou mais. Ela se agachou em cima dele, jogou água nos ombros e no peito do sátiro e o deixou escorregar para dentro dela.

– O eclipse lunar está começando agora, Nádia. Posso senti-lo – disse Jesper. – É esta nossa união?

Seus quadris se moveram juntos e a água acariciou suas peles. Nádia chorou, embora Jesper estivesse sorrindo.

– Beije-me – suspirou Jesper. – Cure-me.

Os olhos de Jesper se fecharam. Por mais um instante, Nádia o abraçou sem querer admitir que o amor de sua vida se fora.

– Liberdade – sussurrou Nádia. E sentiu o calor dos lábios de Jesper pela última vez.

88

Didi ficou tão chocada ao ver Jesper ferido, que permitiu que Eric a consolasse. Sentiu-se aliviada por haver alguém forte em tal momento de ansiedade.

– O que acontecerá conosco? O que acontecerá com Samuel? – sussurrou Didi, apertando a cabeça contra o peito do sátiro, quando ele lhe ofereceu seus braços.

Didi estava desprevenida para a mão grande do sátiro, que tampou sua boca. Ela tentou gritar e chutar, mas Eric não deu atenção à sua resistência, ao contrário, levantou-a e começou a carregá-la. Lá fora, ele a jogou em seu ombro e foi em direção à floresta.

– O eclipse lunar está começando – disse Eric, ao chegar à beira da floresta. – Olhe para o céu. É este o momento.

– Eu não sou a lenda – Didi conseguiu dizer, apesar de estar pendurada de cabeça para baixo.

Didi tentou bater em Eric, mas ele corria para dentro da floresta, com aparente facilidade. Ele olhava ao redor, parecendo procurar um local que lhe satisfizesse. Ele chegou a uma pequena área quadrada, cercada por grandes pinheiros antigos. Eric escolheu o maior deles e carregou Didi até lá. Deitou-a e a empurrou com força, contra a árvore.

– Desirée Volanté, desejo e vontade – rosnou Eric, com os olhos flamejando. – Por que você luta e esperneia, quando um grande futuro a aguarda? Nada lhe faltará assim que a lenda for realizada.

– Acredite em mim, eu não sou a escolhida. – A mente estreita do sátiro a irritava. Ela achou que seria deixada em paz, quando a verdade sobre suas origens fosse revelada. – Minha mãe era uma ninfa e meu pai, um ser humano comum. O nó foi tatuado em minha barriga.

– Você está equivocada – disse Eric. – Tudo é igual ao livro. E daí, se Kate a tatuou? Segundo a lenda, a ninfa carrega um Nó e você nasceu durante um eclipse lunar, apesar de ser filha de Rose.

– Nunca ficarei com você! – gritou Didi.

– Esta decisão não depende mais de você – disse Eric. – Considere o quanto agradável teria sido. Eu teria preparado um casamento grandioso. A festa duraria vários dias e muito vinho seria consumido. Eu gastaria uma fortuna. Você seria apresentada aos sátiros e ninfas como uma rainha, e teria se tornado minha esposa.

Didi se debatia e chutava, mas Eric era um oponente muito forte e sabia como ficar longe de suas mãos.

– Todas as partes da lenda estão se tornando reais. Você me prometeu quando salvei Samuel – disse Eric.

Didi sentiu os quadris de Eric pressionando-a com força. O eclipse lunar estava quase completo e os poderes de Didi enfraqueciam. Ela mal pôde fazer algo para se defender, quando as mãos de Eric entraram debaixo de sua saia. Didi ainda lutou contra ele.

– Você acha que ganhará um herdeiro quando me estuprar? – gritou Didi.

– Acontecerá esta noite. Não seria estupro, se você soubesse todo o valor de sua posição como mãe do novo Silenos.

Naquele instante, houve um estalo alto e Eric caiu em cima de Didi e, depois, no chão. Didi olhou para os olhos metálicos de Kate, enquanto segurava o rifle no ar, pronta para outro tiro, caso o primeiro não tivesse sido poderoso o suficiente.

Eric estava caído no musgo, seus olhos estavam vermelhos e chifres saíam de sua testa.

– Aurélia está livre – disse Kate. – Ela está por aí, caçando. Temos de encontrar um esconderijo.

Didi avistou um facho de luz aproximando-se, e teve tempo para entrar em pânico, mas era Samuel que corria na direção deles. Didi teria gritado de alívio, se o perigo ainda não fosse tão óbvio.

– Está todo mundo b...? – Ele não teve tempo de terminar a pergunta.

– Não – sussurrou Didi, tomando ciência do que poderia ter acontecido com ela.

– Eric é agora a menor de nossas preocupações. Aurélia está aqui – disse Kate.

Eric emitiu um som gutural. – Nomos...

Samuel começou a desembrulhar suas coisas. Finalmente, as peças começaram a se encaixar para Didi, ela mexeu em sua bolsa e retirou uma toalha enrolada.

– Tenho uma igual – disse Samuel.

– Matilda explicou que, com a ajuda dessas duas, nós sobreviveremos – disse Samuel.

– Vocês devem ir para algum lugar seguro. Vocês conhecem um local adequado? – perguntou Kate.

– Você não pode ficar aqui – gritou Didi. – Você é irmã da minha mãe... Minha tia de verdade!

– Tudo ficará bem – disse Kate, com firmeza. – Vocês não podem ficar aqui.

Samuel agarrou a mão de Didi e desapareceram no caminho da floresta.

Os olhos de Kate se viraram para Eric, que aguardava o golpe final, rosnando desafiadoramente.

– Dispa-se! – disse Kate, com ainda mais firmeza, e começou a abrir o próprio cinto. – Sobreviverei a este eclipse lunar, mesmo com um enorme sacrifício.

***

– Aonde estamos indo? – disse Didi, ofegante, tentando manter o mesmo ritmo de Samuel.

– Conheço um local adequado – disse Samuel. Cogitou o porão e realmente acreditou que os Carvalho os deixariam entrar. Uma floresta escura poderia esconder qualquer coisa e era impossível observar tudo. Ele queria continuar em frente, mas Didi tropeçou.

– Você consegue continuar? – perguntou Samuel.

– O eclipse lunar – disse Didi, arfando e levando as mãos para seus seios. – Tenho a sensação de estar sendo partida em duas. Há uma dor lancinante em meu estômago e meu peito dói demais.

Samuel temia não reconhecer os caminhos corretos, mas logo viu o monte sob o qual estava o porão. Ele suspirou de alívio.

– Que lugar é esse? – perguntou Didi, exausta.

– Você verá – disse Samuel. – Aqui estaremos protegidos.

Didi o seguiu e Samuel ia bater à porta, quando, naquele instante, ouviram um barulho, como a batida de grandes asas. Ambos se viraram. Uma mulher surgiu detrás de uma grande árvore. Ela tinha a pele um pouco escura e cabelos pretos. Suas sobrancelhas eram retas e seus olhos, gelados. Seu olhar era hipnótico e os paralisou.

– Quem é você? – perguntou Didi com a voz tremendo, embora já soubesse a resposta.

– Um dia, fui como você – respondeu a criatura, quase em torpor. – Fui aprisionada, mas agora me alimentei e estou mais forte do que nunca. Sou conhecida como Aurélia.

Aurélia se aproximou deles, silenciosamente, mas Didi havia adquirido a habilidade de se mover, colocando-se com rapidez entre Samuel e Aurélia. Sua vontade de protegê-lo divertia Aurélia, que se colocou de frente para ela. Didi sentia o cheiro da respiração doce de Aurélia. Ela não conhecia outra maneira de se defender de uma antiga ninfa, exceto a usada para derrotar Eric. Ela levantou a mão no peito de Aurélia e tentou canalizar sua energia contra ela. Aurélia teve um pequeno espasmo. Didi teve tempo para pensar, mas, então, Aurélia caiu na gargalhada. Uma ninfa ou qualquer criatura que fosse só estava brincando. Didi estava aterrorizada.

Naquele momento, Samuel a puxou para o lado.

– Você não quer Didi – disse Samuel. – Ela não é seu inimigo.

Os olhos de Aurélia se viraram para Samuel e, em seguida, voltaram para Didi. Didi nem piscava. Ela queria mostrar a Aurélia que não planejava fugir.

Estranhamente, a expressão dura de Aurélia se dissolveu em seu rosto e, por um minuto, suas narinas se mexeram como as de animais. Ela deu alguns passos para trás e Didi temeu que estivesse tomando velocidade para atacá-los.

– Seus sentimentos estão no ar, eles têm perfume – disse Aurélia, até mesmo gentilmente. – Vocês se amam, agora e para sempre.

Didi decidiu agir. Ela tirou sua adaga Nomos e Samuel fez o mesmo. Eles deram as mãos e não as soltaram.

Aurélia esticou o pescoço e seu olhar era sonhador.

– Eu amei um humano há muito tempo e seu perfume era igualmente forte. Nós pertencíamos um ao outro de forma incondicional, mas Eric o tirou de mim.

Didi e Samuel tinham suas adagas prontas, mas Aurélia não demonstrava medo. Ela se aproximou com passos lentos e compassados.

– Não quero lhes fazer mal – disse Aurélia. – Se vocês não confiarem em mim, usem suas adagas. Eu, mais do que ninguém, sei do que elas são capazes, pois eu as talhei para os Carvalho. Vocês podem me matar com elas.

Aurélia estava em frente a eles e parecia ficar cada vez mais alta. Ela cheirou o ar. Sua mão entrou na bolsa de Didi e levantou a caixa de madeira com o símbolo do Nó. Ela a abriu e colocou duas sementes na palma de sua mão. Seus olhos se voltaram para Didi e toda crueldade havia desaparecido. Ofereceu uma semente para Didi, que a pegou dos dedos de Aurélia, que eram lisos como pedras polidas por rochedos na praia.

– Não é perigoso – disse Didi para Samuel, que olhava confuso para os eventos.

Aurélia ofereceu uma semente para Samuel e ele a engoliu.

– O eclipse lunar não continua por muito tempo – disse Aurélia, olhando para Samuel. – Mantenha sua ninfa viva.

E, em um piscar de olhos, Aurélia desapareceu na floresta, apenas um pequeno ruído de folhas revelava seus movimentos.

Didi segurou a mão de Samuel.

– E agora? – perguntou Samuel. – Aonde você está me levando?

– Para o paraíso – disse Didi.

***

Sobre um manto grosso de musgo havia uma ninfa lânguida e um sátiro satisfeito. Eles se levantaram sem pressa e começaram a se vestir. Kate não olhava mais para Eric. O sátiro, em sua opinião, apenas havia cumprido uma tarefa necessária. Era hora de pensar o que fazer a seguir...

Então, Kate viu Aurélia a poucos metros e tentou correr para seu rifle. Seu olhar gelado, porém, a deteve e arrancou todos os pensamentos de sua mente. Ela podia olhar ao redor, mas não conseguia reagir. E, para falar a verdade, ela não sabia se teria ajudado Eric, quando Aurélia foi até ele e apertou sua mão, direto no coração dele. O poder de Aurélia era tão forte que Eric despencou no chão e, em alguns segundos, amoleceu como uma boneca. Aurélia olhou para Kate mais uma vez. Depois, agarrou Eric pelo pescoço e o arrastou seminu para a floresta.

Alguns minutos se passaram até Kate acordar de fato. Ela não viu nem Aurélia nem Eric. Olhou para o céu. O eclipse lunar era perfeito.

***

Um pouco mais adiante, havia algumas luminárias queimando em uma estufa. Entre plantas verdes exóticas, uma garota de cabelos vermelhos deixou cair seu vestido e um garoto esticou um cobertor no chão. Didi e Samuel se despiram devagar, aproveitando cada segundo, pois o resto do mundo havia deixado de existir. Eles não tinham de dizer nada, pois suas peles e suas mãos falavam por si. Eles respiravam no mesmo ritmo, que era partilhado e natural. Quando o eclipse lunar se completou, a ninfa começou a brilhar como se milhões de pequenos cristais tivessem sido borrifados nela. E, quando ela sentiu perfeitamente o que era o amor, uma vibração veio do seu interior e, logo, centenas de borboletas brincavam à sua volta.

Em um futuro não muito distante, um porão escondia um segredo maior.

Um banho perfumado havia sido preparado em uma velha banheira de metal. Sentada lá, estava uma garota loira de olhos azuis, cuja pele era acariciada pelas pétalas que flutuavam. A senhora prendeu o cabelo da neta em um coque, no topo da cabeça, e, sem querer, esbarrou no pequeno símbolo de nó que havia em seu pescoço. Assim que a Lua foi ocultada, Matilda colocou sobre a cabeça uma coroa feita de flores e de galhos de amora, que sua avó havia acabado de confeccionar para ela. A pele da menina começou a reluzir e a brilhar, quase fulgurava.

Ela fechou os olhos e viu muitas coisas que ninguém mais viu.

Este livro foi composto com tipografia Electra e impresso
em papel Avena 80 g/m² na Gráfica EGB.